O ESCÂNDALO DA SUFRAGISTA

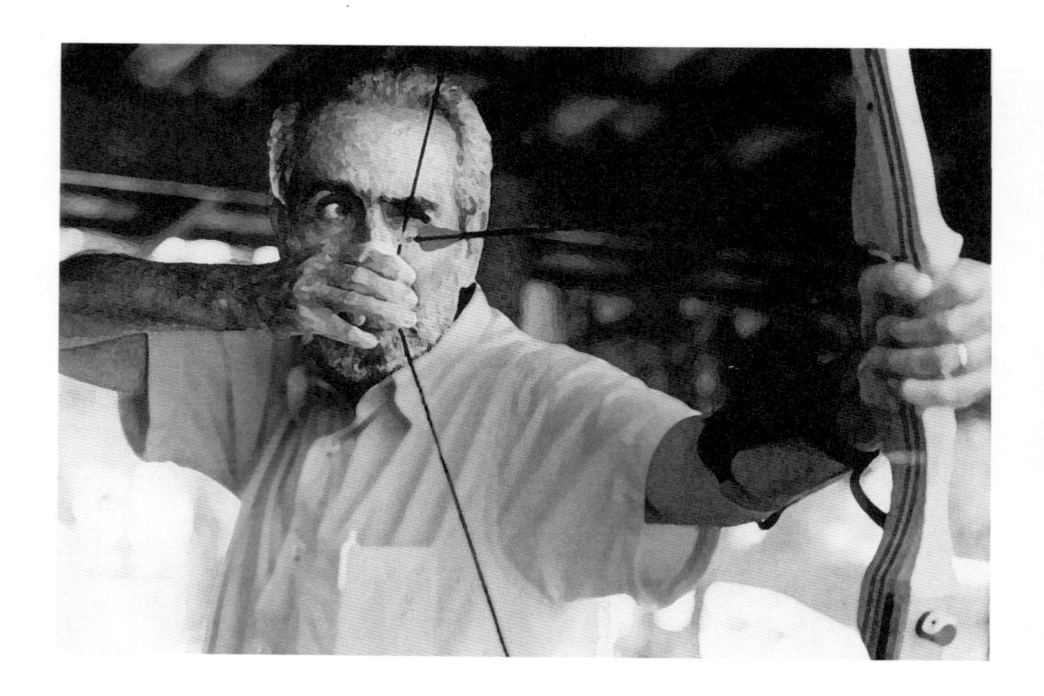

O Arqueiro

Geraldo Jordão Pereira (1938-2008) começou sua carreira aos 17 anos, quando foi trabalhar com seu pai, o célebre editor José Olympio, publicando obras marcantes como *O menino do dedo verde*, de Maurice Druon, e *Minha vida*, de Charles Chaplin.

Em 1976, fundou a Editora Salamandra com o propósito de formar uma nova geração de leitores e acabou criando um dos catálogos infantis mais premiados do Brasil. Em 1992, fugindo de sua linha editorial, lançou *Muitas vidas, muitos mestres*, de Brian Weiss, livro que deu origem à Editora Sextante.

Fã de histórias de suspense, Geraldo descobriu *O Código Da Vinci* antes mesmo de ele ser lançado nos Estados Unidos. A aposta em ficção, que não era o foco da Sextante, foi certeira: o título se transformou em um dos maiores fenômenos editoriais de todos os tempos.

Mas não foi só aos livros que se dedicou. Com seu desejo de ajudar o próximo, Geraldo desenvolveu diversos projetos sociais que se tornaram sua grande paixão.

Com a missão de publicar histórias empolgantes, tornar os livros cada vez mais acessíveis e despertar o amor pela leitura, a Editora Arqueiro é uma homenagem a esta figura extraordinária, capaz de enxergar mais além, mirar nas coisas verdadeiramente importantes e não perder o idealismo e a esperança diante dos desafios e contratempos da vida.

O ESCÂNDALO DA SUFRAGISTA

Os excêntricos • 4

Courtney Milan

ARQUEIRO

Título original: *The Suffragette Scandal*

tradução: Caroline Bigaiski

preparo de originais: Sara Orofino

revisão: Ana Grillo e Tereza da Rocha

diagramação: Gustavo Cardozo

capa: Miriam Lerner | Equatorium Design

imagem de capa: © Ildiko Neer / Trevillion Images

impressão e acabamento: Bartira Gráfica

CIP-BRASIL. CATALOGAÇÃO NA PUBLICAÇÃO
SINDICATO NACIONAL DOS EDITORES DE LIVROS, RJ

M582e
Milan, Courtney
O escândalo da sufragista / Courtney Milan ; tradução Caroline Bigaiski. - 1. ed. - São Paulo : Arqueiro, 2023.
336 p. ; 23 cm. (Os excêntricos ; 4)

Tradução de: The suffragette scandal
Sequência de: A conspiração da condessa
ISBN 978-65-5565-554-4

1. Ficção americana. I. Bigaiski, Caroline. II. Título. III. Série.

23-84986 CDD: 813
CDU: 82-3(73)

Meri Gleice Rodrigues de Souza - Bibliotecária - CRB-7/6439

Editora Arqueiro Ltda.
Rua Funchal, 538 – conjuntos 52 e 54 – Vila Olímpia
04551-060 – São Paulo – SP
Tel.: (11) 3868-4492 – Fax: (11) 3862-5818
E-mail: atendimento@editoraarqueiro.com.br
www.editoraarqueiro.com.br

Para todo mundo que carregou água em dedais
e colheres de chá ao longo dos séculos.
E para todo mundo que continua a carregar.
Por quantos séculos for necessário.

Capítulo um

Cambridgeshire, março de 1877

Edward Clark estava indignado consigo mesmo.

Fazer um favor a alguém era uma coisa. Mas era totalmente diferente ir longe dessa maneira – abrindo caminho à força na multidão barulhenta às margens do rio, empurrando outros homens na briga por um bom lugar. E por quê? Só para ver um par de barcos fazer a curva no Tâmisa? Ele nem sabia que conhecia alguém da equipe de Cambridge até ter dado uma olhada no jornal naquela manhã.

E, ainda assim, ali estava ele. Esperando. Como todos ao seu redor, Edward se inclinou para a frente com atenção. E, como os outros, prendeu a respiração ao avistar o primeiro barco. Mas a equipe a bordo vestia azul-escuro, e gritos de "*Oxford, Oxford!*" cresciam num rugido ao seu redor. Edward se apoiou de novo nos calcanhares – mas, antes que tivesse a chance de relaxar, outro barco apareceu, este remado por homens com roupas azul-claras. Gritos competitivos ressoaram.

Edward não juntou sua voz à da torcida. Estava totalmente focado no barco de Cambridge.

Fazia quase uma década desde a última vez que vira Stephen Shaughnessy. Na época, Stephen ainda era um garoto. Um incômodo onipresente, como um mosquito. Edward esperara sentir uma onda de nostalgia quando o rapaz surgisse. Talvez uma amarga sensação de remorso.

Mas não sabia dar nome aos sentimentos que o assolaram – coisas obscuras e indistintas que lhe davam cutucões desconfortáveis, deixando seus músculos tensos e causando uma coceira fantasma no mindinho. Não eram emoções de verdade. Edward simplesmente tinha a sensação de que uma tempestade estava prestes a cair, embora não houvesse uma única nuvem no céu.

Stephen – Edward sabia, graças ao jornal, que ele era o terceiro homem no barco de Cambridge – não passava de um borrão indistinto de cabelos escuros e músculos se movendo. Dificilmente um motivo para Edward sair de sua casa confortável em Toulouse, arriscando a vida satisfatória que havia criado para si.

Mas tinha feito isso mesmo assim. Tentara erradicar todo o seu idealismo, mas aparentemente *ainda* se agarrava a certos princípios tolos.

Ao seu redor, os gritos cheios de expectativa da multidão ficaram mais altos, mais turbulentos. A competição estava acirrada: as camisetas azul-claras de Cambridge estavam na cola das azul-marinho de Oxford. Edward se sentia uma rocha escura, sólida e imóvel em meio à espuma da empolgação.

Não havia nada que representasse melhor os antigos princípios valentes e irrelevantes de Edward do que as pessoas reunidas ao longo das margens do rio. Todas elas estavam concentradas no que era, naquele momento, a coisa mais importante do universo: os homens nos barcos, lutando para ganhar velocidade nas águas agitadas. Ali não havia nenhuma confusão de ordem moral. Num universo de inseguranças, essa competição estava entalhada em pedra. Havia apenas preto ou branco, certo ou errado, Cambridge ou Oxford.

E Oxford estava na frente por um quarto de barco.

Nem todo mundo estava empolgado. À direita de Edward, alguns passos atrás, estava uma mulher que mal escondia o tédio. Usava um vestido rendado espalhafatoso, que fazia com que parecesse uma escultura de açúcar caramelizado. Era bonita, mas Edward suspeitava que, se tentasse puxar conversa, ela iria machucar seus dentes. A moça segurava o braço de um homem com um rosto corado e a cada meio segundo corria os olhos na direção do rio – a expressão inegável de uma mulher que havia sido arrastada para lá e estava dando o melhor de si para fingir interesse.

A maioria das pessoas que estava mais longe da margem do rio nem tentava esconder o tédio. A regata era o lugar para se estar, então todos compareceram, para ver e serem vistos. Edward deveria se unir a eles, deveria deixar essa posição privilegiada à beira da água para alguém que se importava.

Mas foi nesse momento que seu olhar foi atraído por uma mulher em especial. Ela não estava escondida atrás da multidão, enfadada, mas empoleirada num banquinho para conseguir ver melhor o evento. Vestia uma saia escura e uma blusa branca. Mas seu terninho tinha características bem masculinas – linhas retas, bordado nos punhos e ombreiras. Ela usava um chapéu-coco também masculino. Um pedaço de tecido naquele tom estranho de azul-esverdeado claro, conhecido como azul de Cambridge, estava amarrado ao redor de seu pescoço numa imitação razoável de uma gravata. A mulher não fingia estar interessada na competição; ela *estava* interessada. Estava inclinada para a frente, atenta como um aluno ávido por aprender, como se pudesse empurrar a embarcação para a frente com o poder da mente.

Edward tivera a intenção de se afastar, porém, quando abriu caminho entre a multidão aglomerada na margem do rio, acabou não sendo para recuar. Pegou-se indo na direção da mulher, como se fosse um satélite sendo atraído para a órbita dela. Ao se aproximar, viu mechas de cabelos ruivos escapando de baixo do chapéu.

Ela observava a competição com tanta concentração que nem percebeu Edward parando a poucos metros dela. Apenas ficou na ponta dos pés, com os punhos cerrados junto ao corpo, os olhos fixos na regata.

Edward conseguia ver o rio pelo canto do olho. Os remadores estavam se aproximando da linha de chegada. A mulher se inclinou para a frente, erguendo um punho como se fosse celebrar – e então arfou com uma surpresa repentina.

Ele se virou de volta para o rio. Mal teve a chance de ver o que aconteceu. Um objeto escuro voou da margem oposta e os gritos de encorajamento se transformaram em indignação. E então aquela coisa – o que quer que fosse – bateu no barco bem onde Stephen estava. O negócio estourou, e Edward viu uma explosão de um laranja vivo.

Estava certo. *Havia* uma tempestade a caminho. Ele deu um passo para a frente, com a mandíbula cerrada, uma fúria crescente o dominando. Mas não havia nada que pudesse fazer – não dali, não à margem do rio.

Naquele momento, lembrou por que odiava a Inglaterra. Não se sentia impotente assim havia uma década, desde que seu pai ordenara que Stephen e Patrick se despissem da cintura para cima e fossem chicoteados na frente de Edward. Era por *isso* que tinha voltado. Depois de todos aqueles anos, finalmente tinha a chance de fazer alguma coisa a respeito da raiva que havia enterrado.

O barco já estava perto o bastante para que Edward visse Stephen perder o ritmo, limpando o rosto. Tinham jogado uma espécie de tinta laranja nele, dentro de um invólucro frágil.

– Ah, que abominável! – gritou a mulher de gravata. – Não deixe que eles o derrotem, Stephen. Mostre a eles!

Edward se voltou para a mulher. *Ela* conhecia Stephen? O mistério aumentava. Ali estava ela, trajando as cores de Cambridge, torcendo por Stephen como se tivesse o direito de fazer isso. Edward não fazia ideia de quem ela era. Talvez fosse noiva dele, embora Edward não tivesse ouvido falar de um futuro matrimônio. A moça não era da família, disso ele tinha certeza.

Edward não conseguia enxergar a expressão de Stephen àquela distância, mas não era necessário. Havia determinação em sua postura, uma coragem que Edward reconhecia muito bem.

Havia sido o melhor amigo do irmão mais velho de Stephen. O garoto era cinco anos mais novo – um coadjuvante sempre presente nos melhores momentos, um parasita irritante nos piores. Havia seguido os garotos mais velhos com a mesma expressão que mostrava naquele momento: determinado a não ser excluído. Quanto mais tentavam deixá-lo para trás, mais Stephen grudava neles. Pelo jeito, aquela teimosia não havia mudado, porque ele começou a remar com mais força ainda. O barco de Cambridge avançou um quarto de distância, depois outro. E então estava na liderança, passando pelo barco do júri sob o rugido da multidão.

– Isso vai ensinar uma lição àqueles mal-educados de uma figa – murmurou a mulher ao lado.

Ela colocou dois dedos entre os lábios e soltou um assobio afiado e cortante de aprovação.

Não havia nada de recatado nela. As mulheres da Inglaterra tinham *mesmo* mudado enquanto Edward estivera longe. Considerou a mudança bem positiva.

A mulher tirou os dedos da boca e, pela primeira vez, notou a presença de Edward. Ela arqueou uma sobrancelha, como se o desafiasse a discutir com ela.

Nem sonhando ele se atreveria.

– Deixe-me adivinhar. Seu irmão? – perguntou.

Edward fez um gesto na direção de Stephen. Sabia que os dois não eram parentes, mas não queria revelar sua conexão com o rapaz.

– Aquilo foi inacreditável – acrescentou ele.

As narinas dela se dilataram.

– Isso sem contar as outras coisas... Bem, não importa.

Outras coisas? Então Patrick tinha mesmo razão. Stephen estava em apuros, e talvez Edward pudesse fazer algo a respeito da situação.

– E não – continuou a mulher –, ele não é meu irmão.

Não havia nenhum anel no dedo dela.

– Mas a senhorita deve ter um irmão – comentou Edward. – Alguém que seja responsável por todo esse espírito de Cambridge.

Ele apontou para a gravata dela.

O canto da boca da mulher se ergueu, como se Edward tivesse dito algo extremamente engraçado e ela tivesse receio de rir, sem querer ferir os sentimentos dele.

– Meu irmão estudou, *sim*, em Cambridge – admitiu. – Mas isso foi décadas atrás. Não estou torcendo em nome dele.

– Então a senhorita pegou gosto pelo esporte enquanto seu irmão estava...

Ele parou. Não era bom em adivinhar a idade das pessoas, nunca fora. Mas duvidava que ela fosse mais do que uma criancinha décadas atrás.

A mulher soltou uma risadinha maliciosa.

Edward tentou de novo:

– A senhorita conhece um dos remadores, o que foi atingido pela tinta. Gritou o nome dele...?

– Ah, sim. Stephen Shaughnessy. Nós, excluídos de Cambridge, temos que manter certa camaradagem.

– Excluídos? – Ele franziu o cenho e, em seguida, percebeu que essa não tinha sido a palavra mais surpreendente que a moça tinha usado. – *Nós*?

– O senhor viu o que eles fizeram. – Uma das mãos dela subiu para o quadril, apoiada no brocado branco do terninho. – E se conhece o nome Stephen Shaughnessy, pode imaginar que ele não é benquisto pelo mundo todo. E pode parar de me bisbilhotar. Tecnicamente, *não* sou uma excluída de Cambridge... não mais. Eu me formei na Girton College há alguns anos.

Fazia muito tempo desde a última vez que Edward fora pego de surpresa. Sabia, vagamente, que Girton existia e que era uma faculdade para mulheres. Mas o número de alunas e ex-alunas era tão pequeno que chegava a ser irrisório. Ele piscou e olhou para a moça de novo – o terno masculino, a gravata amarrada ao redor do pescoço. Ah, as mulheres tinham *mesmo* mudado desde que ele fora embora da Inglaterra.

– A senhorita é uma sufragista – falou, categoricamente.

Ela bufou, e ele quase sentiu um golpe físico. O vento havia feito com que fios de cabelo se soltassem de baixo do chapéu. Brilhavam num tom reluzente de laranja sob o sol. O terno deveria lhe dar uma aparência masculina. Mas o corte acentuava suas curvas em vez de escondê-las, fazendo com que cada diferença entre o corpo dela e o de um homem ficasse proeminente. Mas era o sorriso que a tornava perigosa – um sorriso que dizia que ela podia enfrentar o mundo todo, e que faria isso duas vezes antes do café da manhã.

A mulher acenou um dedo para ele.

– Sua pronúncia está errada.

– Perdão? – Edward repensou, tentando lembrar o que tinha dito. – Sufragista? Como se pronuncia então?

– Sufragista é uma palavra pronunciada com um ponto de exclamação no final – disse a mulher. – Assim: "Viva! Sufragistas!"

Seria mais fácil a Lua ignorar a Terra do que Edward tirar os olhos da mulher. Precisou usar toda a sua força de vontade para não sorrir. Em vez disso, lhe lançou um olhar firme.

– Não pronuncio nada com ponto de exclamação.

– Não? – Ela descartou a declaração com um dar de ombros. – Nunca é tarde para começar. Repita depois de mim: "Três vivas para o direito de voto das mulheres!"

Edward conseguia sentir o próprio divertimento surgindo no rosto a despeito de seus melhores esforços. Ele cerrou os lábios e baixou a voz.

– Impossível. Soltar vivas está completamente além das minhas habilidades.

– Ah, que pena. – A voz dela saiu solidária, mas seu olhar era puro deboche. – Agora eu entendi. O senhor é misógino.

Ele nunca tinha ouvido a palavra antes, mas o sentido era bem claro. Ela o tinha julgado igual a qualquer outro homem na Inglaterra. Seria insensato protestar que era diferente. Seria insensato se importar com o que aquela desconhecida pensava dele.

Ainda assim, Edward falou:

– Não. Sou realista. Provavelmente a senhorita nunca conheceu alguém como eu antes.

– Ah, tenho certeza que conheci. – Ela revirou os olhos. – Já ouvi de tudo. Deixe-me adivinhar. O senhor acredita que mulheres vão votar nos candidatos mais bonitos, sem usar a inteligência. É isso que chama de *realismo*?

Edward devolveu o olhar acusatório dela com o seu, irritado.

– Por acaso pareço um tolo? Não vejo motivo algum para mulheres não votarem. No geral, não são mais ignorantes do que qualquer homem. Se existisse justiça no mundo, as sufragistas conquistariam todas as suas reivindicações. Mas o mundo não é justo. A senhorita vai passar a vida inteira lutando por direitos que serão perdidos em brigas políticas dez anos depois que os conquistar. É por isso que não vou lhe dar os três vivas. Seriam apenas um desperdício de saliva.

A mulher o encarou por um momento. Realmente o observou, como se o estivesse vendo pela primeira vez em vez de estar imaginando um... misógino em formato de homem.

– Valha-me Deus. – Ela colocou uma das mãos no bolso da saia. – Tem razão. Nunca conheci ninguém como o senhor.

Ela correu os olhos por ele de novo, e dessa vez não havia como confundir a demorada avaliação da cabeça aos pés. O coração de Edward deu uma batidinha estranha.

E então a mulher sorriu.

– Pois bem, Monsieur le Realist. Fale comigo se um dia precisar de um ponto de exclamação. Tenho uma caixa cheia deles.

Edward levou um momento para perceber que a mulher estava lhe entregando um cartão. Ela o enfiou entre os dedos enluvados da mão direita de Edward, e ele o pegou com a esquerda antes que escorregasse até o chão. O texto era simples e sem pretensões, sem nenhuma daquelas decoraçõezinhas ou fontes caligráficas que eram de esperar no cartão de visita de uma mulher. Mas, também, era um cartão profissional. Nenhuma mulher havia lhe entregado um desses antes.

Frederica Marshall, bacharela

Proprietária e editora-chefe

Imprensa Livre das Mulheres

Por mulheres, para mulheres, sobre mulheres

Quando Edward ergueu os olhos, ela já tinha ido embora. Ele teve um vislumbre dela a metros dali, abrindo caminho entre a multidão, com o banquinho debaixo do braço.

E então o alvoroço da aglomeração a engoliu, e não restou nada para Edward além do cartão.

Capítulo dois

Kent, mais tarde naquela noite

Nada havia mudado na casa onde Edward crescera.

Uma trilha cortava o bosque nas redondezas; uma clareira de gramíneas selvagens, varrida pelo vento e construída de forma a transmitir uma aparência natural, fazia fronteira com a ala sul. Dali, o rio, a uns 400 metros da casa, emitia apenas um barulhinho reconfortante de água corrente.

A casa ficava no fim de uma longa rua, a pouco mais de um quilômetro e meio do centro da cidade. As ruínas do que um dia fora uma fortaleza, pedras cinzentas cintilando sob o luar, assomavam do topo de uma colina. Uma batalha um dia fora travada ali. Edward e Patrick viviam desenterrando pedaços de armadura e punhos de espadas em decomposição. Agora não restava muito além das ameias lá no topo e, perto do rio, uma coleção de rochas que um dia fora uma travessia. Esses restos tristes guardavam um vau de areia que havia muito tinha sido substituído por uma ponte, cerca de um quilômetro e meio rio acima. Depois de quase dez anos de ausência, Edward fazia tanta falta a esse cenário quanto aquelas ameias abandonadas.

A casa moderna se exibia à sua frente, uma imagem de total tranquilidade.

A tranquilidade era uma mentira. Tinha sido ali, no campo próximo ao estábulo, que o pai de Edward ordenara que Patrick e Stephen fossem chicoteados.

As janelas da casa lançavam uma luz dourada e ilusória na imagem dessa lembrança. Edward balançou a cabeça, dissipando esses pensamentos macabros, e foi até uma porta lateral de vidro.

O luar iluminava a biblioteca. Através das janelas, ele conseguiu enxergar uma escrivaninha com pilhas altas de papel. Edward havia recebido sua parcela de reprimendas nesse cômodo. Fora ali que tinha erguido a cabeça com orgulho, recusando-se a se render, recusando-se a *mentir*, não importando as consequências.

Bah. Ele já tinha aprendido a lição. A noção de moralidade era relativa. Por exemplo, ele tinha a intenção de invadir aquela casa. Algumas pessoas chamariam isso de "arrombamento".

E seria, no sentido moral: os atuais moradores da casa não receberiam a invasão com alegria.

Porém, da perspectiva legal, havia uma pequena mas relevante diferença: aquela casa, com tudo dentro dela, ainda pertencia a Edward. Seria dele por mais quatro meses, até que fosse declarado morto de uma vez por todas.

Ele mal podia esperar.

Tirou um pedacinho fino de aço escondido na manga do casaco, se ajoelhou ao lado da fechadura e ficou esperando escutar o clique revelador. Certa vez conhecera um homem que conseguia abrir qualquer porta em segundos. Edward, pelo contrário, raramente tinha a necessidade de invadir lugares, então essa habilidade estava um pouco enferrujada. Precisou de três desconfortáveis minutos até persuadir a porta a deixá-lo entrar.

O cheiro de fumaça de cachimbo o recepcionou imediatamente – sombrio e pungente, um odor rançoso que havia se infiltrado nas cortinas, nas paredes. Era um cheiro antigo, como se fizesse meses que ninguém fumava no cômodo. Edward achou os fósforos, acendeu uma lamparina e a ajustou até que um brilho fraco iluminasse a mesa. Havia pilhas e mais pilhas de papéis para analisar. Se Patrick tivesse razão, a evidência estaria ali.

Essa evidência era um dos dois motivos pelos quais Edward tinha voltado àquela casa.

No fim das contas, a pasta que procurava estava escondida na gaveta mais à esquerda, debaixo de um maço de créditos hipotecários. Edward desamarrou o fio ao redor dos papéis e vasculhou uma bagunça de anotações e partes tentadoras de correspondências. Mas a coleção de recortes de jornal foi o que mais chamou sua atenção.

O primeiro era de pouco mais de seis meses antes.

Pergunte a um homem, leu. *A inauguração de uma coluna de conselhos semanais por Stephen Shaughnessy.*

Então Patrick estava certo. Alguém ali *estava* prestando atenção em Stephen. O amigo havia mencionado que Stephen escrevia para um jornal, mas Edward não tinha percebido que era um colunista fixo – e, além do mais, que escrevia uma coluna de conselhos.

Francamente, a ideia de aceitar conselhos do garoto de 12 anos que um dia conhecera lhe soava meio horripilante. Mas até Stephen devia ter amadurecido um pouco nos anos que tinham se passado.

Havia uma nota de explicação antes da coluna.

Chegou ao conhecimento da equipe editorial deste jornal que, com a determinação de ser "por mulheres, para mulheres, sobre mulheres", não é possível impressionar ninguém, pois nos falta o imprimátur de um homem para validar nossos pensamentos. Para solucionar essa questão, providenciamos um Homem de Verdade para responder a dúvidas. Favor direcionar todas as perguntas para Homem, aos cuidados do Imprensa Livre das Mulheres, *Cambridge, Cambridgeshire. – F. M.*

Edward checou o cabeçalho do jornal. Sim. *Imprensa Livre das Mulheres*, dizia. Esse era o nome da empresa no cartão que ele tinha recebido naquela manhã. Com quase toda a certeza, *F. M.* era Frederica Marshall, a ferinha que havia conhecido às margens do rio Tâmisa. De repente, o comportamento dela fez sentido. Era a *chefe* de Stephen. Não havia motivo nisso para Edward se sentir contente. As chances de vê-la de novo eram mínimas e, mesmo se a visse, não tinha intenção de se envolver de nenhuma forma. Um beijo, um chamego, uma despedida rápida – era o máximo pelo qual um homem como ele podia torcer.

Ainda assim.

Ele balançou a cabeça e continuou a ler.

Caro Homem, alguém tinha escrito. *Ouvi dizer que mulheres são capazes de pensamentos racionais. É verdade? O que o senhor acha disso?*

Ansiosamente aguardando seus pensamentos masculinos,

Uma mulher

Edward inclinou a cabeça e posicionou o jornal no círculo tênue de luz da lamparina.

Cara Mulher,

Se eu fosse uma das senhoras, teria citado exemplos de pensamentos racionais partindo de mulheres, o que seria profundamente tedioso. Uma vez que passássemos pelos exemplos da Grécia Antiga, das governantes matriarcas da China, da África e do nosso país, uma vez que passássemos por Aglaonice, a astrônoma, Cleópatra, a alquimista, e pela nossa condessa do Cromossomo, mal teríamos tempo para falar sobre como os homens são incríveis. Isso é simplesmente inaceitável.

Por sorte, sou homem, então basta eu fazer uma declaração. Mulheres podem pensar. Isso é verdade, pois um homem disse que sim.

Respeitosamente,
Stephen Shaughnessy
Homem Certificado

Meu Deus. Edward engoliu a risada. Stephen não havia mudado nada. Fazia anos que não o via, mas ainda conseguia ouvir a voz dele, irrepreensível como antes, sempre discutindo, sempre *ganhando*, forçando todo mundo ao limite extremo da raiva e então desarmando a ira que havia causado com uma piada.

Era bom saber que o pai de Edward não havia conseguido destruir completamente o espírito dele.

Era ainda mais interessante que a Srta. Marshall tivesse escolhido imprimir essa coluna em especial. Ele pegou o próximo recorte, este de uma semana depois.

Caro Homem,

Esta coluna é uma piada? Sinceramente não sei dizer.

Assinado,
Outro Homem

Caro Outro Homem,

Por que o senhor acha que minha coluna é uma piada? Um jornal escrito por mulheres, para mulheres e sobre mulheres obviamente precisa *que um homem se pronuncie a seu favor. Se é uma piada que homens falem em nome das mulheres, então nosso país, nossas leis e nossos costumes também devem ser todos uma piada.*

Com certeza o senhor não é tão antipatriota a ponto de sugerir isso.

Respeitosamente, com seriedade cem por cento autenticada,

Stephen Shaughnessy

Homem Certificado

Ah, ele ia se divertir lendo essas colunas. Edward foi para a próxima página. Seria uma forma excelente de passar o tempo enquanto esperava.

Caro Homem...

A porta da biblioteca se abriu. O pulso de Edward acelerou – esse era, no fim das contas, o segundo motivo da visita –, mas ele não se mexeu. Ficou sentado na cadeira que um dia pertencera ao seu pai e esperou.

– O que significa isso? – O homem na porta era apenas uma silhueta, mas sua voz era dolorosamente familiar. – Como é que entrou aqui?

Edward não disse nada. Em vez disso, aumentou a potência da lamparina, deixando que a luz inundasse o cômodo. O outro homem apenas franziu o cenho.

– Quem é você, afinal?

Por um momento, Edward foi pego de surpresa. Passara mais de nove anos longe, e nos últimos sete acreditavam que estava morto. Mas sempre imaginara que seu irmão iria ao menos *reconhecê-lo*. Tiveram suas diferenças, mais do que a maioria dos irmãos teria. Os anos que se passaram haviam cortado qualquer ligação fraca que poderia ter sobrevivido entre os dois, deixando que ambos seguissem o próprio caminho. Mas até aquele instante, Edward não tinha percebido que essas diferenças haviam se tornado físicas.

No passado, eles eram muito parecidos. James Delacey era uma versão mais baixa e mais jovem de Edward. Os cabelos de James ainda eram escuros e brilhosos, e seu rosto era macio e uniforme. Como contraste, os cabelos de Edward, que já tinham sido escuros, estavam salpicados de mechas brancas. Suas mãos eram repletas de calosidades, e ele suspeitava que a única parte nas mãos do irmão que não era macia era o ponto em que ficava apoiada a caneta, onde havia se formado um pequeno calo.

E havia também o fato de Edward ter passado os últimos anos fazendo trabalho manual e seus ombros terem se desenvolvido de acordo.

James vestia cores pretas solenes. Estava de luto, percebeu ele, com surpresa. Era estranho. Edward tinha perdido o pai anos antes. Para James, fazia apenas nove meses.

– A última vez que o vi – disse Edward, com seriedade – foi no cais de Londres. Você me disse que era melhor que eu fosse embora e que você cuidaria do Lobo até que eu mudasse de ideia, e permitissem que eu voltasse.

Essa declaração foi respondida com o silêncio.

– Então? – Edward se recostou na cadeira, numa indolência fingida. – Já se passou quase uma década. Como está meu cavalo, James?

O irmão apoiou a mão no batente da porta como se precisasse dela para se manter em pé.

– Ned? – Sua voz estava trêmula. – Meu Deus, Ned. Devo estar sonhando. Não é possível que você esteja aqui.

Edward fez uma careta.

– Quantas vezes vou ter que repetir? Prefiro Edward. Pelo amor de Deus, James, entre e feche a porta.

Depois de um instante de hesitação, foi exatamente o que James fez. É claro que não chamaria os criados. Não naquele momento, quando faltavam apenas poucos meses. Fazia seis anos e uns oito meses desde a última vez que Edward havia escrito para a família. Quando chegasse ao marco de sete anos, James oficialmente herdaria tudo. Talvez até tivesse marcado a data com estrelas e arco-íris no calendário.

– Ned. – James tropeçou para a frente e caiu numa cadeira. Estava balançando a cabeça, confuso. – Meu Deus. Você *morreu*. Nós fizemos até uma cerimônia. – Ele ergueu os olhos, obscurecidos com uma emoção não dita. – Vendemos o seu cavalo. Desculpe.

De todas as coisas pelas quais o irmão tinha que se desculpar, vender um garanhão que não estava sendo usado parecia a mais tola delas.

James franziu o cenho.

– Fizemos um monumento também, e o custo foi bem alto. Se era para aparecer vivo, não poderia ter escolhido um momento mais apropriado?

Edward não conseguiu conter o sorriso. Sim, tinha ouvido direito. O irmão acabara de reclamar do custo associado à sua morte.

– Acabei de visitar meu túmulo – comentou Edward. – O monumento é bem bonito. Tenho certeza que valeu cada centavo.

– O que você andou fazendo? Por que não deu sinal de vida? Por Deus, você não faz ideia de quanto eu sofri nos últimos anos. Fiquei dizendo a mim mesmo que tinha condenado você à morte.

As mãos de Edward se contraíram. *James* tinha sofrido? Edward estava sentado à sua frente, inteiro e saudável. O sofrimento de James não tinha incluído passar fome nem se encolher debaixo de bombardeios militares. Não tinha sido mantido preso num porão, não tinham lhe arrancado tudo num pesadelo infinito. James era elegante e atraente, uma versão de Edward que não tinha atravessado o inferno.

– Sinto muito pelo desconforto que lhe causei – disse Edward secamente.

– Sim. – James franziu o cenho. – E ainda não acabou, não é? Isso é bem inconveniente.

Pessoalmente, Edward teria achado que estar *morto* seria inconveniente. Mas não podia guardar rancor do ponto de vista do irmão.

– Mas por quê?

– Vai ser um escândalo enorme. – James olhou para a mesa e inspirou bem fundo. – Você quer o título, então. É por isso que veio.

Suas mãos se cerraram no colo, como se ele estivesse se preparando para uma briga.

Ah, sim. Outra coisa que James tinha e da qual Edward carecia: a ilusão de que aquela família gozava de um vestígio que fosse de honra. Ele conseguia se lembrar de quando acreditava nisso. Vagamente.

– Se eu quisesse ser o visconde Claridge – disse Edward –, teria voltado no dia em que soube da morte do pai. Não, James. Pode ficar com o título. É todo seu.

O irmão franziu o cenho de novo, como se não acreditasse no que estava ouvindo. Sem dúvida não conseguia imaginar um mundo em que um homem abria mão do viscondado.

– Falando na cidade, como foi que você sobreviveu?

Havia muitas coisas que o irmão poderia querer dizer com essa pergunta. *Como você se virou depois que o pai o deixou na mão?* Ou talvez: *Você por acaso teve a chance de ir ao Consulado Britânico antes que o cerco começasse?*

Como Edward tinha sobrevivido? De qualquer jeito que fosse possível.

Mas ele apenas sorriu para o irmão.

– Sobrevivi por sorte. Quando a tinha.

Os olhos de James se arregalaram.

– Foi ruim?

– Não – mentiu Edward. – Mas só porque aprendi a reagir sendo pior ainda. Acredite em mim, James. Já não sou mais uma boa companhia. Sei quem esperam que o visconde Claridge seja. Passei por lições suficientes sobre a importância da honra na nossa família para me lembrar delas. Não posso ser esse homem.

Já estava farto de pessoas tentando transformá-lo em alguém diferente, e o garoto que tinha crescido naquela casa podia muito bem continuar morto, considerando quanto fora inútil.

– Você, por outro lado, pode ser – concluiu suavemente. – Vai ser.

James piscou, surpreso, mas pareceu aceitar esse fato como a simples verdade. Pareceu, inclusive, pensar que Edward o havia elogiado. Assentiu, com o rosto levemente aliviado por descobrir que seu mundo inteiro não estava prestes a virar de ponta-cabeça.

Meu Deus, como era fácil ler James. Primeiro, o alívio ficou evidente pelo relaxamento dos ombros. Depois, por uma inalação profunda e os olhos semicerrados. Ele olhou para Edward com uma repentina suspeita. Sem dúvida estava imaginando por que o irmão tinha voltado dos mortos depois de todos aqueles anos, se não era pela intenção de reivindicar o título. Logo James ia perceber que aquilo era uma negociação, não um reencontro.

– Você quer uma pensão, então – adivinhou James, soando resignado.

– Nossa, não.

A chantagem contínua nunca tinha sido a preferência de Edward. Havia muitas oportunidades para ser pego. Ele pensou nos documentos à sua frente.

– Só há uma coisa que eu quero de você.

James se inclinou para a frente.

– O que é?

Edward espalmou a mão em cima dos recortes de jornal.

– Você vai desistir do que quer que esteja armando contra Stephen Shaughnessy.

James soltou a respiração bem devagar. Esfregou a testa com a mão.

– Entendo.

– Dê sua palavra de honra de que não vai machucá-lo, direta ou indiretamente. É a única coisa que eu quero. Prometa isso e vou deixar você levar sua vida em paz.

– Entendo – repetiu James, mais ríspido. – Para começar, você só teve que ir embora por culpa dele, ou já se esqueceu? Mas as coisas são assim mesmo. Você estava vivo durante os últimos sete anos. Durante todo esse tempo, não mandou uma única mensagem para o próprio irmão, nem uma *palavra* indicando que estava vivo. Mas vejo que falou com Shaughnessy. Com regularidade suficiente para saber que o irmãozinho dele se meteu numa encrenca grande demais para o próprio gosto. Isso realmente esclarece as coisas.

– Você me deixou para morrer! – Edward ouviu a si mesmo vociferar. – Não tem nada de que reclamar, já que eu escolhi satisfazer os seus desejos.

James empalideceu.

– Eu não fiz isso – falou, rápido demais. – Precisa saber que não fiz. O que falei para o Consulado Britânico... Era verdade, de certa forma.

De certa forma. Quando a declaração de guerra viera, Edward havia escrito para o pai, pedindo ajuda para voltar à Inglaterra. Tinha sido um baque quando o pai se recusara. Ele havia dito que se Edward não acreditava na honra da família, não precisava depender da ajuda dela.

Mas James fora além. Quando Edward chegara ao Consulado Britânico em Estrasburgo, a dois passos do exército que avançava, o secretário consular o havia declarado um impostor. Afinal, o homem havia recebido uma carta com tal informação – uma carta assinada pelo próprio James. Edward tinha sido chamado de mentiroso e oportunista, e fora jogado na rua à própria sorte.

Com isso sumira a última esperança de Edward de assistência financeira ou de uma passagem de salvo-conduto.

Mas eram águas passadas. Os dois eram praticamente crianças quando aquilo aconteceu. Edward juntou as pontas dos dedos.

– O que você falou ao Consulado Britânico... – repetiu, com calma. – Era verdade. De certa forma.

Era uma afirmação, não uma pergunta.

– É que você não demonstrava arrependimento nenhum, Ned, e...

– Prefiro *Edward*.

James engoliu em seco.

– Sim. Edward. Não achei... Isto é, foi para o seu bem, e...

Ele pareceu perceber que essa linha de raciocínio não era vantajosa. Balançou a cabeça, como se pudesse se livrar do que tinha acontecido com o irmão com um movimento tão simples.

– Você não está morto, no fim das contas. Então... – Ele soltou a respiração devagar. – Tudo fica bem quando acaba bem, não é?

Era uma pena para James que Edward não fosse do tipo que se deixava enganar por banalidades sem sentido.

– Concordo – falou com suavidade. – Tudo fica bem quando acaba bem. São águas passadas, e você e eu estamos de acordo depois de todos esses anos. É melhor para todo mundo que eu continue morto. Melhor para mim. Melhor para você.

Ele sorriu e esperou que essa ameaça fosse compreendida. O irmão se remexeu, inquieto, na cadeira à sua frente.

– Então vou perguntar mais uma vez. Você vai deixar de lado o que quer que esteja armando contra Stephen Shaughnessy?

James soltou um suspiro longo e trêmulo.

– Não é tão simples. Tenho uma posição neste mundo. Se vou ser o visconde Claridge pelo resto da vida, preciso zelar pela minha reputação. – Ele contraiu os lábios. – É como adestrar um cachorro. Se não lhe dermos um bom tapa na cabeça de vez em quando, ele nunca vai entender quem é que manda.

– Ainda estamos falando sobre Stephen Shaughnessy? Ele é um rapaz com uma coluna boba de jornal, não um cachorro.

– Sim – disse James numa voz monótona. – Por si só, ele não tem importância alguma. Mas você me pediu que não o machucasse *indiretamente* também, e só posso fazer isso se deixar a Srta. Marshall e aquele maldito jornal dela em paz.

Edward respirou fundo e pensou no cartão em seu bolso. Mas não deixou que o irmão visse que havia despertado seu interesse. Em vez disso, conseguiu fingir uma expressão de dúvida.

– Quem é a Srta. Marshall? É alguém com quem eu deva me importar?

Os lábios de James se contraíram.

– Ela representa tudo que está errado na Inglaterra. Fica escrevendo aqueles malditos relatos, causando agitação entre as mulheres, forçando o Parlamento a perder seu valioso tempo com questões irrelevantes. Sabe *quanto tempo* se perdeu no inquérito que ela forçou sobre os hospitais públicos de doenças venéreas? – O irmão soltou um murmúrio de aversão.

– Décadas atrás, uma garota bonita e com uma conversa agradável, ligeiramente inteligente e com gosto pela independência teria se estabelecido como a amante de algum homem em Londres. Veja só ela agora. – Havia um tom zangado na voz de James. – Presa a homem nenhum, enfiando o nariz onde não é chamada, colocando esposa contra marido, criado contra patrão. A maioria dessas mulheres, bem... – Ele deu de ombros. – Elas são relativamente inofensivas. Podem resmungar à vontade para passar o tempo. Mas Marshall? Ela é um verdadeiro problema.

Era interessante conhecer tão bem o irmão e, ainda assim, não saber nada dele. Edward ainda conseguia perceber quando James estava protestando demais.

– Quando foi que você pediu que ela fosse sua amante?

O irmão ficou vermelho como um tomate.

– Foi uma oferta generosa! A melhor que alguém com o comportamento dela poderia desejar. E ela me rejeitou sem sequer considerar meus sentimentos. De qualquer jeito, isso foi anos atrás, não tem relevância alguma agora, e eu não ia aceitá-la a esta altura, nem se ela implorasse.

Era estranho que ele e James tivessem isso em comum. Talvez fosse a única coisa. A Srta. Marshall também era exatamente o tipo de Edward.

– Entendo – disse ele com leveza. – Ela parece ser mesmo um terror.

James não tinha como saber que ele falara isso como um elogio.

De fato, o irmão assentiu de alívio.

– Essa questão com a Srta. Marshall... Bem, estamos planejando há meses. O pai que começou. Era um dos grandes planos dele... você deveria ter visto o que ela escreveu sobre ele. Não posso deixar isso de lado. – James franziu o cenho. – Se você quer que eu poupe Stephen, poderia convencê-lo a se afastar da Srta. Marshall.

– Eu poderia. – Edward fingiu considerar a proposta. – Talvez seja uma concessão aceitável.

Mas teria que falar diretamente com Stephen. Teria que revelar que continuava vivo, e isso era perigoso demais. Quanto mais pessoas soubessem, maior era a probabilidade de alguém dar com a língua nos dentes. E uma vez que o segredo fosse relevado, Edward seria obrigado a se apresentar. Uma coisa era desistir do viscondado em favor do irmão, que cuidaria das propriedades. Outra, completamente diferente, era negligenciar tudo. Nem Edward era um canalha tão vil a ponto de aceitar isso. Se a verdade fosse revelada, ele não teria escolha, teria que tomar o lugar de James. Passaria o resto dos dias naquele escritório nauseante e fedorento, sufocado pelo título do pai.

Além disso, conhecendo Stephen, um simples confronto não daria em nada. O garoto que conhecera nunca daria as costas a um amigo – ou a uma patroa – só porque estava sendo ameaçado.

E ainda mais importante... Pedir a Stephen que fugisse ia totalmente contra a integridade de Edward. Era fácil ameaçar o irmão. Mas ajudá-lo a alcançar seus objetivos? Depois do que James tinha feito? Não. Todas as fibras do corpo de Edward rejeitavam essa ideia.

Ele mal conhecia a Srta. Marshall. Ela havia lhe parecido ser uma mulher ingênua e otimista. Não era o tipo de aliado que ele normalmente procurava. Em geral preferia trabalhar com pessoas mais cínicas.

Porém – não totalmente irrelevante –, tinha gostado dela. Não podia dizer o mesmo de James.

– Algumas coisinhas já estão para acontecer – confessou o irmão com leviandade –, mas são de pouca importância, e vou tentar garantir que não machuquem Stephen mais do que o necessário. Isso basta?

– Aquilo é vinho do Porto? – perguntou Edward, apontando para o outro lado do cômodo.

O irmão se virou.

– Por que... Não. É conhaque.

– Tão bom quanto. Sirva-nos um copo, então, e vamos brindar ao nosso acordo.

O irmão cruzou a biblioteca com um sorriso satisfeito no rosto. Sem dúvida pensava que a questão toda estava resolvida.

Enquanto James estava de costas, Edward enrolou o conteúdo da pasta grossa que estava olhando antes de o irmão chegar – recortes de jornal, cartas e tudo o mais – num maço e o enfiou dentro do casaco. Ia analisar tudo e devolver ao devido lugar de manhã. James nunca descobriria.

Se as coisas fossem diferentes, Edward preferiria não trair o irmão caçula. Mesmo depois do que James tinha feito. Mas a vida era uma série de escolhas difíceis. Ele poderia ir embora da Inglaterra e largar o irmão mais novo de seu melhor amigo à mercê dos planos de sua família. Ou poderia conhecer melhor a Srta. Marshall e atrapalhar todo o esquema.

Ele conseguiu vê-la mentalmente por um momento – com aquele sorriso encantador dela. *Fale comigo se um dia precisar de um ponto de exclamação.*

Nada de pontos de exclamação.

De qualquer forma, ele nunca havia precisado de sinais de pontuação para se vingar. Para Edward, mentiras e falsificações sempre foram ferramentas muito mais eficazes.

Droga, ele faria um favor à Srta. Marshall. Ela não precisava saber de nenhum detalhe – e talvez, se tivesse sorte, ele conseguisse aquele chamego no fim das contas.

Capítulo três

Cambridge, alguns dias depois

— Uma vez é coincidência. Duas é suspeito. Mas três? – Frederica Marshall bateu a caneta com vigor nas páginas impressas à sua frente. – Três vezes exige uma explicação. E então, minhas queridas?

Duas mulheres estavam sentadas ao lado dela, analisando as páginas por si mesmas. A sala estava quente – quase quente demais –, mas todas já estavam acostumadas com isso àquela altura. Lady Amanda Ellisford, uma das amigas mais queridas de Free, estava sentada à sua direita, franzindo a testa e correndo os olhos entre as duas colunas. A Sra. Alice Halifax, prima de Free, estava sentada do outro lado. Os lábios de Alice se moviam bem de leve; ela levava mais tempo para ler as palavras. Pouco surpreendente, considerando que só havia aprendido a ler três anos antes. Mas, ao fazê-lo, seu rosto obscureceu.

– É como olhar para dois vestidos com a mesma estampa – disse Alice. – Tecidos diferentes, costureiras diferentes. Mas ainda assim é uma réplica.

A manchete da matéria que Free tinha escrito dizia: "Por que as mulheres deveriam votar". A manchete da matéria oposta dizia: "Por que as mulheres não deveriam votar".

O mesmo número de parágrafos. Os mesmos argumentos abordados em cada parágrafo – propostos no dela, descartados no artigo de opinião impresso no *London Star*. Mas a matéria no *Star* tinha sido publicada nove horas antes de começarem a imprimir o jornal de Free.

– Alguém vai notar – comentou Amanda baixinho. Ela mordiscou o lábio, nervosa, e depois suspirou. – Várias pessoas. E, quando notarem, vão falar.

Era bem compreensível que Amanda estivesse nervosa. Essa era a terceira vez que algo do gênero acontecia no último mês. Free havia descartado a primeira matéria como coincidência. A segunda levantara suspeitas. Mas isso? Tinha cara de confirmação.

– Sei exatamente o que vão dizer – falou Alice. – Vão dizer que as mulheres só são capazes de imitar os homens, que a única coisa que fazemos é pegar as palavras escritas por eles e colocar um "não" na frente. Já dizem essas coisas o tempo todo de qualquer jeito.

Porém, dessa vez o diriam em público, baseados em algo que parecia uma prova. Free receberia outra remessa de cartas zangadas e acusatórias. Algumas delas, sem dúvida, seriam bem rudes. Ela balançou a cabeça, dissipando esse pensamento. Cartas assim eram inevitáveis. Chegavam independentemente do que ela fazia. Era o preço pago por conquistar qualquer coisa. Não havia por que se preocupar com elas.

– Precisamos descobrir como isso está acontecendo. Três jornais diferentes repetindo palavras que eu escrevi, publicando contraposições às minhas matérias antes mesmo de elas terem sido impressas. – Free balançou a cabeça. – Se não é uma coincidência, é um ataque intencional. E se é um ataque intencional, alguém tem acesso ao que eu escrevo.

– Pode ser alguém remexendo no nosso lixo – propôs Amanda. – Alguém que encontrou seus rascunhos... ia ser o suficiente.

Ia mesmo.

– Pode ser alguém da equipe – sugeriu Alice.

– Pode ser qualquer um que tenha acesso à gráfica. – Amanda baixou os olhos. – Ou alguém que receba as provas antecipadas. Ninguém aqui se deu o trabalho de esconder o que fazemos.

Não, não escondiam mesmo. Free suspirou e apoiou a cabeça nas mãos, esfregando as têmporas doloridas. Por que *deveria* ter agido com tanta desconfiança? Não queria suspeitar das mulheres que trabalhavam com ela, não queria transformar esse negócio amigável que havia estabelecido com tanto esforço num lugar de cautela e suspeita. Dava trabalho construir um ambiente onde mulheres se sentissem seguras o bastante para confiar umas nas outras. Esse tipo de desconfiança poderia arruinar tudo que haviam conquistado.

Sem dúvida era por essa razão que alguém tinha feito isso.

– Precisamos de regras mais rígidas – dizia Amanda. – Tranque os seus rascunhos, Free. Não vamos mais deixar que circulem os artigos de opinião para comentários gerais entre as mulheres.

– Vamos fazer uma lista de quem pode ser responsável – acrescentou Alice. – E vamos pensar como determinar de quem é a culpa. Uma vez que soubermos isso, poderemos decidir como proceder.

A porta atrás delas se abriu e uma lufada de vento entrou na sala. Free colocou a mão em cima dos papéis, segurando-os no lugar. O ar que entrava era fresco e doce. Haviam imprimido as provas naquela manhã, e a máquina a vapor havia aquecido tanto a gráfica que a brisa era bem-vinda.

Ela reconheceu o homem de pé na porta. Havia falado com ele na regata no outro dia. Ele era alto, com fios grisalhos e olhos escuros, os quais percorreram o cômodo antes de pousarem em Free. Era difícil julgar a idade dele. Pelos cabelos, ela chutaria algo em torno dos 40 anos. Mas ele não tinha falado como alguém de meia-idade. E tinha um charmoso ar travesso que cabia melhor num homem mais jovem.

Ele passou os olhos pela sala com um ar de interesse, correndo-os das mesas na entrada, onde Free e as editoras-chefes estavam de pé, até os bebedouros ao lado onde molhavam os papéis; dos cilindros de tinta de impressão até o metal escuro da silenciosa prensa móvel giratória. Uma sobrancelha se ergueu, muitíssimo devagar, numa pergunta.

Free endireitou a coluna e deu um passo à frente, estendendo a mão. Não com a palma para baixo, como uma moça aceitando uma dança, mas como um cavalheiro agiria em circunstâncias semelhantes. Será que ele tentaria esmagar os ossos dela até sobrarem apenas cinzas, para demonstrar a própria força? Ou pegaria a mão dela como se estivessem prestes a valsar juntos? Era um tipo de teste.

O homem não hesitou nem por um minuto. Tomou a mão na dele e a balançou com firmeza.

– Sr. Edward Clark – disse ele.

Ela tentou não erguer as sobrancelhas. *Edward Clark* era um nome bem inglês; contudo, a fala dele, embora perfeitamente fluente, era marcada por um toque bem leve de sotaque francês. Free tinha imaginado que ele nascera na França, mas tinha morado na Inglaterra por tempo suficiente para perder quase todos os traços da língua nativa. Talvez estivesse enganada.

– Srta. Frederica Marshall – respondeu ela, embora, se ele havia ido até seu local de trabalho, provavelmente já soubesse disso. – Como posso ajudar?

Os olhos dele viajaram para a mesa às costas de Free. Elas estiveram colocando tinta na página interna do jornal, e as placas de impressão estavam dispostas na mesa ao lado das provas, bem à vista.

Amanda tinha razão. A próxima edição do jornal não estava nem um pouco escondida. Qualquer um poderia entrar e ver. Mas o Sr. Clark não reparou no jornal. Em vez disso, o canto de sua boca se curvou.

– A senhorita estava falando literalmente – comentou, apontando para um carrinho que ficava ao lado da mesa. – Tem mesmo uma caixa cheia de pontos de exclamação.

Depois de ouvi-lo falar mais, Free se pegou pensando nele como um homem inglês. Talvez um que tivesse vivido na França por algum tempo?

Ela sorriu.

– Também tenho vírgulas, dois-pontos e pontos e vírgulas. Todo e qualquer sinal de pontuação que uma garota possa querer. Mas vamos começar com uma interrogação. Com certeza o senhor não veio aqui para ver meus tipos móveis. Posso ajudá-lo de alguma forma?

Ele voltou a encará-la. Free teve a sensação de que ele sabia precisamente o que estava fazendo – de que quando seus olhos cintilavam para ela com tamanha alegria, ele sabia muito bem o efeito que isso causava nela.

Free até que gostou da sensação. Não havia nada de errado com um homem que apreciava um leve flerte, e olhar para o Sr. Clark não era nenhum sofrimento. Contanto que ele entendesse que nunca passaria disso, eles iam se dar muito bem.

Mas o homem apenas disse:

– Tenho uma proposta comercial para a senhorita.

Ela franziu os lábios.

– Para começar... Este é um jornal escrito por mulheres, para mulheres e sobre mulheres. É pouco provável que eu o contrate para escrever uma coluna.

– Não escrevo colunas. Sei fazer umas ilustrações decentes, mas eu seria um péssimo funcionário. Não é esse tipo de proposta. Há algum lugar onde possamos falar sobre isso a sós?

Ela indicou o lado da sala.

– Tenho um escritório ali.

Ele a seguiu. O escritório de Free não passava de um depósito convertido – cuja parede conectada à sala principal havia sido parcialmente derrubada e substituída por vidro, de modo que ela pudesse ter privacidade para reuniões de negócios precisamente como essa enquanto ainda ficava a salvo sob os olhos das funcionárias.

O Sr. Clark observou o ambiente – a mesa velha e lascada atrás da qual Free parou, a coleção de gramáticas e relatórios demográficos na estante às suas costas. Percebeu, com um leve contragosto, que o rascunho de mais uma coluna – programada para ser publicada em três dias – estava à vista de todos. Ela colocou uma pilha de papéis em cima do rascunho e se sentou atrás da mesa.

Mas o Sr. Clark estava olhando através da janela para a sala principal do jornal.

– A moça de vestido azul-claro – comentou com um tom de voz preguiçoso –, creio que seja lady Amanda. E a mulher com o rosto ansioso deve ser a Sra. Halifax.

– Eu deveria tê-las apresentado?

– Não – disse ele. – Apenas estou provando algo. Fiz umas pesquisas nos últimos dias. Sei quem a senhorita é.

Essas últimas palavras saíram baixas, e os olhos dele pousaram em Free de novo enquanto ele falava. Tiveram um efeito surpreendente nela – como se ele estivesse fazendo uma declaração que a deixava levemente inquieta.

Fazia muito tempo desde a última vez que alguém a fizera se sentir assim. Era como o sol de inverno – algo que deveria ser apreciado, pois com certeza não ia durar. Free torceu para que ele não dissesse nada terrível que arruinasse tudo.

– Considero que já provou – disse ela, assentindo. – O senhor sabe quem eu sou.

– E quando entrei – continuou ele –, vocês três, sem dúvida, estavam falando sobre a armação para desacreditá-las. Pelo menos já descobriu o que estão fazendo com seus editoriais. Muito bom, Srta. Marshall. Facilitou bastante o meu trabalho.

Free fez uma careta.

– Então o senhor também notou.

Se ele – um homem qualquer – tinha enxergado uma conexão, outros também enxergariam. Seria só uma questão de tempo até que alguém escrevesse sobre o assunto. Ela teria que determinar um plano de ação, e não tinha tempo a perder.

– Se eu notei? – O Sr. Clark balançou a cabeça. – Não, Srta. Marshall. Eu fui informado.

– Então já estão falando sobre isso em público. – Maldição. Ela não precisava de mais coisas para fazer. – Bem, muito obrigada por me informar. Não temos qualquer relação e agradeço o aviso. Agora, se me der licença...

Ela começou a se levantar.

– Não dou. – Ele fez um gesto para Free. – Sente-se. Não é uma questão que está sendo mencionada em público. Minha informação vem diretamente do homem responsável pelas réplicas.

Free estacou antes de se levantar, ficando meio sentada, meio de pé.

– Diretamente dele? – repetiu.

– Sim – confirmou o Sr. Clark. – Conheço vários planos dele. Esse homem acha que estou do lado dele. E é uma sorte que eu não esteja, porque, do contrário, a senhorita não teria nenhum aviso antecipado do que está prestes a acontecer. E isso seria muito, muito ruim para a senhorita.

Free se jogou de volta na cadeira.

– Precisa da sua caixa de pontos de interrogação? – questionou o Sr. Clark. – É bem simples. Há um homem que quer lhe fazer mal. Ele confia em mim o bastante para revelar seus planos. Como não quero que ele a machuque, estou oferecendo minha ajuda.

Ele tinha um sorriso tão agradável, um jeito tão acolhedor. Era realmente muito ruim que fosse tudo uma mentira.

Free balançou a cabeça.

– Sua história não inspira confiança. O senhor não me conhece, então não acredito que se importe com o que aconteça comigo. Uma história sobre um homem misterioso que deseja me fazer mal é perfeitamente plausível. Metade da Inglaterra quer me ver sofrer. Mas o senhor não ofereceu nenhuma prova além de informações que eu já descobri. Alega que esse homem confia no senhor, mas acabou de se oferecer para trair tal confiança. Isso me diz que o senhor não é uma pessoa leal. Não sei o que está tramando, Sr. Clark, mas vá tramar em outro lugar.

Ela esperava que ele ficasse um pouco zangado com a resposta. Homens não gostavam de ser chamados de mentirosos, principalmente quando estavam mentindo.

Mas ele apenas sorriu e se recostou na cadeira.

– Ótimo. A senhorita não é tão ingênua e tola quanto eu imaginei. Isso vai facilitar um pouco as coisas. Vamos começar com o básico. A senhorita tem razão. Não a conheço e não me interesso nem um pouco pelo que possa acontecer com a senhorita.

O Sr. Clark disse isso com um sorriso deslumbrante no rosto, tão contrário às suas palavras que Free teve que lembrar a si mesma o que ele tinha dito. E falara de um jeito bem charmoso, doce, até sedutor: ele não se interessava nem um pouco pelo que pudesse acontecer com ela.

– Isso – disse Free – é muito provavelmente a primeira coisa honesta que o senhor já me disse. Se consigo enxergar através do frágil fascínio do seu carisma, suspeito que outros também consigam. Por que alguém confiaria no senhor a ponto de divulgar armações secretas?

Ele se inclinou para a frente.

– Ah, essa é a questão, Srta. Marshall. Tenho referências extraordinárias.

Ela o encarou, em dúvida. Seu casaco não fora passado com firmeza, e fazia muitas horas desde que se barbeara pela última vez. Seus cabelos eram longos de um jeito desonroso. Essas coisas poderiam ser consertadas com um valete e uma navalha, mas ainda assim…

– O senhor acabou de se oferecer para trair o homem com quem está trabalhando. Que tipo de referências poderia ter?

– Bem, mas essa é que é a graça. Posso ter qualquer referência que eu queira. Quer que eu lhe demonstre uma das melhores que tenho?

– Sinta-se à vontade. Duvido que vá me fazer mudar de ideia.

Em vez de pegar uma carta no bolso, ele se esticou por cima da mesa e pegou uma folha de papel em branco da pilha. Depois, antes que Free pudesse protestar, também pegou a caneta e o tinteiro dela.

– Vejamos.

Ele olhou ao longe, batucando com a ponta da caneta nos lábios. E, em seguida, começou a escrever.

– "A quem possa interessar: Há anos tenho tido a oportunidade de trabalhar com Edward Clark. É um homem honesto, íntegro e inteligente. Ele será um excelente associado em todos os quesitos." – Ele deu de ombros. – Normalmente, é claro, eu seria um pouco mais enfático e específico. Ser específico é o truque para uma falsificação decente. Mas, nesse caso, o objetivo da referência não é o conteúdo. É a forma.

O Sr. Clark assinou o papel com um floreio e o deslizou através da mesa para Free com uma graciosidade descontraída.

– Acabei de ver o senhor escrever com meus próprios olhos – comentou ela. – Por que eu acreditaria...

E então observou a página. Olhou de verdade: para as letras à sua frente, para a assinatura que ele havia desenhado com tamanha confiança tranquila. A boca de Free ficou seca.

– É exatamente essa a questão – explicou o Sr. Clark. – A senhorita não deveria acreditar em mim. Mas talvez, olhando para essa referência em especial, possa entender por que as pessoas contam comigo.

Se ela não tivesse acabado de vê-lo escrever a referência, teria pensado que a havia escrito com o próprio punho. Era a letra de Free, o nome dela. A curva precisa e leve do F, as voltas casuais do sobrenome... Ele havia imitado tudo com perfeição.

– Sou procurado por dois governos por falsificação – anunciou ele alegremente. – Para a minha sorte, um deles não existe mais. E o outro, caso esteja se perguntando, não faz parte da Comunidade Britânica de Nações. A senhorita não estaria ajudando um fugitivo.

– Pode ser verdade. – Ela empurrou o papel para longe. – Talvez possa convencer outra pessoa a confiar no senhor. Mas depois dessa demonstração, me pego ainda menos inclinada a isso.

– Excelente! – exclamou ele com alegria. – Não sou um homem confiável. Já menti para a senhorita meia dúzia de vezes ao longo desta conversa e, sem dúvida, vou mentir de novo. Por exemplo, meu nome verdadeiro não é Edward Clark, embora o venha usando com regularidade há uns seis anos e pense nele como meu a esta altura. Sem dúvida, Srta. Marshall, não confie em mim. Mas trabalhe comigo. Nisso, nossos interesses são os mesmos. A senhorita não quer ser arruinada, e eu também preferiria que seu inimigo não a arruinasse.

– Por quê? O senhor não se interessa nem um pouco por mim.

O sorriso dele não sumiu, mas ficou só um pouquinho mais sombrio.

– Tem razão – falou. – Mas acontece que a indiferença que sinto pela senhorita é menor que a antipatia que sinto por ele.

Ou – igualmente provável – o Sr. Clark havia recebido a tarefa de encantá-la e descobrir seus planos.

– Não, obrigada. – Ela alisou a saia em cima do colo e o encarou diretamente. – Vou me arriscar por conta própria. Não preciso da ajuda de um mentiroso autoproclamado que pode me trair a qualquer momento.

Ele suspirou.

– Isso seria muito mais fácil se a senhorita não fosse tão esperta. – Soou como uma reclamação, mas ele lançou uma piscadela no final. – Inferno, Srta. Marshall, estou tentando agir com um pouco de honra. Mas tudo bem. Se é necessário. – Ele ergueu os olhos para ela. – A senhorita precisa trabalhar comigo porque *vou* traí-la.

Free inspirou fundo.

– Perdão?

– Quão precária é sua posição na sociedade, Srta. Marshall? A senhorita é jovem, solteira e razoavelmente bonita.

O Sr. Clark disse a última parte sem qualquer emoção, como se estivesse apenas recitando fatos.

E estava. Free tinha que se lembrar disso. Independentemente de quão galanteador fosse o tom de voz dele, era só isso que ela era para ele: uma coleção de fatos.

– Tenho dois planos possíveis para frustrar meu inimigo. Um deles é trabalhar com a senhorita para derrotá-lo. O outro é acabar com seu trabalho aqui de um jeito tão profundo que esse homem não terá o prazer de fazer isso ele mesmo. Prefere uma carta de crédito forjada vendida para o seu inimigo? Uma mensagem escrita com a sua letra para um amante e largada num lugar indiscreto para outra pessoa encontrar? – Ele deu de ombros. – Eu levaria meia tarde para transformar a vida da senhorita num completo inferno, e talvez alguns dias para fazer com que vivê-la fosse impossível.

O coração de Free começou a bater num ritmo lento e pesado. Era estranho como o sistema de nervos conseguia superar a mente de tal jeito que um homem sentado à sua frente e falando com um tom de voz tão tranquilo conseguisse fazê-la se sentir como uma lebre enfrentando uma alcateia. Ele a observou com um sorrisinho no rosto. Era como se conseguisse ouvir a pulsação dela, e tal batimento trêmulo fosse música para seus ouvidos.

Ela não ia fugir correndo. Isso era o *seu* negócio, sua vida, e Free não estava disposta a deixar que esse homem arruinasse tudo. Juntou a ponta dos dedos, incentivando-os a não tremer, e soltou a melhor imitação de um suspiro entediado da qual era capaz.

– Então isso é chantagem.

O sorriso que o Sr. Clark abriu para ela parecia uma arma – que ele havia selecionado com muito cuidado em seu extenso arsenal. Era o sorriso de um homem que sabia que podia encantar e devastar, e ele o utilizava com a precisão de um mestre. Ele se inclinou para a frente.

– Srta. Marshall, acredito que está pronunciando essa palavra errado.

Free o encarou.

– Deveria pronunciá-la assim: "Viva! Chantagem!"

Ela ergueu as sobrancelhas.

– Que extraordinário, Sr. Clark. Achei que o senhor não usasse pontos de exclamação.

– Não uso. – Ele sorriu para ela. – Mas a senhorita usa, e não tem por que ser parcimoniosa.

– Viva! – Free retribuiu o olhar dele com uma olhada seca. – Crime! Agora esse crime é chantagem, mas logo vai mudar.

– Vai? Por que diz isso?

– Com sorte e uma boa quantidade de arsênico...? – Ela abriu um sorriso para o Sr. Clark. – Logo vai ser: "Viva! Assassinato!" Essa aí é uma causa que merece meus pontos de exclamação.

Free tivera a intenção de desconcertá-lo. Em vez disso, o sorriso do Sr. Clark se curvou e todo aquele charme calculado desapareceu numa onda de risadas verdadeiras. Ele se recostou na cadeira, balançando a cabeça. De certa forma, era ainda mais enervante perceber que ele a achava divertida. E completamente injusto que uma pequena parte de Free quisesse fazê-lo rir de novo.

Ela ergueu uma sobrancelha e regulou a voz de modo que soasse com uma doçura melosa.

– O senhor gostaria de uma xícara de chá, Sr. Clark? Vou preparar uma chaleira da minha receita muito especial. Só para o senhor.

Ele acenou uma das mãos para ela.

– Deixe para depois. Veja bem, Srta. Marshall, não quero arruinar o futuro que a senhorita construiu com tanto cuidado. Vou fazer o papel do canalha aqui. Levando tudo em consideração, prefiro ser o seu canalha.

Free se inclinou para trás.

– Vá em frente, Sr. Clark. Mostre o pior de si. Estou habituada a ameaças infundadas. Não preciso das suas mentiras.

Ele se recostou na cadeira com uma expressão pouco satisfeita no rosto.

Claro que o Sr. Clark a estava fuzilando com os olhos. Free soltou uma bufada de irritação.

– Sim, sou uma pessoa terrível. Recuso-me a ceder à intimidação. Não preciso de um canalha, muitíssimo obrigada. Agora adeus.

– Sim – insistiu ele. – Precisa, sim. Maldição. – O homem fechou os olhos e apoiou os dedos nas têmporas. – Eu estava torcendo para não precisar fazer isso, mas...

Free semicerrou os olhos para ele. Tinham passado por mentiras, falsificações e chantagem. Qual seria a próxima? Ameaças físicas?

– Vou ter que lhe contar a verdade – admitiu ele com grande relutância. – Uma parte dela. E vou ter que lhe contar o suficiente para convencê-la de que sei o que estou fazendo.

Ela não acreditou nisso nem por um segundo.

– A pessoa que quer destruir a senhorita não é ninguém menos que o honorável James Delacey.

Free paralisou completamente. Delacey também era o visconde Claridge – ou, pelo menos, seria em breve. Havia alguma demora técnica antes da confirmação, embora ela imaginasse que fosse uma simples questão processual. Além de assumir de fato sua cadeira na Câmara dos Lordes, ele também receberia todos os outros privilégios sociais da aristocracia. Free conhecera o homem dois anos antes. Havia sido algo breve, ainda bem, e ela não tinha desejo algum de aprofundar o relacionamento com ele. Apoiou as mãos na mesa, espalmando-as na superfície fria.

O homem à sua frente não comentou o desconforto dela.

– Eu diria que Delacey não tem qualquer consideração pelas sufragistas, mas é mais complicado do que isso. O pai dele nunca gostou da senhorita. A senhorita fechou uma fábrica na qual ele tinha investido e o fez perder uma grande quantia de dinheiro. E o próprio Delacey a convidou para ser amante dele há algum tempo, e a senhorita o rejeitou. Ele guarda rancor desde então.

Se o Sr. Clark sabia *disso*, então ele realmente era visto com bons olhos pelo homem. Isso não fazia dele um amigo, e não significava que ele planejava ajudá-la. Mas pelo menos ele sabia de *alguma coisa*.

– Delacey quer desacreditá-la completamente – continuou ele. – Vai fazer com que uma das pessoas que escreve para a senhorita seja presa esta semana sob suspeita de roubo, e enquanto a senhorita ainda estiver se recuperando desse escândalo vai comentar que várias das suas matérias recentes foram plagiadas de outros jornais. Seus anunciantes vão se retirar e o número de assinantes vai despencar. – O Sr. Clark abriu um sorriso brilhante. – Como tenho certeza que a senhorita consegue entender, está em posição de desvantagem. Não precisa confiar em mim, Srta. Marshall. Não precisa nem gostar de mim. Mas se não me ouvir, vai se arrepender.

– Por quê? – Ela o fuzilou com os olhos. – Por que o senhor está fazendo isso?

Ele deu de ombros com indiferença, mas seus dedos se curvaram na mesa com uma força um tanto intensa demais.

– Porque Delacey e eu temos uma desavença antiga que precisa ser resolvida. – Os lábios do Sr. Clark se afinaram e ele voltou a olhar pela janela, para a sala onde ficava a prensa. – É simples assim. Delacey quer fazer a senhorita sofrer, e eu não vou perdoá-lo. Então temos um inimigo em comum. Não vou fingir que seremos amigos, a senhorita e eu... mas vim aqui para me apresentar como um aliado. Eu não precisava lhe contar que sou capaz de chantagem. Não precisava demonstrar minha habilidade com falsificações. Se eu quisesse, teria lhe entregado uma recomendação da própria rainha Vitória. E... Srta. Marshall...

Ele se inclinou na direção dela, indicando que Free se aproximasse, como se quisesse compartilhar um grande segredo.

Free não conseguiu se conter e se aproximou.

– A senhorita sabe – disse ele simplesmente – que se eu quisesse agir como um cavalheiro agradável, poderia tê-la encantado. Num instante.

Uma onda de calor percorreu o corpo de Free, um rubor que era metade constrangimento e metade reconhecimento da verdade. Um momento se passou enquanto os olhos dele prenderam os dela. Ah, ele era bom nisso – em lhe dar apenas um vislumbre de atração. Não tanto a ponto de ofendê-la, mas o suficiente para intrigá-la.

Free se recusava a ficar intrigada.

– Poderia – admitiu. – Mas, encantada ou não, eu ainda teria continuado a pensar.

– Sou desonroso e desprezível. Minto e trapaceio, e estou lhe dizendo claramente que para mim a senhorita não passa de um meio para atingir um objetivo. Não estou lhe dizendo a verdade, mas, de um modo geral, não a estou enganando. A senhorita pode não saber muito bem quais cartas tenho na mão, mas vai saber a essência delas. Isso eu lhe prometo.

Ela não confiava nele nem nessas promessas – nem um pouco. E, ainda assim, o Sr. Clark tinha razão. Ele até podia ser um homem desonesto, mas não estava fingindo ser outra coisa. Era um tipo curioso de honra.

– Não a estou enganando – repetiu ele. – Delacey está tentando arruinar sua reputação. Ele planeja fazer muito, muito mais, com consequências duradouras. Diga a verdade, Srta. Marshall. Se tivesse a oportunidade de derrotar Delacey, a senhorita a aproveitaria?

Free pensou nos próprios editoriais, escritos com tanto cuidado – roubados dela, suas palavras sinceras distorcidas e massacradas para servir a causas que ela odiava. Pensou em todas as coisas que tinha ouvido Delacey dizer sobre ela, que chegaram a Free por meio de sussurros e insinuações.

Cada carta medonha que havia recebido, cada ameaça covardemente anônima que havia enfiado no cesto de lixo, cada noite em claro depois que ele lhe havia feito aquela proposta indecente.

Ela não podia deixar todas aquelas cartas terríveis na porta de Delacey. Mas se ele estava planejando fazer uma fração do que o Sr. Clark alegava, Free queria que ele fosse responsabilizado.

O homem estava tentando tomar o que era dela. Estava tentando rebaixá-la, transformá-la num exemplo para todas as mulheres que olhavam para Free e pensavam: "Bem, se *ela* conseguiu, por que eu não conseguiria?".

E a havia marcado porque Free tinha lhe dito não.

– Se quero que Delacey seja responsabilizado? – ouviu-se dizer. – Sim. Sim, eu quero.

O Sr. Clark assentiu.

– Então, Srta. Marshall, a senhorita precisa de um canalha. – Ele abriu as mãos, as palmas viradas para cima. – E aqui estou eu.

~

Edward ficou sentado na cadeira, deixando que a Srta. Marshall o contemplasse. Ela havia se inclinado para a frente alguns centímetros, torcendo o nariz. Essas coisas teriam indicado desconforto, mas, somadas ao cinza calmo e límpido de seus olhos, não davam a Edward nenhuma dica do que ela estava pensando.

Ele achara que ela seria fácil de ler. Que piada. Também achara que ela seria fácil de manipular. Outra piada. A Srta. Marshall não tinha cedido nem um centímetro. Ele se enganara com ambas as suposições e, por mais confusa que essa conversa tivesse se tornado, pelo menos as próximas semanas seriam interessantes.

A Srta. Marshall, admitiu ele em silêncio, não precisava ser mais interessante, nem um pouco.

Os olhos dela focaram nele sem piscar. Ela bateu naqueles lábios adoráveis com o polegar.

– Qual é o próximo plano de Delacey? O senhor disse que ele vai desacreditar uma das pessoas que escreve para o jornal. Quem?

Ela ainda não tinha concordado com ele, percebeu Edward. Ele ficara furioso quando olhara as anotações do irmão e reconstruíra a extensão do que James tinha planejado. *Há algumas coisinhas que já estão para acontecer*, dissera o irmão, com um aceno descontraído da mão. Sem dúvida James pensara que essas *coisinhas* não eram importantes.

A Srta. Marshall se inclinou para a frente.

– Amanda? Alice?

Havia uma ferocidade em sua voz, quase um rugido no fundo da garganta, como se a mulher fosse uma mãe loba protegendo os filhotes.

– Não que eu saiba. – Edward franziu o cenho. – Ele quer Stephen Shaughnessy.

A Srta. Marshall piscou e se recostou na cadeira.

– Stephen? Ele escreve uma coluna por semana. É puro entretenimento.

– Sim, mas ele é homem.

Ela bufou.

Edward tentou de novo.

– Shaughnessy é um alvo excelente porque muita gente não gosta dele.

Ela enrijeceu a mandíbula.

– Só idiotas não gostam dele.

Protetora e leal, também.

– Ah, mas existem muitos idiotas por aí – disse-lhe Edward –, e Shaughnessy inspira muitos deles. Escreve uma coluna zombando dos homens. É católico. É irlandês. Não sabe ficar de boca fechada. A senhorita mesma viu. A situação já está tão ruim que os *próprios colegas de faculdade* arremessaram tinta nele.

A Srta. Marshall fez uma careta.

– Foi um dos colegas dele?

– Foi. Muitos deles estão dispostos a acreditar no pior de Shaughnessy. E Delacey o conhece, o pai de Shaughnessy trabalhou na propriedade da família dele. Existe alguma inimizade ali no meio. Tenho certeza de que, se a senhorita perguntar, Shaughnessy lhe explicará os detalhes.

Ela não assentiu. Em vez disso, endureceu o queixo com uma expressão ainda mais teimosa.

– Então o que é que Delacey está planejando fazer com ele?

– Esta noite, alguém vai tentar remover um objeto de família do quarto de outro aluno e colocá-lo entre os pertences de Shaughnessy.

A expressão da Srta. Marshall ficou profundamente obscura. Edward abriu um sorriso preguiçoso para ela, recusando-se a deixá-la ver a fúria que ainda sentia.

Fazer com que Stephen fosse acusado de roubo, e provavelmente expulso da faculdade, era o que o irmão tinha chamado de *algumas coisinhas*, que não demandavam tanta preocupação de nenhum dos dois.

A Srta. Marshall considerou a informação.

– O que o senhor propõe que façamos sobre isso?

– Irei atrás do homem, pegarei o item e esconderei em algum lugar do lado de fora – explicou Edward. – Eu poderia fazer tudo isso sem a senhorita. Mas seria melhor se Shaughnessy tivesse um álibi incontestável para hoje à noite. Tenho certeza que a senhorita pode garantir isso.

– Posso tirá-lo de lá – disse ela devagar.

– Excelente. Então estamos de acordo.

Ela ergueu uma das mãos, reprimindo-o.

– Ainda não. Ainda não confio no senhor, Sr. Clark. Até onde sei, está planejando organizar os detalhes dessa questão assim que garantir que eu concorde. E já que propõe ir sozinho, não terá ninguém para contradizer o que alegar ter encontrado. Bem conveniente para o senhor.

Aquela sensação de animação voltou, fazendo as mãos de Edward formigarem.

– O que a senhorita sugere, então?

Ela abriu um sorriso brilhante para ele.

– Pode continuar aqui como meu convidado pelo resto do dia. Vai ser um convidado que nunca sai e nem interage com mais ninguém. Dessa forma, vou saber que não enviou nenhuma mensagem para organizar alguma coisa.

– Isso é uma grande exigência para um homem que está se oferecendo para ajudar a senhorita.

Ela lançou um olhar para ele.

– Mas o senhor não está se oferecendo para me ajudar. Não se interessa nem um pouco por mim. Quer que *eu* ajude *o senhor* a se vingar. Certamente consegue tolerar certo transtorno para conquistar o que deseja, não é?

A Srta. Marshall não tinha deixado passar nada. Edward concedeu isso com um aceno de mão.

– Continue. Vou ficar aqui o dia todo. E depois, o que vai acontecer?

– Vou acompanhá-lo até o quarto de Shaughnessy hoje à noite. Vou revistá-lo. Veremos juntos se esse item estará lá.

– E se estiver, a senhorita vai confiar em mim?

Ela deu uma batidinha na referência falsificada que ele havia deixado em cima da mesa e abriu um sorriso ainda mais estonteante.

– Se estiver lá, não vou entregar o senhor para as autoridades. Foi uma gentileza da sua parte demonstrar sua habilidade com falsificações com tanta maestria na minha frente. Até me deixou uma evidência. Se estiver contando a verdade sobre isso, creio que deixarei o senhor seguir livre. Por enquanto.

Edward *deveria* estar absolutamente irritado com ela. Em vez disso, sentia vontade de rir – e de apertar a mão dela e lhe dizer que ela havia jogado uma partida bem camarada.

Pensando bem, ele não iria querer soltar a mão dela, uma vez que a tivesse apertado.

– Srta. Marshall, está me chantageando com minha tentativa de chantagear a senhorita? Agora eu posso ir até as autoridades e transformar essa contorcida armação de chantagem dupla numa chantagem tripla?

Ela se inclinou para a frente, indicando com um dedo que ele se aproximasse. Ele apoiou as mãos em cima da mesa e se achegou. Estavam separados por 30 centímetros e uma vastidão de madeira. A Srta. Marshall umedeceu os lábios, e Edward sentiu a boca ficar seca. Ah, não. Não havia nada de enfadonho nela. Na verdade, ele estava fascinado.

A Srta. Marshall sorriu para ele e, em seguida, falou em voz baixa:

– O senhor disse que fez sua pesquisa, Sr. Clark. Disse que sabe quem eu sou. Obviamente não prestou muita atenção. Uma mulher não administra um jornal e faz as próprias investigações sem aprender a lidar com canalhas. O senhor acha que pode me pressionar, que pode entrar aqui e tomar conta de tudo. Não pode. Se realmente quer sua vingança, vai ter que fazer por merecer.

Ele tentou identificar uma sensação de aborrecimento. Ela estava complicando tudo. Estava observando Edward com uma expressão que lhe parecia um meio caminho entre severa e maliciosa. Mas – para a tristeza dele – não conseguiu se forçar a sentir nenhuma sombra de exasperação.

Ia ser francamente *divertido* trabalhar com a Srta. Marshall.

Então, em vez de concordar, ele pegou a caneta dela novamente e puxou a carta que havia falsificado.

– "Observação" – narrou ao escrever. – "Não se deixe enganar pela humildade aparente de Edward Clark. Ele é enlouquecedoramente genial. Tome cuidado. Isso pega as pessoas de surpresa com o passar do tempo." – Ele devolveu a carta para ela. – Pronto. Ficou melhor assim, não acha?

A Srta. Marshall avaliou a linha que ele tinha acrescentado com as sobrancelhas erguidas, em dúvida.

– Na verdade, não.

– Era melhor eu ter sublinhado *enlouquecedoramente*? – indagou ele. – Ou *genial*? Pergunto porque, se a senhorita vai me entregar por falsificação, quero garantir que tenha uma amostra perfeita para apresentar à corte. Homens são criaturas orgulhosas.

– Não sublinhe nenhum deles – disse ela com calma. – Vou avisá-lo quando o senhor tiver feito por merecer os meus itálicos. Por enquanto, só pode reivindicar a fonte regular e os pontos finais.

Edward não conseguia subjugá-la com chantagem, raciocínio ou charme. Nem conseguia subjugá-la com ousadia.

– Diga, Srta. Marshall. Em algum momento a senhorita se submete a alguém?

Ela balançou a cabeça.

– Só quando isso vai me garantir o que eu quero. Sou uma mulher muito determinada.

Ele acreditava nisso. Tinha sido enganado pelo idealismo dela, pelo sorriso. Um homem, ao ver aquele corpo esbelto sentado à mesa, os dedos levemente manchados de tinta, apoiados na carta que Edward tinha escrito, poderia enxergar apenas uma mulher pequena e bonita. Poderia enxergar isso e ignorar completamente a personalidade ferrenha dela.

Edward não repetiria esse erro. O vislumbre de um sorriso tocou os lábios da Srta. Marshall quando ela baixou os olhos. Ela era enlouquecedoramente... tudo. A empreitada toda tinha saído dos eixos e, no momento, como uma carroça sem condutor numa colina, seguia desgovernada. Ele não sabia quando o impacto aconteceria, mas não ia pular para fora.

Era tão terrível que havia fechado um ciclo completo e se tornado algo... sedutoramente bom.

– Pois bem. – Ele se levantou. – Mostre o caminho, Srta. Marshall. Se pretende me manter trancafiado, imagino que queira me indicar onde será minha cela.

Capítulo quatro

A Srta. Marshall colocou Edward num lugar que chamava de arquivo. Na verdade, não era muito melhor do que uma despensa empoeirada. A única janela estreita no topo da parede mal permitia que entrasse luz solar suficiente para iluminar uma cadeira, uma mesa fina e um conjunto de armários.

– O Sr. Clark está considerando anunciar no jornal – disse ela para as outras mulheres na sala principal. – Ele quer dar uma olhada nas edições anteriores.

O que, na verdade, não era uma má ideia. Edward achou que tinha feito toda a pesquisa necessária, mas só tivera uma noção bem vaga de como a Srta. Marshall era quando chegou ali – e isso havia sido apreendido de cinco minutos na companhia dela e da combinação das anotações no escritório do irmão. A realidade de quem ela era tinha destruído todas essas vagas expectativas.

Ele começou a ler o jornal desde a primeira edição.

Levou apenas quatro edições do jornal da Srta. Marshall – publicado três vezes na semana – para que Edward ficasse aterrorizado de verdade. Ela havia se internado num hospital para doenças venéreas operado pelo governo – uma daquelas instituições medonhas estabelecidas para a proteção da Marinha Real, onde detinham prostitutas suspeitas de terem doenças originárias da profissão. A Srta. Marshall ficou lá durante 26 dias. Tinha passado por exames e sofrido maus-tratos, fome e frio. Quando finalmente foi libertada pelo irmão, tinha escrito um relato mordaz sobre as condições lá dentro.

Ninguém se dispusera a imprimi-lo, então ela começou o próprio jornal.

O relato sobre os maus-tratos das supostas prostitutas lhe deu material para a primeira semana de funcionamento. Nas semanas seguintes, a Srta. Marshall havia conseguido um emprego numa fábrica de algodão. Havia trabalhado como criada na casa de um aristocrata suspeito de espoliar a virtude das funcionárias. Havia entrevistado cortesãs e prostitutas de um lado, e as grandes damas da sociedade do outro. Escreveu sobre tudo isso com uma linguagem direta, simples e condenatória.

Com o passar dos anos, havia contratado mais pessoas para escrever e incluído uma segunda página no jornal. Nele foram publicados textos de pensadoras como Emily Davies e Josephine Butler. Os anúncios floresceram. As colunas cobriam todos os assuntos, desde conselhos banais sobre como cultivar algumas verduras extras num cortiço até críticas brutais da colônia recém-estabelecida na Costa do Ouro. E era tudo escrito por – e sobre – mulheres. A coluna amarga de Stephen Shaughnessy às quartas era contraposta à de uma mulher chamada Sophronia Speakwell, que dava conselhos igualmente mordazes aos sábados.

Não era de surpreender que a Srta. Marshall houvesse se tornado alvo do irmão de Edward.

E tampouco era de surpreender que Edward tivesse falhado em convencê-la. Ele havia bufado internamente quando ela o chamara de misógino – mas a havia subestimado a tal ponto, que teve que se perguntar se *era* o tipo de pessoa que não conseguia respeitar uma mulher do jeito adequado apenas por causa do sexo dela.

Um erro que ele precisava corrigir depressa, se queria lidar com a Srta. Marshall.

Inferno, ele havia ameaçado acabar com a reputação dela como se ela fosse uma debutantezinha fresca e empertigada. Não era de surpreender que ela nem houvesse piscado. Fora como ameaçar um espadachim talentoso com uma faca de manteiga.

A porta da salinha estava aberta, e Edward conseguia avistar a Srta. Marshall trabalhando à medida que o dia avançava. Ela e as outras mulheres passaram a maior parte da tarde organizando os tipos móveis, passando algumas placas pela prensa e depois avaliando o resultado. Ele conseguia ouvi-las discutindo sobre as provas anteriores, uma pequena discussão amigável. A Srta. Marshall saiu logo em seguida.

Em vez de se voltar para os arquivos, Edward abriu seu pequeno caderno de desenhos. Outros homens tinham diários; Edward tinha desenhos. Havia algo especial em reduzir uma experiência a um rascunho ou dois que engajavam sua memória em detalhes.

Ele tentou recordar o escritório da Srta. Marshall da melhor forma que conseguia. Era capaz de imaginar cada risco na mesa; lembrava-se da pilha exata de papéis, da posição do tinteiro e da caneta. Essas coisas ele rabiscou com linhas rápidas e confiantes.

Porém, quando tentou desenhar a Srta. Marshall, sua memória deixou bastante a desejar. Os cabelos ruivos dela estavam presos num coque simples, e ela usava um vestido comum cinza-escuro com punhos pretos. Mas nenhuma das linhas que ele desenhou no papel parecia capaz de capturá-la. Ele estava deixando alguma coisa de fora – alguma coisa vital. Não sabia o que era.

Às três da tarde, ela voltou. Edward fechou o caderno, pegou outro jornal – já estava no nono mês de tiragem àquela altura – e fingiu estar absorto na leitura.

A Srta. Marshall veio até a porta da salinha. Estava carregando uma sacola de papel, a qual ergueu.

– Quer um sanduíche, Sr. Clark?

Ele soltou o jornal.

– Agora a senhorita vai me alimentar também? Ora, Srta. Marshall. Quase dá para acreditar que se importa.

– Tenho um irmão mais velho. – Ela entrou na salinha. – Ele reclama amargamente se perde uma refeição. Não tenho desejo algum de ouvir o senhor resmungando a noite toda.

Edward bufou.

– Eu não resmungo. Nunca.

– Bem, agora podemos garantir que não vai resmungar. – Ela lhe entregou a sacola. – Encontrará água e sabonete lá na frente, se quiser... – Ela parou de falar e franziu o cenho. – O senhor não tirou as luvas. Eu deveria ter lhe avisado. É mais fácil tirar a tinta das mãos do que de tecido.

– É mesmo? – Ele a olhou. – Srta. Marshall, já vi suas mãos. Em algum momento a senhorita consegue tirar toda a tinta?

Ela abriu um sorriso orgulhoso para ele.

– Não. Estou marcada para sempre.

– Foi o que pensei.

– Temos um jornal que precisa estar no trem do correio das quatro da manhã. Se me der licença.

A Srta. Marshall meneou a cabeça para ele em reconhecimento e foi embora.

Edward abriu o caderno de novo. Definitivamente estava faltando *alguma coisa* no rascunho. Devia ser algum truque da luz, ou uma expressão que lhe escapava. O desenho que havia feito parecia pálido e insubstancial em comparação com a Srta. Marshall em pessoa. Ele já a havia subestimado uma vez; seria uma estratégia ruim cometer tal erro de novo.

Estava tentando imaginar o que faltava quando a porta da frente do jornal se abriu e um homem entrou.

A atenção de Edward foi capturada instantaneamente. Ele fixou o olhar com firmeza no caderno, mas não conseguiu se conter e observou pela visão periférica. O homem que foi até a Srta. Marshall era mais alto do que Edward lembrava. Aqueles músculos que havia desenvolvido com o remo eram novos. Mas era, sem sombra de dúvida, Stephen Shaughnessy. Dali, Edward conseguia ouvir a voz dele. Estava mais grossa, mas ainda tinha aquela cadência de sempre, aquele toque irlandês, uma sombra do sotaque da mãe suavizado por uma vida na Inglaterra. O som trouxe consigo uma onda de emoção indesejada.

O pequeno Stephen. O Stephen chato. *O pateta*, como ele e Patrick costumavam chamá-lo quando agia de forma particularmente divertida e não queriam admitir. O rapaz não perdera *nada* desse jeito pateta, se as colunas serviam de alguma prova.

Mas dar apelidos grosseiros ao outro homem não mudava nada. Edward ainda sentia anseio por *algo*. Mas não sabia o que era. Havia dito a si mesmo um milhão de vezes depois de ser expulso do consulado que não tinha um irmão, que não tinha uma família.

Avistar Stephen havia mostrado a mentira nessa afirmação. No fim das contas, Edward tinha um irmão caçula – talvez um que não fosse seu parente de sangue, mas que era seu irmão de qualquer jeito.

Stephen inclinou a cabeça para a Srta. Marshall. Os dois estavam de pé e bem próximos, a Srta. Marshall mal alcançando o queixo de Stephen. Ela inclinou a cabeça e apontou um dedo para ele, e, devagar, Stephen ergueu as mãos, se rendendo. O rapaz disse algo, e ela riu.

Edward baixou os olhos e virou a página no caderno. Cada traço de Stephen estava queimando em sua mente – o nariz afilado, os olhos sagazes, a curva do sorriso. Edward quase conseguia vê-lo reduzido a marcas de lápis na página em branco à sua frente.

Não podia desenhá-lo. Ele desenhava para lembrar, e essa situação já era difícil demais sem que fizesse isso.

Siga em frente, pensou. *Vá embora. Se cuide. Estou morto, mas não vou deixar que minha família o machuque de novo.*

Mas Edward não ergueu os olhos para Stephen enquanto tinha tais pensamentos. Em vez disso, balançou a cabeça, pegou o jornal e voltou a ler.

Stephen tinha um quarto num prédio de fundos para o rio Cam.

Das margens do rio, escondida num arbusto ao longo da calçada de pedestres, segurando um binóculo de ópera, Free conseguia ver o lado de dentro. O Sr. Clark não havia expressado qualquer objeção a sentar em folhas e gravetos com ela.

Free não conseguia entendê-lo. O homem havia mentido para ela – e tinha admitido isso alegremente, com um sorriso. Havia tentado chantageá-la, mas tinha dado de ombros com complacência quando ela se recusara a permitir isso. Sem dúvida era um canalha completo, mas era o canalha de melhor índole com quem ela já tivera que trabalhar.

– O senhor estudou em Cambridge? – perguntou a ele.

O Sr. Clark lhe lançou um olhar incrédulo.

– Quem acha que eu sou? Um desses almofadinhas que fica discutindo por causa de cláusulas do latim? – Ele deu de ombros. – Se vai ficar com o binóculo, fique de olho no quarto. Não queremos perder nada.

Mas ele não tentou tirar o binóculo dela. Free suspirou e o focou no quarto de Stephen. Ele havia deixado um lampião aceso, mas ainda assim estava escuro o bastante para que ela pudesse deixar alguma coisa escapar se não estivesse prestando atenção.

– O senhor estudou em *algum lugar*. Algum lugar antes de morar na França, é o que eu imagino. Harrow, talvez? Tem alguma coisa no seu sotaque.

Ele bufou e desviou os olhos.

– Eton.

Free voltou a bufar.

– Meu irmão estudou em Eton. *Isso* eu ia reconhecer. Está mentindo para mim.

– É claro que estou. Somos parceiros por conveniência, Srta. Marshall, não amiguinhos compartilhando histórias de infância.

Outro homem talvez tivesse dito tais palavras com rispidez. O Sr. Clark as pronunciou com um toque de humor, como se o fato de estarem sendo forçados a ficar na companhia um do outro fosse uma grande piada.

– Ah. Melhor ficarmos sentados em absoluto silêncio, então?

– Não – respondeu ele. – Aceito de bom grado que a senhorita me divirta, se preferir. Diga: qual foi o resultado da luta entre Hammersmith e Choworth que aconteceu hoje de manhã? Eu fiquei meio isolado durante a tarde e não tive a chance de descobrir.

Free deixou o binóculo cair e se virou para ele.

– Somos parceiros por conveniência, Sr. Clark – repetiu. – Não sou sua secretária para ficar lhe dando as notícias do dia.

Ele deu de ombros.

– Típico de mulher. A senhorita não sabe. Por acaso acha que pugilismo é violento demais, que está abaixo do seu nível?

Free caiu na risada.

– Ah, não. Se acha que vai conseguir me atormentar com um "típico de mulher" dito na hora errada, está muito enganado. Que falta de originalidade. Todo mundo faz isso. Achei que o senhor estaria acima dessas coisas.

Houve uma pausa leve. Em seguida, ele balançou a cabeça, com tristeza.

– Tem razão. Foi um clichê horroroso. Na próxima vez que eu tentar provocá-la a reagir, vou me esforçar mais.

Free ficou com dó dele. Ela ergueu o binóculo mais uma vez e o fixou na janela iluminada.

– Choworth caiu depois de doze rounds com Hammersmith.

– Hammersmith ganhou! Está inventando isso. Será que ele conseguiu se esquivar dele? Sei que Hammersmith é mais rápido, mas Choworth tem aquele soco. E aquela força! Já o vi…

– Cuidado, Sr. Clark. – Free sorriu. – Está usando pontos de exclamação.

Uma pausa.

– Estou mesmo. – Ele suspirou. – Sabia que pugilismo é a única coisa da

Inglaterra da qual senti saudades? Eu saía catando jornais ingleses só para descobrir os resultados dos meus favoritos. Era louco por lutas quando era novo. Acho que é a única coisa que não mudou.

– Parece que Choworth conseguiu dar uns socos de direita no nono round – contou Free depois de um momento. – Hammersmith estava caído e conseguiu se levantar com esforço, mas o relato no *Times* vespertino dizia que os espectadores achavam que ele não ia conseguir mais lutar.

O Sr. Clark inclinou a cabeça para ela.

– A senhorita sabe disso porque lê todos os jornais rivais por via de regra ou porque realmente acompanha o esporte?

– Meu pai costumava me levar às lutas quando eu era criança. – Free sorriu. – Ainda vamos juntos. Faça com essa informação o que quiser.

– Humm. – O Sr. Clark bufou. – Que injusto.

Antes que ela pudesse perguntar o que isso significava, a porta do quarto de Stephen se abriu. Free indicou que o Sr. Clark ficasse em silêncio com um aceno de mão e focou o binóculo na janela. Um homem estava entrando de fininho no quarto. Um gorro escuro de malha cobria parte da cabeça.

– Tem alguém lá – disse ela para o Sr. Clark.

– Maldição.

Free tinha perguntado a si mesma se todo aquele bom humor era uma ilusão – se ele a odiava e apenas era extremamente eficiente em esconder seus sentimentos.

Mas aquela palavra a convenceu do contrário. Havia uma fúria calada ali. Ao lado de Free, ele estava tenso, seus olhos brilhavam.

– Maldição – repetiu. – Eu estava torcendo, torcendo de *verdade*, para que ele desistisse.

Isso talvez pudesse ser uma atuação. No fim das contas, esse era o homem que tinha produzido uma ousada falsificação na frente dela sem sequer piscar.

Ela manteve os olhos fixos no homem dentro do quarto de Stephen. O invasor parou na frente da cômoda, se virou para a mesa e em seguida, depois de outra pausa, saiu de fininho pela porta.

Free se levantou.

– Vamos lá.

Às pressas, eles desceram pela calçada até a ponte. O Sr. Clark não tentou ir mais rápido do que Free – embora fosse uma possibilidade fácil graças à saia pesada e a seu espartilho. Em vez disso, manteve o ritmo de Free, correndo com facilidade ao lado dela. Quando chegaram à parede externa do dormitório, ele parou.

– Se eu a erguer, a senhorita consegue chegar à janela dele?

Free nem hesitou.

– Claro que sim.

Antes que ela pudesse se preparar, ele a tomou pela cintura e a levantou. Free teve apenas uma breve sensação daquela força, do poder dos músculos do Sr. Clark, antes que a ponta de seus dedos se agarrassem à borda do parapeito da janela de Stephen. Free lutou para firmar o apoio, e a pegada do Sr. Clark mudou, deslizando para baixo. Uma das mãos dele surgiu abaixo de seu pé como suporte. Em seguida ele a elevou, e ela se impulsionou para dentro do quarto de Stephen.

– Precisa que eu o ajude a subir? – sussurrou ela da janela.

– Como a senhorita é amável – respondeu.

E, ao dizer isso, ele se jogou para cima, apoiando o pé num lugar, a mão em outro. Antes que Free percebesse, o Sr. Clark estava erguendo o próprio corpo por cima do peitoril da janela, quase sem perder o fôlego.

Free arregalou os olhos.

– Dá para ver que o senhor não é um cavalheiro – comentou ela quando o homem se arrastou pelo quarto adentro. – É forte demais.

– Ah, a senhorita notou. – Ele se endireitou, limpando as mãos, e abriu um sorriso malicioso para ela. – Trabalhei por algum tempo em metalurgia. Mas podemos falar sobre os meus músculos atraentes em outra ocasião, quando *não* estivermos invadindo um prédio.

Vinda de outro homem, aquela exultação casual teria sido francamente perturbadora. Mas o Sr. Clark não a disse com um olhar lascivo ou uma piscadela. Não balançou as sobrancelhas para garantir que Free tivesse entendido as implicações indecentes de tal fala. Ele apenas se virou e avaliou o quarto como se não tivesse agido de forma ultrajante. Como se tivesse apenas falado a verdade.

E talvez tivesse.

Free cobriu a boca para engolir a risada.

– É melhor a senhorita fazer uma busca – sugeriu ele. – Assim pode ter certeza que não escondi nada. Vou ficar de vigia.

Era estranho vasculhar a cômoda de Stephen. Mesmo que ele tivesse lhe dado permissão, aquilo lhe parecia uma invasão. Por fim ela achou um anel – uma coisinha feia de ouro manchado e âmbar – entre as gravatas.

– Aqui. Achei. O senhor estava certo quanto a isso pelo menos.

Ela ainda não confiaria nele.

O Sr. Clark fez um gesto.

– Pegue. Vamos sair daqui antes que nos descubram.

Ela não confiava no homem, mas, caso se permitisse, poderia gostar dele. Ele era inteligente, descontraído e não parecia nem um pouco intimidado pela inteligência dela.

Era realmente uma pena ela ter que arruinar a camaradagem temporária deles.

Free foi até a porta.

– Tem mais uma coisa que preciso fazer.

Até então, os dois estiveram falando em sussurros abafados, mas dessa vez ela não se deu o trabalho de moderar o tom de voz.

O Sr. Clark fez uma careta.

– Silêncio. Vão ouvir.

Esse era exatamente o objetivo. Free ergueu uma das mãos. O Sr. Clark deu um passo para a frente, mas, antes que pudesse alcançá-la, ela já tinha batido – com força – no lado de dentro da porta de Stephen.

– Pode entrar agora, Sra. Simms – disse Free, projetando a voz. – Vamos ver o que temos aqui.

Capítulo cinco

Edward se jogou da janela antes que sequer tivesse a chance de pensar no que a Srta. Marshall estava fazendo. Seu coração martelava no peito, e suas mãos estavam pegajosas.

Mas, em vez de pular imediatamente até o chão, ele se segurou, apoiando os calcanhares contra a rocha áspera do prédio, agarrando a hera com as mãos.

– Então, meu bem. – Ouviu uma voz mais velha dizendo. – É o que a senhorita achava?

– Infelizmente, sim. Tem um anel aqui.

A idosa – Sra. Simms – soltou um muxoxo.

– Que coisa feia, Srta. Marshall. Bem feia. Ainda bem que a senhorita ficou sabendo disso. Stephen é um amor.

Então nem todo mundo odiava Stephen. Fazia anos que Edward não falava com ele, mas ainda assim não ficou surpreso ao descobrir que o rapaz continuava a encantar as mulheres.

A idosa estava fungando com desdém.

– Posso atestar que ele passou a noite toda fora do quarto. Verifiquei as coisas dele às três da tarde, quando Stephen estava saindo, e não vi nada.

Ah. Edward apoiou a testa na pedra fria. A Srta. Marshall tinha organizado um plano B, caso falhassem no que pretendiam fazer. Inteligente.

Claro, não havia informado Edward. Isso era ainda mais inteligente. Ele certamente não teria informado a si mesmo. Devia ter sido quando ela saiu do jornal – tinha garantido que se Edward estivesse mentindo para ela, ainda assim Stephen estaria protegido. E depois havia lhe trazido um sanduíche.

Maldição, como ele respeitava isso.

– Vou ficar com o anel, então – disse a Sra. Simms. – E quando começarem a falar que alguma coisa *sumiu*, vou revelar tudo. Não podem encontrá-la aqui, Srta. Marshall. Sabe o que vão dizer. Pode ir.

– A senhora é um amor. Diga ao Sr. Simms que me mande um recado caso tenha mais alguma coisa que eu precise saber.

Edward conseguia ouvi-la se aproximando da janela enquanto falava. Ele pulou para o chão e aguardou.

A Srta. Marshall trepou por cima do parapeito, olhou para baixo e o avistou.

– O senhor ainda está aqui – disse ela num tom surpreso.

– Pode se pendurar – orientou Edward, falando baixo. – Eu a seguro.

Ela não hesitou. Jogou as pernas por cima do parapeito. Ele vislumbrou a anágua branca e os tornozelos cobertos por meias – e então ela se abaixou. Ele a pegou nos braços.

Foi um pouco desconfortável deixá-la descer até o chão, deslizando pelo corpo de Edward. Desconfortável para ele, do melhor jeito possível. Estava ciente de cada agitação de tecido. A Srta. Marshall tinha um cheiro maravilhoso, algo doce e silvestre, como lavanda numa colina deserta. Ele quase não queria soltá-la quando os dedos dos pés dela tocaram o chão.

Mas soltou, dando passos para trás.

Quando ele a encarou, encontrou-a sorrindo.

– O senhor está zangado comigo? – perguntou com doçura.

– Claro que não. Eu lhe disse para não confiar em mim, e a senhorita não confiou.

Toda vez que ele achava que sabia o que esperar da Srta. Marshall, ela atrapalhava as expectativas dele. Edward se sentia fora de eixo, incerto.

Além disso, ela gostava de pugilismo.

Meu Deus, isso era ruim. Muito, muito ruim.

– Bem – disse a Srta. Marshall, dando de ombros –, precisamos conversar.

O ruim ficou instantaneamente pior. Conversar nunca era uma coisa boa. Ele a olhou com desconfiança.

– Precisamos?

– Sim. – De repente, ela abriu um grande sorriso. – Mas não me olhe assim. No fim das contas, foi o senhor quem sugeriu. Ficamos de conversar sobre como acho seus músculos atraentes.

A boca de Edward ficou seca. Não havia mais motivo para fingir. Ele a queria – queria tudo da Srta. Marshall –, desde esse sorriso atrevido ao funcionamento interno daquela mente brilhante. Ele a queria perdidamente.

Deu um passo na direção dela.

– Infelizmente – disse a Srta. Marshall –, teremos que adiar essa conversa. Afinal, tenho um jornal que precisa ser despachado no correio das 4 da manhã.

Edward não conseguia acreditar. A mulher tinha... brincado com ele. De maneira incompreensível, ridícula, abominável. Quem deveria ser o canalha ali era *ele*. Era *ele* quem devia estar deixando-a nervosa.

– Não é de estranhar que a senhorita não estivesse preparada para me dar itálicos nem em "enlouquecedoramente" nem em "genial" esta tarde – disse Edward. – A senhorita os estava guardando para si. Uma boa jogada, Srta. Marshall. Uma jogada muito boa.

Ela abriu um sorriso para ele – o qual Edward podia chamar apenas de enlouquecedoramente excitante – e, depois, lhe deu as costas. Sua saia esvoaçou ao redor dos tornozelos. Ela se afastou dele com passadas rápidas e confiantes, como se soubesse seu destino. Como se tal destino não tivesse nada a ver com Edward.

Ele tinha a estranha sensação de que, após anos de imobilidade monótona, todo o seu mundo havia de repente começado a girar ao seu redor. Tinha sentido isso desde que havia sido atraído para a órbita da Srta. Marshall, às margens do Tâmisa.

Ela lhe dava uma sensação extraordinária de vertigem. Edward deveria odiar isso.

Mas não odiava. Nem um pouco.

~

Edward nunca tinha estado no estábulo do barão Lowery antes, mas foi atingido por uma dolorosa sensação de familiaridade no instante em que entrou. A rédea pendurada na parede, o cheio de óleo e ervas, a disposição das ferramentas... Os melhores momentos da infância de Edward aconteceram num estábulo organizado desse jeito.

Familiaridade era algo bom após os eventos extremamente peculiares da noite anterior.

Enquanto ele descia pelo corredor, um cavalariço surgiu de uma baia próxima, com uma expressão confusa no rosto.

– Posso ajudar o senhor? – perguntou o garoto com a voz falhando na última sílaba.

– Estou procurando Shaughnessy – disse Edward.

Ele manteve a expressão calma e tranquila, embora os batimentos de seu coração estivessem acelerados. Fazia anos e anos que não via Patrick.

– Ele está esperando o senhor, então?

Isso foi dito com certa dúvida.

– Não, mas ele vai querer me ver.

– Agora? – O garoto franziu a testa. – O dia já está quase acabando. O serviço pode esperar?

– Não estou aqui a trabalho.

Uma pausa mais longa. O garoto abriu a porta da baia e a fechou com cuidado às suas costas. Edward conhecia tal gesto – esse era um garoto que havia sido advertido para conferir a trava, para ter certeza. Conhecia tal advertência também.

O garoto esfregou as mãos.

– Vou ver se ele virá. Quem devo dizer que está chamando?

– O Sr. Clark.

Nem uma sombra de reconhecimento. O garoto deu de ombros e desapareceu, e Edward esperou.

Fazia anos desde que havia incomodado Patrick. O amigo nunca tinha falado nada sobre o débito que Edward havia gerado. Não falaria – Patrick não era o tipo de pessoa que controlava quem devia o que a quem. Era por isso que Edward tinha que marcar o placar por ele. Esses débitos nunca seriam saldados. A única coisa que Edward podia desejar era mantê-los distantes.

A porta atrás dele se abriu.

– Edward, seu imbecil – disse um homem.

Ele se virou. Antes que pudesse dar uma olhada no amigo, Patrick estava em cima dele, envolvendo-o com os braços.

– Nenhuma resposta à minha carta – reclamou Patrick –, nenhum telegrama, nenhuma mensagem, nem mesmo uma bandeira de semáforo acenada a uma distância nebulosa. Achei que você...

– Achou que eu não ia ajudar? – perguntou Edward seriamente.

Patrick se afastou, segurando o amigo com o braço esticado.

– Não seja ridículo. Eu sabia que você faria isso por mim. Mas quando percebi que você devia estar na Inglaterra, achei que talvez não viesse me visitar.

Edward tinha considerado isso. Não havia outra pessoa no planeta que o conhecesse tão bem quanto Patrick, e o amigo tinha uma perspectiva excessivamente otimista dos defeitos de Edward. Por essa razão, podia ser desconfortável estar na presença do homem. Não era apenas por causa das coisas que Edward tinha feito; era o jeito de Patrick. O homem não mentia. Não trapaceava. Era honroso, justo e confiável – tudo o que Edward não era.

Era só um acidente da história que fossem amigos – história e a recusa convicta de Patrick em dar as costas para o antigo amigo. Edward quase se sentia culpado por manter tal amizade. Sua própria presença era depravadora.

Ele havia erradicado a culpa de todos os outros aspectos de sua vida, mas não conseguia se livrar dela nessa questão. Amava demais o amigo para permitir que um pouco de culpa o impedisse.

– Eu estava na região – disse Edward ociosamente. – Pensei em dar um oi.

– Ah, na *região*. – Patrick abriu um sorriso astuto. – Está aqui num capricho, então?

Tinha levado várias horas de trem.

Patrick deu um soco no ombro de Edward.

– Idiota. Pelo menos assim posso lhe agradecer em pessoa. Já está tarde o bastante, e posso considerar concluir o trabalho por hoje. Venha jantar comigo.

– Você já está encerrando? – Edward arqueou uma sobrancelha numa incredulidade falsa e tirou o relógio de bolso. Examinou os ponteiros com uma seriedade fingida. – Mas ainda não são seis horas. Como você ousa sair *nove minutos* mais cedo?

O rosto de Patrick ficou sério enquanto ele avaliava a situação.

– Não, não. Você tem razão. Eu deveria dar uma última conferida nas coisas, para garantir que está tudo em ordem.

– Eu estou brincando.

Patrick balançou a cabeça com pesar.

– Eu não.

Então Edward esperou enquanto o amigo passava por tudo, meticulosamente checando a aveia e a água. Esse era Patrick. O pai dele também fora assim – o mestre do estábulo na propriedade onde Edward crescera.

Estranho como as lições que Edward aprendera com o homem o tinham tornado um canalha tão competente. *Faça tudo em busca da perfeição. Avalie situações do ponto de vista de todos. Gastar alguns minutos verificando as coisas pode prevenir um dia de desastres.* Não importava se era para falsificações ou comércio de cavalos, ainda assim eram conselhos excelentes.

Quando Patrick terminou – dezesseis minutos depois das seis –, conduziu Edward para seus aposentos: um chalé pequeno de dois cômodos a menos de um quilômetro dos estábulos. Ele lavou as mãos e depois colocou a chaleira para ferver.

– Você ainda tem a miniatura – comentou Edward.

A pintura ficava numa prateleira em cima da lareira – dois meninos sentados à beira de um rio, os galhos das árvores às suas costas representados com pouca experiência em tinta a óleo. A versão mais jovem de Patrick – baixinha e magra, com cabelos castanhos – apontava para o céu. Edward havia pintado a si mesmo olhando para o espectador.

Isso fora mais por falta de imaginação – estivera olhando no espelho enquanto pintava – do que uma escolha artística de verdade.

Fitar os olhos da criança que tinha sido lhe deu uma sensação estranha. Aquele garoto tinha olhos escuros e inocentes e um sorriso sem nenhum toque de cinismo. Aqueles olhos pertenciam a outra pessoa. Eram a ilustração de uma história que um dia lhe contaram sobre si mesmo – simples e doce demais para ser verdade. Ele desejou que pudesse rasurar sua figura na imagem.

– Claro que tenho a miniatura – disse Patrick. – Por que eu me livraria dela?

Ele desapareceu no porão por um momento e voltou com duas linguiças. Em seguida, as colocou para torrar no fogo.

Edward desviou os olhos, balançando a cabeça.

– Imagino que você não tenha aquela minha outra pintura.

– Qual, a do Urso Byron sendo derrotado por Lobo?

Era um combate sobre o qual tinham lido num daqueles livros que costumavam devorar. Havia tomado conta da imaginação dos dois. Tinham reencenado a luta várias vezes e, quando Edward passara a pintar em telas cheias, capturar esse momento tinha sido um dos seus primeiros triunfos.

– Não – respondeu Patrick com suavidade. – Não pude levar essa comigo quando fomos… embora.

Quando o pai de Edward mandara que o chicoteassem, era isso que Patrick queria dizer, porque Edward o havia persuadido a falar o que pensava quando não deveria. Quando a família de Patrick havia sido posta na rua depois de doze anos de serviço.

– Mas chega de falar dos velhos tempos. – Patrick se endireitou após girar as linguiças no fogo. – Só pedi a você que falasse com seu irmão depois que o barão Lowery me contou que tinha ouvido algumas coisas alarmantes dele. Mas identifiquei um dedo seu nos últimos acontecimentos.

– Stephen já lhe contou então?

Patrick piscou devagar.

– Hã… Não. Eu li no jornal.

Os olhos de Edward se arregalaram.

– Você *leu* sobre *mim* no jornal? Ah, pelo amor de De… – Ele lembrou, bem na hora, que Patrick não blasfemava e encobriu o sacrilégio com uma tosse. – Pelo amor da misericórdia – continuou de forma mais branda, embora soubesse que não estava enganando o amigo. – O que o jornal dizia?

– Não era sobre você – disse Patrick devagar.

Ele cruzou a sala até a escrivaninha e abriu a gaveta.

– Ah. Aqui está. Leia você mesmo.

Edward foi até ele. Era uma coluna de 5 centímetros na segunda página do *Imprensa Livre das Mulheres*, escassa em detalhes. Uma arrumadeira havia visto um homem entrando no quarto de um aluno. Ela havia ajudado esse mesmo aluno a fazer as malas para uma visita surpresa naquela tarde, então o ato levantou suspeitas. Após uma inspeção mais aprofundada, ela descobriu que o homem havia deixado um anel no quarto – um que a arrumadeira sabia que não estava presente quando o aluno saiu de lá, pois ela mesma havia examinado as gavetas enquanto ele fazia as malas.

Não iremos especular sobre o motivo que levou a essa tentativa de culpar falsamente um aluno inocente, concluía o jornal de forma piedosa. *Mas precisamos comentar que tal aluno é conhecido por nossos leitores como Stephen Shaughnessy, o autor de uma coluna regular neste jornal.*

A Srta. Marshall não comentara nada sobre Edward ao relatar o evento no jornal. Claro que era uma ideia genial. Ela havia conseguido testemunhas da inocência de Stephen. E sua história havia sido publicada antes. Logo, tentativas futuras de incriminar Stephen seriam enviesadas por isso e vistas com um ceticismo maior. Ela não estivera mentindo quando abandonara Edward na noite anterior: tinha mesmo um jornal para publicar.

Claro, também havia sido seu jeito de lhe mostrar que ela não iria fazer as vontades dele em silêncio, e o que quer que ele tentasse, a Srta. Marshall conseguia fazer melhor. Tinha uma tiragem de – ele virou o jornal para verificar – uns cinquenta mil assinantes. Fazia anos que ela usava seu negócio como arma e, se Edward a irritasse, tal arma estaria no pescoço dele.

E, como um tolo, ele pensara que poderia entrar na vida dela e ditar o que ela deveria fazer.

– Você está sorrindo – comentou Patrick.

– Claro que estou sorrindo. – Edward soltou a publicação. – Você é assinante de um jornal que se diz ser *por mulheres, para mulheres e sobre mulheres*.

Patrick torceu o nariz.

– Não falei isso como uma ofensa aos seus gostos – acrescentou Edward às pressas.

– Talvez você lembre que meu irmão escreve para esse jornal – disse o amigo, rígido. – Sou assinante por causa do meu orgulho fraternal.

– É claro.

– E a Srta. Marshall é excepcionalmente inteligente – continuou Patrick. – O fato de ela ser uma mulher escrevendo para mulheres não muda nada.

Dizer isso, Edward estava começando a perceber, era pouco.

– É claro – repetiu brevemente.

– Eu a encontrei uma vez – acrescentou Patrick. – Deduzo que você também já a encontrou. *Gosto* dela. Já contou para ela quem você é?

– Uma mulher que descobre segredos para o consumo do público? Claro que não contei. Eu minto para todo mundo. E, de qualquer jeito, em questão de meses toda essa história vai ser irrelevante. Edward Delacey vai oficialmente estar morto e James vai ser o visconde. Se eu continuar a mentir por tempo suficiente, isso nem vai ser mentira.

Patrick torceu os lábios. Era claro que não aprovava. Mas tinha ido até Edward depois de Estrasburgo e entendia.

O amigo sabia que James tinha mentido para o Consulado, abandonando Edward no caminho do exército que avançava. Havia ouvido histórias sobre os cartuchos e fusíveis de percussão, sobre as semanas na brigada de incêndio. Teria sido o suficiente para atormentar qualquer homem, mas, além disso, também havia o que aconteceu depois de Estrasburgo ter sido entregue. Patrick poderia não concordar com a mentira de Edward, mas entendia por que o amigo não queria voltar.

Ele suspirou.

– Ao menos me deixe contar para o barão Lowery...

– Não. – Edward se levantou. – Isso seria quase tão ruim quanto contar para a Srta. Marshall. Não me importa que sua... amizade com ele seja profunda, ou quanto você confia nele. Seu patrão faz parte do Comitê de Privilégios. James vai ter que lhes apresentar a petição para se unir à Câmara dos Lordes antes de abordar toda a entidade. Acha que Lowery vai ficar calado quando James disser que o irmão mais velho dele deve ser declarado como morto?

Patrick desviou os olhos.

– É pouco provável. E é exatamente por isso que acho que você deveria contar para ele.

– Ah, não. Não. Não vou contar.

– Você vai permitir que James seja o próximo visconde, sabendo que é *assim*... – Patrick bateu no jornal com a mão – ... que ele vai usar esse poder? Sei que a ideia de assumir o posto é uma abominação para você, mas, Edward, você poderia fazer coisas boas. Pense nisso.

– Você que pense nisso – rosnou Edward. – Você, acima de todo mundo, deveria entender. Eu não faço coisas boas.

Patrick deu mais um tapinha no jornal.

– O que foi isso então?

Edward sentiu a garganta se fechar. Pretendera entrar no quarto como um ladrão, apenas para acabar com os planos de James. Fora a Srta. Marshall quem recrutara outras pessoas. Fora ela quem resolvera tornar as escolhas particulares deles uma manobra pública, projetada para proteger Stephen.

Edward? Bem, ele tinha tentado chantageá-la.

– Suas linguiças estão queimando – alertou em vez de argumentar.

E estavam. Haviam ficado do mesmo lado por muito tempo. A tripa tinha torrado e se soltado do recheio. Patrick grunhiu, irritado, e resgatou a carne.

– Qual seria o objetivo? – perguntou Edward. – Fazer coisas boas? Ambos sabemos a verdade. Não sou mais um idealista de cabeça quente e, mesmo que fosse, ficaria sufocado num mar de homens velhos determinados a proteger seus privilégios. Não tenho desejo algum de passar o resto da vida lutando contra essa futilidade específica.

Patrick espetou as linguiças com um garfo.

– Você não acredita nisso de verdade.

– Veja o que eu fiz com minha vida, Patrick, e me diga que não acredito nisso.

O amigo o olhou com rispidez.

E foi nesse momento que a porta do chalé se abriu. Edward não conhecia o homem que ficou ali parado, encarando-o, mas conseguia adivinhar sua identidade pela expressão firme que tomou conta de seu rosto.

– Ah – murmurou o recém-chegado. – Hum. Sr. Shaughnessy. Estou... interrompendo alguma coisa, pelo jeito? Eu... tinha uma pergunta sobre a égua cinza.

As narinas de Patrick se dilataram. Ele soltou o garfo com as linguiças na mesa.

– Olá, George. Este é Edward Clark. – Ele lançou um olhar irritado para Edward. – Eu queria *muito* apresentar vocês dois. Posso fazer isso do jeito *decente*?

A ênfase na última palavra deixava pouca dúvida em relação ao que Patrick queria dizer. Sem dúvida ter de contar qualquer mentira o incomodava. Ter de contar uma mentira tão grande para o barão de Lowery em especial deveria deixá-lo enfurecido.

– Sinto muito – disse Edward. – Não há nada de decente em mim.

O barão de Lowery estava piscando para Edward com uma expressão intrigada no rosto.

– Então... O amigo lendário existe de verdade.

– Na verdade, não – retrucou Edward com leveza. – Sou como um unicórnio. Dentro de alguns dias o senhor vai se convencer de que eu não passava de um cavalo mal interpretado sob a luz fraca. Preciso ir embora.

– Edward. – Patrick suspirou. – Você *acabou* de chegar. Não pode...

– Posso. Afinal, preciso voltar à minha última tarefa. Ainda não terminamos.

– Sim, mas...

– Você me pediu que o ajudasse. Não posso fazer as outras coisas que você pediu, mas isso... – Edward abriu um sorriso triste. – Essa tarefa precisa de alguém como eu. Não se preocupe com Stephen. Vou garantir que ele fique a salvo. – Edward assentiu. – Barão. Patrick.

Ele saiu antes que pudesse pensar melhor. Já havia anoitecido, e a escuridão espessa era entrecortada apenas pela luz fraca e indistinta das estrelas. Edward tropeçou caminho abaixo, e foi até a entrada principal da melhor forma que pôde no escuro.

Ouviu passos às suas costas, seguindo-o. Não olhou para trás, não até a mão de alguém segurá-lo pelo pulso e o forçar a se virar.

Mas não era Patrick. Era o barão de Lowery, fuzilando-o com os olhos.

– Veja bem – disse o homem. – Não entendo nada sobre sua amizade com Patrick. Não sei quem o senhor é. Mas se machucar Patrick, vou caçar o senhor e *destruí-lo*.

O homem era mais baixo que ele, e Edward passara os últimos anos fazendo trabalho manual. Apenas se endireitou até sua altura máxima e olhou para baixo, para o barão.

– O *senhor* vai proteger *Patrick*? – repetiu Edward, sua voz retumbando.

Mesmo sob a luz das estrelas, ele conseguiu ver o homem enrubescer. Lowery deveria saber o que estava revelando. Um barão não lutava para salvar o mestre do estábulo de uma alusão a um insulto. Certamente não enfrentava um homem do tamanho de Edward.

– Sim – disse Lowery em voz baixa. – Vou.

Edward não podia fazer coisas boas e, até então, sua amizade não havia trazido muitos benefícios a Patrick. A melhor coisa que poderia fazer pelo amigo era ir embora.

Então esticou uma das mãos e a apoiou no ombro do homem.

– Ótimo. Vou contar com isso.

Antes que Lowery pudesse fazer qualquer coisa além de piscar, Edward se virou e foi embora.

~

As flores amarelas estavam se abrindo alegremente nas caixas, a janela estava aberta alguns centímetros, e a brisa de primavera que entrava era doce e refrescante. Chá e torradas estavam postos à mesa, e Free estava rodeada das melhores amigas. Duas noites antes, havia conquistado uma vitória perfeita e total.

Apesar de tudo isso, a manhã não estava com uma cara muito vitoriosa.

– Outra coluna foi replicada – disse Alice, exibindo o recorte. – No *Manchester Times*. Aqui. Está quase igual à sua discussão da lei de Reed. Tem frases inteiras duplicadas.

Free franziu o cenho.

– Mas como isso é possível? Não deixei ninguém ver a coluna até ter sido revisada. Fui cuidadosa dessa vez.

– Então devem ser as provas. – Alice deu de ombros. – Se essa é a única possibilidade.

Alice Halifax era prima de Free por parte de pai. Sua família tinha crescido minando carvão até a produção da mina ter enfraquecido. No pânico de 1873, ela e o marido tinham se visto em lençóis ainda piores. Na época da crise, Free conhecia Alice apenas vagamente, mas precisara de alguém para lhe ajudar, então tinha pedido a ela. Foi a melhor decisão que poderia ter tomado. Alice era franca e direta, sempre alertando Free e Amanda quando o jornal saía de rumo, quando elas ficavam teóricas demais. Também lhes dizia quando estavam sendo condescendentes com mulheres que conheciam os limites da própria posição melhor do que elas. Alice era a fundação de todo o jornal. Se *ela* achava que algo daria problema, indiscutivelmente daria problema.

Free suspirou.

– Você tem razão, Alice, sem dúvida. Se diz que são as provas, então devem ser as provas. – Ela apoiou a cabeça nas mãos. – Mas não quero que seja isso.

Se fosse esse o caso, os segredos não estavam sendo vendidos por um desconhecido revirando o lixo dela.

Alice deu de ombros, inabalada.

– Você não tem a opção de ser teimosa em relação a isso, Free. A realidade é o que é.

Amanda, que estava sentada à esquerda de Free, foi mais gentil.

– Provavelmente não é o que você imagina – falou. – Está achando que a tia Violet, ou uma das outras pessoas para quem mandamos provas de cortesia, está soltando gargalhadas maldosas enquanto as entrega a seus inimigos. Mas seja racional. É muito mais provável que seja um criado surrupiando os jornais da casa.

Free soltou um longo suspiro. Amanda tinha razão, e esse pensamento a acalmava. Mas Amanda sempre fora uma influência tranquilizadora. Haviam se conhecido quase uma década antes, quando a tia de Amanda, Violet – atualmente Violet Malheur, a antiga condessa de Cambury, uma mulher genial e bem-sucedida –, tinha anunciado uma série de descobertas científicas, aborrecendo toda a Inglaterra da melhor forma possível. Amanda tinha entrado em Girton um ano depois de Free. Após anos de amizade, quando Free começou o jornal, lhe parecera fácil pedir a Amanda que se juntasse a ela. No presente, Amanda relatava variados atos do Parlamento. Passava metade do tempo em Londres, tomando notas na Galeria das Senhoras.

Porém, quando Amanda estava em Cambridge, ela e Free compartilhavam essa casa e uma arrumadeira. O terreno onde haviam construído a residência – alugado pelo maior número de anos que Free conseguira – certa vez fora uma pastagem de gado na extremidade da cidade. O espaço também abrigava o prédio onde ficava a prensa móvel, a uns 15 metros da casa. Dessa forma, quando estavam rodando a impressão tarde da noite, não eram incomodadas pelo barulho. A moradia não passava de um chalé – três cômodos pequenos –, mas Free se sentia segura nela, rodeada pelas amigas.

Ela balançou a cabeça.

– Então temos que adivinhar quem está fazendo isso, e temos que impedir. – Ela hesitou. – Na verdade... Falando nisso, se lembram daquele homem que apareceu aqui no outro dia?

– O Sr. Clark. – Amanda franziu o cenho. – É esse mesmo o nome? Ele vai anunciar no jornal?

– Sim. Bem. – Free fez uma careta. – Ele não veio falar exatamente sobre anúncios.

– Que pena. Com Gillam caindo fora...

– Ele veio porque alega que o honorável James Delacey – Free pronunciou *honorável* com uma distorção irônica – está por trás das réplicas. Não tenho certeza se podemos confiar no Sr. Clark. Na verdade, tenho certeza que não. Mas pode ser que ele esteja dizendo a verdade sobre isso.

Ela contou a história toda. Quase toda. Omitiu menções à chantagem e à falsificação. Também – de alguma forma – não mencionou os elogios que ele havia lhe feito ou a sensação firme das mãos dele em sua cintura enquanto a erguia até a janela.

Amanda escutou tudo com uma desaprovação cada vez maior.

– Free – interrompeu por fim –, em que você estava pensando? Saindo à noite com um homem desconhecido? E se…

– Ela já correu riscos maiores – disse Alice com menos rancor.

– Contei à Sra. Simms onde eu estaria – falou Free. – Deixei uma carta, então se alguma coisa acontecesse comigo…

– Ah, ótimo. – Amanda revirou os olhos. – Se minha melhor amiga tivesse sido assassinada, eu poderia ter vingado a morte dela. Quão reconfortante isso seria! Você precisa tomar mais cuidado, Free. Já vi algumas das cartas que mandam para você. Teve aquele incidente dois anos atrás com a lanterna, e foi só há três semanas que pintaram aquelas letras na nossa porta no meio da madrugada.

– Bem, não aconteceu nada. – Free desviou os olhos. – Como Alice disse, já fiz coisas bem mais perigosas por uma história. Se eu fosse me esconder só porque as pessoas me mandaram ameaças perversas, passaria o resto da vida encolhida debaixo de um cobertor.

– Ah, não faça isso. – Amanda bufou. – Há uma diferença enorme entre *se esconder debaixo das cobertas* e *sair à noite com um homem que você acabou de conhecer*. Não me importa quão lustrosas fossem as credenciais dele.

– Ah, não eram nem um pouco lustrosas – disse Free. – Eu nunca teria confiado nele se fossem. Eram mais de um latão manchado, e nós rimos delas juntos.

– Pior ainda. Você precisa parar de se arriscar, Free. Aprenda a ter medo para variar.

Como se essa fosse uma habilidade que ela precisava aprender. As narinas de Free se dilataram.

– Minha vida toda é um risco. É isso que significa colocar meu nome numa manchete e dizer o que penso. Se alguém decidir acabar comigo, não há nada que eu possa fazer a respeito… nada além de me rodear com a ilusão de segurança. Se o Sr. Clark quisesse me matar, poderia simplesmente ter entrado de fininho no meu quarto de madrugada com um garrote vil.

Isso lhe trouxe à mente a lembrança de um dos pesadelos dela, uma imagem escura e lúgubre que espreitava às margens de seus pensamentos conscientes. Ah, Free tinha medo. Nunca parava de ter medo. Apenas tentava não deixar que ele a impedisse de agir.

Anos antes, sua tia falecera, deixando para Free uma herança surpreendente. Mas o dinheiro que ela recebera não fora a coisa mais valiosa que herdara. Sua tia Freddy também havia lhe deixado uma carta. *Um dia desses*, escrevera a tia, *você vai aprender a ter medo. Espero que eu tenha conseguido poupar o suficiente para ajudá-la a seguir em frente de alguma forma depois disso.*

Free guardava a carta na mesa de cabeceira. Freddy tinha razão; ela havia aprendido a ter medo. Às vezes, se um pesadelo era especialmente ruim, Free pegava o papel e o segurava, e a carta mantinha os piores medos dela à distância.

Ela balançou a cabeça, afastando tais pensamentos.

– Podemos discutir sobre o passado quanto quisermos. Mas a verdade é que nada que eu fiz poderia ter impedido um agressor determinado, nem o meu bom senso, nem minhas escolhas mais acanhadas.

– Free – protestou Amanda.

Mas Alice se inclinou sobre a mesa e deu um tapinha na mão de Amanda.

– Ela tem razão, Amanda. Se não se arriscar, ela vai ser bem menos como Free, e bem mais como...

Alice deixou a voz morrer, talvez percebendo o que estivera prestes a dizer.

– Como eu – completou Amanda com amargura.

– Não – disse Alice. – Você se arrisca. Do seu jeito.

Free desejou que pudesse falar alguma coisa em resposta. Em vez disso, engoliu em seco e olhou para as mãos. Hora de mudar de assunto.

– Você vai descer para Londres na próxima semana, não vai?

Amanda fez um aceno trêmulo com a cabeça.

– Então eu gostaria que você levasse algo para Jane, se puder.

– Acho que posso. Se você for capaz de se impedir de ser assassinada sem alguém morando com você – murmurou Amanda de mau humor. – Você vai ficar longe do Sr. Clark?

Free suspirou.

– Não preciso prometer isso. Ele não vai voltar.

Sim, o homem tinha flertado com ela. E o tinha feito de um jeito descarado. Mas depois da maneira com que ela havia alterado o plano deles e em seguida divulgado tudo no jornal? Era pouco provável. Mesmo se ele tivesse lhe contado a verdade, e ela duvidava muito disso, os homens não gostam que as mulheres estejam no controle.

– Free – disse Amanda, exasperada. – Pare de ignorar minha pergunta.

– Não – respondeu Free, esfregando as têmporas. – Não vou prometer. Ele seria útil se voltasse. Mas não vai voltar.

Capítulo seis

Free tivera certeza – quase certeza – que não veria mais o Sr. Clark depois daquela noite em março, duas semanas antes. À medida que os dias passaram, ela deu o melhor de si para se convencer de que era verdade. Toda vez que a porta abria, ela se virava e prendia a respiração. Toda vez que alguém que não era o Sr. Clark entrava, seu coração afundava. Tola, disse a si mesma. Muito tola. No fim das contas, não havia motivo para ficar esperando o retorno dele. Competir intelectualmente com ele uma vez já tinha sido o suficiente para uma vida inteira.

E, além disso, o único homem de quem o jornal dela de fato precisava era Stephen Shaughnessy. Free tinha certeza de que *ele* estava do lado dela, pelo menos.

Aquele incidente o envolvendo tinha afetado todos, fazendo-os perceber o que estava em jogo. Tinha levado Stephen a escrever colunas ainda mais ultrajantes – e todo mundo seguiu seu exemplo, se jogando no trabalho.

Não, não precisavam do Sr. Clark.

Abril tinha começado de fato. Amanda tinha descido até Londres para relatar a sessão mais recente do Parlamento, e Free havia parado de erguer os olhos toda vez que a porta da empresa dela se abria. Havia reduzido esse impulso tolo a algo que não passava de um leve interesse – algo que ela podia afastar, se concentrando em vez disso nos jornais à sua frente.

E então…

– Olá, Srta. Marshall – disse alguém da porta do escritório de Free, alguém com uma voz sonora e sombria, que prometia diversão e perigo no mesmo fôlego.

Free deu um pulo, derrubando a caneta e espirrando tinta na manga. Não que se importasse. Todos os vestidos diurnos dela já estavam manchados de tinta.

Ainda assim, ela tentou limpá-la.

– Sr. Clark. Como vai?

Ele sorriu para ela, e Free se esforçou ao máximo para lembrar todos os motivos pelos quais não deveria gostar dele. Ela não sabia seu nome verdadeiro. Ele tinha tentado chantageá-la. Ele tinha desaparecido por semanas, sem explicação alguma.

Mas o homem tinha um sorriso bem agradável, e parecia verdadeiramente contente em vê-la.

Maldito seja.

Free tentou não retribuir o sorriso.

– E aqui estava eu pensando que o senhor tinha interpretado a matéria que escrevi sobre os eventos da outra noite pelo que era: uma ameaça de expor o senhor publicamente. Achei que tinha fugido em resposta.

– É claro que não. – Ele se encostou no batente da porta. – Entendi o aviso. Foi esperto da sua parte, Srta. Marshall, deixar claro que tem mais um trunfo sobre mim. Mal posso ressentir-me por isso.

O Sr. Clark pareceu estar falando sério.

Free balançou a cabeça.

– Pelo contrário. Isso é precisamente o tipo de coisa que, via de regra, faria alguém guardar ressentimento.

– Ah, mas se eu fosse esse tipo de homem, a senhorita não me acharia tão interessante.

Sem ser convidado, ele entrou no escritório. Não se acomodou numa das cadeiras. Em vez disso, se inclinou sobre a mesa de Free, como se tivesse todo o direito do mundo de chegar tão perto.

– Um homem precisa fazer escolhas: pode ficar enfurecido sem motivo ou pode impressionar homens e mulheres. – Ele deu de ombros. – Escolhi ser charmoso. Está funcionando?

Por Deus, Free tinha esquecido como ele era completamente ultrajante. Era hora de forçar a conversa a voltar ao controle dela.

– Sr. Clark – falou, com a voz mais severa de que era capaz –, não me diga que está fazendo *isso* de novo.

– Qual dos meus inúmeros defeitos está deixando a senhorita desconfortável, Srta. Marshall? – Ele abriu lentamente um largo sorriso para ela. – Minha presunção arrogante ou meu senso de humor perverso?

– Nenhum dos dois. Até que gosto deles. Só que está tentando usar minha atração pelo senhor para me deixar nervosa. – Free sorriu para ele. – Não vai funcionar. Me senti atraída pelo senhor desde o momento em que o vi, e isso não me fez agir sem pensar nenhuma vez.

Ele paralisou, uma das mãos na beirada da mesa.

– Esperava que eu negasse? – Free deu de ombros do jeito mais complacente de que era capaz. – Deveria ler mais o meu jornal. Publiquei um ensaio excelente de Josephine Butler sobre esse assunto. Os homens usam a sexualidade como uma ferramenta para fazer as mulheres se calarem. Não podemos falar sobre assuntos que abordem relações sexuais, mesmo que digam respeito aos nossos corpos e à nossa liberdade, por medo de nos chamarem de indelicadas. Sempre que um homem deseja amedrontar uma mulher e forçá-la a se submeter, ele só precisa incluir a questão da atração sexual, deixando a mulher virtuosa sem escolha a não ser ficar enrubescida e se calar. Deve saber, Sr. Clark, que não tenho a intenção de me calar. Já me chamaram de indelicada antes. Não há nada que o senhor possa acrescentar ao coro.

O Sr. Clark ficou de queixo caído ao ouvir a palavra *sexualidade*. Sua boca se abriu mais com *relações sexuais*, e ainda mais com *atração*.

– Descobri – continuou Free –, embora a Sra. Butler dificilmente fosse concordar, que a melhor forma de lidar com essa tática é falando sobre atração sexual em termos claros e inquestionáveis. Os mesmos homens que tentam me deixar desconfortável ao sugerir uma atração nunca fazem jus às próprias insinuações. Quando mostro que não serei coagida, que fatos são fatos e que não vou me esconder deles, são *eles* que ficam enrubescidos e calados.

– Já mencionei antes que não sou como os outros homens. – Ele se remexeu na mesa, virando-se para olhá-la. – Só me calei porque ouvir a senhorita admitir que sente atração por mim é bem mais agradável do que ouvir a mim mesmo falar. – Ele fez um gesto. – Por gentileza, pode continuar. De que mais a senhorita gosta em mim?

Havia algo nele que fazia Free se sentir ousada.

– É lamentável – disse Free de forma brusca –, mas não há mais nada. Já mencionei todos os elogios em que poderia pensar. Admito que o senhor tem um físico esplêndido, mas infelizmente é desperdiçado num homem sobrecarregado por sua personalidade terrível.

Ele soltou uma risada ao ouvir isso.

– Muito bem, Srta. Marshall. Esse é *mesmo* o meu pecado mais notório, não é?

O Sr. Clark era o único homem que Free já conhecera que ficava entravado por elogios e ainda assim aceitava os piores insultos dela como se lhe fossem devidos.

– Então o senhor vê que é melhor para todo mundo se pudermos apenas admitir tais coisas, sem dar muita importância ao assunto. Vamos pular essa baboseira e ir direto ao que interessa. Por que o senhor está aqui, Sr. Clark?

– Em *algum* momento alguém consegue levar a melhor contra a senhorita?

– Sim – respondeu Free –, mas apenas quando eu escolho permitir isso.

– Ah.

– Agora me diga, Sr. Clark. Veio até aqui para me dar a chance de mais uma vez demonstrar minha superioridade intelectual ou tem algum assunto de verdade para tratarmos?

– Não precisa demonstrar sua superioridade para mim. Considero isso óbvio em todos os quesitos.

Ele colocou uma das mãos no bolso do casaco, pegou um caderno e começou a folheá-lo.

O homem *era* arrogante. E presunçoso. E ainda assim... Nunca havia negado crédito a Free por nenhum pensamento que ela tivera. Era difícil lembrar a si mesma de que não se atrevia a gostar dele.

Ele dobrou a lombada do caderno.

– Não fiquei sem fazer nada nas últimas semanas. Tenho feito algumas coisas para a senhorita. Aqui está. Eu me apresentei ao Sr. Calledon, o dono do *Portsmouth Herald*, e perguntei a ele como escreveu aquela coluna que espelhava a sua de um jeito tão extraordinário.

– E ele lhe contou, simples assim?

– Depois daquela entusiasmada carta de referência que lhe dei do antigo mentor dele no *London Times*? É claro que me contou, Srta. Marshall. Mal conseguiu se conter, na verdade.

Free ergueu uma sobrancelha.

– Por algum motivo, suspeito que o antigo mentor dele nunca escreveu essa carta.

O Sr. Clark deu uma piscadela.

– E ainda assim, se mostrasse a carta ao homem, ele acharia a escrita tão dolorosamente familiar que teria dificuldade em rejeitá-la. Eu *sou* bom.

– Mau – corrigiu Free. – Devemos lembrar, de tempos em tempos, que falsificação em geral não é considerado algo *bom*.

Ele aumentou o sorriso.

– Então sou excelente em ser mau. De qualquer jeito, Calledon admitiu que lhe pagaram uma quantia para publicar a matéria. O texto foi fornecido por um advogado pouco antes da impressão. Até consegui isto aqui.

Ele tirou um pedaço de papel dobrado do caderno e o colocou na frente de Free.

Ela o abriu. Era uma página datilografada contendo o texto de uma matéria. Free a reconheceu como sendo a dela. No topo, uma nota escrita à mão a oferecia com os cumprimentos do remetente.

Free cerrou os olhos.

– Isso é real?

Ele deu de ombros.

– Real o suficiente para que os próprios participantes não notassem a diferença. Com isso em mãos, podemos, hã... *convencer* Calledon a admitir ao público que replicou a senhorita. Certamente vê o benefício disso. Mas talvez seja *boa* demais para pressionar outras pessoas.

– Sr. Clark. – Free quase sentia vontade de rir. – Por acaso acha que eu me internei num hospital para prostitutas afetadas com doenças venéreas contando a verdade para todo mundo o tempo todo? Às vezes, a verdade precisa de uma ajudinha.

Ele sorriu com satisfação.

– Exatamente. Não é de surpreender que nós dois nos demos tão bem, Srta. Marshall.

– Então foi isso que o senhor andou fazendo durante todo esse tempo?

O Sr. Clark voltou uma página do caderno.

– Deve achar que sou o homem mais incompetente da Terra. Aqui está Lorring, do *Charingford Times*. – Ele ergueu outro papel. – Chandley, do *Manchester Star*. – Mais uma nota. – Peters, do *Edinburgh Review*. Já consegui impressioná-la, Srta. Marshall? Posso ter uma personalidade terrível, mas tenho certas vantagens.

– Vou ter que concordar com isso.

Ela se inclinou para a frente, pensando naqueles pedacinhos de papel que ele havia lhe mostrado. Free poderia usá-los – mas, àquela altura, ninguém havia notado as duplicações ainda. Seria melhor ela mesma mencioná-las e, assim, prevenir a história inevitável? Se fizesse isso, poderia perder qualquer chance de pegar o inimigo em público. E sem a prova de um bom motivo, as réplicas poderiam ser vistas como uma pegadinha imatura.

Foi então que deu uma olhada no caderno do Sr. Clark. Esperara ver algumas anotações, talvez uma página com um código rabiscado que apenas ele conseguia entender.

Mas não viu nada disso.

Ela se inclinou sobre a mesa e arrancou o caderno das mãos dele.

– O que está fazendo? – rosnou ele.

Não havia uma única palavra no caderno – apenas o desenho simples de um homem barbudo num escritório.

– Esse é exatamente Peters, do *Review* – murmurou ela.

– Sim. – As mãos dele se contraíram. – Faço desenhos. Ajudam a memória.

– O senhor é bom.

Free virou a página. Havia um desenho a lápis de um café em Edimburgo, com nuvens cinzentas ameaçadoras acima.

– É claro que sou bom – disse o Sr. Clark. – Sou excelente. Imaginei que a esta altura a senhorita já teria notado. Vai me devolver o caderno ou ainda não terminou de violar minha privacidade?

– Quando coloca dessa forma... Não. Ainda não terminei. Ah, aqui está Chandley. – Ela sorriu. – Ah, o senhor capturou o bigode dele direitinho. – Free virou para a próxima página. – E aqui temos um vagão de trem.

Ela virou mais uma página e parou. O próximo desenho era *dela*: um rabisco a lápis de Free em cima de um banquinho, usando um dos seus vestidos de caminhada favoritos e inclinada para a frente.

Free engoliu em seco.

– Certo. Esse.

Ela virou a página de novo.

Também era um desenho dela, com a cabeça curvada sobre os tipos móveis de metal, os dedos se fechando ao redor de um ponto de exclamação. O próximo era dela gesticulando para uma pessoa desconhecida, sorrindo. E o próximo... também era dela.

O Sr. Clark se inclinou para a frente e suavemente tomou o caderno das mãos de Free.

– Tive que continuar a desenhar a senhorita – explicou ele com um tom de voz leve. – Nunca consegui que nenhum dos desenhos parecesse certo, e odeio mesmo fracassar em qualquer coisa.

A boca de Free estava seca.

– Pelo contrário. – Ela deu o melhor de si para não soar afetada. – Parecem... muito bem-feitos, a meu ver.

– Sim. – A boca dele se curvou para cima. – Claro que sim. No fim das contas, sou meio que um gênio. Provavelmente o único motivo para eu achar os desenhos imperfeitos é a atração sexual.

Free sentiu o estômago revirar. Os olhos dele encontraram os dela, e os encararam por um tempo longo demais. Mas não, ela não iria desviá-los.

– Para mim, lidar com a situação é meio que mais difícil do que é para a senhorita – comentou ele com educação, quase sendo cortês. – Veja bem, a senhorita *não* tem uma personalidade terrível.

Ela já tinha ouvido antes a expressão *brincando com fogo*. Mas nunca se sentira tentada a empregá-la. Fogo era uma ferramenta perigosa por si só, e qualquer pessoa sensata a mantinha guardada a sete chaves quando podia. Mas aquele calor ela conseguia apreciar.

Free tinha que dizer alguma coisa, qualquer coisa, para retomar a distância necessária entre os dois. Era um jogo, nada além disso. Ela o havia desafiado e, naturalmente, ele havia respondido.

– Tem razão – murmurou Free. – Deve ser difícil para o senhor. Sou bem genial.

– Eu notei. A senhorita é bonita *e* genial.

Ela balançou a cabeça, livrando-se de todo aquele calor.

– É por causa de tudo isso que precisamos de mais provas. – Ela soltou a respiração. – Precisamos envergonhar Delacey. Em público. E, para fazer isso, precisamos demonstrar de forma conclusiva que ele está deliberadamente tentando me desacreditar para fins próprios.

O Sr. Clark não discutiu. Apenas assentiu. Free podia se acostumar com a ideia de ter um canalha para ajudá-la nos negócios.

– E para a nossa sorte – acrescentou ela –, sei exatamente como fazer isso.

Eram três da madrugada quando Free por fim cortou a última folha de papel da prensa. As páginas ainda estavam úmidas, e a tinta que havia sido transferida para elas ainda estava suscetível a borrões. Ela entregou o papel para Alice, que o tomou dela e o pendurou para secar. Atrás delas, o Sr. Clark soltou o cilindro onde iam os tipos. Ele havia ficado por ali, levantando e carregando coisas sem reclamar. Ele colocou o cilindro de lado, removeu o grosso rolo de papel da prensa e o pendurou em cima da tina para secar naturalmente.

– Terão que ser enviadas ainda úmidas – avisou Alice.

Não havia nada que Free pudesse fazer quanto a isso. As folhas estariam um pouco amassadas ao chegar. Não importava.

– Vão para casa – disse Free, cansada, deixando a cabeça afundar nas mãos. – Vão para casa e vão dormir. Amanhã ainda temos que produzir o jornal em si.

Depois disso seria domingo, e todos poderiam dormir.

Nunca havia pensado que seus 26 anos fariam dela uma velha, mas nesse momento se sentia assim. Cinco anos antes, ficar acordada até tarde, conversando com as colegas de faculdade sobre qualquer coisa, não significaria nada. Mas se ela queria descobrir como Delacey estava se apossando das provas antecipadas, primeiro tinha que descobrir qual tinha dado errado. Haviam começado a queimar as provas que Free e Amanda revisavam, mas Free tinha o hábito de imprimir alguns exemplares extras, os quais enviava para amigos e família.

Só havia um jeito de descobrir qual dessas provas antecipadas estava sendo extraviada: despachando três provas diferentes para as pessoas que as recebiam. Free havia feito apenas mudanças mínimas – uma palavra escrita errado ali, frases invertidas aqui.

Ainda assim, fazer essas provas falsas – preparar o maquinário para cada uma – tinha sido desgastante.

– Obrigada a todos vocês – concluiu ela com um bocejo.

– É nosso jornal também – disse Alice.

Free sentiu a mão da prima no ombro, um toque breve. Esticou o braço sem olhar e a segurou por um momento.

– Já estou indo para casa – falou. – Só vou esperar as folhas secarem um pouco, e depois empacotá-las para o correio. Posso descansar os olhos aqui.

Alice e o marido moravam na construção anexa atrás da gráfica. Ela normalmente supervisionava a execução da impressão à noite; nunca dormia enquanto a prensa estivesse rodando. Isso também significava que a prima estava perto o bastante para que Free pudesse chamá-la se alguma coisa desse errado. O mensageiro chegaria em meia hora para coletar o correio, o qual levaria de bicicleta até o trem para ser entregue mais tarde. Free enterrou a cabeça nos braços, quase caindo no sono. Conseguia ouvir os outros organizando seus pertences, arrastando os pés no chão. Então a brisa fria do ar noturno entrou quando a porta foi aberta, cortando caminho pelo vapor úmido que saía do motor da prensa.

– Ah, que gostoso – disse Free. – Deixe a porta aberta.

A pessoa devia ter deixado, porque a brisa deliciosa continuou a entrar.

Free cochilou – seus pensamentos ficaram turvos e indistintos –, mas não por muito tempo. Aos poucos, voltou à consciência e lembrou por que ainda estava ali. Ela abriu os olhos.

Mas não estava sozinha. Sentado a menos de um metro dela estava Edward Clark. Free piscou, mas a imagem dele não se alterou.

– Por que ainda está aqui?

Ele deu de ombros.

– Não achei que fosse certo deixar a senhorita sozinha, adormecida, no meio da madrugada e com a porta aberta.

Free ergueu uma sobrancelha.

– Eu sei – disse ele. – Está pensando que entre a minha presença e o desconhecido da escuridão, a senhorita preferiria a escuridão. Não que a senhorita tenha qualquer motivo para acreditar em mim, mas não sou *esse* tipo de canalha.

Ela coçou os olhos, voltando a si.

– Não é nisso que eu estava pensando. Minha prima está perto o bastante para vir, se eu gritasse. Estava pensando que esse foi um gesto absurdamente protetor.

Ele havia dito que sentia atração sexual, e Free não tinha dúvida disso. Mas poderia significar qualquer coisa. Ele podia sentir as agitações da luxúria por inúmeras mulheres por dia. Não, era mais seguro lembrar as primeiras palavras que o Sr. Clark havia lhe dito. Ele não se interessava nem um pouco por Free.

Impossível pensar nisso enquanto lembrava os desenhos que ele havia feito dela.

O Sr. Clark desviou os olhos, fitando as páginas penduradas em grandes varas de madeira.

– Diga o que precisa ser feito, Srta. Marshall. Vou fazer isso, e então a senhorita pode ir para a cama.

– Veja se a tinta ainda está borrando.

Ele se levantou e foi até as páginas penduradas.

– O papel ainda está úmido, mas a tinta já secou.

Sob as orientações de Free, os dois prepararam as provas para o correio. O Sr. Clark trabalhou com ela, pegando envelopes e tinta, dobrando o papel do jornal.

Enquanto trabalhava, ele falou:

– Essa noite foi interessante. Sempre imaginei que uma prensa tipográfica usava tinta molhada, como a de um tinteiro.

– Essa prensa consegue rodar vinte mil folhas por hora. Custou quinhentas libras. Não dá para conseguir esse tipo de velocidade com tinta molhada sem manchar. Então, em vez disso, molhamos o papel e usamos negro de fumo... – Free sorriu. – Aqui estou eu tagarelando.

– Gosto de ouvir a senhorita tagarelar. – Ele não a olhou enquanto falava, apenas continuou a dobrar os papéis. – Isso aqui está tão distante da primeira prensa quanto um cinzel e uma tabuleta de pedra estão de uma caneta-tinteiro. Vinte mil folhas numa única hora, e cada uma delas uma arma. Gostaria de saber se Gutenberg imaginou *isso* quando fez aquela primeira Bíblia.

Free se perguntou se o Sr. Clark via a mesma coisa que ela quando olhava para a prensa. Não era apenas uma peça de metal e engrenagens, uma máquina que cortava e imprimia a um ritmo impressionante. Era uma teia de conexões, desde o relato da vida nas minas de uma mulher da Cornualha à descrição das últimas intrigas parlamentares.

Mas não. Não importava o que o Sr. Clark dizia, quão charmoso era, Free tinha que lembrar quem ele era. Mentiroso. Realista. Podia até se importar com ela do jeito casual que homens se importavam com as mulheres que desejavam, mas não ligava para o que ela fazia.

Que pena.

Ele a observou endereçar os envelopes.

– A senhorita conhece mesmo Violet Malheur? E essa é *a* Violet Malheur? A que agora chamam de condessa do Cromossomo?

Free abriu um sorriso sonhador.

– Um fato pouco conhecido: fui eu que inventei a palavra cromossomo. E lady Amanda é sobrinha dela. Então, sim, nós a conhecemos. Ela escreveu alguns ensaios para nós sobre educação e vocação de mulheres.

Free escreveu uma mensagem curta para Violet e a dobrou junto da prova antecipada.

– Há alguma coisa que a senhorita *não* faça? – perguntou o Sr. Clark.

– Dormir.

Ele soltou uma risada suave. Free quase conseguia esquecer que esse homem a havia ameaçado com chantagem, que não se dera o trabalho de destinar um único viva ao futuro dela. Quase conseguia acreditar que ele era um amigo.

Os dois empacotaram as provas e as juntaram à mala postal que ficava na varanda.

O Sr. Clark tirou o cachecol do gancho perto da porta. Free pegou um casaco fino.

Ele saiu, mas esperou na varanda até ela trancar a porta.

– Precisa que alguém a acompanhe até em casa?

Free apontou para sua residência, a uns 15 metros de onde estavam.

– Eu moro ali. Consigo ir sozinha.

– Ah.

Mas ele não se mexeu e, por algum motivo, Free também não.

– Certo – murmurou ela. – Boa noite, então, Sr. Clark. Vá dormir um pouco.

Ele abriu um sorriso cansado.

– Ainda não. Vou ficar de olho na mala postal, para garantir que nosso criminoso não vá interferir neste momento. Pode ir, Srta. Marshall.

Ainda assim, ela não foi.

– Por que está fazendo tudo isso? Diz que é por vingança, mas não consigo entender o senhor.

O Sr. Clark olhou rua abaixo, para longe dela.

– Só... brigando com minha consciência.

– Quê? – Ela arfou com um choque fingido. – Sr. Clark! Eu não sabia que o senhor *tinha* uma.

– Também não achei que tivesse – respondeu ele, irônico. – É por isso que tem se mostrado tão difícil de derrotar. Estou fora de forma. – Ele suspirou. – Pois bem então. Há um tempinho, eu lhe disse que a senhorita sempre saberia a essência do que há entre nós, mesmo que não soubesse os detalhes.

Free se virou para ele.

– E agora o senhor quer me contar os detalhes.

– Por Deus, não. – O Sr. Clark pareceu indignado. – Agora estou debatendo se deveria lhe contar que a essência não é mais a mesma.

O ar mudou sutilmente entre eles. Ela o encarou.

– Então o senhor desistiu de se vingar.

– Não, Srta. Marshall. – A voz dele era baixa e acolhedora, tão acolhedora que Free poderia ter afundado nela, a deixado envolvê-la. – Eu lhe disse que não me interessava nem um pouco pela senhorita.

A respiração de Free ficou presa nos pulmões. Ele a fitava de um jeito tão, tão intenso que ela fechou os olhos, incapaz de retribuir o olhar.

– É mesmo?

– Isso mudou. Percebi que comecei a me interessar. É uma experiência desconhecida, para dizer o mínimo.

Free deixou a respiração seguir seu curso – para dentro e para fora, para dentro e para fora. Mas era no som da respiração do Sr. Clark que estava prestando atenção, como se as inalações dele pudessem lhe dar uma pista para desvendar o que ele quisera dizer.

Ela manteve os olhos fechados.

– Bem, Sr. Clark. O senhor não me deu informações suficientes para proceder. Precisamente de que tamanho de interesse estamos falando? Pequeno? Grande? O senhor se interessa por mais de um quesito ou estamos falando sobre interesse de um modo mais genérico?

Free ouviu os sapatos dele rasparem no chão, levando-o para mais perto. Mais perto dela. Ela não conseguia vê-lo, e isso fez do momento algo profundamente íntimo. Conseguia imaginar o brilho nos olhos dele, uma vaga aprovação.

– Free.

A voz dele havia ficado mais baixa, tão baixa que Free quase conseguia sentir a vibração dela no próprio peito. E então ela sentiu – não a mão dele, mas um sopro roçando sua bochecha, e depois a ausência de qualquer brisa. O calor dele aquecendo o espaço ao lado dela.

– Este – disse ele – é meio que o aspecto dele.

Free não conseguiu se conter. Ela se inclinou para a frente, deixando que a mão dele roçasse sua mandíbula. Um dedo correu ao longo do queixo dela, um polegar acariciou seus lábios. Os olhos de Free se abriram, trêmulos.

Ela o havia imaginado observando-a com atenção, muito de perto. Mas não tinha esperado esse brilho em seus olhos, não tinha esperado que ele exalasse quando Free finalmente o olhasse. Não tinha esperado que ele se aproximasse ainda mais, como se tivesse passado longos anos a sós e apenas Free fosse capaz de preencher o vazio dentro dele.

O Sr. Clark se inclinou para a frente. Seus lábios estavam perto dos dela, tão perto que Free poderia ter se esticado um mero centímetro e o beijado. Mas não ia cerrar aquela lacuna. Ela queria a existência dessa lacuna, exigiu que ficasse ali. E ele não se aproximou mais.

– Que enganoso – comentou o Sr. Clark.

Era uma coisa tão estranha de se dizer. Free piscou e ergueu os olhos para ele.

– É um tipo de ilusão – continuou ele. – Ou um truque de pintor. Até agora, tive a nítida impressão de que a senhorita era uma mulher de dimensões comuns. – Os dedos dele roçaram a bochecha dela com um toque gentil. – Mas agora que está perto e sem se mexer, vejo a verdade. A senhorita é minúscula.

– Sou pequena – disse Free –, mas poderosa.

O toque dele em sua mandíbula era quente.

– Já observou as formigas? Andam por aí carregando migalhas três vezes o tamanho delas. Não precisa me lembrar de sua força. São os caras grandões como eu que cedem sob pressão.

O Sr. Clark *era* grande. E largo. E a tocava como se ela fosse uma coisinha delicada.

– Diga, Srta. Marshall. Pouco convencional como a senhorita é... Hipoteticamente falando, já considerou ter um amante?

Enquanto ele falava, seus dedos deslizavam pelo pescoço dela, pausando por um breve instante na pulsação de Free. Devia sentir os batimentos martelando, devia saber o efeito que estava tendo nela.

– Já que estamos falando hipoteticamente – disse-lhe Free –, suponho que uma mulher só pode quebrar um certo número de regras. Escolhi as que vou quebrar com muito, muito cuidado.

– Ah.

Mas ele não se afastou.

– Digo a mim mesma essas coisas – continuou Free –, mas sou uma sufragista, não uma estátua. Tenho os mesmos desejos que qualquer pessoa. Quero tocar e ser tocada, abraçar e ser abraçada. Então, sim, Sr. Clark. Já considerei, hipoteticamente, ter um amante.

Os olhos dele escureceram. Mas talvez ele conseguisse perceber que havia mais por vir.

– Mas estamos falando hipoteticamente. Não acho que eu faria isso de fato, a não ser que uma coisa fosse verdade.

– Sim?

– Eu teria que confiar no homem.

Os dedos dele paralisaram na garganta de Free. Seus olhos procuraram os dela. Por um longo e tenso momento, ele não disse nada. Não protestou. Não exigiu uma explicação. Não explodiu de raiva.

Em vez disso, muitíssimo devagar, sua boca se curvou num sorriso sarcástico.

– Bem. – Sua voz estava baixa. – Isso meio que me elimina.

Ela não soubera que estava prendendo a respiração até soltá-la.

– Sim. Elimina.

– Ainda bem – retrucou ele. – Eu não gostaria da senhorita tanto assim caso se permitisse inventar fantasias de tirar o fôlego sobre mim.

Ah, Free tinha inventado fantasias de tirar o fôlego. Estava inventando uma naquele exato momento, se xingando por ter bom senso quando poderia ganhar um beijo decente. Mais tarde, voltaria a pensar naquele instante e imaginaria mil finais diferentes.

Por enquanto, engoliu todo aquele desejo imprudente. Sorriu para o Sr. Clark – torcendo para que fosse um sorriso provocativo, sem nenhum traço daquele desejo cristalino nos olhos bem abertos – e balançou um ombro.

– Ah, veja só. *Estou* subindo na vida. Passei de uma leve indiferença a um interesse moderado – comentou Free.

Mas ela não conseguia acreditar nem naquela afirmação da parte dele. O homem era charmoso, mas era um canalha terrível. E se tinha a intenção de seduzi-la... Bem, estava fazendo um esplêndido trabalho. Como ela desejava que sua sensatez tola não se impusesse sobre seu desejo. Free suspeitava que o Sr. Clark era o tipo de salafrário que a faria se sentir muito, muito bem antes de casualmente destruir sua vida.

– Se um dia mudar de ideia – disse ele –, me avise.

– Quer dizer, se eu decidir confiar no senhor?

Por um momento, os olhos dele ficaram escuros. Ele deu um tapinha na bochecha dela com os dedos. E então se afastou.

– Sou realista, Srta. Marshall. Não fico torcendo por coisas que nunca vão acontecer. Quis dizer caso a senhorita um dia relaxe seus pré-requisitos. – Ele se virou. – Agora vá para casa dormir. Eu cuido do correio.

Capítulo sete

— É tão bom vê-la, lady Amanda.

Lady Amanda Ellisford ficou sentada, apertando um pires, tentando lembrar por que estava fazendo isso. Ah, sim. Claro. Estava fazendo isso porque, pelo jeito, amava sofrer.

Não que houvesse nada inerentemente doloroso em visitar a cunhada de Free. Nada de mais. A Sra. Jane Marshall era muito encantadora. Já a secretária dela era... mais do que isso.

Outrora, Amanda tinha passado manhãs e tardes fazendo visitas sem qualquer sensação de desconforto. Naquele momento, porém, as armadilhas de uma visita social – o prato de biscoitos e sanduíches, o tilintar de xícara e pires – serviam como um lembrete constante do que ela deixara de ser.

Deixara de ser a garota que se sentava em salas de visitas cor-de-rosa enquanto ansiava por algo além disso.

E, ainda assim, ali estava ela. Sentada. Numa sala de visitas.

– Só Amanda, por favor – falou, tentando não soar tensa. – Não precisa me chamar de *lady Amanda*.

Em outras épocas, não haveria nada tenso em relação a circunstâncias como essa. Amanda soubera como jogar conversa fora por horas sem fim – uma consequência de não ter nada de importante na vida sobre o que falar. Mas essa habilidade havia se atrofiado após anos de desuso e, agora, parecia que tinha sido outra garota que fora capaz de falar de banalidades sem se encolher.

Até o tique-taque do relógio às suas costas parecia repreendê-la. *Aqui não é mais o seu lugar. Você foi embora. Por que acha que pode simplesmente voltar?*

Ecoava uma voz memorável de muito tempo antes. *Você foi embora uma vez. Gostaria que fizesse isso de novo e nunca mais voltasse.*

A Sra. Jane Marshall obviamente nunca soubera o que era ter consciência de cada movimento próprio. Trajava um vestido diurno xadrez, nas cores rosa e laranja, com renda amarela na barra. Em outra mulher, a combinação teria ficado horrorosa – seria como imaginar penas de flamingo coladas sem qualquer ordem no rabo de uma galinha. Na Sra. Marshall, apenas... *era*.

Amanda sentia que ela mesma era a coisa de plumagem bagunçada na sala.

– Vou ficar em Londres só por mais alguns dias – falou. – Free perguntou se eu podia passar para lhe entregar algumas cartas... e isso aqui para os meninos.

Ela estendeu um envelope e um pacote embalado com papel brilhante.

– Ela os mima – disse Jane, e sorriu ao aceitar o pacote. – Com certeza vou escrever para ela agradecendo. E *lhe* agradeço muito por trazer isto para nós.

– Não quero incomodar – disse Amanda, garantindo que estava olhando diretamente para a Sra. Marshall e não para a secretária dela. – Vou deixá-las em paz num piscar de olhos.

– Mas a senhorita nunca é um incômodo.

Essas palavras, ditas num tom de voz tão doce, não vieram da Sra. Marshall. Amanda se virou e – com muita relutância – olhou para a secretária.

Se a Sra. Marshall era um flamingo, a secretária social dela, a Srta. Genevieve Johnson, era uma pombinha perfeita. Ou – para usar outro exemplo não muito inadequado – era como uma boneca de porcelana. Suas proporções eram exemplares. Sua pele era impecável e seus olhos eram de um azul cintilante. Se houvesse alguma justiça no mundo, ela seria ignorante ou hostil. Mas não era. Sempre tratou Amanda com uma simpatia imaculada, e sua inteligência era óbvia para qualquer um que a ouvisse falar por qualquer período de tempo.

Era exatamente o tipo de mulher por quem Amanda costumara sentir reverência quando tivera sua temporada social, quase uma década antes – o tipo de diamante social brilhante e reluzente que ela teria observado, sem fôlego, de longe.

Nesses dez anos, Amanda tinha compreendido por que ficara observando mulheres como a Srta. Johnson de forma tão atenta. Mas entender por que a Srta. Johnson a deixava desconfortável a fazia se sentir ainda mais em dúvida, não menos.

Quando uma conversa a deixar insegura, faça uma pergunta que exija uma resposta longa. Era isso que sua avó diria.

Amanda se esforçou para pensar em algo adequado.

– Então... quanto vocês ainda têm que resolver para o evento beneficente de primavera? Da última vez que Free comentou sobre ele, vocês estavam atoladas até o pescoço.

As sobrancelhas perfeitamente delineadas da Srta. Johnson se ergueram, mas não alto o suficiente para ser rude. Parecia uma resposta involuntária da parte dela, e Amanda percebeu que tinha falado alguma besteira.

– Só falta mandar as mensagens de agradecimento pela presença – respondeu a Sra. Marshall. – Mas *tínhamos* muita coisa para fazer mesmo.

Ah, meu Deus. O evento já tinha acontecido. Amanda se sentiu corar profundamente. Claro que tinha. A Srta. Johnson nunca teria cometido uma gafe dessas. Se a Srta. Johnson era uma boneca de porcelana, Amanda se sentia como o proverbial elefante na loja onde a moça era guardada. Ela era grande demais e desastrada, capaz de esmagar tudo à sua volta com um abano equivocado do rabo desengonçado. Sentia-se constrangida e ignorante ao mesmo tempo.

– Mas nos diga por que a senhorita está na cidade – pediu a Srta. Johnson. – Está visitando suas irmãs?

– Minhas irmãs não se encontram comigo.

A resposta foi curta e amarga demais.

A Srta. Johnson recuou, e Amanda praticamente conseguiu ouvir os pratos de porcelana tombando ao seu redor, partindo-se em pedacinhos.

– Estou aqui para falar com Rickard sobre a lei dele do sufrágio – continuou. – Ele anda apresentando a lei, tentando conseguir que outras pessoas a apoiem.

– E como ele está se saindo?

Tão mal quanto Amanda naquele momento.

– Os radicais odeiam a lei – respondeu. – Limita o voto a uma pequena minoria de mulheres casadas. O resto odeia porque, bem... – Amanda deu de ombros de novo. – É péssima. Mas pelo menos é uma lei.

– Vou ter que perguntar a Oliver o que ele acha – comentou a Sra. Marshall.

Oliver era o marido dela e meio-irmão de Free. Ele era um membro do Parlamento – e por meio de uma série de circunstâncias que Amanda considerava mais educado não entender, também era meio-irmão de um duque. Normalmente era bem versado em assuntos como esse.

– Ah, ele é contra, tenho certeza – disse Amanda. – Ele é parte do grupo que diz que a próxima lei do sufrágio tem que ser a universal. É uma confusão medonha.

– Por quê? – perguntou a Srta. Johnson.

Amanda reconheceu essa tática da própria juventude. Estava sendo *incentivada* – e por uma especialista, ainda por cima. Ela corou.

– Bem, há uma discussão sobre quem deve ter o direito de votar. Todas as mulheres? Apenas as que possuem propriedades? Ou talvez apenas mulheres casadas. É claro, quase todo grupo favorece uma lei que permita apenas a laia *deles* votar. Todos prometem que vão retomar o assunto um dia e incluir o resto... mas existe bem pouca confiança de que essas representações são verdadeiras. – Ela pensou a respeito. – A desconfiança não é injustificada, considerando, hum, as coisas que algumas pessoas andam dizendo.

Não havia necessidade de entrar em detalhes. No começo, a própria Amanda tinha sido uma daquelas mulheres avessas ao sufrágio universal. Mulheres, sim, mas mulheres *pobres*?

Foram necessárias algumas conversas interessantes com Alice Halifax até que Amanda mudasse de ideia, e ela ainda sentia vergonha de si mesma pela sua postura no início.

– Sufrágio universal – continuou – é uma missão mais difícil de cumprir, mas se tivéssemos insistido nela lá em 1832...

Ela deixou a voz morrer, percebendo que era a única falando. Mais uma vez, sentiu-se corar. Quando tivera 17 anos, pensara que poderia abandonar as salas de visitas que costumava frequentar. Imaginara que iria aprender mais, se tornar uma pessoa mais abrangente. Não tinha entendido que abandonar essa vida antiga significava que nunca mais haveria lugar para Amanda ali.

Entendia as regras bem o suficiente para se lembrar delas quando já era tarde demais.

– Mas – falou, sentindo as bochechas quentes – não precisamos falar sobre política.

Meu Deus. Era a gafe mais horrenda das salas de visitas. Que deselegante da parte dela. Estava tão acostumada a poder dizer qualquer coisa, que tinha esquecido como conter a língua.

Olhou para o relógio na parede com uma grande encenação.

– Minha nossa. Preciso ir senão vou me atrasar para minha reunião com Rickard.

Ela ainda tinha duas horas, mas não havia por que mencionar isso. Poderia rever as anotações.

– Mas *gostamos* de ouvi-la falar sobre política – disse a Srta. Johnson com gentileza. – Não pode ficar por mais alguns minutinhos?

Que pena que Amanda também conhecia essa tática. Sempre devia-se deixar a outra pessoa à vontade, não importava que ela estivesse agindo mal. Isso permitia que se pudesse fofocar sobre ela em sã consciência depois.

Amanda franziu o cenho, reprimindo-se.

– Infelizmente não posso.

Tinha aceitado a realidade pelo que ela era dois anos antes. Não tinha nenhum interesse em ser uma verdadeira lady. Era um elefante. Seu lugar era na savana, afastando as moscas com o rabo, ou – se fosse necessário – avançando para cima dos inimigos com os marfins a postos.

Mas a Srta. Johnson suspirou quase com pesar.

– Venha nos visitar de novo – pediu ela, um exemplo de educação.

Era só isso: educação. Se Amanda fosse uma artista, teria pintado uma espiral de borboletas dançando graciosamente ao redor da Srta. Johnson. Mas ela não era e, em vez disso, cada uma dessas borboletas parecia estar alojada no estômago de Amanda, vibrando em protesto.

Não importava. Quando se era um elefante e se estava numa loja de porcelana, não havia nada a fazer além de sair, tentando não derrubar nenhum dos itens expostos no caminho. Amanda entendera isso anos antes, e nada tinha mudado desde então.

– Pode deixar – falou.

Não era exatamente uma mentira. Tinha certeza de que Free mandaria outro pacote um dia desses, que Amanda seria forçada a entregar.

E, na sequência, a Srta. Johnson e a Sra. Marshall provavelmente teriam um ótimo dia, cheio de fofocas insultando a etiqueta de Amanda, então era uma troca justa por toda a porcelana quebrada. Talvez ela até tivesse sido capaz de dar pouca importância à situação.

Mas havia uma única coisinha que fazia tudo isso ser ainda mais humilhante. A Srta. Johnson sorria como se tivesse feito o convite com sinceridade. Seus cabelos cor de linho brilhavam na luz matinal, e seus lábios estavam perfeitamente rosados quando ela se despediu.

As coisas já seriam ruins o suficiente do jeito que estavam. Mas, para o azar de Amanda, ela gostava de bonecas de porcelana.

~

Várias semanas antes, Edward tinha visitado o irmão, e estava retornando ao escritório de James mais uma vez. O cômodo estava quase exatamente do mesmo jeito que estivera. Havia papéis espalhados pela mesa, e livros sobre cuidados com a terra e finanças ocupavam as estantes alinhadas às paredes. Os jornais do dia haviam sido enfiados no cesto de lixo.

Mas naquela noite ele encontrou James já sentado à mesa, no lugar do pai. O irmão abriu a porta de vidro que dava para o exterior com a testa franzida, desconfiado, e indicou que Edward se sentasse à sua frente.

– Por que está aqui, Ned? – perguntou, cético.

– Ainda prefiro Edward – reforçou ele com leveza. – Mas deixe isso para lá. Não vim aqui para discutir. Percebi que lhe devo um pedido de desculpas.

Isso deixou James ainda mais desconfiado. Ele torceu o nariz com um receio óbvio. Mas o que disse foi:

– Bobagem. Já são águas passadas, certamente.

– Não. – Edward vestiu sua melhor sinceridade falsa. – Não é bobagem. Imaginei que você não ia querer me ver ou saber de mim com base nas suas ações há sete anos. Mas sinto que o julguei mal. Nunca lhe dei a chance de me contar por que você fez o que fez. Isso foi injusto. Pouco fraternal, inclusive. Presumi o pior de você, mas agora vejo que eu estava errado.

O irmão ainda estava desconfiado. Edward conseguia ver isso na rigidez da mandíbula dele, nas narinas dilatadas. Mas James estava enraizado demais nas regras da boa etiqueta para acusar Edward de estar mentindo, e isso significava que ele responderia às palavras do irmão ao pé da letra. Ótimo. Fazer um homem mentir era o primeiro passo para fazê-lo acreditar numa mentira.

– Certo. – James piscou. – Sim. – As palavras saíram com relutância. – Claro que eu nunca quis que você... sofresse. – Ele tossiu e juntou a ponta dos dedos. – Foi para o seu bem, entende? Foi só para o seu bem. Você enviou aquela carta urgente dizendo que havia um exército marchando no local, que precisava de ajuda para fugir. E o pai tinha mandado você para lá como uma punição, certo? Você ainda não havia mudado de ideia. Era só nisso que eu estava pensado. Juro que nunca, absolutamente *nunca*, quis que você morresse.

A pior parte: Edward desconfiava que James estava contando algo suspeitosamente parecido com a verdade. Sem dúvida o homem dizia a si mesmo com cuidado que não quisera que o irmão morresse. Havia justificado tudo para si mesmo dizendo que Edward, por se recusar a se submeter ao pai, havia essencialmente transformado a si mesmo num pária. Ele era *igualzinho* a um impostor.

Sem dúvida havia justificado a mentira para o consulado cem vezes ao longo dos anos. O fato de que Edward poderia ter morrido, e que, como resultado, James seria o próximo na linha de sucessão para herdar o viscondado... Sem dúvida havia dito para si mesmo que essas coisas não lhe eram importantes.

Era uma mentira, é claro. Mas homens mentiam para si mesmos o tempo todo, dizendo que eram bem melhores do que de fato eram.

Ele tentava não cair nessa mesma armadilha.

– Entendo isso – disse Edward com o que esperava ser uma aproximação de calor fraternal.

– Chorei quando não conseguiram resgatar você – disse James.

Edward tinha certeza de que isso também era verdade. James, sem dúvida, devia ter lamentado muito. Se não tivesse, teria sido forçado a admitir que era um traidor desprezível que havia secretamente torcido para que o irmão morresse. Nenhum homem via a si mesmo como um vilão. James tinha feito o que precisara fazer, e depois tinha mentido para si mesmo sobre suas ações.

– Não fui justo com você – disse Edward.

Ele se esticou por cima da mesa e tomou as mãos do irmão entre as suas. As de James estavam despidas, enquanto Edward não havia removido as luvas, e o contraste da pele pálida contra o couro preto, da incompetência desajeitada contra falsidades fáceis e sagazes, pareceu definir o clima do que estava por vir.

– Percebi meu engano – disse Edward – quando li sobre Stephen Shaughnessy no jornal.

A boca do irmão tremeu de leve.

– Você realmente *tinha* um plano para ele. Mas se deu todo o trabalho de revertê-lo, só por mim. Só porque eu pedi.

Edward sabia que James não tinha feito nada para cancelar seus planos. *James* sabia que não tinha feito nada. Mas James não sabia que Edward sabia. Levou ao todo três segundos, passados com os olhos dele se arregalando e piscando para tal mentira, para James engolir a isca.

– Ora, sim – falou. – Sim, eu reverti meus planos.

Mentiras funcionavam melhor quando era possível fazer o alvo ficar investido na mentira em si. James queria acreditar que era uma pessoa boa. Queria acreditar que poderia ser perdoado por abandonar Edward às vésperas de uma guerra. Queria acreditar que era um homem honrado que nunca daria para trás num argumento. Assim, quando Edward lhe deu a chance de acreditar nisso, ele se agarrou à possibilidade.

Mas contar mentiras para si mesmo era um negócio perigoso. Começava-se a acreditar nelas. No caso de James, acreditar que Edward era seu irmão em qualquer circunstância além de sangue seria a mentira mais tola de todas.

– Foi difícil. Você e os Shaughnessys... Sempre senti que eles roubaram de mim meu irmão mais velho. – Isso foi dito com tanta amargura que Edward suspeitou ser verdade. – Desistir dos meus planos para Stephen foi difícil. Mas se ele me devolveria meu irmão, bem, isso tem uma simetria agradável, não é?

Não havia simetria nenhuma, agradável ou não. Mesmo se James estivesse contando a verdade, teria agido porque queria manter Edward longe e tomar o que era direito dele de nascença.

Mas Edward sorriu e fingiu estar emocionado.

– Isso significa muito para mim, James. Muito mesmo. Não fui justo com você. Escute... Passei todos esses anos afastado e nunca perguntei como foi para você. Espero que minha ausência não tenha lhe causado muitos problemas.

– Ah, não muitos – respondeu James, recostando-se na cadeira.

– Você está sendo gentil comigo. Vamos lá. Conte como as coisas *realmente* foram.

Fazer um homem mentir para si mesmo era um tipo peculiar de feitiço.

Bastava sussurrar o louvor mais tênue do mundo no ouvido dele, e ele inventaria o resto. Transformaria a si mesmo num herói, assolado por vilões e calamidades.

– Bem – disse James, devagar. – Não quis dar muita importância a isso, mas tive algumas dificuldades.

– Ah, foi o que pensei – comentou Edward com um sorriso.

– Ainda não tenho o controle total sobre as finanças, e não posso sentar no Parlamento. Isso atrasou vários planos meus. – James franziu o cenho. – E quando eu estava procurando uma esposa, teria conseguido me sair melhor se não tivesse essa nuvem em cima do título.

Edward soltou um *tsc* de simpatia.

– Que coisa terrível para você. Espero que não esteja muito infeliz com esse resultado.

– No final, deu tudo certo – disse James com entusiasmo. – Annie tinha um dote decente, e até que é bonita. Ela cuida de mim quando nós dois estamos sozinhos no interior, e não se importa com o que eu faço na cidade. Eu não poderia querer uma esposa melhor.

– Realmente. O que mais um homem poderia querer? – perguntou Edward.

Ele até conseguiu soar sincero ao falar.

Mas a resposta à sua pergunta retórica surgiu em sua mente sem ser convidada. Era ridículo querer Frederica Marshall. Não importava quanto Edward sonhava com ela à noite, não importava também que ele, aparentemente, não a repugnasse. Ela era inteligente demais para se envolver com um homem como Edward – e ele era tolo o suficiente para querê-la mesmo assim.

Ele já estava totalmente envolvido. Mas não se importava com isso.

O perigo estava em contar mentiras para si mesmo. E a ideia de que ele poderia ter Frederica Marshall era a mentira mais doce e sedutora que ele poderia contar para si. Não iria se render a isso.

O irmão continuou a tagarelar – sobre os filhos, os amigos, sobre nada em especial, incentivado por alguns comentários ponderados feitos por Edward. Depois de quinze minutos, James pareceu perceber que estava monopolizando a conversa.

Ele tomou um longo gole de conhaque e finalmente encarou Edward, semicerrando os olhos.

– Então – falou. – O que você *andou* fazendo nos últimos anos?

– Cuidando de uma metalúrgica em Toulouse – respondeu Edward suavemente.

Essa parte era verdade, caso James um dia se importasse em investigar. Ele não precisava saber nada das outras coisas que Edward tinha feito.

Mas, pelo jeito, foi o suficiente. James parecia atordoado.

– Uma metalúrgica! Quando você diz *cuidando*... quer dizer que você é o dono, mas...

– Uma metalúrgica chique. – Edward abriu um sorriso fraco. – Se isso o faz se sentir melhor. Fazemos portões ornamentais, cercas, grades para capelas. Esse tipo de coisa. E, sim, sou eu que cuido. Estou envolvido em todos os aspectos do negócio.

– Não quer realmente dizer que *você* faz uma parte do... – James fez um gesto inútil. – Você sabe. Do *trabalho*. Com o metal.

– Claro que faço. Sempre tive uma mente artística, e o metal é apenas outro meio.

James não fez nenhuma das perguntas que Edward poderia ter achado incômodas, do tipo *Como é que você virou dono de uma metalúrgica?*

Em vez disso, o irmão tomou um longo gole de conhaque.

– Não é de surpreender que você tenha desaparecido. Disse que fez coisas que refletiriam de um jeito ruim na sua honra, mas nunca imaginei que você ia se envolver com o comércio. Ora, metalurgia é praticamente... trabalho manual.

Essa fala foi seguida por outro gole de conhaque, como se a bebida fosse a única coisa que pudesse tornar a metalurgia algo tolerável.

– E *é* trabalho manual. – Edward tentou não deixar seu divertimento à mostra. – Não importa quão chique seja o produto.

– Meu Deus do céu.

James virou o copo e franziu o cenho para o fundo dele.

– Aqui – disse Edward, esticando-se para pegar o copo. – Permita-me fazer as honras.

Afinal, levantar-se e dar as costas para o irmão significava que James não teria como vê-lo tentando esconder o sorriso.

– Entendo o que você quis dizer agora – comentou James. – Não entendi nada quando você apareceu na outra noite. Não fazia sentido para mim você concordar em abrir mão do viscondado. Mas tudo se esclareceu.

Não podemos ter um trabalhador como visconde. E se as pessoas descobrissem?

Edward não ia rir. Por Deus, que ignorância, imaginar que *trabalho manual* era a pior coisa que um homem poderia fazer. Cuidar da metalúrgica era a coisa mais respeitável que Edward conseguira fazer nos anos que esteve fora. Teve uma vontade repentina e maliciosa de mostrar ao irmão suas habilidades com falsificações, só para vê-lo engasgar. Em vez disso, encheu o copo de James com conhaque e se virou.

– Aqui. – Mas, ao voltar, bateu com o pé no cesto de lixo, derrubando-o. – Perdão. – Ele se esticou e colocou o cesto de pé, remexendo no conteúdo enquanto fazia isso. – Que desastrado da minha parte.

Edward teve um vislumbre do cabeçalho do jornal da Srta. Marshall ao reorganizar os papéis. Bem como tinha imaginado.

James desconsiderou o pedido de desculpas com um aceno da mão.

– Fico contente por termos tido a chance de conversar. Eu estava preocupado, para falar a verdade. Não nos dávamos muito bem quando éramos crianças.

Dizer isso era pouco.

– Mas vejo agora que não vai continuar assim. Cada um de nós encontrou seu lugar. Você está feliz, não está?

Mais feliz do que nunca, depois de ter se embrenhado nas confidências de James.

– Estou – disse Edward. – E também estou contente por termos conversado. Mas preciso ir. Não vou ficar na Inglaterra por muito mais tempo, e você ainda tem trabalho a fazer.

– É claro. – O rosto de James se franziu. – Pretende passar a noite aqui?

– Não seja ridículo. É óbvio que não. Não podemos arriscar que a família me reconheça, não é?

O alívio faiscou no rosto do irmão.

Edward deu de ombros.

– Aluguei um quarto para esta noite num lugar perto da estação. Vou pegar o trem de volta para Londres amanhã cedo. Falando nisso, este aqui é o *Gazette* de hoje?

Ele apontou para o cesto de lixo.

– Sim – confirmou James.

– Ainda publicam os horários do trem, não publicam? Se importa se eu pegar esse seu exemplar e levá-lo comigo? Vai me poupar o trabalho de ter que conferir os horários amanhã de manhã.

Edward indicou o cesto de lixo de novo.

– À vontade.

James se inclinou para pegar o jornal, mas Edward se abaixou mais rápido. Ele pegou toda a massa embaralhada de jornais, folheando-os com uma falta de jeito um pouco maior do que o necessário até achar o que queria.

– Ah, aqui está. – Ele puxou o jornal, enrolou-o e sorriu para o irmão. – Obrigado. Vou embora da Inglaterra em breve. Os negócios vão me levar de volta para a França, infelizmente.

James fez uma careta, como se *negócios* fosse um palavrão.

– Mas fico contente por termos tido a chance de conversar.

– É claro – falou James. – Independentemente do que você fez, ainda é meu irmão.

– Como você é generoso. – Edward inclinou a cabeça. – É uma pessoa boa demais.

E, ao dizer isso, enfiou o jornal no bolso interno do casaco – tanto as folhas do *Gazette* quanto a prova antecipada de Free, enroladas juntas. Pronto. O objetivo principal da noite estava cumprido.

– Boa noite.

– Boa noite. – Mas, quando Edward começou a ir embora, o irmão fez uma careta. – Espere.

Edward parou.

– Pois não?

– Já afastou Shaughnessy da Srta. Marshall?

– Não – disse Edward devagar. – Ainda não. Ele é teimoso.

Não pensara que suas mentiras cuidadosas dariam fruto tão cedo. Ficou parado onde estava, desejando que o irmão dissesse mais.

James suspirou.

– Pode guardar um segredo?

– James. – Edward balançou a cabeça devagar, pacientemente. – Eu *sou* um segredo. Para quem eu iria contar?

– Verdade, verdade. Bem. Em prol do relacionamento fraternal, pode ser que você queira garantir que Shaughnessy não esteja na gráfica amanhã à noite.

– É claro. Algum motivo?

James hesitou, então Edward lhe contou outra mentira.

– Não, não, não me conte – falou. – Vejo que tem outro motivo. Você fez algo bem esperto, não fez?

Foi o suficiente para fazer o irmão passar do limite.

– Ah, não tão esperto assim. – James hesitou. – Levou séculos para eu chegar a esse ponto. Só que amanhã é quando supostamente vão atear o fogo.

Free estava soterrada debaixo de uma verdadeira ofensiva de telegramas – 73 só até às quatro daquela tarde –, e o mensageiro vinha de bicicleta a cada hora para trazer mais.

Esse número não incluía as notificações que chegariam com o correio depois. Após o artigo que havia sido impresso no *London Review* a denunciando naquela manhã, e replicado em jornais de todo o país antes do meio-dia, anunciantes espalhados por toda a Inglaterra ficaram desesperados para cortar relações com Free. Assinantes, sem dúvida, fariam o mesmo.

Free havia deixado a manchete do jornal exposta na mesa da frente, um lembrete do que precisava realizar até o fim do dia.

IMPRENSA LIVRE DAS MULHERES PEGA REPLICANDO COLUNAS DE OUTROS.

– Sua resposta não se sustenta. – Amanda tinha voltado de Londres naquela manhã e estava analisando a defesa de Free, rabiscada a mão às pressas. – Essas desculpas soam completamente esfarrapadas. Nem eu acreditaria se não tivesse visto você escrever as colunas.

– O Sr. Clark tem provas – disse Free.

Amanda bufou em resposta.

– O Sr. Clark não está aqui. Que conveniente para ele, não é? Aqui estamos, afirmando que alguém roubou nosso trabalho adiantado, e que, embora tenhamos suspeitas, não podemos provar quem foi, então não nos atrevemos a citar nomes, e além disso não sabemos ao certo como foi feito. Essa pessoa desconhecida fez isso com o objetivo de nos desacreditar por algum motivo também desconhecido. Essa história é tão esfarrapada que faria com que até nossos leitores mais fiéis ficassem desconfiados. Não podemos publicar isso. É melhor não publicar nada.

Free cruzou os braços e ficou com o olhar perdido.

– Então você acha que publicar uma simples negação é a melhor opção.

Tinha sido escolha de Free aguardar até ter provas antes de proceder, e o resultado tinha sido esse fiasco.

– Acho – afirmou Amanda.

– Ela tem razão – disse Alice por cima do ombro.

Quando essas duas concordavam, quase sempre tinham absoluta razão.

– Diga apenas que a *Imprensa Livre das Mulheres* revisou os procedimentos internos, e estamos satisfeitas porque as matérias que imprimimos são de autoria das nossas escritoras – sugeriu Amanda. – E estamos investigando a questão.

– Mas...

– Acrescente que vamos permitir que o jornalista do *London Review* analise nosso arquivo interno de provas adiantadas, demonstrando que versões antecipadas das colunas estavam em nossa posse antes de os outros jornais serem impressos.

– Mas...

– Não se defenda, Free, até conseguir se defender direito. Vai ter uma única chance de construir sua defesa para o público. Espere até que sua história seja incontestável senão vai perder.

Droga. Ela queria fazer *alguma coisa*. Free cerrou as mãos em punhos. Telegramas tinham chegado o dia todo, e cada um que via era como uma facada no coração. Andrews' Tinned Goods – tinha trabalhado com a empresa por anos. Não era certo, não era *justo*, que nem tivessem esperado para ouvir a explicação de Free antes de tirar conclusões precipitadas de que ela era culpada.

– Vamos vencer – prometeu Alice atrás dela, tocando as costas de Free com uma das mãos.

Ela não queria nada disso. Mesmo que se livrasse dessas acusações, cada hora que perdesse se defendendo delas era uma hora que não dedicaria a questões importantes. Aquela lei de Rickard, embora falha, dificilmente seria discutida, a não ser que Free fizesse sua parte em colocá-la na boca do povo. O próprio ato de gastar energia nessa confusão desesperadora já era uma perda, não importava qual fosse o resultado.

Free apoiou a cabeça nas mãos.

A porta se abriu. Free se virou, esperando ver o mensageiro de novo.

Mas, em vez do menino de óculos do escritório de telegrama da cidade, quem estava na porta era o Sr. Clark. Ele correu o olhar pela sala – passando por Free, Amanda e Alice à mesa, que discutiam sobre essa resposta tão importante – e semicerrou os olhos.

– Onde estão os homens, Srta. Marshall? – perguntou ele, e sua voz era um rugido baixo.

– Que homens?

– Os homens que lhe falei para contratar. – Ele deu um passo à frente. – Sei que a senhorita não confia em mim, mas, considerando o que está em jogo, eu esperaria que a senhorita pudesse me ouvir pelo menos por meio minuto.

– Que homens? – repetiu ela.

Ele a olhou – realmente a olhou, observando as manchas de tinta no queixo, as pilhas de telegramas na mesa ao lado.

– Meu Deus – praguejou ele. – A senhorita não leu meu telegrama.

– Andei ocupada. – Ela o fuzilou com os olhos, acusando-o. – Tentando organizar uma resposta a essa acusação sem as evidências que o *senhor* alegou ter, mas levou consigo. Não tive tempo de ver todas as mensagens. Mais uma pessoa cancelando um anúncio, ou expressando sua felicidade pela minha desgraça... O que teria importado isso? As coisas não podem piorar muito.

– Sim, podem – resmungou o Sr. Clark. – Eu estava errado, não conhecia o plano completo. Não se trata apenas de colocar a senhorita em apuros, Srta. Marshall. A senhorita precisa ser vista em apuros pelo mundo todo. Desse jeito, quando sua gráfica queimar até não sobrar nada, todo mundo vai acreditar que o incêndio foi premeditado. Vão achar que, diante da certeza da ruína financeira, a senhorita tacou fogo em tudo, buscando o dinheiro do seguro num momento de desespero.

Free sentiu as mãos ficarem frias.

– Ele pode estar mentindo, Free. – Amanda foi para o lado dela. – Esses homens que ele quer que você contrate, quem sabe quem seriam? Homens sob o controle dele. E, uma vez contratados, estariam aqui nos protegendo. É o que dizem, mas quem sabe a que outro mestre vão responder? Você realmente confia nele?

Os lábios do Sr. Clark se afinaram, mas ele não disse nada para se defender. Apenas cruzou os braços e encarou Free, como se a estivesse forçando com a mente a tomar uma decisão – como se a estivesse desafiando a confiar nele naquele momento, quando Free tinha todos os motivos do mundo para não fazê-lo.

Mas não foi o silêncio dele que a fez escolhê-lo. Não foi a lembrança da última vez que o tinha visto – do toque da luva dele roçando sua mandíbula. Nem foi o batimento perigoso do coração dela, sussurrando loucuras no fundo de sua mente.

Não. A confiança dela, tal como era, foi ganha com base em algo bem mais prático.

– Nessa questão – disse Free –, eu confio nele.

O Sr. Clark soltou um suspiro e deixou os braços caírem junto ao corpo.

– Mas… – começou Amanda.

Free enrijeceu e foi até a janela.

– Confio nele – disse ela – porque sinto cheiro de fumaça.

Capítulo oito

Não havia homens presentes, apenas uma meia dúzia de funcionárias que tinham ficado para trás para rodar a impressão. Cambridge, com seus bombeiros, estava a quase um quilômetro de distância. Quando Edward por fim abriu caminho até o lado de fora da gráfica, já era tarde demais. A fumaça havia começado a sair em fiapos de luz pelos vãos da porta da casinha do outro lado do terreno.

Ele abriu a porta mesmo assim. Uma onda de calor o atingiu, seguida por uma torrente de fumaça sufocante e de arder os olhos. Nuvens cinzentas subiam pela sala da frente e o fogo estalava. Edward ergueu os olhos. As chamas já estavam consumindo as vigas do teto. Não haveria como apagar esse fogo a tempo de salvar a estrutura. Havia apenas alguns baldes de água, e nada de areia.

Free estava logo atrás dele. Ela endireitou os ombros e o empurrou para passar.

Edward a tomou pelo pulso e a puxou para si.

Ela tentou se soltar.

– Podemos apagar o fogo.

– Não podemos – disse Edward. – Já vi mais incêndios na minha vida do que a senhorita poderia sonhar. A fumaça vai matá-la se tentar.

A garganta dele já estava irritada, e ele apenas estivera parado junto ao batente da porta.

– Mas…

– Há algo aqui dentro que valha sua vida? Porque vai ser esse o preço a pagar se a senhorita entrar agora.

– A carta da minha tia Freddy. – Ele conseguia sentir o braço inteiro de Free tremendo no aperto dele. – Ela a deixou para mim quando morreu.

– Sua tia Freddy iria querer que a senhorita arriscasse sua vida por um pedaço de papel?

– Não – sussurrou ela.

Os olhos dela estavam lacrimejando. Se alguém um dia perguntasse, Edward diria que ficaram irritados com a fumaça. Não achava que a Srta. Marshall estaria disposta a confessar que eram lágrimas.

Ele tirou a gravata e entregou para ela.

– Molhe isso e amarre ao redor da boca e do nariz. Vai ajudar. Temos trabalho a fazer.

Ela não tinha perdido tempo colocando um chapéu. Seus cabelos estavam se soltando do coque e desciam pelas suas costas, como uma trança raivosa do próprio fogo da Srta. Marshall.

Free tomou a gravata das mãos dele.

– Pensei que não havia nada a fazer.

– Pela sua casa? Não há. Mas precisamos fazer uma proteção corta-fogo para garantir que as chamas não se espalhem até a gráfica.

Fazia anos desde que ele estivera na brigada de incêndio. Pensara que as lembranças daquelas semanas tinham se confundido num esquecimento indefinido, mas tudo estava voltando para ele naquele momento. Aquela árvore ali – teriam que podar os troncos e depois cavar uma linha na relva.

Os ombros da Srta. Marshall se ergueram uma última vez. Mas agora o fogo já estava na altura da cintura no cômodo à frente, e até ela deveria saber que não havia esperança. Free se virou, marchando de volta até as mulheres que estavam saindo da gráfica.

– Melissa, precisamos de pás, ou qualquer coisa que você consiga encontrar que sirva como uma. Caroline, vá buscar ajuda. Phoebe e Mary, comecem com os baldes.

O próprio Edward encontrou uma pá e tinha começado a demarcar um perímetro quando seu cérebro finalmente alcançou o corpo. Ele olhou para cima – para as mulheres correndo em todas as direções, numa batalha contra o incêndio –, e sua boca ficou seca com uma compreensão repentina.

Esse não era o incêndio do qual o irmão falara. *Esse* fogo era uma distração.

Ele não tinha tempo para pensar. Largou a pá onde estava e correu para a gráfica. As portas estavam escancaradas, mas o local estava deserto. Ainda assim, o cheiro avassalador de óleo de parafina invadiu suas narinas. O chão abaixo cintilava em cores iridescentes.

Edward olhou ao redor, mas não viu ninguém.

Tinha que haver alguém ali. O incendiário devia estar lá dentro. O lugar precisava apenas de um fósforo para pegar fogo. Edward se esgueirou para a frente e olhou debaixo de uma mesa, atrás de uma cômoda. Chegou ao outro lado do cômodo – à parede onde, pela janela de vidro, a luz jorrava no escritório da Srta. Marshall. A porta estava aberta. E ali, nas sombras embaixo da mesa...

Havia a ponta de uma bota saindo do outro lado.

A emoção, disse Edward a si mesmo, não seria nada além de um fardo naquele momento. Ele precisava agir, e rápido.

E, ainda assim, não conseguiu dissipá-la. A raiva que sentia parecia vir das entranhas.

Ele marchou escritório adentro, pegou o homem pelo pé e o puxou com toda a sua força. Estava tão furioso que mal sentiu o peso, embora ele devesse ter pelo menos uns 95 quilos.

O homem chutou, soltando o aperto de Edward. Outro chute acertou nos joelhos de Edward, e ele caiu no chão. O incendiário cambaleou até ficar de pé e correu para a porta do escritório da Srta. Marshall.

Edward avançou para cima dele, tentando pegá-lo pelo calcanhar. Conseguiu, mas o homem bateu o pé, e sua bota encontrou a mão de Edward. Em algum lugar, a dor foi registrada. Mas, no momento, com o cheiro de fumaça e da parafina oprimindo seus sentidos, Edward não sentiu nada.

Ele se esticou e, com a outra mão, pegou o homem pelo colarinho, torcendo-o, cortando a passagem do ar.

– Seu idiota – falou, sombriamente.

O som da madeira atingindo a lixa – o leve cheiro de fósforo – o trouxe de volta a si. Por um momento, Edward sentiu medo e, com isso, todas as outras sensações voltaram: a dor aguda na mão, a ardência nos pulmões.

– Me solte – disse o outro homem. – Me solte senão vou largar isso aqui agora.

A atenção de Edward focou o brilho do fósforo, aquela perigosa chama dançante. Inferno, o cheiro ali estava tão denso que poderia ele mesmo pegar fogo.

– Pare de ser um idiota e apague isso – rosnou Edward. – Vai matar nós dois.

A mão do homem tremeu. Edward esticou a própria mão – ela não parecia estar funcionando direito – e apagou a chama com a luva.

Seu coração batia como as asas de um bando de pássaros. O homem chutou uma, duas vezes, mas não serviu para nada, pois Edward o estava segurando e não ia soltar.

Ele sentiu quando o homem desistiu – quando os membros do incendiário pararam de se mexer e ele encarou Edward nos olhos, torcendo os lábios numa careta resignada.

– Pois é – disse Edward com um rosnado baixo. – É bom mesmo que esteja com medo. Está em grandes apuros.

Quando por fim anoiteceu, os últimos vestígios da casa de Free – brasas carbonizadas e escurecidas, parcamente se reunindo no formato de uma construção – quase haviam parado de fumegar.

Já não estava mais lá. Sua casa, seu lugar seguro... Mas isso também tinha sido uma ilusão. As mãos de Free estavam manchadas de fuligem, seu vestido cheirava a parafina. Mas a gráfica ainda estava de pé. Uma vitória, de certa forma.

Que vitória.

Ela se arrastou até o grupo de funcionárias esgotadas e sujas. Todas tinham trabalhado duro. Free desejou poder mandá-las para casa. Mas não havia tempo para descanso. Havia muita coisa a fazer.

A mais importante precisava ser feita rápido.

– Amanda – disse Free –, você precisa ir agora, se quiser pegar o trem noturno para Londres.

– Mas...

– Não podemos nos dar ao luxo de perder um único instante lambendo as feridas – continuou Free. – Cada momento que passamos combatendo isto aqui é um momento perdido de uma luta maior e mais importante. Se mais alguma coisa acontecer, você precisa estar em Londres, onde vai poder contratar outra gráfica para imprimir nosso jornal.

Mais importante do que isso, se houvesse outra coisa planejada para aquela noite, se alguma coisa acontecesse com Free, ela precisava garantir que Amanda sobrevivesse para tocar o jornal. Mas não disse isso. Se desse voz a essa possibilidade, poderia perder a coragem de vez.

Não foi necessário. O queixo de Amanda tremeu, mas ela assentiu.

– Melissa, garanta que Amanda chegue a salvo na estação. Enquanto estiver no centro, avise que temos alguém aqui que os policiais precisam deter.

Isso precisava ser feito. Se tivessem qualquer chance de apresentar essa questão ao público, teriam que ser vistas seguindo as regras civilizadas.

Free não se sentia muito civilizada. Ela se virou antes que perdesse a coragem e implorasse à amiga que ficasse. Não se despediu de Amanda. Havia muito a fazer, no fim das contas. Tinha uma resposta para terminar de escrever, um jornal que precisava sair com o trem das quatro da manhã. Não havia tempo para parar.

– Certo, pessoal – disse ela, projetando a voz. – Hora de limpar a parafina.

E, enquanto elas faziam isso, Free tinha uma história para desvendar.

O Sr. Clark havia amarrado os punhos e os pés do prisioneiro deles e o prendido a uma cadeira. O homem foi deixado na sala do arquivo. Free precisava saber quem o tinha enviado, o que o haviam encarregado de fazer. E precisava saber disso *naquele momento* – em tempo de escrever essa história, antes que a polícia chegasse.

Não havia tempo para nada além de respostas rápidas. E, no fim das contas, Free tinha um canalha ali. Inspirou fundo e foi atrás do Sr. Clark.

Ele estava na sala do arquivo. Era um lugar pequeno e escuro. Com uma cadeira extra e a mesa ainda no lugar, Free e o Sr. Clark estavam quase ombro a ombro, encarando o prisioneiro.

– O que o senhor descobriu?

A voz de Free soou trêmula aos próprios ouvidos. Um mau sinal. Ela se esforçou para se controlar.

O Sr. Clark se voltou para ela.

– O nome dele: Edwin Bartlett. Mas, infelizmente, ele não sabe quem o contratou. Houve pelo menos um intermediário, suponho que mais de um.

Não. Free se recusava a acreditar nisso. Tivera esperanças de que seria tudo simples – que o incendiário entregaria James Delacey no primeiro instante, que seria capaz de descrevê-lo com perfeição.

Seria alguma compensação por perder sua casa – conseguir colocar a culpa publicamente na porta dele.

A voz de Free tremeu quando ela falou:

– Ele está mentindo. Tem que saber mais.

Isso foi respondido com o silêncio. Free não conseguia ver o rosto do Sr. Clark, e ele não se virou para ela.

– Ele só pode estar mentindo – disse Free. Ela *precisava* que o incendiário estivesse mentindo. – O senhor não tem…

O estômago dela se retorceu ao pensar em pedir mais. A própria ideia a deixava enjoada.

– Eu não tenho o quê?

– Alguma forma. – As mãos dela estavam tremendo. – De encorajá-lo.

– Encorajá-lo. – O Sr. Clark pigarreou bruscamente, quase como um rosnado. – Srta. Marshall, não creio que a senhorita queira que eu diga: "Vamos lá, Edwin, seja um bom garoto." Talvez a senhorita precise esclarecer o que quer dizer com *encorajá-lo*.

Não.

Eles não tinham tempo. A polícia provavelmente chegaria dentro de 45 minutos, e, de qualquer jeito, com o entregador vindo às duas e meia da manhã… Free tinha pouco mais do que meia hora para descobrir o que mais o homem sabia, se quisesse publicar essa história na próxima edição.

– Ele já está assustado – disse o Sr. Clark, seco. – Francamente, duvido que ele tenha capacidade mental para contar mentiras no momento.

Free soltou a respiração.

– Talvez nós precisemos refrescar a memória dele. Não há nada que o senhor possa fazer?

– Eu não sei de nada – interveio o incendiário, com um tom de voz lamentoso. – Já falei tudo, já contei todos os detalhes. Foi um homem de Londres que me contratou, um homem grande. Careca.

Free se sentia enjoada.

Ela não conseguia ver muito do Sr. Clark. Mas a silhueta dele se endireitou e ele se virou para ela.

– A senhorita não sabe o que está sugerindo. Nem consegue dizer a palavra em voz alta. Quer que eu o torture.

Dita em alto e bom som, essa ideia terrível – *tortura* – pareceu preencher a sala. Free não queria isso. Cada parte dela se rebelava contra tal noção. Mas havia aquele pedacinho dela que ponderava. O homem havia queimado a casa dela. Poderia saber mais. Não seria apenas justo se...?

O Sr. Clark fez um som rude.

– Meu Deus. Às vezes eu esqueço como a senhorita é mesmo ingênua.

Foi como receber um tapa na cara.

– Não sou ingênua só porque não consigo dizer a palavra.

– Ah, a senhorita é ingênua por nem sequer pensar nisso.

Free já o tinha ouvido com raiva antes, já o tinha ouvido entretido. Não sabia o que era essa emoção que o Sr. Clark estava expressando naquele momento. Alguma coisa mais sombria, mais real do que ela já ouvira dele antes.

– Não se tortura um homem para descobrir a verdade, Srta. Marshall – continuou o Sr. Clark. – Não leu a história da Inquisição Espanhola?

Free deu um passo para trás, afastando-se dessa intensidade. Suas costas encontraram a parede da sala.

– Não entendi.

– É claro que não entendeu. A senhorita leu uma história, sem dúvida, em que um homem tinha uma informação. Alguém empunhou uma faca bem posicionada para obrigá-lo a revelar o segredo. O bem venceu e todos viveram felizes para sempre.

Free se sentia enjoada.

– Isso foi um tépido texto fictício escrito por um homem sentado em frente a uma lareira confortável, inventando uma história pouco plausível para um público ingênuo. Não se tortura um homem para descobrir a verdade, Srta. Marshall, não importa o que as histórias digam. Qualquer canalha de *verdade* lhe diria isso. Tortura-se um homem para transformá-lo em outra pessoa. A dor verdadeira é como tinta preta. Aplique o suficiente e vai manchar a alma de um homem. Se estiver disposta a usá-la, a senhorita pode escrever o que desejar no lugar dessa alma. Quer que ele se converta ao catolicismo? É só entregá-lo aos inquisidores. Quer que ele acredite que o sol se põe no leste e que a Lua é feita de queijo? Prepare as facas quentes. Mas uma vez que derramar a tinta na alma do homem, nunca vai tirá-la. Ele vai dizer qualquer coisa, ser qualquer coisa, *acreditar* em qualquer coisa... só para fazê-la parar. A senhorita vai lhe perguntar sobre Delacey e ele vai inventar alguma história que a senhorita queira ouvir, só para se poupar da dor. Mas essa história não vai se sustentar sob nenhuma observação, porque não vai ser verdadeira.

Free engoliu em seco.

– Então, não, Srta. Marshall, não vou lhe dar sua resposta fácil. Ela não existe. Vá escrever a história complicada e difícil. Escreva a história sem um final feliz. Não vai ter nenhum outro tipo de fim esta noite.

Ainda bem que estava escuro. Ela não achava que conseguiria fitá-lo nos olhos.

Free se virou e marchou para fora da sala. A luz do ambiente principal da gráfica era ofuscante após a escuridão da sala do arquivo. As mulheres – *suas* mulheres, cujos filhos Free conhecia, cujas esperanças tinha ouvido – trabalhavam sem parar. Espalhando areia para absorver o óleo, usando pás para recolher a mistura e colocar em baldes, e em seguida esfregando as mesas com sabão e lavando os últimos resíduos com vinagre. O cheiro já estava começando a se dissipar.

As mãos dela tremiam. Nunca tinha ouvido o Sr. Clark falar desse jeito antes. Tinha sido algo próximo a uma raiva sombria – e por causa de tortura, acima de tudo.

Que tipo de canalha ele *era*?

Free inspirou fundo. Era o tipo de canalha que tinha razão.

Precisava afiar sua raiva numa borda fina. A pobre criatura miserável na sala do arquivo era apenas uma ferramenta.

Free precisava de um plano.

E, para aquela noite, precisava de uma história. Talvez uma história terrível e crua, sem conclusões simples ou explicações claras. Mas, de qualquer jeito, seria uma história.

~

Quando por fim os policiais chegaram, solenes em seus uniformes azuis, e detiveram o Sr. Bartlett, o jornal de Free estava rodando, cuspindo páginas.

Ela havia se contido ao básico: à negação que havia escrito antes de Amanda ir embora e, depois, à história do incêndio e do homem capturado.

Perto da meia-noite, Alice chegou com os braços cheios de cobertores. Free se ocupou preparando um catre no escritório. Estava arrumando as roupas de cama improvisadas quando o Sr. Clark entrou.

– O que a senhorita está fazendo? – gritou ele por cima do barulho da prensa.

Free não fora capaz de olhar para ele desde a sala do arquivo. Ainda não conseguia naquele momento. Em vez disso, fitou os cobertores de lã cinza em suas mãos.

– Estou me preparando para dormir aqui.

Ele cruzou os braços e a encarou.

– Minha casa se foi. – Free tinha que berrar para ser ouvida por cima do barulho, e foi bom descarregar a raiva. – Alguém tem que ficar aqui esta noite para garantir que nada mais vai acontecer. Alice e o marido vão ficar na sala do arquivo, e como não tenho outro lugar para ir...

– Se a senhorita vai ficar – disse ele, inclinando-se na direção dela –, eu também vou.

– Sr. Clark, não seja ridículo.

– Não estou sendo ridículo.

Ela cometeu o erro de erguer os olhos quando ele disse isso. Os olhos dele estavam escuros. Free havia esperado que ele estivesse ardendo de raiva depois da discussão. Em vez disso, parecia frio – frio como o gelo. Como se não se importasse com ela, como se não se importasse com nada.

O Sr. Clark lhe lançou mais um olhar sombrio, depois balançou a cabeça e se virou.

Capítulo nove

A impressão finalizou quando já passava da uma da madrugada. Eles empacotaram os jornais num silêncio fatigado, preparando-os para serem levados à estação. Um pouco de água, sabão e uma camisola emprestada de Alice prepararam Free para a cama, a única que teria naquela noite. Mas depois que Alice e o marido se retiraram para dormir, Free se pegou incapaz de fechar os olhos. Ficou olhando para o teto escurecido e percebeu que ainda tinha uma tarefa para realizar antes de dormir.

Ela se levantou e foi até a porta.

O Sr. Clark estava na sala principal. Havia tirado o casaco e Alice aparentemente havia lhe dado uma leva de cobertores também, nos quais ele estava sentado. Seus pés estavam descalços e ele examinava a própria mão sob o luar. Ele ergueu os olhos quando Free abriu a porta, depois se inclinou e vestiu uma luva. Não se levantou quando ela se aproximou. Não falou nada. Apenas a observou chegar mais perto.

Meu Deus, ele ainda irradiava frieza.

Free não estava tão vestida quanto normalmente estaria. Ah, ela sabia que a camisola cobria tudo o que precisava ser coberto. Mas, ainda assim, a roupa fazia com que ela se sentisse... despida. E já se sentia mais do que um pouco exposta àquele homem.

Ela se ajoelhou ao lado dele. O Sr. Clark não se mexeu um único centímetro.

– Obrigada.

A expressão dele não mudou em nada, mas ele a olhou como se pudesse congelar o coração de Free.

Ela não parou.

– Obrigada pela ajuda. Por apagar o fogo. Por evitar os *dois* incêndios. – A voz dela ficou mais baixa. – Obrigada por me impedir de fazer algo do qual eu teria me arrependido. Eu não tinha lhe agradecido ainda… e lhe devo isso.

– Não foi nada.

– E obrigada por estar aqui agora…

Ele a interrompeu com um balançar da cabeça.

– A senhorita está fazendo com que eu pareça um belo de um herói, Srta. Marshall. Conte as mentiras que quiser para si mesma, mas me deixe fora delas. Estou aqui esta noite porque não quero estar sozinho. Não há outro motivo.

Levou um momento para ela perceber que o Sr. Clark estava dizendo a verdade. E que ela estava sentada no chão perto dele. Não bem *ao lado*. Sessenta centímetros os separavam. Distância suficiente… e, ao mesmo tempo, não o bastante.

Ele lançou um olhar na direção dela.

– Então, Sr. Clark – disse Free. – Quando foi que o senhor viu um homem ser torturado?

– Em outro lugar. – Ele rosnou as palavras. – É bem pior do que a senhorita imagina, Srta. Marshall. Não tenho coragem para falar sobre isso, e nem tenho qualquer vontade.

– Pois bem.

O Sr. Clark apertou a testa com uma das mãos, balançando a cabeça.

– Não sei por que me dou o trabalho. Não há objetivo nenhum nisso.

Free fez um desenho no chão com a ponta do dedo.

– Quer saber minha opinião? Acho que o senhor se dá o trabalho porque não é um homem tão ruim quanto faz parecer.

– É, diga isso para si mesma, Srta. Marshall. – Havia um tom de deboche na voz dele. – Diga para si mesma que sou seu príncipe encantado, e estou aqui para salvá-la de incêndios e inimigos. Isso é uma mentira, mas algumas pessoas precisam delas para dormir à noite. Estou aqui por meus próprios motivos. Eu a admiro. *Gosto* da senhorita. – O sorriso dele ficou mais sombrio. – Vou levá-la para a cama, se desejar. Mas não me peça para fingir que isso… – ele acenou com uma das mãos ao redor dos dois – … que qualquer parte disso importa. Porque não importa.

– O senhor não acredita nisso de verdade.

Ele se moveu um centímetro para mais perto dela.

– A senhorita é a mulher mais encantadora do mundo a bater com a cabeça numa parede, mas essa parede em que está batendo é mais alta e mais grossa que a Grande Muralha da China, e a senhorita é uma única pessoa. Não são as pedras que vão se render à senhorita, minha querida.

Free engoliu em seco.

– O senhor está errado.

– Ah, a parede é feita de papel, então, e a senhorita vai rasgá-la a qualquer momento. – Ele riu dela, e Free conseguia ouvir o gelo na voz dele. – Espere mais dez anos, e talvez a senhorita entenda o que está enfrentando. Até então, continue assim. Continue a lutar.

Free o contemplou na escuridão.

– Depois desta noite, o senhor ainda acha que sou ingênua? Que não entendo como o mundo funciona?

– Não tem prova de que a senhorita *entenda*. Depois de tudo que viu esta noite, ainda ficou acordada até tarde para publicar a próxima edição. O que acha que seu jornalzinho vai mudar? Acha que, de repente, Delacey vai ler um dos seus artigos e dizer "Meu Deus, eu estava completamente errado. No fim das contas, as mulheres merecem ser tratadas com respeito"?

– Não. – Free desviou os olhos. – Claro que não penso assim. Nunca vou convencer Delacey.

– Ou imagina que há um grupo de homens em algum lugar que ainda não se decidiu sobre a questão do sufrágio feminino? Homens que estão pensando "Bem, imagino que mulheres possam ser seres humanos de verdade, assim como os homens. Talvez eu devesse ajudá-las".

Free sentiu o rosto corar.

– Não seja ridículo.

– Porque posso lhe dizer o que vai acontecer – disse o Sr. Clark com aquela voz sombria e perigosa. – Vocês, mulheres, vão protestar entre si sobre injustiça e equidade. Talvez, se fizerem barulho suficiente, um dia uma meia dúzia de vocês tenha permissão para votar, e isso será considerado uma grande vitória. Talvez em cinquenta anos as mulheres conquistem uma minoria evidente entre as classes profissionais. Pode ser que tenhamos uma médica, uma advogada, e então cinco ou dez de vocês vão montar uma organização juntas e apertar as mãos umas das outras porque conquistaram alguma coisa.

Free soltou a respiração.

– Talvez em cem anos com mulheres votando, vocês consigam eleger uma única primeira-ministra. – Ele abriu um sorriso bruto. – Mas só uma, e ainda assim, as pessoas nunca vão levá-la a sério. Se ela for rígida, vão culpar o ciclo menstrual. Se sorrir, vai ser prova de que mulheres não são fortes o bastante para liderar. É para isso que a senhorita está se preparando, Srta. Marshall. Uma vida de pequenas conquistas, de vitórias que pesam como chumbo. Está se dispondo a enfrentar uma instituição mais antiga que nosso país, Srta. Marshall. É tão antiga que raramente precisamos falar nela. Sinta toda a fúria que quiser, Srta. Marshall, mas a senhorita será mais bem-sucedida esvaziando o Tâmisa com um dedal.

O Sr. Clark tocou a testa com um dedo numa saudação fingida, como se estivesse abaixando o chapéu. Como se Free estivesse indo embora da terra da realidade, e ele estivesse lhe desejando uma boa viagem. Mas suas palavras não correspondiam às suas ações. Ele se aproximou dela ainda mais enquanto falava, inclinando-se a cada frase, até que estivesse quase a ponto de beijá-la.

– O senhor tem razão – disse Free, fechando os olhos.

Ele piscou e se recostou, inclinando a cabeça.

– O que a senhorita disse?

– Eu disse que o senhor tem razão – repetiu Free. – Tem razão em tudo o que falou. Se formos tomar a história como guia, vai levar anos, talvez décadas, até que as mulheres possam votar. Quanto ao resto, imagino que qualquer mulher que consiga se destacar vai ser alvo de abuso. É o que sempre acontece.

As sobrancelhas dele se enrugaram em confusão.

– O que eu não entendo é por que o senhor acha que precisa me dar um sermão sobre tudo isso. Tenho um jornal para mulheres. Acha que ninguém nunca me escreveu para explicar justamente o que o senhor acabou de dizer?

Ele franziu o cenho.

– Bem...

– Acha que nunca me disseram que estou chateada porque estou menstruada? Que para eu me acalmar basta um homem colocar uma criança na minha barriga? Normalmente, a pessoa escrevendo se oferece para ajudar com essa tarefa em especial. – Ela engoliu bile ao se lembrar. – Devo lhe contar o que uma pessoa pintou na minha porta certa madrugada? Ou quer ler as cartas que recebo? – Free apertou os braços ao redor de si. – Estou aqui, no chão da minha gráfica, porque falei para um homem que eu não ia dormir com ele, e por isso ele queimou minha casa. Então, sim, Edward, sei quais são os obstáculos que as mulheres enfrentam. Sei quais são esses obstáculos melhor do que o senhor jamais saberá.

Ele exalou de forma rude.

– Meu Deus, Free.

– Acha que eu não sei que a única ferramenta que tenho é o meu dedal? Sou eu que o empunho. Eu *sei*. Há dias em que olho para o Tâmisa e desejo conseguir parar de esvaziá-lo. – A voz dela baixou. – Meus braços estão cansados, e tem tanta água que temo que vá me puxar para baixo. Mas sabe por que eu continuo?

O Sr. Clark esticou a mão e tocou o queixo dela.

– É isso que não consigo entender. A senhorita não parece ser estúpida. Por que persiste?

Ela ergueu a cabeça para encará-lo.

– Porque não estou tentando esvaziar o Tâmisa.

Silêncio.

– Veja só as tarefas que o senhor listou, as que acha serem impossíveis. Quer que os homens deem às mulheres o direito de votarem. Quer que os homens pensem nas mulheres com igualdade em vez de nos verem como animais inferiores que andam por aí espalhando baboseiras sem nexo entre nossos ciclos menstruais.

Ele ainda estava quieto.

– Todas as suas tarefas são para homens – disse-lhe Free. – E, caso não tenha percebido, este é um jornal para *mulheres*.

– Mas... se...

– Eu me internei num hospital do governo para doenças venéreas – continuou Free. – Fiquei trancada com trezentas prostitutas suspeitas de terem sífilis, para que eu pudesse fazer um relato preciso sobre a crueldade dos atendentes, sobre a dor dos exames. – Ela ainda não conseguia se forçar a lembrar os detalhes desses exames. O sentimento de ser pressionada contra uma superfície, as invasivas ferramentas de metal empunhadas sem qualquer gesto de delicadeza, tudo tinha ficado embaçado num grato esquecimento. – Eu contei para todo mundo que havia mulheres morrendo de dor sem qualquer conforto, amarradas às próprias camas enquanto se contorciam em agonia. Relatei que havia mulheres que, apesar de não terem demonstrado nenhum sinal de doença por dois anos, ainda assim eram mantidas como prisioneiras.

– E mesmo assim o governo *continua* a aprisionar mulheres com sífilis. O Tâmisa continua a correr, Srta. Marshall.

– Mas as duas mulheres que descobri que estavam sem sintomas agora estão livres. E toda vez que Josephine Butler fala com uma multidão de homens, ela desenha com palavras uma imagem do que esses milhares de mulheres sofrem. Homens adultos choram ao ouvir, e nós desgastamos a parede, dia após dia. Ela *vai* desmoronar. – Free ergueu o queixo e o fitou nos olhos. – O senhor vê um rio sem fim, correndo. Vê um monte de mulheres com dedais, todas tirando uma porção inconsequente de água.

Ele não falou nada.

– Mas não estamos tentando esvaziar o Tâmisa – disse-lhe Free. – Veja só o que estamos fazendo com a água que removemos. Não é desperdiçada. Nós a usamos para regar nossos jardins, broto a broto. Estamos fazendo com que jacintos e trevos cresçam onde antes havia um deserto. Tudo o que o senhor vê é o rio, mas *eu* me importo com as rosas.

Os olhos dele estavam escuros, e a luz era tão fraca que Free mal conseguia enxergá-lo. Mas o corpo todo do Sr. Clark estava virado na direção dela.

– Tudo sobre a senhorita importa para mim. – Ele se inclinou para a frente. – Não deveria. Digo para mim mesmo que não deveria, que é apenas o desejo falando. Mas toda vez que conversamos, a senhorita vira meu mundo de cabeça para baixo.

O sorriso dele estava tenso e cansado.

– Está errado de novo. O mundo começou de cabeça para baixo. Só estou tentando colocá-lo do lado certo.

– De qualquer jeito, me dá uma impressionante sensação de vertigem.

O Sr. Clark esticou uma das mãos. Mas não a tocou. A mão estava enluvada, e ele a segurou, a postos, diante da bochecha de Free, à distância de um fio de cabelo. Ela conseguia sentir o calor dele. Então ele puxou a mão de volta com um balanço da cabeça.

– Boa noite, Srta. Marshall.

Edward não tinha certeza do que o despertou no meio da noite. Um som agudo, talvez um farfalhar.

Ele acordou imediatamente. Os batimentos de seu coração estavam acelerados, e ele ficou de pé sem fazer barulho. Mas não havia nenhum som de passos, ninguém se esgueirando do lado de fora. E então o barulho soou de novo – um gemido suave e abafado, vindo do escritório da Srta. Marshall.

Edward foi até a janela que se abria para dentro do cômodo.

A única iluminação vinha da lua e entrava indiretamente por meio de uma janela alta. A forma da Srta. Marshall se retorceu, e uma das mãos se esticou, como se para empurrar alguém para longe.

Ele deveria deixá-la dormir.

Mas já estava tão além de *deveria* quando se referia à Srta. Marshall, que sabia que não faria isso. Era perigoso entrar no escritório dela. Ele estava sem casaco, e ela... Edward conseguia ver um calcanhar saindo de baixo do cobertor, o vislumbre de um pulso. A Srta. Marshall estava despida demais para a paz de espírito dele.

E mesmo assim ele abriu a porta, se ajoelhou ao lado dela e apoiou uma das mãos em seu ombro.

– Srta. Marshall – murmurou.

Ela se virou, sem acordar. Edward roçou a testa dela. Seus dedos encontraram um suor pegajoso e frio.

– Free.

Ele correu a mão até a bochecha dela.

Ainda assim, ela não acordou.

– Querida – sussurrou ele.

Os olhos dela se abriram na hora. Ela piscou nebulosamente para ele. Meu Deus, ele estava metido naquilo até o pescoço. Com os cabelos espalhados ao seu redor e os olhos meio focados nele, ela era a coisa mais linda que Edward já tinha visto. Não teria como registrá-la, nem com lápis nem com tinta. Ele nem teria como tentar. No fim das contas, um homem só podia desenhar aquilo que conseguia entender.

– Shh, querida – sussurrou ele. O termo carinhoso, uma vez usado, chegou à sua língua com muita facilidade pela segunda vez. – Foi um pesadelo.

A Srta. Marshall exalou, pressionando os lábios juntos. Depois, muito devagar, se sentou.

– Eu sei – falou ela com sarcasmo. – Foi o *meu* pesadelo.

Ele desejou que pudesse sussurrar palavras doces no ouvido dela. *Vai ficar tudo bem. Durma de novo. Não vou deixar que nada a machuque.*

Mas Edward não era o tipo de homem que falava palavras doces. A Srta. Marshall esfregou uma das mãos no rosto e suspirou.

– Perdão – disse-lhe ela. – Não devia ter falado assim. Só que eu sei que não deveria ter pesadelos. É ridículo.

– Não deveria? – perguntou ele com seriedade.

– Parece bobo admitir isso. Seria como admitir que tenho medo.

Edward a encarou mais uma vez.

– E a senhorita não tem medo?

Ela não respondeu.

– É claro que a senhorita tem medo, Srta. Marshall. O medo só é algo bobo quando é irracional. Há homens pintando ameaças na sua porta, queimando sua casa. Se estão lhe escrevendo cartas sugerindo que a senhorita precisa de uma criança na barriga, duvido que estejam se oferecendo para colocar uma ali apenas se a senhorita estiver disposta.

A Srta. Marshall soltou uma respiração trêmula.

– Ainda tenho pesadelos do tempo em que fiquei no hospital. – Ela segurou uma mecha de cabelo e começou a enrolá-la ao redor do dedo. – E isso não faz sentido nenhum. Só fiquei lá por algumas semanas, e não há perigo algum de eu ser mandada de volta.

Edward ficou em silêncio.

– Eu sabia que meu irmão ia me tirar de lá. E ainda me lembro dos banhos... água gelada no inverno. Água gelada e marrom. Não a trocavam entre as mulheres.

Um calafrio percorreu o corpo dele.

– E os exames médicos... Não era um médico ouvindo nossos batimentos cardíacos. Tinham que fazer exames visuais. – Ela soltou outro suspiro. – Em todo lugar. Digo a mim mesma que sou forte e corajosa, mas o plano era que eu passasse dois meses lá. Eu me rendi depois de dois exames.

Ele tomou a mão dela nas dele. Ainda usava luvas – estava se sentindo constrangido demais para tirá-las. E não falou nada. Edward não sabia ao certo se estava segurando a mão dela para lhe dar força ou para espantar as próprias memórias incômodas.

A Srta. Marshall suspirou.

– Mas o que o senhor sabe sobre isso? Não tem medo de nada.

Ele deveria ter rido. Deveria ter lhe dito que o medo pertencia a outros homens, pois *ele* era a coisa que eles temiam.

Mas naquela noite Edward não conseguia forçar a si mesmo a lhe contar tal mentira. Em vez disso, soltou um longo suspiro.

– Fusíveis de percussão são o diabo encarnado.

A Srta. Marshall não disse nada e, por um bom tempo, Edward também ficou calado. As mãos deles se enroscaram, calor encontrando calor.

– Eu estava em Estrasburgo – começou ele por fim. – Sete anos atrás, durante o cerco. Fiz parte da brigada de incêndio. Os prussianos tinham uns canhões de estriamento que conseguiam atirar cartuchos a uma distância impossível, bem no centro da cidade mesmo. Todos esses cartuchos tinham fusíveis de percussão para explodirem com o impacto. Não havia nenhum lugar seguro. Porões, se fossem forrados com sacos de areia... mas havia o perigo de a casa desabar em cima das pessoas. Mais tarde, ouvi falar que, nos primeiros dias do cerco, os prussianos atiravam um cartucho a cada vinte segundos. Não dá para imaginar, Srta. Marshall. Tudo queimava, e o que não queimava se estilhaçava. A senhorita já viu poeira de gesso pegar fogo no ar? Eu já. E nem começamos a falar sobre as metralhadoras ainda, capazes de atirar balas à velocidade de uma manivela.

Ela virou a cabeça para olhá-lo. Seus dedos estavam remexendo os dele.

– O pior era quando os cartuchos não explodiam com o impacto. Podiam detonar a qualquer hora. Vi um homem ser estraçalhado na minha frente.

Por um longo momento, ele não disse nada. Não conseguia.

– Não acredito em mentir para mim mesmo – disse ele. – Tenho medo. Até hoje, não consigo ouvir um barulho alto sem dar um pulo. E não gosto de dormir em lugares apertados. Sempre tenho medo de que as paredes desabem em cima de mim. O medo é uma resposta natural.

De algum jeito, o braço dele a envolveu.

– O que importa é o que fazemos com o medo. E é isso que não consigo entender na senhorita.

A Srta. Marshall se virou para fitá-lo nos olhos.

– O raio sempre atinge a árvore mais alta da planície – disse ele.

Os olhos dela estavam bem arregalados, cintilando sob a luz fraca do luar.

– A maioria das pessoas que foi atingida por um raio aprende a ficar de cabeça baixa. São apenas as pessoas como a senhorita que rangem os dentes e depois aparecem de novo, recusando-se a se acovardar. É isso que não consigo entender na senhorita. Foi atingida por raios, de novo e de novo, e ainda assim continua de pé. Não entendo como a senhorita resiste.

Meu Deus, como seria fácil segurá-la. Puxá-la para perto, sentir o corpo dela contra o seu. A curva do seio dela prensada contra ele, a linha da perna.

A Srta. Marshall não respondeu. Em vez disso, ergueu a cabeça para ele. O braço de Edward a rodeou, seus lábios desceram para os dela, e o resto do mundo – o cômodo escuro ao redor deles, a sensação desconfortável da madeira dura debaixo de cobertores finos demais – pareceu sumir. Só havia isto: o ombro dela sob sua mão, os lábios macios dela sob os dele.

Beijos eram coisas perigosas quando um homem queria uma mulher.

Faziam com que ele quisesse jogar seu coração no colo dela. Não eram apenas uma troca de cortesias. Em vez disso, ofereciam um vislumbre do futuro. Um beijo insinuava o prazer que poderia vir de uma noite na cama, o deleite que um caso inebriante de uma semana poderia trazer.

Mas quando Edward beijou Frederica Marshall, algo terrível aconteceu – algo que nunca tinha acontecido numa vida inteira de beijos.

Ele não viu o fim.

Não iria querer um doce adeus dentro de algumas semanas. Não iria embora com o coração leve. Iria querer mais e mais – mais beijos, mais dela, de novo e de novo.

Iria querer o gosto doce de Free, o toque dos dedos dela descansando nos seus até o fim dos seus dias. O incendiário havia pisado em sua mão, e ela estava bem machucada. Talvez tivesse sido por isso que ele apertara a mão de Free, recebendo a dor aguda como um aviso.

Edward se afastou. Ela ergueu os olhos para ele, brilhantes e nebulosos de desejo.

Ah, ele soubera que isso vinha acontecendo desde o momento em que a conhecera. *Soubera* e havia mentido para si mesmo, chamando de desejo, anseio, vingança – tudo menos o que realmente era: ele estava se apaixonando por ela.

Não achara que ainda havia alguma coisa dentro dele capaz de se apaixonar.

Ele recuou. Mas não conseguia se forçar a ser brusco com ela. Nem mesmo naquele momento.

– Free. Querida. – A mão dele deslizou pelos cabelos dela, acariciando-os com gentileza. – Durma um pouco.

Edward se levantou.

Foi apenas quando estava na porta do escritório que ela falou:

– Foi em Estrasburgo que o torturaram?

Um buraco doentio e negro se abriu dentro dele. Dessa vez, ela não dissera *viu um homem ser torturado.* Free tinha descoberto essa verdade também. Edward ficou parado por um momento, apenas forçando os pulmões a funcionarem.

Quando retomou o controle de si mesmo, ele se virou para ela. Forçou-se a abrir um sorriso, mesmo que esse sorriso fosse uma mentira. Garantiu que sua voz estivesse tranquila, embora não houvesse nada nele que um dia pudesse voltar a ser tranquilo.

– Não – respondeu.

Casual, era isso o que queria. Casual, de modo que ela não suspeitasse da verdade. Um homem casual não teria se perdido completamente.

Ele deu de ombros de um jeito negligente e, apesar de ela não conseguir ver, encontrou um sorriso indolente.

– Isso foi depois.

Free acordou na manhã seguinte com o barulho de alguém andando pela gráfica. Ela ficou de pé num pulo, usando os dedos para arrumar os cabelos num semblante de organização.

Mas a única pessoa que viu pela janela foi Clarice, a mulher cujas tarefas matinais exigiam que ela deixasse tudo pronto para o dia. Ela estava dobrando os cobertores onde Edward tinha dormido naquela noite.

Não havia sinal dele em lugar nenhum.

Free se vestiu às pressas e foi até a sala principal.

– Bom dia.

Imaginou se Clarice sabia por que Free tinha dormido no escritório

– porém, pela expressão cheia de simpatia no rosto da mulher, alguém já havia lhe contado tudo.

Pelo menos, tudo o que tinha acontecido até a meia-noite.

– Aqui – disse Clarice, entregando-lhe um pedaço de papel. – O Sr. Clark me deu isto há meia hora, quando estava indo embora.

Indo embora.

Ela pegou o papel.

Srta. Marshall,
Preciso fazer algumas coisas em outro lugar
no momento. Voltarei à tarde.
E.

Nada além disso. Na noite anterior, tudo tinha mudado entre eles, e não fora apenas o beijo. Havia algo em se sentar com um homem no escuro, compartilhando segredos muito além da meia-noite, que mudava o rumo do que estava por vir.

Dois dias antes, ela teria dito que não confiava nele.

Esta manhã?

Era como se ele ainda estivesse ali, segurando a mão de Free. Como se ainda estivesse lhe dizendo que não conseguia entender como ela seguia em frente. Free sentia tudo isso, mesmo que ele não estivesse presente.

E, ainda assim, Edward tinha razão. Havia coisas que precisavam ser feitas – mais do que ela conseguia compreender. A realidade recaiu sobre seus ombros como pesados sacos de farinha.

Tinha que contratar homens para cuidarem do lugar à noite. Tinha que verificar os detalhes de sua casa incendiada e, a propósito, precisava encontrar um lugar para ficar até construir uma nova. Carecia de roupas, de um pente, de pó para limpar os dentes – muitos itens para listar. Havia anunciantes que precisavam ser apaziguados, uma história que precisava ser descoberta e um James Delacey que precisava ser destruído. E, além de tudo isso, o jornal tinha que ser publicado mais uma vez no dia seguinte.

Melhor começar logo. Free ergueu o queixo.

– Bem, vamos lá.

Capítulo dez

O estábulo estava silencioso e pacífico, com uma escuridão agradável depois do sol da manhã. Edward se sentia completamente fora do eixo ao entrar. Sua mão direita estivera dolorida na noite anterior, e no momento ardia. O machucado que se formava deixara em sua palma um tom escuro de vermelho – mas ele não havia quebrado nada, e a dor era a menor de suas preocupações.

Patrick Shaughnessy estava nos fundos do estábulo, examinando a perna traseira de uma égua. Ergueu os olhos quando Edward entrou, mas continuou a trabalhar com nada além de um aceno de cabeça como cumprimento. O pai de Patrick costumava ser do mesmo jeito – não interrompia o trabalho exceto em caso de sangue ou ossos quebrados.

Depois de um momento, Edward subiu a escada até o palheiro e encontrou uma forquilha. Arremessar palha com a mão machucada era uma ideia difícil. No começo, a dor era apenas uma pontada, mas aumentou para uma pulsação afiada. Cada arremesso doía um pouco mais. Era um lembrete tão bom quanto qualquer outro. Lá no fundo, havia apenas a dor.

Demorou uns dez minutos até seus músculos lembrarem o ritmo adequado do trabalho. A dor se concentrou na palma da mão dele, latejando mais a cada arremesso.

Tudo o que o senhor vê é o rio, mas eu me importo com as rosas.

Era difícil lembrar que havia algo além do rio, quando um dia a água havia transbordado além das margens e arrastado Edward com a corrente.

Ele quase havia se afogado e tinha aprendido a lição: não chegue perto de rios. Não chegue nem um pouco perto de rios.

A Srta. Marshall passou a vida desafiando pessoas mais poderosas do que ela a abatê-la. A pior parte era que a determinação dela era um tipo de doença contagiosa. Edward conseguia senti-la infectando-o, fazendo-o *acreditar*. Fazendo-o contar mentiras para si mesmo, como *posso fazer coisas boas* e *eu a quero para sempre*.

Ele rangeu os dentes, arremessou a palha e a deixou deslizar até o cocho na baia abaixo.

Não, ele tinha que lembrar que a Srta. Marshall estava errada. Era necessário ficar de olho no rio, não importava o que ela dissesse. Se as pessoas falhassem em controlá-lo, o rio poderia puxá-las para baixo. No desespero, elas atacariam qualquer um que estivesse por perto só pela chance de tomar fôlego. Nem perceberiam o dano que causaram até ser tarde demais.

– Eu acho – comentou a voz de Patrick às suas costas – que Buttercup não precisa mais de feno.

Edward parou, respirando com força, voltando a si. Soltou a forquilha e olhou para o estábulo abaixo de seus pés. Cavalos mastigavam aveia e palha em paz, balançando os rabos num repouso idílico. Um garanhão bateu os cascos, impaciente, e balançou a cabeça.

Era pacífico ali, e parte de Edward queria se mudar para esse estábulo. Mas não havia como rastejar de volta para sua infância.

Em vez disso, ele olhou para Patrick.

– Você sempre foi minha maior fraqueza – falou com solenidade.

Outro homem teria se ofendido com tais palavras, mas Patrick o entendia.

– Independentemente de onde eu fosse na Europa – continuou Edward – ou quanto tempo passasse, você nunca deixou de ser importante para mim. Nem você nem Stephen. Eu desejei que pudesse ser um homem calejado que não se importava com nada. Mas vi Stephen no outro dia...

Ele deu de ombros.

– Você nunca desejou nada disso – afirmou Patrick resolutamente.

Edward contemplou esse fato.

– É. Você tem razão. – Ele se sentou, jogando as pernas para fora, na beirada do palheiro. – Depois de todos esses anos, depois de tudo que eu fiz, você ainda é mais meu irmão do que o homem que é meu parente de sangue.

A surpresa não é que eu ainda esteja rodeando você. É que você ainda não me reconheça pelo que eu sou.

Ele tinha tentado. Por Deus, como tinha tentado afugentar Patrick. Tinha lhe contado todas as coisas desprezíveis que havia feito – como se Edward, assim como o amigo, fosse católico, e Patrick, seu confessor. Cada carta falsificada. Cada chantagem. Cada ação errada ele havia relatado para o amigo em cartas. Toda vez tivera certeza de que aquele roubo ousado, aquela história falsificada fariam com que o amigo se virasse contra ele.

– Ah, eu sei o que você é – disse Patrick baixinho. – Só estou esperando.

Edward flexionou a mão.

– O amor é um inferno – disse ele, abruptamente. – Me fez perceber que ainda tenho algo a perder. Era ruim o bastante quando eram apenas você e Stephen.

– Ah?

Edward chutou com raiva as pernas no ar.

– Ah. – Deixou a sílaba pairar por alguns segundos antes de continuar. – Você tinha razão, sabe? A Srta. Marshall é bem inteligente.

Era só isso que ele precisava dizer.

– E o que você vai fazer em relação a ela? – perguntou Patrick.

Havia uma parte de Edward – uma parte tola e condenável – que queria dar a resposta que faria o amigo sorrir. *Vou ficar na Inglaterra e conquistá-la.*

Mas bastava ouvir o pensamento para reconhecer a impossibilidade da ideia. Se James descobrisse que Edward ia ficar na Inglaterra de vez, nunca descansaria, com medo de perder o título e as propriedades. E se Edward fosse encontrado na companhia de Frederica Marshall, a inimiga mortal de James? O irmão poderia finalmente reunir coragem para fazer algo além de queimar algumas construções.

Edward poderia assumir o título. Anunciar-se como Edward Delacey. Cutucou a ideia na mente com gentileza. Parecia tão dolorida e sensível quanto sua mão machucada. O campo em que ele havia pisado de fato era bem minado, se ele nem sequer havia considerado essa possibilidade.

Edward balançou a cabeça.

– Vou fazer a mesma coisa com a Srta. Marshall que faço com todo mundo que amo. Vou embora antes que eu possa fazê-la sofrer.

Patrick o olhou e curvou a boca com ceticismo.

– Vou mesmo – reforçou Edward. – Assim que eu conseguir que o resto das pessoas a deixe em paz.

~

Edward retornou para Cambridge à tarde, mas quando chegou à gráfica e abriu a porta, quase se virou e foi embora. Stephen Shaughnessy estava a menos de um metro dele.

O outro homem não olhou enquanto Edward ficou parado na porta. Suas costas estavam viradas para Edward, e ele gesticulava com movimentos exagerados, debatendo num tom de voz empolgado. Era quase da altura de Edward. Uma mudança enorme em comparação com o Stephen que costumava segui-lo por todo lado tantos anos antes.

Ali estava ele, ainda seguindo-o. Inconveniente como sempre. Edward se pegou sorrindo. Stephen e Free… não, era melhor manter a maior distância possível. O Sr. Shaughnessy e a Srta. Marshall estavam com as cabeças curvadas sobre a mesa.

– Não. – A Srta. Marshall brandia um lápis azul. – Não pode dizer *Os duques ganham toda a atenção*. Soa amargo, e você não deve soar assim.

Ela riscou uma linha ao falar.

Edward poderia se virar e voltar em meia hora. Até lá, sem dúvida, Stephen já teria ido embora. Independentemente do resto, Edward não podia arriscar ser reconhecido.

A Srta. Marshall trajava um medonho vestido verde, que sem dúvida lhe fora emprestado por uma amiga. Não lhe caía bem, era solto nos seios e apertado nos quadris. A cor abafava o fogo dos cabelos dela – os quais, sem os grampos de sempre, se recusavam a ficar no lugar. Pequenas mechas formavam uma auréola ruiva ao redor da cabeça dela.

Ele nunca tinha visto algo tão belo.

A Srta. Marshall assentiu para Stephen.

– Esta parte aqui ficou boa, mas esta introdução me parece séria demais. Não vai servir.

– Aah, Free!

Por Deus, Edward conhecia essa frase. Quantas vezes tinha ouvido *Aah, Edward*, ou *Aah, Patrick* quando eram mais novos?

Stephen ergueu olhos arregalados e suplicantes para ela.

– Não posso...

– Não – disse ela com severidade. – Não pode. Pare de resmungar e faça direito. Agora me diga, vou ter que ficar encarando você pelos próximos dez minutos ou você consegue produzir um parágrafo decente por conta própria?

Edward deveria ir embora naquele momento, enquanto Stephen ainda estava ocupado. Antes que fosse reconhecido. Porém, depois de estar tão perto, não queria se afastar.

Além disso, quais eram as chances de Stephen reconhecê-lo? O próprio irmão de Edward não soubera quem ele era. Stephen ainda achava que Edward estava morto, e o espelho lhe dizia quanto sua aparência tinha mudado. Nem seu sotaque era o mesmo. Nove anos morando no continente, parcamente falando inglês, tinham mudado as cadências naturais de sua fala.

A Srta. Marshall ergueu os olhos naquele momento e tomou a decisão por Edward. Ela o avistou e, em seguida, todo o seu rosto se iluminou. Edward quase cambaleou para trás sob a força do sorriso dela. Ele fazia com que se sentisse... imprudente. Um homem não podia decepcionar um sorriso desses.

– Sr. Clark. Está de volta.

Ela soava quase surpresa. Como se ele fosse do tipo que a ajudava com os problemas, a beijava e depois ia embora.

E era. Esse era precisamente o tipo de homem que ele era, e não havia como esquecer isso.

Ainda assim, ele sorriu para a Srta. Marshall.

– Estou. Por enquanto. Acontece que esquecemos uma coisa ontem à noite...

Naquele momento, Stephen tirou os olhos do jornal. Todos os músculos de Edward ficaram tensos involuntariamente, aguardando.

– Espere aí, Srta. Marshall – disse Stephen. – Não preciso de dez minutos. Já sei...

O olhar dele recaiu em Edward, e sua voz morreu, o cenho se franziu.

Só havia uma forma de Edward lidar com a situação. Contar a mentira antes que o outro tivesse a chance de reconhecê-la como falsidade.

Edward deu um passo para a frente.

– Sou Clark – apresentou-se casualmente. – Sou um admirador da sua coluna.

Stephen piscou para ele, intrigado, como se estivesse tentando descobrir por que Edward parecia familiar.

– Shaughnessy – disse ele com a voz fraca, à guisa de apresentação. – Então *este* é o Edward Clark de quem tanto ouço falar.

A Srta. Marshall corou fracamente e, contra a vontade, Edward se regozijou.

– Estou ajudando a Srta. Marshall com uma questão delicada – disse Edward. – Agora, se nos der licença...

Stephen apenas sorriu.

– Não, ainda não. Preciso mostrar isso a Free.

Stephen usava o apelido dela de um jeito imediato demais para o conforto de Edward. Dava a ele uma sensação de tranquilidade doméstica, como se os três pudessem se tornar amigos. Como se pudessem passar as noites juntos, rindo e contando histórias.

– Sinta-se à vontade – disse Edward desdenhosamente. – Se não consegue escrever um simples parágrafo sem a supervisão da Srta. Marshall, longe de mim ficar no caminho.

Stephen lhe lançou um olhar divertido, mas se voltou para a Srta. Marshall.

– É mais ou menos assim. – Stephen pigarreou. – Srta. Atrapalhada, seu erro jaz em pensar que sua voz merece ser ouvida. Primeiro deveria pensar nas coisas do ponto de vista de um lorde. Quem, em toda a Inglaterra, é mais impotente do que um duque?

As sobrancelhas de Edward se ergueram.

– Tecnicamente – continuou Stephen –, sabemos a resposta a essa pergunta: todo mundo. Mas todo mundo abaixo de um duque é também, da perspectiva de tal duque, insignificante. Isso faz do duque o homem mais impotente da Inglaterra. A nobreza controla a Câmara dos Lordes, comanda o respeito da mais alta sociedade, e ainda assim controla meros 95 por cento da riqueza. Se pessoas como a senhorita continuarem a exigir um salário digno, como um duque vai contratar as centenas de criados aos quais tem direito? A própria estrutura da nossa sociedade se desmancha de horror diante de tal ideia.

– Melhor. – A Srta. Marshall assentiu. – Ainda não gosto da última frase. É exagerada demais. Continue na mesma linha que seguiu na primeira parte, talvez algo como: "Será que ninguém vai pensar nos duques?"

Stephen fez uma anotação no jornal.

– Certo.

– A nobreza realmente controla noventa por cento da riqueza? Parece um número alto demais. Era de se imaginar que com as participações dos industriais...

– Ah, não – disse Stephen com um sorriso tranquilo. – Acabei de inventar esse dado.

A Srta. Marshall apoiou uma das mãos no quadril.

– Stephen Shaughnessy – ameaçou. – Você até pode escrever uma coluna de sátira, mas, pelo amor de Deus, vai escrever uma sátira *precisa* enquanto estiver trabalhando comigo.

– Eu fiquei aqui o tempo todo! – defendeu-se Stephen. – Você viu. Não tive a chance de verificar os fatos. Além disso, é muito mais divertido só inventar coisas sobre os lordes. É isso que eles fazem no Parlamento, então por que eu não posso ter a oportunidade de retribuir o favor?

– Stephen.

Ela o encarou, dando o melhor de si para parecer irritada, e Edward queria rir alto.

Era assim que todas as suas interações com Stephen costumavam ser – tentando não rir quando o rapaz dizia coisas desse tipo. Ele era impossível de repreender. Mas...

– A propósito – disse Stephen –, qual é a diferença entre um visconde e um burro de carga?

A Srta. Marshall balançou a cabeça.

– Qual é?

Stephen abriu um largo sorriso.

– O primeiro é burro como uma porta. O segundo é só um burro mesmo.

Ela enterrou a cabeça nas mãos.

– Não. Você não vai me distrair com piadas ruins. Trate de ir verificar os fatos. Xô!

Mas Stephen não parou.

– Qual é a diferença entre um marquês e um peso de papel?

– Tenho certeza que você vai me contar.

– Um deles não consegue fazer nada sem a ajuda de um criado. O outro segura papéis.

A Srta. Marshall apenas o olhou e balançou a cabeça.

– Estão ficando piores.

– Tem uma série dessas piadas grosseiras? – interveio Edward. – E, se tiver, posso ouvir mais algumas?

– Grosseiras? – A Srta. Marshall olhou ao redor da sala e depois se inclinou. – Ah, Stephen está sendo bem cortês, Sr. Clark. Bem receptivo à sua presença. Eu e ele não contamos piadas de lordes perto de qualquer pessoa.

Stephen se inclinou também e fingiu sussurrar:

– Detalhe: não conto piadas de lordes perto de lady Amanda. Ela é do tipo meio decente. Não é culpa *dela* que seu pai seja um marquês.

– Pois é – acrescentou a Srta. Marshall sombriamente. – É da mãe dela. Por se casar com um lorde. Humpf.

Edward piscou ao ouvir isso.

– Srta. Marshall, está tentando me dizer que a senhorita não sonhava em se casar com um lorde quando era novinha? Que não brincou de ser uma lady, imaginando como seria se tivesse alguém para atender a todas as suas vontades? Achei que toda garotinha com certo interesse em se casar sonhava em chamar a atenção de um lorde.

– Por Deus, não. – Ela parecia horrorizada. – Garotas de fazenda que chamam a atenção de um lorde não acabam *casadas*. Se tivermos sorte, não acabamos grávidas. Não. Quando eu era criança, queria ser pirata.

Isso gerou uma imagem muito agradável: a Srta. Marshall, com o rico e escuro vermelho de seus cabelos soltos voando desafiadoramente no vento a bordo de um navio. Estaria vestindo uma camiseta branca solta e calças. Edward definitivamente se renderia.

– Estou menos chocado do que a senhorita pode imaginar – murmurou ele. – Nem um pouco chocado, na verdade.

Ela sorriu de prazer.

– Uma profissão sanguinária e bárbara? Ainda bem que a senhorita desistiu. Nunca teria combinado com a senhorita.

A expressão de prazer dela esmaeceu.

– A senhorita teria se tornado bem-sucedida com muita facilidade – continuou Edward –, e agora estaria sentada, sem nada para fazer, em cima de uma pilha de ouro grande demais para ser gasta numa única vida. Mas, ainda assim, será que casar com um lorde não resolveria muitos dos seus problemas? James Delacey nunca poderia tocar na senhorita de novo nesse caso.

Stephen cerrou os olhos. A expressão da Srta. Marshall mudou de divertida para séria.

Edward não sabia em que estava pensando ao lhe perguntar sobre casamento. Ele não era um maldito visconde. Recusava-se a ser um. E, independentemente das palpitações ímpares que pudesse sentir na presença dela, independentemente das fantasias ímpares que nutrisse, não se casaria com ela.

E, ainda assim... Era tentador, também. Enquanto Edward não estivera prestando atenção, sua mente tinha construído um faz de conta, um mundo em que ele nunca havia sido posto para fora, em que ele nunca tivera que transformar o próprio coração em algo escuro e duro como carvão. Se fosse Edward Delacey, poderia cortejá-la por direito próprio. Edward Delacey, o tolo morto que era, poderia ter a única coisa que Edward Clark nunca teria.

A Srta. Marshall bufou.

– Por Deus, não – falou, revirando os olhos. – Prefiro carregar um sabre.

– Ah, mas pense nas vantagens.

– Que vantagens? – Ela olhou ao redor. – Construí algo aqui. É um negócio não só para mulheres, mas para *todas* as mulheres. Publicamos artigos de mulheres que trabalham quatorze horas por dia nas minas, de prostitutas, de operárias que exigem um sindicato feminino. Acha que vou desistir disso para planejar *jantares*?

Dessa forma – intensa e séria –, a Srta. Marshall ficava ainda mais linda do que antes. Ela jogou a cabeça para trás, e Edward queria segurá-la e beijá-la.

Não era como se ele quisesse se casar com ela. Deus o livrasse de contemplar uma coisa tão permanente assim. Mas Edward tinha flertado com a ideia. O visconde Claridge, tinha certeza, teria sido capaz de cortejá-la. Era um tipo estranho de conforto – que mesmo que Edward não pudesse tê-la como ele mesmo, uma outra versão dele talvez tivesse sido bem-sucedida.

Mas a verdade era outra. Edward Clark, extraordinário mentiroso e chantagista, tinha mais chances com Frederica Marshall do que o visconde Claridge. Era a pior sorte do mundo que os dois por acaso fossem a mesma pessoa.

Stephen o poupou de ter que encontrar uma resposta.

– Espere aí um pouco – disse ele, pousando uma das mãos no ombro de Free. – Quer dizer que *James Delacey* é quem está lhe causando problemas?

A Srta. Marshall olhou para Edward, depois suspirou e fitou Stephen de novo.

– Acreditamos que ele foi responsável pelo incêndio. – Ela voltou a soar cansada. – Achamos que ele é o responsável pelas réplicas também. E por aquela coisa nojenta que fizeram com você no outro dia.

– Eu conheço James Delacey. – Os lábios de Stephen se afinaram. – Ele costumava ter a maior satisfação em me atormentar quando eu era criança. Eu ficava andando atrás do meu irmão o tempo todo, só para não ter que ficar a sós com ele.

Stephen nunca tinha mencionado nada disso quando criança.

– Ele chicoteou uma égua arisca que não deveria ter montado. Ela empinou e deu um coice no peito do meu pai, e depois ele disse para todo mundo que meu pai tinha manejado mal a égua. Não é surpresa que ele ainda seja um idiota. – Stephen tinha um olhar carrancudo e amargo. – Eu queria...

Ele deixou a voz morrer e balançou a cabeça.

– O que você queria? – perguntou a Srta. Marshall.

Stephen ergueu o olhar para além da Srta. Marshall. Diretamente além dela, fitando Edward nos olhos.

– Eu queria que o irmão mais velho dele ainda estivesse vivo.

Stephen poderia apenas estar se dirigindo a Edward por educação. Eram parte da mesma conversa, e pessoas que estavam conversando umas com as outras se olhavam. Ainda assim, Edward sentiu um arrepio gélido na nuca.

– Ele era um homem bem melhor – continuou Stephen. – Isso só mostra como a vida não é justa. Pessoas como Ned Delacey morrem enquanto o irmão dele fica com o título. Isso aí é tudo que há de errado com a Câmara dos Lordes. De qualquer jeito, não quis interromper. Se vocês dois estão conversando sobre a melhor forma de lidar com Delacey, vou deixá-los em paz.

– Você acha que teria alguma coisa a acrescentar à conversa sobre ele? – perguntou a Srta. Marshall.

Stephen fitou Edward diretamente.

– Clark – falou –, andou conversando com Delacey nos últimos tempos?

– Sim – respondeu Edward, solene.

Stephen os dispensou com um aceno de mão.

– Então confio no senhor para lidar com ele. O que sei sobre o homem é coisa bem do passado. Clark é de quem você precisa, Free.

A Srta. Marshall apenas aceitou isso com um aceno de cabeça e indicou o escritório com a mão.

– Sr. Clark. Por favor.

Edward passou por Stephen. Mas tinha dado só três passos quando o rapaz falou de novo.

– Ah, Sr. Clark.

Edward se virou.

Stephen estava sorrindo – aquele sorriso confiante que ele usava quando tinha certeza de que estava prestes a dizer algo bem perspicaz.

Edward sentiu uma sensação terrível de premonição.

– Pois não?

– Pergunte à Srta. Marshall quem é o pai dela.

E depois, enquanto Edward franzia o cenho em confusão, Stephen deu uma piscadela.

Capítulo onze

Free se pegou corando ao entrar no escritório. Era o mesmo cômodo de sempre: mesa, cadeira, papéis empilhados com cuidado. Mas na última vez que ela e o Sr. Clark estiveram ali juntos, ela o havia beijado. Embora tudo estivesse diferente – estavam em plena luz do dia em vez de na escuridão da noite; Free estava toda vestida em vez de usar roupas de dormir –, de alguma forma o eco daquele beijo ainda os conectava, uma coisa concreta e visceral.

Pelo jeito, Free tinha deixado o suficiente de seu interesse à mostra ao cumprimentar o Sr. Clark, a ponto de Stephen ter notado, se aquele último comentário misterioso significava alguma coisa.

O Sr. Clark entrou atrás dela. Free se acomodou atrás da mesa, a salvo, alisando a saia para colocá-la no lugar.

Ele ficou de pé do outro lado da mesa e a observou com intensidade.

– Quem é o seu pai, Srta. Marshall?

– Não dê ouvidos a Stephen. – Ela bufou. – Ele adora uma piada. Não significa nada.

– Não?

Free suspirou.

– Meu pai já foi pugilista. Eu lhe disse que ele costumava me levar a lutas quando eu era mais nova.

O rosto dele ficou completamente pálido.

– Stephen estava me provocando – explicou Free. – Deixando

implícito que eu precisava lhe avisar que minha honra seria protegida. O que é francamente ridículo. Se o senhor tivesse a intenção de me forçar a alguma coisa, já teve chance de fazer isso, várias vezes. Quanto ao que aconteceu…

Ela estava corando de novo, e odiava corar. Um rosto corado passava a ideia de timidez. Timidez significava que o que Free sentia poderia ser usado contra ela.

O Sr. Clark estava olhando para os lábios de Free.

– Quanto ao que aconteceu? – incentivou baixinho.

– *Isso* não é da conta do meu pai, nem um pouco.

E ela não se importaria em repetir o beijo.

O Sr. Clark não pareceu concordar. Ele se sentou cautelosamente na cadeira, mas manteve os olhos na mesa. Sua expressão havia se tornado sombria.

– Marshall. – Ele balançou a cabeça. – Eu deveria ter imaginado. Por acaso o seu pai não seria Hugo Marshall?

– Ah, o senhor o conhece? – Isso não era comum. – Ele só lutou por alguns anos, e como nunca esteve na categoria de peso pesado, não é muito lembrado.

O Sr. Clark suspirou e coçou o queixo.

– Há um relato da luta dele com Byron, o Urso, em *Campeonatos de pugilismo através dos tempos*. – E com isso ele finalmente ergueu os olhos para ela, mas eles pareciam quase acusatórios. – Meu amigo de infância e eu costumávamos reencenar essa luta. Foi o tema de uma das minhas primeiras pinturas decentes com tinta a óleo. – O brilho nos olhos dele se intensificou. – Dei o nome de *Lobo* ao meu cavalo em homenagem a ele.

Free bufou.

– Não é minha culpa se o senhor transformou meu pai num herói.

– Não – concordou ele com suavidade. – Mas toda vez que me convenço de que devo me afastar da senhorita…

– Bem – disse ela com simplicidade –, o senhor não teria esse problema se parasse de se convencer de coisas ridículas.

O Sr. Clark piscou e abriu a boca, mas não havia por que lhe dar tempo para protestar. Free seguiu em frente rapidamente.

– Agora, eu estava pensando no nosso próximo passo. Precisamos conectar esse incêndio e as réplicas a James Delacey. De alguma forma.

Ele inspirou fundo e a fitou nos olhos. Um momento passou, como se ele estivesse cogitando repetir a reclamação, e depois deu de ombros.

– Sobre isso, tenho uma ideia. Eu teria lhe dito ontem à noite, mas estávamos... ocupados. – O Sr. Clark sorriu, um sorriso relaxado e sugestivo que fez com que um calafrio percorresse a coluna de Free. – E depois estávamos... ainda mais ocupados. Com toda essa ocupação, eu esqueci completamente.

– O que o senhor esqueceu?

Os dedos dele subiram até os botões do casaco, e a boca de Free secou. Os botões eram coisinhas simples de tecido e metal, mal valia pensar neles duas vezes. E, ainda assim, à medida que o Sr. Clark os abria, Free pensou duas e três vezes, em nenhum momento com decência. Os dedos enluvados eram longos e graciosos, e cada botão que ele abria revelava mais um centímetro do tecido cor de creme que insinuava ombros largos e músculos fortes.

Ele não havia lhe mostrado nenhum centímetro de pele, mas o ato de desabotoar o casaco provocou nela pensamentos indecentes – memórias do braço dele a rodeando, da boca dele tocando a de Free...

O Sr. Clark parou de abrir os botões, e ela percebeu que ele apenas quisera pegar algo no bolso interno. Free se recostou na cadeira, decepcionada.

– Roubei isso de Delacey numa noite dessas – disse-lhe o Sr. Clark –, antes de me distrair com o incêndio e outras traições da parte dele. Fizemos aquelas provas antecipadas, como deve se lembrar, para que pudéssemos determinar como estavam sendo extraviadas. Diga, Srta. Marshall. – Ele lhe entregou o jornal. – Para quem a senhorita enviou esta?

Free pegou a prova antecipada do jornal e a estendeu na mesa.

Pelo canto do olho, ela conseguia ver o Sr. Clark fechando os botões. Que homem maléfico. Provocando-a com a possibilidade de mais. Porém, se ele conseguia fingir que isso não era nada, Free também conseguiria. Ali – aquela era a prova com as linhas invertidas.

– Esta é a prova que eu mandei para o meu irmão.

O Sr. Clark assentiu ao, lamentavelmente, fechar os últimos botões do casaco.

– Acha que tem alguma chance de seu irmão estar extraviando as provas por si mesmo? Talvez ele queira pôr a senhorita na linha.

– Não – disse ela automaticamente. – Oliver nunca faria isso.

– Tem certeza absoluta disso? Ele é seu meio-irmão, certo? E, pelo que entendi, o outro meio-irmão dele é um duque. Não me parece muito confiável.

Free revirou os olhos.

– Seria o mesmo que desconfiar do senhor.

Levou um momento para que ela percebesse o que quisera dizer: falara sobre desconfiar *dele* do mesmo jeito que poderia falar sobre porcos voando, ou o inferno congelando – como se fosse uma impossibilidade tão óbvia que qualquer pessoa ridicularizaria a questão.

Mas não foi assim que o Sr. Clark entendeu. Ele abriu um sorriso brilhante para ela, como se não esperasse confiança, como se a noite anterior não tivesse acontecido.

– Tem razão. Fiquei esperando o correio. Seria bem fácil usurpar uma cópia e aparecer com ela apenas agora.

Um homem que não era digno de confiança teria declarado a própria inocência com protestos. Mas certamente um homem confiável teria ficado irritado por duvidarem dele. O Sr. Clark era um enigma estranhíssimo: um homem que nem esperava nem queria a confiança de Free. Um homem que a beijava, que lhe dizia que queria mais, e não tomava nenhuma atitude para assegurar isso.

– Se realmente quer ter certeza – disse ele –, pode mandar um telegrama e perguntar. Dessa forma poderá garantir que a prova pelo menos chegou.

Ela o encarou.

– Sr. Clark, há seis pessoas que tenho certeza absoluta de que não são culpadas. Meu irmão. A esposa dele. Amanda. Alice. Eu mesma. – Ela engoliu em seco. – O senhor.

Ele abriu um sorriso fraco em resposta.

– Mas já sabemos que a senhorita confia demais nos outros. Minha lista tem uma única pessoa: a senhorita. Tem certeza mesmo sobre o seu irmão? Ele é um membro do Parlamento, não é? Até que ponto a senhorita é um constrangimento para ele?

– Ah, não muito – disse Free. – Ele sempre paga minha fiança. Se quisesse me impedir, teria apenas me deixado no hospital de doenças venéreas. Ele sempre diz que sou extremamente útil do ponto de vista político, porque faço com que ele pareça o membro *sensato* da família Marshall.

– Que ridículo! – exclamou o Sr. Clark. – A senhorita é muito sensata.

– Sr. Clark, por acaso o senhor acabou de usar um ponto de exclamação? Eu poderia jurar que ouvi um.

Ele nem piscou.

– É claro que não – zombou. – Peguei emprestado um dos seus. É permitido quando estou falando com a senhorita. Mas isso é irrelevante. Veja bem, Srta. Marshall, agora sabemos alguma coisa, e Delacey não sabe que sabemos. Se seu irmão não é o culpado, é algum empregado dele. E é provável que seja alguém que trabalha diretamente com ele.

– Isso faria sentido – concordou Free devagar.

– E, mesmo que Delacey nunca tivesse falado diretamente com um incendiário, meu palpite é que ele possa ter se comunicado com um secretário, ou um parceiro de negócios. E aí… – Ele abriu um sorriso charmoso. – Aí, Srta. Marshall, é onde podemos conseguir as provas de que precisamos para responsabilizá-lo publicamente.

– O senhor tem alguma sugestão de como podemos fazer isso?

– Por acaso, tenho, sim. – O sorriso dele aumentou, e seus olhos cintilaram com um brilho voraz. – É simples. Chantagem primeiro, seguida de uma acusação pública. – Ele a olhou. – Isto é, supondo que a senhorita não se importe em distorcer um pouco as regras.

Era curioso como a confiança era algo estranho. Uma semana antes, ela nunca teria confiado no Sr. Clark, nem por um único instante. Nesse meio-tempo, pouco havia mudado. Ele ainda era um chantagista, ainda era um falsificador. Provavelmente ainda era um mentiroso.

Mas ele a havia salvado na noite anterior, e naquele momento sabiam coisas um do outro – coisas que pareciam mais importantes do que detalhes como o nome de nascença dele, ou a natureza de sua vingança. O Sr. Clark sabia que Free tinha pesadelos sobre o hospital; ela sabia que ele estivera na brigada de incêndio em Estrasburgo.

Ele traçou um plano, e Free apontou em que partes o irmão colaboraria e com quais talvez não concordasse. Por fim, Edward se despediu. No fim das contas, havia muito mais trabalho a ser feito. Mas Free sentia como se viesse carregando um grande fardo por uma longa distância e finalmente a chegada estivesse visível.

Ela o observou ir embora. Ainda havia uma última coisa a incomodando.

Esperou até que o Sr. Clark tivesse saído da gráfica antes de se levantar. Stephen Shaughnessy ainda estava na sala principal, conferindo a coluna semanal uma última vez. Ela o chamou com um gesto.

Ele entrou no escritório.

– Sim, Srta. Marshall?

Ele parecia... tão inocente. Stephen era *bom* em parecer inocente, uma habilidade necessária para um homem que tinha um senso de humor terrivelmente malicioso. Na maior parte do tempo, o humor dele lhe era útil. Mas naquele momento...

– Você por acaso já conhecia o Sr. Clark de passagem?

Ele olhou para trás, na direção da porta da frente, por onde o homem tinha desaparecido.

– Não – respondeu, pensativo. – Eu *não* o conhecia de passagem. Por que pergunta?

– Só estava pensando.

E depois que a ideia havia lhe ocorrido, percebeu que dava um sentido estranho às coisas. Na primeira vez que encontrara o Sr. Clark, ele lhe perguntara sobre Stephen. Ele e Free haviam formado uma parceria quando Delacey colocou Stephen sob o risco iminente de ser preso.

Poderia ter sido uma coincidência.

– Sabe como eu sou péssimo em lembrar nomes e rostos. – Stephen abriu as mãos à sua frente. – Eu poderia ter me encontrado com ele mil vezes e não reconhecê-lo.

Tanto Stephen quanto o Sr. Clark tinham lidado com James Delacey no passado. E Stephen tinha sugerido que o Sr. Clark perguntasse sobre o pai de Free. Embora ela tivesse presumido que Stephen estivera pegando no pé dela por ter corado com a chegada do Sr. Clark, também faria sentido se ele soubesse que o Sr. Clark idolatrava o homem e estivesse tirando sarro dele por causa disso.

– Tem certeza absoluta? – insistiu ela.

Stephen deu de ombros.

– Nunca tenho certeza sobre esse tipo de coisa. Mas não faria sentido algum. Como eu o teria conhecido? Quantos anos acha que ele tem?

– Talvez perto dos quarenta?

Era impossível adivinhar, na verdade. Free suspeitava que os fios grisalhos no cabelo eram enganosos. Ele não agia como um homem mais velho. E ela o sentira erguê-la, também – e ele parecera bem jovem.

– Aí está – disse Stephen. – Os únicos homens que conheço que já passaram dos 35 anos são amigos do meu pai e tutores da faculdade. E, apesar de eu não saber quase nada sobre o Sr. Clark, não acho que ele seja um tutor.

– Certo. – Ela suspirou. – Bem, me deixe dar mais uma olhada na sua coluna e vamos ver se está aceitável.

~

Edward ficou esperando na metade do caminho até a universidade, andando para cima e para baixo. Stephen levou vinte minutos para aparecer. Suas mãos estavam no bolso e ele estava assobiando uma cantiga complicada.

Ele avistou Edward quando se aproximou. Porém, em vez de franzir o cenho ou pular de surpresa, Stephen abriu um sorriso brilhante.

– Edward – chamou. – Que bom ver você. Fico feliz que não esteja morto.

Esse pestinha... Edward balançou a cabeça com uma raiva fingida. Stephen soubera que era ele o tempo todo e não havia dado quase nenhuma dica.

– Delacey, hein? – Stephen chegou perto dele. – Vai enfrentar James Delacey?

Edward bufou.

– Cale a boca, pateta.

E depois, porque isso pareceu desnecessariamente rude, esticou uma das mãos, tirou o chapéu de Stephen e esfregou os nós dos dedos nos cabelos dele. Ou pelo menos tentou. O ângulo já não era tão conveniente, e Edward mal conseguiu fazer força no couro cabeludo.

Stephen apenas o encarou com as sobrancelhas arqueadas.

– Nada impressionante, Edward. Deixa de funcionar muito bem quando eu não bato mais na sua cintura.

– Por que você não disse nada lá na gráfica, se já sabia?

– Hum. – Stephen revirou os olhos. – É só olhar para mim. Sou insignificante, sem noção ou discrição. Por que eu ficaria de boca fechada? Não é como se meu irmão se correspondesse regularmente com um homem chamado Clark, um homem do qual eu nunca ouvi falar e sobre quem ele se recusa a responder perguntas. Mas não, não há nada de suspeito nisso.

Edward o encarou.

– Certamente não levantou minhas suspeitas quando ouvi falar que havia um homem misterioso chamado Sr. Edward Clark rondando a gráfica. Tal Clark apareceu na hora certa para impedir um plano de fazer com que eu fosse expulso da faculdade, isso se não acontecesse algo pior. Mas se eu conheço um tal de Edward Clark? Não, é claro que não. Só conheço Edward Delacey. Esse foi o homem que salvou a minha vida quando saltei de uma árvore e fui sugado pela lama.

Edward franziu o cenho.

– Não, não salvei. Quem fez isso foi Patrick.

– Eu lembro. Com certeza foi você.

– Não foi.

– Enfim, se meu irmão diz que Edward Delacey está morto, quem sou eu para contradizê-lo? – Stephen revirou os olhos. – Francamente, Edward, depois de todos esses anos, ainda precisa perguntar quem tem minha lealdade?

Edward nem acreditava mais em lealdade.

– Você não me vê sabe Deus há quanto tempo.

Stephen deu de ombros.

– Sim, e já que tocamos no assunto, obrigado por pagar minha faculdade.

Edward apoiou as mãos nos quadris.

– Como é que você descobriu? Patrick lhe contou? Eu esperava que ele fosse mais discreto do que isso.

– Não, mas só podia ser você ou o barão Lowery, e Patrick é bem insistente em não aceitar presentes de Lowery. – Stephen deu de ombros de novo. – Fico feliz que você esteja vivo. Ficaria feliz mesmo sem esse negócio da faculdade.

Quando Edward aparecera diante de James, o irmão tinha dito quase o oposto disso. Edward se sentiu quase emotivo.

Em vez de demonstrar tal sentimento, ele apenas ergueu uma sobrancelha.

– *Você* está feliz por eu estar vivo? Imagine como eu me sinto.

Stephen riu.

– A Srta. Marshall me perguntou se eu conhecia você.

Edward se retesou.

– E o que você disse?

– Lembra aquela brincadeira que nós costumávamos fazer, aquela que deixava Patrick bem irritado? Ele fazia perguntas e nós fazíamos de tudo para lhe contar falsidades, sem falar uma única mentira de verdade.

Edward soltou uma gargalhada. Lembrava-se de estar deitado numa campina, observando as nuvens enquanto tentava irritar Patrick ao lhe contar mentiras-que-não-eram-mentiras. Meu Deus, ele quase tinha se esquecido disso.

– Bem, ainda consigo fazer isso. "Se eu conheço o Sr. Clark de passagem,

Srta. Marshall? Não, não o conheço de passagem." – Stephen sorriu. – Não tem por que mencionar que ele é meu amigo perdido de longa data.

De tudo o que Stephen poderia ter dito, foi isso que quase fez Edward cair de joelhos. Ele sentiu o peso de uma emoção repentina e sufocante. O sorriso casual do outro parecia um fardo intenso.

– Eu quis apresentar você à Srta. Marshall desde que descobri quem é o pai dela. Só para ver a sua cara quando você descobrisse.

Aquela fantasia se repetiu – aquela em que Edward Delacey, intacto e imaculado, conhecia uma ardente Srta. Marshall.

Ela teria rido na cara dele. E, falando a verdade, o antigo Edward não teria tido forças para lidar com ela. A Srta. Marshall o teria sufocado completamente.

– Jogue direito – disse Stephen – e talvez possa pedir uma apresentação.

Edward poderia ter amigos, família… e Free.

Mas as coisas nunca funcionavam assim.

Ele balançou a cabeça.

– Jogue direito e pode ser que a Srta. Marshall nunca descubra que você mentiu para ela. Se eu fosse você, odiaria despertar a ira dela. Ela parece bem feroz.

~

O telegrama chegara tarde no dia anterior, e Amanda se revirou na cama a noite toda, temendo o que precisava fazer.

Era ridículo ficar com rancor de Free por pedir a ela que entregasse essa mensagem – e Amanda não estava realmente irritada. Não de verdade. Mas, independentemente de como tentasse dizer a si mesma que apenas precisava falar com a Sra. Jane Marshall, toda vez que erguia os olhos de sua poltrona confortável e almofadada, não era na Sra. Marshall, com um vestido rosa esvoaçante que enfatizava suas curvas generosas, que Amanda fixava o olhar.

Era na Srta. Johnson, que estava vestindo um tom recatado de lilás que deveria parecer desbotado perto das cores exuberantes da seda da amiga. Mas a Srta. Johnson brilhava nesse vestido, uma imagem ideal de beleza, boa saúde e perfeição.

As mulheres encaravam Amanda com algo que parecia terror. Nenhuma surpresa ali – ela acabara de lhes contar sobre o incêndio, a ameaça ao jornal e o plano de Free, o qual exigia que elas fossem anfitriãs de um sarau enorme, com um aviso prévio de menos de uma semana.

– Claro que vamos ajudar – prometeu a Srta. Marshall, resoluta. – De todas as formas possíveis.

Claro que iam ajudar. Era, no fim das contas, com Free que se importavam. A ideia de ajudar Free deixava a Srta. Johnson brilhando de empolgação.

– Ficaremos extremamente atarefadas – comentou a Sra. Marshall.

A Srta. Johnson sorriu.

– Eu não me importo. E há um bônus. – Ela se virou para Amanda. – Lady Amanda, finalmente terei sua presença em uma das minhas festas. Depois de todo esse tempo! Que triunfo isso será para mim.

Amanda se sentia quase tonta.

– Ah, não – falou. – Não. Claro que me sinto honrada, mas não, não posso. Já basta lhes pedir que façam algo do gênero em tão pouco tempo. Eu não esperaria um convite.

– Não seja boba. – A Sra. Marshall franziu o cenho para ela. – Está nos pedindo que convidemos centenas de pessoas. Uma a mais não fará diferença. E a senhorita é amiga da família em dose dupla, tanto por Free quanto por sua tia Violet.

– Não posso – insistiu Amanda mais uma vez.

Mas a Sra. Marshall balançou a cabeça.

– Claro que pode.

– Não *posso*.

– Mas…

– Jane. – A Srta. Johnson apoiou uma das mãos no ombro da patroa. – Por que não vai falar com os funcionários e lhes informar o que está por vir? *Eu* vou falar com lady Amanda.

Não. Amanda sentiu seus olhos se arregalarem em pânico, mas não era como se pudesse se agarrar à Sra. Marshall e implorar que a mulher ficasse ali. O que iria dizer? *Tenho medo da sua secretária. Ela é bonita demais.*

– Mas… – começou a Sra. Marshall.

A Srta. Johnson a encarou e franziu os lábios. Algo deve ter se passado entre as duas, porque a Sra. Marshall suspirou.

– Pois bem – falou –, é claro, Genevieve.

A porta se fechou atrás dela. Não foi batida de maneira ameaçadora nem estrondosa. Apenas se fechou com um clique quase inaudível.

A Srta. Johnson se virou para Amanda.

– Eu não estava pensando quando insisti. A senhorita tem algo para vestir? Todas as suas coisas devem ter queimado no incêndio.

Amanda desejou que tivesse tal desculpa. Mas não, Genevieve ia se voluntariar para encontrar algo para ela, e ter alguém ajustando suas roupas enquanto a impecável Srta. Johnson observava seria absolutamente demais para a compostura de Amanda.

– Eu tenho um vestido adequado – explicou, forçando as palavras a saírem. – Na casa da minha tia.

O rosto da Srta. Johnson ficou mais sombrio.

– Então o problema sou eu? – Ela baixou os olhos. – Espero não ter feito nada que fez a senhorita se sentir mal acolhida. Deve saber que a tenho em alta estima. Muito alta estima.

Ah, isso não estava ajudando as coisas. Amanda tomou fôlego.

– Não é a senhorita. – E isso era apenas uma mentirinha. No fim das contas, não era a própria Genevieve que causava problema. Era simplesmente tudo o que ela representava. – Só que eu não saio mais em sociedade.

– Não? – A Srta. Johnson franziu o cenho. – Por quê?

Amanda desviou os olhos.

– A última vez que saí foi há anos. Fui a um evento com minha tia. Minha irmã estava lá. – As mãos de Amanda se cerraram em punhos por conta própria. – Meus pais tinham me posto para fora dois anos antes, quando me recusei a casar. Acharam que eu ia ceder à vontade deles em algum momento. Não cedi. – Ela engoliu em seco. – Eu não tinha visto minha irmã desde então.

Fazia anos que ela não via ninguém da família e sentia uma saudade tremenda de todos.

– Eu a avistei do outro lado do salão. Sabia que era a temporada social dela, tinha torcido para que tivéssemos a chance de conversar. Fui na direção dela. E ela olhou para o outro lado e se afastou de mim.

A Srta. Johnson respirou fundo.

Amanda baixou os olhos.

– A princípio, achei que tinha sido um acidente, uma coincidência, que ela simplesmente não tinha me visto. Então a encontrei no lavatório no fim da festa. E ela me disse...

Ela ainda conseguia ouvir as palavras de Maria, tão claras como se tivessem acabado de ser ditas.

Você arruinou a minha vida, Amanda. Você a está arruinando só por estar aqui, fazendo todo mundo cochichar sobre você e o que escolheu. Você abandonou sua família uma vez. Gostaria que fizesse isso de novo e nunca mais voltasse.

– Minha irmã me disse que nunca mais queria me ver. Que a minha presença era motivo para fofoca. – Amanda não conseguia encarar a Srta. Johnson. – Depois disso, tudo começou a desmoronar. Toda vez que eu saía em sociedade, toda vez que eu falava, apenas ouvia as palavras dela. Conseguia me sentir arruinando tudo para Maria. Só por falar, por sentar na sala errada. Por respirar.

Soava tão bobo quando Amanda dizia isso em voz alta.

– Então é simples assim. Toda vez que estou na presença da alta sociedade agora, me sinto malquista. E sei que isto soa como se eu estivesse pedindo que sintam pena de mim. Não estou. Fiz uma escolha e não me arrependo. Eu só queria…

A Srta. Johnson se inclinou por cima da mesa. Isso também não ajudou. A presença física dela deixou Amanda à flor da pele, seu corpo todo se iluminando em resposta. Seus pulmões ardiam com o esforço de respirar.

Amanda não teria se afastado por nada neste mundo.

– Sinto muito mesmo que isso tenha lhe acontecido – disse a Srta. Johnson. – Nem consigo imaginar. Quando tomei minha decisão, similar, embora não a mesma, minha irmã nunca a questionou. Ela me disse que não importava o que eu escolhesse, o que eu sentisse, ela sempre me amaria. Sem ela, duvido que eu teria feito as escolhas que fiz. Não sei o que faria se minha irmã um dia dissesse algo assim.

Amanda engoliu em seco o ciúme amargo que sentiu diante dessas palavras.

– Bem. Agora a senhorita sabe. Não é culpa sua, Srta. Johnson. Não acho que eu possa sair em sociedade de novo. Minha irmã não conseguiu me perdoar por rejeitar um casamento social e ir para a faculdade. Como outra pessoa me perdoaria?

A Srta. Johnson considerou isso.

– Faz quanto tempo desde que a senhorita viu sua irmã?

– Desde que eu tinha 20 anos.

Amanda franziu o cenho. A lembrança era tão nítida como se Maria tivesse lhe dado as costas no dia anterior, e ainda assim…

– Faz uns sete anos.

A Srta. Johnson se afastou.

– A senhorita só tem 27 anos? Sempre imaginei que fosse mais velha.

Amanda sentiu as bochechas enrubescerem. Tinha bastante certeza de que Genevieve Johnson era mais velha do que ela. Mas ninguém acharia isso olhando para a moça. Ela ainda parecia jovem, com um rosto saudável. Em comparação, Amanda era dolorosamente velha, com manchas de tinta na mão que não saíam e as primeiras rugas aparecendo ao redor dos olhos.

Ela não se importava com a própria aparência – realmente não se importava –, mas…

– Só que – dizia a Srta. Johnson – suas colunas, quando eu as leio, não sinto que estou escutando alguém da minha idade. A senhorita sempre soa tão segura de si e é tão inteligente. Creio que eu deveria ter percebido.

– A senhorita não precisa ser gentil comigo – falou Amanda com tristeza.

– Não estou sendo gentil. Devo admitir que tenho inveja da senhorita. Afinal, é uma mulher maravilhosa, que encontrou o próprio lugar no mundo. As pessoas respeitam suas palavras. Sabem quem a senhorita é. Falam sobre a senhorita como alguém que não é apenas filha dos seus pais.

Amanda ergueu os olhos.

– Agora eu *sei* que a senhorita está sendo gentil comigo. Todo mundo a adora. Quem não adoraria? A senhorita conseguiu criar uma vida em que é aceita por todos, sem ter se casado ou… ou…

Ela parou de falar.

– É verdade – concordou a Srta. Johnson com um sorriso. – Tenho uma vida excelente. Mas sempre tive consciência de que, se acontecesse alguma coisa com Jane, eu não teria nada para fazer. A senhorita tem a própria vida.

Borboletas surgiram no estômago de Amanda de novo, martelando-a com as asas.

– Aquela coluna que a senhorita escreveu – disse a Srta. Johnson –, a de seis meses atrás, sobre como uma mulher podia viver sem um homem. A que a senhorita escreveu em resposta a lorde Hasslemire, sabe? Eu senti essa me atingir. – Ela colocou uma das mãos na barriga. – Senti bem aqui, quando escreveu sobre como Hasslemire falava sobre a vida de uma mulher como se fosse uma coleção de coisas que ela fazia para os homens. Quando a senhorita disse que uma mulher pode existir por conta própria, sem precisar atender às necessidades de outra pessoa… – A Srta. Johnson sorriu. – Sabe quantas mulheres recortaram essa coluna e a mandaram para mim? *Sete*. Não sei o que a senhorita pensa que vai ver naquele salão de baile, lady Amanda. Tenho certeza de que a senhorita tem razão, que haverá muitas mulheres que vão fazer caretas quando a virem. Mas também haverá mulheres que a conhecem por suas palavras, que desejarão tomar sua mão e apertá-la apenas para que um pouco de sua força passe para elas.

– Mas eu dei as costas para essas mulheres – disse Amanda estupidamente.

– Talvez – falou a Srta. Johnson baixinho. – Mas aqui estamos nós, nos virando de volta para a senhorita.

Ela tomou a mão de Amanda e a apertou de leve. Um gesto tão simples para mandar tamanho choque pelo corpo dela. Amanda se sentiu perplexa por um segundo, completamente incapaz de responder. Seus dedos ficaram ali, como lagartas tontas e atordoadas, sem responderem, incapazes de retribuir o aperto forte. A Srta. Johnson puxou a mão de volta antes que Amanda tivesse a chance de reunir a coragem.

– Confie em mim, minha querida – disse Genevieve. – Há muitas mulheres por aí esta noite que desejam ter a honra de conhecê-la.

– E a senhorita?

A voz de Amanda soava enferrujada. As palavras rasparam sua garganta.

– Já tenho a honra de conhecê-la.

Isso foi dito com um sorrisinho que desapareceu, e a Srta. Johnson desviou os olhos. Por um momento, parecia quase vulnerável.

– Acha que… – Amanda não sentia coragem na companhia de outros em um longo tempo. Ela timidamente tentou convocá-la naquele instante. Escapou pelos seus dedos, mas mesmo assim ela continuou: – Srta. Johnson, acha que poderia considerar ser minha amiga?

A Srta. Johnson se virou para ela. Havia um brilho irônico em seus olhos. Ela balançou a cabeça de leve.

Claro. Uma coisa era declarar que se conhecia alguém; outra bem diferente era ser amiga dessa pessoa, querer ser vista em público com ela. Amanda recuou.

– Ah! – exclamou a Srta. Johnson. – *Não*. Não foi isso que eu quis dizer, não mesmo. Não ligue para mim, é que sou meio boba às vezes. Sim, Amanda. Eu ficaria honrada se você fosse minha amiga. Mas você vai ter que começar a me chamar de Genevieve.

Talvez ela estivesse mentindo. Talvez apenas estivesse sendo educada. Mas, quando sorria, era impossível duvidar dela. E quando a Srta. Johnson se esticou e segurou a mão de Amanda, a moça sentiu o próprio sorriso se abrindo tolamente em seu rosto.

– Pois bem, Genevieve – disse Amanda. Ela apertou a mão da outra. – Pois bem.

Capítulo doze

— Então – do outro lado da mesa, o homem diante de Edward cruzou as mãos e franziu a testa. – Essas circunstâncias são bem fora do comum, Sr. Clark. Estou curioso para ver como o senhor vai explicá-las.

Fazia meras 24 horas desde que Edward e Free tinham traçado um plano juntos – 24 horas durante as quais ele mal dormira, depois de ficar indo e vindo às pressas de Cambridge para a propriedade do irmão. Por fim, acabara ali, em Londres. Não havia motivo para admitir exaustão. Edward se recostou na cadeira de um jeito casual, apoiando uma das mãos no braço brocado. O homem à sua frente não se parecia tanto com Free quanto Edward esperara. Seus cabelos eram mais brilhosos, de um tom quase laranja. Ele era bem mais alto, e seus traços eram menos delicados. Mas seus braços estavam cruzados, e o olhar firme e desconfiado poderia ser gêmeo do de Free.

Marshall franziu o cenho, e Edward mudou de ideia. Free ficava muito mais bonita quando o encarava assim.

O irmão dela fungou e folheou os papéis que Edward lhe havia entregado.

– Então o senhor é um inglês que passou algum tempo na França.

– Sim – concordou Edward preguiçosamente.

– Está trabalhando com James Delacey.

Marshall fez uma careta ao falar isso.

– Se é assim que quer chamar – disse Edward.

– E veio me ver.

– O senhor parece *mesmo* ter um nível básico de alfabetização – ridicularizou Edward. – Muito bem, Marshall. O senhor leu a carta de sua irmã. Nem todo mundo que estudou em Cambridge consegue fazer isso.

Os olhos do Sr. Marshall se cerraram ainda mais e ele soltou os papéis.

– Minha irmã nunca o mencionou antes, não mora na França e trabalha principalmente com mulheres sobre questões femininas. Gostaria de explicar como o senhor a conheceu?

Edward considerou a pergunta com cuidado.

– Não. Não gostaria.

O irmão de Free pigarreou de um jeito irritado. O silêncio se prolongou. Edward imaginou que deveria ser desconfortável para o outro homem. Cada batida do relógio, sem dúvida, tinha a intenção de deixá-lo ainda menos à vontade. Mas estava cansado o suficiente para que um descanso – qualquer tipo de descanso – fosse bem-vindo.

Ele apenas abriu um sorriso agradável e, quando a expressão de Marshall obscureceu, olhou ao redor da sala e começou a cantarolar.

Marshall o encarou com ainda mais determinação.

– Essa tática não vai funcionar – disse Edward depois de um minuto. – Não vou oferecer nenhuma informação além da que o senhor tem à sua frente. Não tenho medo dos seus olhares. Posso ficar sentado aqui pelo tempo que eu quiser sem dizer nada. O tempo é seu, se quiser desperdiçá-lo. Se isso fizer o senhor se sentir melhor, sua irmã manda dizer que não é da sua conta quem eu sou para ela e ela não vai aceitar que o senhor presuma, como um bárbaro, que ela precisa de proteção contra mim.

– Pois bem – disse o outro abruptamente. – Bárbaro ou não, tenho uma pequena ideia do que minha irmã sofre, sendo quem ela é. Se eu puder impedir qualquer forma de sofrimento que seja, vou impedir.

– É bom ouvir isso – falou Edward. – Mas, pelo que vejo, o senhor não impediu nada. *Eu* impedi. Então pare com essa sua fanfarronice masculina. Não vim aqui para ser aprovado em qualquer teste de lealdade que queira me infligir. O senhor é que está aqui para ser aprovado no meu.

Oliver Marshall era um membro do Parlamento, bem respeitado e benquisto por muitos. Até seus inimigos falavam bem dele. A maior parte.

Isso significava que ele jogava um jogo justo – de novo, *a maior parte.* Ele provavelmente contava a verdade, respeitava os outros e, quando dava sua palavra, era sincero. Considerando isso, Edward tinha uma vantagem natural sobre ele.

– Perdão – disse Marshall, com um leve ultraje. – O senhor está questionando minha lealdade para com minha irmã?

Edward abriu o barbante que prendia outro maço de papéis.

– Não é do meu perdão que o senhor precisa. É do dela. Ela já lhe contou sobre as duplicatas das colunas dela?

– Sim. É claro. É o propósito desse turbilhão todo que está acontecendo, que está deixando minha esposa louca. Não sei o que o senhor está insinuando, mas…

Edward abriu uma folha de jornal com força e a ergueu.

– Reconhece isto?

– É claro. É o jornal da minha irmã. A edição que saiu há alguns dias.

– Não – disse-lhe Edward. – Esta é a prova antecipada que ela lhe enviou. A página específica, na verdade. Tem uma anotação que o senhor escreveu no canto, bem ali. Agora, foi o senhor mesmo quem entregou esta prova a Delacey?

– Delacey? Aquele pilantra? Por que eu daria a prova a ele? Porque ele… ah. – O irmão de Free parou de falar e franziu o cenho, esticando-se para pegar o jornal. – Ah – repetiu. Seu olhar ficou mais escuro. – Alguém na minha casa está entregando as provas. – Ele fechou os olhos e fez uma careta. – Isso é extremamente lamentável.

Era quase fofo como o homem era bondoso. Que tudo o que ele conseguia ver nisso era uma inconveniência, em vez de uma oportunidade.

Edward abriu um sorriso.

– Não. Isso vai ser extremamente útil, assim que conseguirmos descobrir quem é. Se não é o senhor, e a Srta. Marshall parece acreditar que não é, então o número de pessoas que pode ser é pequeno. E podemos usá-las.

O Sr. Marshall assentiu. E em seguida franziu o cenho.

– Ainda não entendo. Por que minha irmã mandou o senhor para me contar tudo isso? Quem *é* o senhor?

– Ela está ocupada – disse Edward curtamente. – Quanto a mim? Eu sou a pessoa que vai descobrir toda a verdade. Vou lhe contar como.

O irmão de Free tinha o guarda-roupa mais confortável em que Edward já tinha se escondido. Era espaçoso o suficiente para caberem duas pessoas e, como aparentemente era usado como um depósito extra para os vestidos da Sra. Marshall, estava cheio de cores tão brilhosas que o lugar parecia acolhedor mesmo sob a luz fraca que entrava pelas portas.

Não dava para dizer o mesmo do homem agachado ao seu lado. Edward soubera que o irmão de Free era membro do Parlamento, o que já era um ponto a menos em favor dele. Pelo que ela havia falado, Edward esperara um homem enfadonho e conservador que vivia fazendo caretas para a irmã exuberante.

Em vez disso, ele parecia genuinamente preocupado com o bem-estar de Free. Tinha absorvido os detalhes do incêndio e o papel de Edward na história com uma expressão cada vez mais sombria. Quando Edward lhe contara sobre Delacey, o homem havia resmungado e se oferecido para fazer do irmão de Edward um saco de pancadas.

Não, ele não estava fingindo esse sentimento profundo de proteção pela irmã. Isso ficara ainda mais óbvio porque ele claramente tratava Edward com suspeita. O que significava que tinha um cérebro funcional, algo pelo qual Edward mal podia sentir rancor. Havia se oferecido para observar o escritório em segredo com Edward quando o deixaram vazio – tentadoramente vazio. Como isca, haviam deixado em cima da escrivaninha a próxima prova antecipada que Free enviara de Cambridge.

Foi assim que Edward se encontrou num espaço pequeno e fechado com Oliver Marshall. Lugares pequenos e fechados o faziam se sentir desconfortável, mas ali ele não sentia cheiro de fumaça e não havia o sufocante pó de gesso no ar. A porta do guarda-roupa estava entreaberta, deixando ar fresco e luz entrarem.

Pelos primeiros minutos, ficaram sentados em silêncio.

Então Marshall se inclinou para a frente e sussurrou:

– Se machucar minha irmã, vai sentir dor como nunca sentiu antes.

Entretido, Edward olhou para o homem. Marshall era mole. Provavelmente achava que umas palavras rudes e um soco no rosto eram o pior que a humanidade tinha a oferecer.

– Sinceramente duvido bastante – respondeu Edward em voz baixa. – Já senti muita dor.

E, ainda assim, suspeitava que o que o outro tinha dito era verdade em certo nível. Não tinha certeza de quando toda essa ladainha parara de ser sobre vingança e começara a ser sobre Free. Fazê-la sofrer seria um tipo próprio e singular de dor.

Marshall rosnou.

– É sério – respondeu Edward. – O senhor deveria poupar a saliva. Não tem por que me ameaçar. Nunca vai ser tão bom nisso quanto sua irmã, e ameaças só funcionam em homens que sentem medo. Eu não sinto.

– Não faz ideia do que sou capaz.

Edward sorriu e esticou uma das mãos para dar tapinhas no joelho do Sr. Marshall, fazendo questão de virar o rosto para que a luz iluminasse a curva condescendente de seu sorriso.

– Pronto, pronto – falou, de maneira reconfortante. – O senhor é muito assustador, tenho certeza disso. Mas já conheci sua irmã e, confie em mim, se *Free* não me assusta, o senhor não tem chance.

Ele deliberadamente usara o apelido para provocar o homem. Não sabia por quê. Poderia ter encantado Marshall, acalmado os ânimos agitados dele. Em vez disso, estava dando o melhor de si para evitar qualquer sentimento de camaradagem. A última coisa de que precisava era conquistar a aprovação do irmão de Free. Uma vez que tivesse isso, bem... Seria uma questão de pouco tempo até pensar que poderia fazer parte da família. Melhor deixar as coisas a certa distância.

Edward olhou pelo vão do guarda-roupa.

– Free é boa em várias coisas.

Uma pausa longa.

– Está *tentando* me provocar?

Edward não respondeu.

– Está. Juro por Deus, nunca vou entender minha irmã.

– Pouco surpreendente, considerando que a capacidade dela de entender as coisas é superior à sua.

Em vez de se ofender com um insulto tão descarado, o Sr. Marshall parecia profundamente entretido. Balançou a cabeça e olhou para longe.

– É claro. Eu deveria ter percebido o que estava acontecendo na primeira vez que o senhor tentou me ofender ao elogiar Free. Ela o conquistou. – Foi a vez de Marshall de dar um tapinha condescendente no ombro de Edward. – Não se sinta mal. Ela faz isso com frequência.

Edward conseguiu manter o rosto livre de qualquer expressão.

– Mas pode ser que essa seja a primeira vez que um dos capangas de

Delacey a está seguindo como um patinho. Retiro tudo o que eu disse, Sr. Clark. Nada de lhe causar dor. O senhor me deu conteúdo para importunar Free por anos.

Um dos capangas de Delacey. Fora assim que Edward tinha se apresentado a esse homem. Melhor do que lhe dizer a verdade.

– Eu me oponho a ser chamado de patinho – respondeu Edward suavemente. – Eu me considero um pato-real já crescido.

Marshall deu um sorriso torto.

– Quanto tempo levou? As pessoas costumam reagir a Free bem rápido, e é amor ou ódio, raramente sentem alguma emoção entre essas duas. Um dia? Uma semana?

Edward pensou em Free, no jeito que a havia visto pela primeira vez: parada às margens do Tâmisa, inclinada para a frente.

– Dois a cinco – murmurou Edward.

– Dias?

– Minutos.

Marshall soltou uma gargalhada.

– Fique quieto – ralhou Edward. – Estamos aqui às escondidas.

– Estamos mesmo. – O outro baixou o tom de voz de volta a um sussurro. – É quase encantador. Aqui está o senhor, sentado num armário, preso com um homem de quem não gosta, acometido por uma adoração pela minha irmãzinha.

Edward supôs que merecia isso depois das alfinetadas que já tinha dado no homem. Marshall estava tentando responder à provocação.

– Sim. – Edward revirou os olhos. – É um segredo terrível esse. Estou me esforçando ao máximo para tentar escondê-lo. Abertamente mudei minha vida por semanas sem fim por causa da sua irmã. Impedi um incendiário de tacar fogo na empresa dela sozinho. Quando confrontado com essas evidências, o senhor precisou apenas de três horas para determinar que sinto afeição por ela. Realmente, tem uma inteligência admirável.

Seguiu-se uma longa pausa.

– O senhor é mesmo canhoto? – perguntou o Sr. Marshall.

– Não. Só fingi usar a mão esquerda a vida toda porque gosto de nunca conseguir usar uma tesoura direito. – Edward revirou os olhos de novo. – O que acha? Meu pai tentou me encorajar a usar a mão direita mais vezes, mas nunca funcionou.

Ainda bem. Ele odiaria ter que depender da mão direita depois de tudo.

– Eu só estava imaginando se isso era uma tentativa de se embrenhar nos irmãos excêntricos. Não vai funcionar. O senhor teria que ter estudado conosco em Cambridge para ser um membro. Ou ser Violet.

Edward olhou para o homem.

– Marshall – disse, com a voz nivelada –, não faço ideia do que o senhor está falando, mas qualquer organização que o declare um membro não pode se chamar de excêntrica, seja o senhor canhoto ou não. Eu ficaria ofendido se me convidassem a me afiliar a uma organização tão piegas assim. Seria como se o arcebispo de Canterbury chamasse um grupo exclusivo de compatriotas de "bispos muito maus".

Marshall soltou uma risadinha.

– Cuidado com o clero – continuou Edward. – São completamente selvagens. Às vezes comem um biscoito a mais no chá da tarde.

Marshall lhe lançou um olhar que parecia um pouco com aprovação.

– O senhor é terrível – falou. – Finalmente estou começando a entender por que minha irmã está interessada.

Foi naquele momento que Edward ouviu um barulhinho fraco do lado de fora do armário. Ele esticou uma das mãos e cobriu a boca do outro. Marshall ficou imóvel. A porta se abriu com um suspiro baixinho, depois foi fechada com uma deliberação silenciosa. Passos atravessaram o escritório. Edward sorriu consigo mesmo. Com quem quer que estivessem lidando, a pessoa era completamente amadora. Ficar se esgueirando por aí de um jeito furtivo atraía muito mais suspeitas.

Edward tirou a mão da boca de Marshall e ergueu um dedo para os próprios lábios.

Um homem apareceu no campo de visão deles e, ao lado, Marshall soltou um rosnado baixo. Bem, estava com toda a razão. Edward tinha visto aquele homem nos corredores antes. Estivera na lista de suspeitos que ele havia criado com Free. Era Mark Andrews, o subsecretário do Sr. Marshall.

Andrews se esgueirou até a mesa, olhando de um lado para o outro como se estivesse num ridículo romance de espionagem. O reles secretário tomou a prova antecipada na mesa, dobrou-a e, em seguida, colocou-a no bolso.

– É a sua deixa – murmurou Edward.

O Sr. Marshall abriu a porta do guarda-roupa.

– Nossa, Andrews.

Ele saiu do guarda-roupa como se fizesse isso regularmente.

Andrews deu um pulo ao ver o patrão e soltou um gritinho agudo.

Marshall se endireitou, colocando o casaco no lugar.

– O que está fazendo?

– Senhor! – Andrews tropeçou para trás e se afastou da mesa. – Eu só estava... endireitando. Sim, eu estava endireitando. Sua mesa. Porque não estava... direita.

– O senhor estava surrupiando a prova antecipada que minha irmã mandou hoje de manhã – afirmou Marshall, balançando a cabeça.

– Eu... hã... não, veja bem, o cantinho rasgou, e eu ia consertar.

Marshall soltou uma risada triste.

– Não adianta, Andrews. Sabemos que já fez isso antes. Está trabalhando com Delacey há meses e temos como provar.

Seguiu-se uma longa pausa. Edward ficou observando, curioso para ver se Andrews conseguiria ser mais competente do que tinha demonstrado até o momento. Mas não. O homem afundou numa cadeira e apoiou a cabeça nas mãos.

– Ah. Isso não é bom – murmurou.

– Não vou prestar queixa – disse o Sr. Marshall com gentileza –, contanto que...

Edward deliberadamente não tinha conversado com Marshall sobre estratégias além da apreensão do culpado. Era melhor cortar esse mal pela raiz. Edward saiu do guarda-roupa, interrompendo a benevolência.

– Contanto que faça o que eu diga – falou com suavidade.

O Sr. Marshall se virou para ele com uma careta.

– Espere. O que está fazendo?

Edward acenou com uma das mãos.

– Free e eu não lhe contamos o plano todo. O senhor teria se oposto.

– Estou me opondo agora.

Edward o ignorou. Em vez disso, caminhou até sua vítima.

– É assim que vai escapar de uma sentença de prisão, Andrews. – Ele deixou a voz cair para um ilusório tom gentil. – Primeiro, vai pegar esta prova antecipada... – Ele deu um tapinha no bolso de Andrews. – E vai entregá-la para... Para quem é que o senhor normalmente as entrega?

– Alvahurst – respondeu Andrews. – O secretário de Delacey.

– Ótimo. O senhor vai entregar a prova a ele, como sempre faz.

Andrews parecia perplexo.

– Mas vai dizer a ele que ouviu falar de alguns planos que podem interessar a Delacey. Veja bem, o Sr. Marshall vai fazer um sarau dentro de alguns dias para a irmã, que, como todos sabemos, está perdidamente cercada. O senhor ouviu falar que ela está desesperada e acha que Delacey se divertiria no evento. Quando Alvahurst lhe pedir que tente conseguir um convite, dê isso a ele.

Edward lhe entregou um cartão grosso.

– Ei! Onde o senhor conseguiu isso? – perguntou o Sr. Marshall.

Edward o ignorou de novo.

– O senhor vai ter mais funções na noite do evento – disse-lhe Edward. – Mas vamos falar sobre elas depois. Por enquanto, estamos entendidos sobre o que o senhor tem que fazer?

Andrews fez uma careta.

– Mas... senhor. – As mãos dele tremiam. – Não sei se tenho a audácia de fazer isso.

– É claro que tem – disse Edward, mudando a voz para um tom acolhedor de conforto. – Tem a audácia de estar, neste exato momento, cogitando contar a Alvahurst que foi descoberto. Se tem a audácia de mentir na *minha* cara, consegue mentir na dele.

Andrews ficou verde.

– Mas o senhor é um homem inteligente. O que Alvahurst pode fazer pelo senhor, além de lhe oferecer umas moedas a mais? Eu posso fazer muito, muito mais. Veja bem, roubar do patrão é um negócio feio. Duvido que os magistrados lhe mostrariam um pingo de misericórdia. A irmã do Sr. Marshall tem um jornal. Sua reputação será arruinada. Mesmo que escape da prisão, o senhor nunca vai trabalhar de novo.

– Espere – disse o Sr. Marshall. – Está chantageando Andrews? Isso é ilegal. – Ele pareceu frustrado. – Sou um membro do Parlamento agora. Não posso apoiar isso.

– Não, seu limite de ética são dois biscoitos com chá – zombou Edward, bufando. – Sei que o senhor não vai apoiar isso. É por esse motivo que não lhe contamos. Sua condenação, por mais irrelevante que seja, foi registrada.

Marshall deu um passo para a frente.

– Não dê ouvidos a ele, Andrews.

– Não dê ouvidos a *ele* – retrucou Edward suavemente. – Marshall não é uma ameaça para o senhor. Estava disposto a deixá-lo ir na primeira oportunidade, esse é o nível dele de compreensão. A pessoa que o senhor deve temer sou *eu*. Sou eu quem sabe onde ficam seus registros bancários. Posso descobrir todos os pagamentos que Delacey lhe fez e associá-los ao saque correspondente das contas dele.

Andrews engoliu em seco.

– Sei tudo sobre sua mãe – continuou Edward. – E sobre sua esposa. Claudette, não é?

Andrews empalideceu.

– Marshall aqui está um pouco chateado. Pode ser que ele lhe dê um sermão. Já eu, por outro lado, sou um inimigo *muito ruim* e um ótimo amigo. Então me diga, o que vai fazer?

Edward estendeu o convite mais uma vez.

Andrews se encolheu. Inspirou, expirou. Encarou o cartão e depois, devagar, ergueu os olhos para o Sr. Marshall.

– Perdão, Sr. Marshall – disse baixinho. – Mas... mas...

Marshall cruzou os braços em desaprovação.

– Aqui. Repita depois de mim o que o senhor deve fazer – disse Edward e, quando Andrews errou, como Edward suspeitava que ia acontecer, o orientou mais uma, duas, três vezes. – Pronto – falou no final. – O senhor vai se sair muito bem.

– Acha mesmo? – perguntou Andrews com um sorriso esperançoso.

Claro que não achava. Edward teria que se apresentar a Alvahurst para garantir que tudo saísse como planejado.

– Claro que o senhor vai se sair bem. – Edward deu um tapinha nas costas do homem. – Sei que vai porque vou saber no instante em que der um passo em falso.

Ele conseguia sentir os olhos de Marshall lhe fuzilando as costas, mas acompanhou Andrews para fora do escritório e chamou um lacaio para levá-lo até a saída da casa.

Depois, voltou.

– Pronto. Foi tão ruim assim?

Marshall estava balançando a cabeça em desaprovação.

– O senhor sabia que era ele – falou.

– Era uma possibilidade – respondeu Edward, dando de ombros.

– Mas o senhor disse que tinha provas. E mencionou a mãe e a esposa dele. Se não sabia...

– Eu sabia alguma coisa sobre todos os suspeitos. – Edward olhou para Marshall e franziu a testa. – Só mencionei a mãe e a esposa dele. Andrews preencheu as lacunas por conta própria. Vamos lá, Marshall. Essas são táticas comuns de intimidação. Faça uma ameaça pequena e deixe que a imaginação do alvo lance as devidas sombras.

– Táticas comuns de intimidação? – repetiu Marshall. – Quem *é* o senhor? E o que está fazendo com minha irmã?

Edward sorriu para ele.

– Um dia desses, o senhor vai perceber que sua irmã não precisa de um homem que segue as regras. Existem muitas regras e só uma Free. Fique com sua irmandade de bons samaritanos canhotos, Marshall. Sua irmã precisa de um homem que seja excêntrico *de verdade*. Agora, se me der licença...

– Aonde está indo?

Edward apenas sorriu.

– Alguém tem que garantir que Andrews faça o combinado... e que Delacey morda a isca.

– Mas...

– Reclame com sua irmã – disse Edward, sentindo apenas um leve peso na consciência. – Ela vai cuidar de tudo.

Capítulo treze

A noite do sarau não começou tão horrível quanto Free temera. Ela esperara os murmúrios sobre o jornal e os vários olhares enviesados. Estes com certeza estavam em evidência.

Mas Amanda havia se unido a ela, imponente num vestido cor de creme com pérolas. Várias das mulheres ali foram à festa porque gostavam do jornal, e Free e Amanda estavam cercadas. Foram bombardeadas com perguntas sobre como tinha sido estudar na universidade. Outras mulheres perguntaram sorrateiramente se Free achava que uma lady – não, não quem estava *falando*, é claro; estavam perguntando em nome de amigas – talvez pudesse escolher assumir funções que, até o momento, tinham sido delegadas apenas a homens.

Sim, sim, tudo isso é possível, disse-lhes Free. Era difícil, mas a dificuldade era o tempero da vida.

Ela até fez piadas sobre homens tentando desacreditá-la e foi respondida com risadas.

Levando tudo em consideração, não era a pior noite de sua vida. Estava quase se divertindo. E então, no meio do evento, achou ter visto alguém.

Foi uma ilusão de óptica, uma coisa impossível e inacreditável. Mas ali, entre a coluna e o terraço, pensou ter visto Edward Clark. A curva do nariz, o jeito como ele segurava a taça. A luz cintilando em seus cabelos.

Ela não o tinha visto na semana anterior, exceto de passagem – alguns minutos ali, outros lá, o que mal era tempo suficiente para compartilharem o que tinham feito e para ele segurar a mão dela.

Aquele toque de luva em luva, mão em mão, a tinha levado de volta para o chão de seu escritório e para o veludo escuro daquela noite, quando ele a havia beijado. Mas toda vez ele a soltava e ia embora.

Não era para Edward estar no salão. Não que ele fosse deixar algo como o que era esperado dele impedi-lo. Não que Free se importasse por ele estar atrapalhando o plano.

Naquele momento cru e brilhante em que o contemplou, Free sentiu-se iluminar de dentro para fora. Não conseguiu se conter: abriu um sorriso, luminoso e acolhedor, e isso nem chegou aos pés do prazer que percorreu seu corpo. Finalmente, alguém com quem ela poderia ter uma conversa decente, alguém que a faria rir, alguém... alguém...

Ele se virou para ela, e toda essa alegria incandescente ficou fria como gelo dentro dela. O homem não era Edward. Como é que tinha pensado que fosse? Àquele ângulo, com as sombras no rosto e a luz no cabelo – mas estivera errada, perdidamente errada. Esse homem era mais suave, mais arredondado, tinha o cabelo todo castanho em vez de ter mechas grisalhas.

O homem não se parecia nem um pouco com Edward. Como é que Free tinha se enganado de tal jeito? E não era apenas um engano, era um engano terrível. O homem que ela havia confundido com o seu Sr. Clark era precisamente o oposto. Era, na verdade, James Delacey, prestes a se tornar visconde Claridge e autor da desgraça atual de Free. Que ilusão maquiavélica. Era como dar uma mordida num morango esperando uma acidez adocicada e em vez disso ficar com a boca cheia de terra. Free deu um passo para trás.

Mas ele a tinha visto. Delacey a tinha pegado observando-o bem naquele momento, tinha pegado aquele rubor inicial de felicidade. Ele franziu o cenho e depois, devagar, começou a andar na direção de Free.

Ela não ia fugir. Tinha ido ali naquela noite para derrotá-lo, e ele logo descobriria isso. Free cruzou os braços e o observou se aproximar.

Ele parou a alguns passos dela.

– Srta. Marshall.

Free inclinou a cabeça, recusando-se a lhe dar mais do que tal cortesia.

Delacey curvou a cabeça e sorriu, como se estivesse lembrando uma piada interna.

– Seu irmão tem uma bela casa – falou. – Quando seu jornal virar um fracasso, como suspeito que vai acontecer em breve, sei que a senhorita vai ser bem-cuidada.

– Fracasso? – repetiu Free. – Que estranho. Nem sei o que essa palavra significa, exceto quando a uso para descrever o senhor. Sem dúvida está mais intimamente familiarizado com ela.

O rosto dele obscureceu.

– Cuidado, Srta. Marshall – falou ele em voz baixa. – Vou *adorar* quando a senhorita for forçada a depender do seu irmão. Quanto vai irritá-la ter que depender de um homem, quando um dia teve a própria independência? Só pense, minha querida. A senhorita poderia ter escolhido depender de mim em vez disso.

Um rubor enraivecido subiu até as bochechas dela.

– É por isso que o senhor me deseja o mal?

– Srta. Marshall, o mal a alcança por causa de quem a senhorita é. – Ele deu de ombros. – Não por minha causa. Uma mulher nas suas circunstâncias deveria *esperar* ser odiada.

– E que circunstâncias são essas? – perguntou Free. – Até onde eu sei, a única circunstância importante é que o senhor me fez uma proposta ofensiva e eu a recusei. Por causa disso chegamos a esta situação toda?

Ele cerrou as mãos junto ao corpo.

– Eu já tinha me esquecido disso – falou friamente. – Não desejo pensar no assunto.

– Claro que não quer pensar no assunto. É óbvio que o senhor não quer pensar em nada. Porém, apesar da sua ignorância cultivada com tanto cuidado, vai ter que compreender que uma mulher tem o direito de dizer não.

Delacey ficou ainda mais enfurecido.

– É por esse motivo. A senhorita disse não, então é isso que eu lhe desejo. Não ao jornal, não à sua voz, não à sua reputação, não à sua independência. – Ele desviou os olhos. – Parece que *não* é a única coisa que a senhorita entende, então faço questão de usar uma linguagem que consegue interpretar quando conversamos.

– Entendo. – Free o encarou. – O senhor é tão sórdido e desprezível quanto eu imaginei.

Ele ergueu uma das mãos.

– Seria sórdido, Srta. Marshall, se eu ameaçasse fazer essas coisas para ter a senhorita na minha cama. Mas acontece que eu não quero nada da senhorita. Só quero que entenda o que é ser humilhada. Olho por olho.

Estava longe disso. Free havia dito não a ele em particular, e havia torcido o braço dele apenas quando Delacey tentara beijá-la como forma de persuasão. Ele havia tacado fogo na casa dela e tentado fazer o mesmo com a gráfica. Poderia ter matado alguém. Só o idiota mais egocêntrico do mundo acharia que essas duas coisas eram iguláveis.

Um dia, disse Free a si mesma soturnamente, um dia ela se lembraria desse momento e o transformaria numa bela piada maldita sobre lordes. Algo como...

– Sinto muitíssimo por interromper – disse outro homem, aproximando-se deles. – Mas, Srta. Marshall, a senhorita me disse antes que queria ser apresentada à Sra. Blackavar, e ela está logo ali. Ela mencionou que está com dor de cabeça, mas eu falei que ela não podia ir embora antes de vocês se conhecerem.

Free ergueu os olhos e viu o duque de Clermont sorrindo para ela.

Clermont era...

Um lorde, sim. Mas também era um conhecido. Ela mal o conhecia pessoalmente, embora seus caminhos tivessem se cruzado com certa frequência. Ele era irmão do irmão de Free, e isso fazia deles... absolutamente nada. Free não fazia ideia de quem era essa tal de Sra. Blackavar, fazia meses que não falava com Clermont, e mesmo assim fora apenas de passagem. Por outro lado, ela queria continuar falando com Delacey tanto quanto queria apunhalar o próprio olho repetidamente com um picador de gelo.

– Perdão, Delacey – disse Clermont com uma breve reverência –, mas, se nos der licença...

– É claro. – Free aceitou o braço de Clermont. – Obrigada.

Ela permitiu que ele a levasse para longe.

Quando haviam se afastado um pouco, ele se inclinou para perto do rosto dela.

– Vou levá-la de volta, se quiser – sussurrou ele. – Mas a senhorita ficou vermelha bem aqui. – Ele indicou um semicírculo na própria bochecha. – Quando Oliver fica com essa cara, normalmente significa que está prestes a dar um soco em alguém. – Ele a encarou. – Eu... Talvez tenha sido presunção minha, mas...

Eles não significavam quase nada um para o outro. Free tinha dificuldade de acreditar na outra metade da vida de Oliver, mas ali estava a prova de que ela existia mesmo assim.

Era peculiar dividir o irmão com esse homem. Ele conhecia Oliver tão bem quanto Free. Talvez, admitiu para si mesma, o conhecesse *melhor* do que ela. Era bem estranho que seu irmão tivesse um irmão, um que ela mal conhecia.

– Não. O senhor tem toda a razão. Se eu tivesse que passar mais um minuto na companhia dele, teria arrancado os olhos de Delacey com as unhas. O que não seria um problema, mas haveria testemunhas. – Ela olhou para Clermont. – Foi bom da sua parte intervir, Vossa Graça, especialmente quando não tem obrigação nenhuma para comigo.

Clermont abriu um sorriso estranho.

– Oliver teve que dar uma saidinha rápida – disse. – Se estivesse aqui, ele próprio teria ido até lá e feito a mesma coisa. Eu só estava atuando no lugar dele.

Talvez o duque de Clermont sentisse a mesma estranheza que Free sentia, que eles deveriam significar algo um para o outro, porque pigarreou e desviou os olhos.

– Não sou seu irmão, mas não deixo de ser uma parte interessada. E se um dia a senhorita precisar de alguma coisa, qualquer coisa que esteja ao meu alcance, é só pedir.

– Eu odiaria incomodá-lo, Vossa Graça. – Ela sorriu. – Além disso, enquanto eu ouvia Delacey, estava desenvolvendo a teoria de que todos os lordes são egocêntricos. O senhor está destruindo tal teoria, e ela era meu único conforto.

– Não, não – disse Clermont, pegando a mão dela e a encaixando no próprio braço. – Pode ficar com seus confortos. Somos todos egocêntricos, Srta. Marshall. Só que alguns de nós conseguem esconder melhor. Agora, me permita apresentá-la à Sra. Blackavar. A senhorita vai gostar dela.

Free olhou para trás.

James Delacey ainda a olhava. Mas foi o relógio de pêndulo às costas dele que Free notou, os ponteiros mostrando doze minutos para as nove.

Delacey que a encarasse quanto quisesse. Mas em vinte minutos começaria o espetáculo – e depois disso, ele se arrependeria de tudo.

No fim, foi ainda mais glorioso do que tinham planejado.

O subsecretário de Oliver, com o rosto pálido e aterrorizado, entrou no salão. Free estivera de olho, esperando que ele aparecesse. O homem surgiu por uma porta de criados, suando profundamente. Sua testa brilhava sob a luz de todos os cristais. Ele se encostou na parede, colando o corpo nela, e correu os olhos ao redor do salão até eles recaírem em Delacey.

Andrews inspirou fundo, endireitou as costas e deu o melhor de si para abrir caminho através da multidão. Essa era a deixa de Free. Ela fez um sinal e um criado lhe trouxe um maço de papéis.

Andrews, enquanto isso, estava esbarrando em todo mundo enquanto andava. A cada vez ele abaixava a cabeça num pedido de desculpas, afastando-se com um pulo e inevitavelmente empurrando outra pessoa com o gesto, precisando voltar a se desculpar. Free quase teria sentido dó dele, se o homem não tivesse participado da armação para destruí-la. Considerando isso, sua solidariedade era quase nula.

– Perdão. – Ouviu o homem dizer ao passar por ela. – Perdão. Mil desculpas. Argh!

Essa última exclamação saiu quando ele derrubou uma taça de vinho da mão de uma mulher.

Quando por fim alcançou Delacey, metade do salão fingia não observá-lo. Free havia se postado a uns 10 metros de distância estratégica, com uma visão perfeita da tempestade iminente.

– Senhor.

Pelo menos, foi isso que ela imaginou que Andrews havia dito. De onde estava, apenas conseguia ver o movimento dos lábios dele.

Delacey se virou para Andrews e em seguida empalideceu levemente. Mas bufou de um jeito crível e cerrou os olhos.

– Eu o conheço?

– Senhor. – Dessa vez, Free conseguiu ouvir. Andrews falou um pouco mais alto, mas, tão importante quanto isso, as pessoas ao redor dele tinham parado de conversar, para que pudessem ouvir melhor. – Sim, senhor. É claro. Nunca *nos falamos antes*. – Ele disse isso com um pequeno floreio, como se estivesse dando uma piscadela para Delacey. – Mas a questão sobre a qual nunca falamos...

Delacey deu um passo para trás.

– Qual parte de *Eu não sei quem o senhor é* foi tão difícil de entender?

– Sim, eu sei, é o que dizemos, mas...

Delacey fez uma careta.

– Eu não faço ideia de quem o senhor é, seu idiota.

– Mas a situação mudou. Estão suspeitando de mim, e preciso lhe dar isto...

Andrews se inclinou para perto de Delacey, murmurando.

– O que ele disse? – perguntou alguém por perto.

As pessoas mais próximas sussurraram para os vizinhos, que, por sua vez, falaram com quem estava ao seu lado.

– Ele disse que... há um cavalo no cereal? – disse um homem perto de Free, confuso.

– Não – contradisse outro homem. – Ele disse que querem tirar satisfações.

Mas àquela altura os sussurros mal compreendidos eram irrelevantes. O pequeno subsecretário tirou do casaco um maço de papéis amarrado com um barbante.

Eram os documentos do próprio Delacey. O Sr. Clark os havia roubado naquela manhã mesmo. Delacey devia ter reconhecido o conteúdo, porque deu um passo para trás, arregalando os olhos.

– Como o senhor conseguiu isso?

Andrews estendeu o maço de papéis prestativamente.

– Não foi o senhor que me deu?

– Não dei, não! Nunca!

Um dos poucos protestos que Delacey havia feito que realmente era verdadeiro, pensou Free. Coitadinho. Não tinha ideia do que estava acontecendo com ele.

– Pegue. – Andrews fez um gesto. – Aqui, antes que me encontrem...

Delacey deu outro passo para trás justamente quando Andrews avançou. Os papéis escaparam da mão do subsecretário e se espalharam pelo chão.

– Aqui – disse um homem que estava por perto. – Vou ajudar os senhores a catá-los.

– Não! – exclamou Delacey, pulando em cima da pilha. – Ninguém deve olhar!

Naturalmente, é claro, todos olharam.

– Minha nossa! – exclamou um homem perto dos papéis. – Delacey...

isto aqui é o rascunho de uma carta para o *Portsmouth Herald*, pedindo que imprimam uma coluna.

– Por Deus – disse outra voz. – Há um extrato bancário aqui... segundo o documento, Delacey...

O restante da frase foi engolido pelos murmúrios que iam crescendo em volume.

Free não fez perguntas. Não questionou como Edward havia roubado documentos que tinham anotações feitas à mão por Delacey. As alusões ao plano dele, embora não fossem explícitas, tinham detalhes suficientes para deixar claro o que Delacey estivera fazendo: que ele havia surrupiado cópias antecipadas das colunas de Free e pagado a outros para as reimprimirem, desacreditando Free; que ele havia contratado o homem que tinha posto fogo na casa dela.

Era *possível* que Delacey tivesse uma necessidade incorrigível de registrar tudo o que fazia, a ponto de guardar anotações referentes ao incendiário que havia contratado. E se não tivesse? Bem. Agora tinha, e Free não ia se lamentar por isso. Se Delacey continuasse nesse rumo, talvez acabasse mesmo matando alguém. Às vezes não havia motivo para jogar limpo.

Naquele momento, Free apenas observou, mentalmente tomando nota das coisas que teria que telegrafar em seu escritório para a coluna que já tinha escrito, aguardando para ser impressa assim que os eventos daquela noite chegassem ao fim.

Ao seu lado, viu antigos colegas – Chandley, do *Manchester Star*; Peters, do *Edinburgh Review* – registrando tudo. Ela havia pedido a Jane que os convidasse. Normalmente, Free teria ficado radiante por ter uma história exclusiva sobre um assunto de tal magnitude, mas dessa vez queria que todos os jornais da Inglaterra soubessem o que havia nos documentos espalhados pelo chão. Chandley e Peters escreveriam os próprios artigos, que seriam publicados nos próximos dias, explicando como haviam sido contratados para publicar réplicas das colunas de Free.

Os detalhes de todo o plano de Delacey seriam debatidos e expostos ao público.

O homem em questão havia desistido de tentar pegar os papéis e, no momento, estava apenas tentando fugir do salão.

Free foi até Delacey e o segurou pela manga do casaco antes que conseguisse escapar.

– Não ao seu negócio. – Ela estava tentando não se gabar. – Não à sua reputação. Foi o que o senhor me prometeu, não foi? Lembre-se disto, Delacey. Todo golpe que o senhor tentar me dar eu retribuirei mil vezes pior.

Ele a encarou.

– Como a senhorita fez isso? Como conseguiu esses documentos?

Se ela realmente quisesse provocá-lo, teria dito que um dos homens que ele havia contratado tinha virado a casaca. Mas Free não sabia o que Edward significava para ele, e não queria pôr Edward em risco.

Apenas sorriu e lhe entregou os documentos que estivera carregando desde que Andrews entrara no salão.

– James Delacey – falou solenemente –, por meio disto o senhor foi notificado de um processo contra o senhor. Estou solicitando indenização pelo incêndio que o senhor começou.

Ele olhou os documentos e torceu o lábio em desgosto.

– Acha que vai ganhar assim? Com documentos e um processo legal, talvez uma indenização de algumas poucas centenas de libras?

– Não me importa se vou ganhar o processo. O que me importa é que todo mundo vai ouvir as evidências e descobrir como o senhor é desprezível. Minha vitória será essa.

Delacey soltou a respiração bem devagar.

– Garota estúpida – disse ele suavemente. – Eu já ganhei. Não importa o que a senhorita diga em público, não importa quanto a senhorita manche minha reputação. Nada disso importa. Veja bem, *eu* posso votar. – Ele cuspiu no chão ao lado dele. – E até onde sei, a única lei que apoia qualquer tipo de sufrágio feminino que foi sequer mencionada neste mandato foi a de Rickard, e *essa* era apenas uma amostra. Celebre sua vitória, Srta. Marshall. Ela não significa nada. Nunca vai significar nada.

– O senhor não acredita nisso. Se eu já perdi, por que perder tempo me derrotando?

Delacey torceu o lábio e fez uma cara feia.

– Pelo mesmo motivo que mato ratos. Os roedores nunca vão dominar o mundo, mas, mesmo escondidos dentro das paredes, não passam de pragas. – Ele ergueu os documentos que ela havia lhe entregado. – Parabéns, Srta. Marshall. A senhorita sobreviveu para se esconder nas paredes por mais algum tempo.

Capítulo catorze

— Free – disse Oliver mais tarde naquela noite. – Não tivemos muito tempo para conversar, mas...

Free bocejou. Não era bem de propósito esse bocejo. Ela *estava* cansada. Depois de os convidados terem ido embora, ela ficara acordada até tarde fazendo mudanças na matéria que seria publicada no dia seguinte. Oliver havia enviado um dos criados até o posto de telégrafo e depois havia levado Free até o quarto que preparara para ela naquela noite.

Ele sorriu para Free.

– E sei que você está cansada. Mas aquele homem com quem você está trabalhando, o Sr. Clark... – Ele fez uma pausa e desviou os olhos. – Não sei ao certo se ele é um homem decente.

Free piscou para o irmão. Oliver tinha pagado fiança para ela quatro vezes, tinha sido quem a buscara no hospital de doenças venéreas. Tinha lido cada coluna que ela havia publicado no próprio jornal. Sabia o que Free fazia da vida. *Decência* não era uma palavra frequentemente associada a Free. Essa palavra pertencia a mulheres solteiras em busca de um marido.

– Oliver, você está preocupado com a minha *reputação*? Que fofo. Ridículo também. Mas fofo.

Ele corou.

– Não. Não é isso. Não sei ao certo se ele, hum... – Oliver pigarreou. – Se ele age dentro da lei. Sabe, ele chantageou Mark Andrews.

Será que era para Free sentir *pena* do homem que não tinha medido esforços para arruinar o jornal dela? Que tinha roubado, mentido e traído a confiança do irmão de Free? Oliver realmente vinha passando muito tempo no Parlamento.

– E Andrews se rendeu? Pfff. Que fracote.

Quando Edward tentara chantagear Free, ela não tinha lhe dado nem uma migalha.

Oliver balançou a cabeça, suspirando.

– Vejo que você não é fácil de influenciar.

– Eu sei que ele é um canalha – reforçou Free. – Ele mesmo me disse isso. E você me conhece. Se eu fosse o tipo de mulher que se envolve com o primeiro canalha que dá as caras, nunca teria chegado tão longe.

– Bem, isso é verdade.

O irmão parecia levemente aliviado.

Não deveria. Free acabara de recordar a primeira tentativa de chantagem de Edward com grande carinho. Conseguia se ver com o Sr. Clark em algum momento no futuro – um casal de idosos sentados numa varanda no verão, de mãos dadas enquanto relembravam os velhos tempos.

Lembra aquela vez que você tentou me chantagear?

Sim, minha querida. Você me chantageou de volta sem ao menos piscar. Foi tão lindo. Eu soube na hora que tínhamos sido feitos um para o outro.

Ela não estava mais pensando em como Edward era terrível. Estivera pensando que suas primeiras investigações teriam sido muito mais fáceis com a ajuda dele falsificando referências.

– Estou cansada – disse Free ao irmão. – Obrigada por tudo. Eu nunca teria conseguido me livrar de Delacey sem você. – Ela ergueu a cabeça e lhe deu um beijo na bochecha. – Você é meu irmão favorito.

– Eu sou seu único irmão – disse ele com um divertimento sombrio.

– Viu? – Free abriu os braços. – Nem consigo contar com os outros para existirem quando preciso deles.

– Vá dormir, bobinha.

Mas Oliver estava sorrindo quando apagou a luz e foi embora.

A mente de Free não se acalmou quando ela pousou a cabeça no travesseiro. Em vez disso, disparou... para o último encontro que tinha planejado para aquela noite. Um que ela não tão coincidentemente falhou em mencionar para o irmão, seguindo a teoria de que o que irmãos não sabiam não os manteria acordados à noite.

Os ruídos da casa morreram aos poucos. Os passos dos criados recuaram escada abaixo, depois suas vozes cessaram de vez. Quando dez minutos de silêncio se passaram, Free vestiu um roupão e pantufas e saiu na ponta dos pés, descendo as escadas largas, passando pela despensa, até a porta dos criados. O luar iluminava o estábulo em tons de prata. Ela olhou ao redor, aguardando...

– Free?

Quando ele tinha começado a chamá-la assim? Ela se virou na direção da voz dele.

– Frederica – repetiu ele, naquela voz grossa e sombria.

Edward saiu das sombras do estábulo, e Free apertou os braços ao redor de si. Não havia *exatamente* mentido para o irmão meia hora antes. Edward não era o *primeiro* canalha que ela conhecera, era apenas o melhor de todos. Incrível como o mundo ao seu redor parecia mudar apenas porque Edward estava nele. Free poderia ter dito que a voz dele era como veludo, que o ar estava quente e acolhedor. Mas a voz dele parecia muito mais com cascalho, com traços de desgaste. A noite estava esfriando e, embora uma brisa de ar morno carregasse o cheiro gostoso da grama recém-cortada na praça, batalhava com o aroma mais banal do estábulo.

Ela ergueu os olhos quando Edward se aproximou, mas apenas conseguiu ver sombras no rosto dele.

– Entendo que a senhorita lidou com Delacey com sucesso, certo? – perguntou ele.

Os roedores nunca vão dominar o mundo. Só de invocar o homem, Free sentiu calafrios. Talvez nunca fosse dominar o mundo, mas ainda era capaz de roer um buraco considerável no reboco dele.

– Lidei.

– Como é a sensação de ter se livrado do seu inimigo? – perguntou Edward.

Como era estranha essa dupla visão de mundo. Todos tinham visto os documentos de Delacey. O relato no jornal de Free, rodando na gráfica enquanto conversavam, não seria o único. Todos em Londres saberiam que Delacey havia armado para que as réplicas fossem feitas, que ele havia queimado a casa de Free.

Sim, ela poderia ser uma praga, mas havia muitos ratos roendo em harmonia, e juntos talvez conseguissem derrotá-lo.

Ela não respondeu. Em vez disso, virou-se para Edward.

– Como é a sensação de ter sua vingança?

Porque ele já a tinha. Era tudo o que Edward sempre quisera: impedir os planos de Delacey e humilhá-lo.

Não havia mais motivo para ele continuar por perto com essa meta finalizada.

Então por que parecia que tudo ainda estava pendente?

Edward deu um passo na direção dela.

– Que estranho a senhorita perguntar isso. – A voz dele era um sussurro suave. Sua mão se esgueirou para acariciar a bochecha de Free. – Não sei. Nos últimos dias, quase nem pensei em vingança.

Os dedos dele mal roçaram a pele dela, mas até esse toque leve fez com que uma corrente de eletricidade percorresse o corpo de Free.

– Eu gostaria de saber uma coisa – disse ela. – Preciso saber por que o senhor começou nossa conversa naquele dia, semanas atrás, me chantageando.

Uma pausa. Ele se afastou dela, endireitando as costas de modo que se assemelhasse a uma alta torre grande e escura.

– Eu achei que era óbvio. Queria que a senhorita fizesse algo e tinha os meios de convencê-la a fazê-lo. Então...

– Mas não precisava recorrer à chantagem. O senhor mesmo disse isso. Poderia ter me encantado. Poderia ter escrito qualquer referência sobre si mesmo. Mas nunca tentou conquistar minha confiança. Nem uma vez. Pelo contrário, desde o começo, me falou várias vezes que era um canalha e que eu não deveria confiar no senhor. Por que fez isso?

Free não conseguia ouvi-lo respirar. Escutou, fazendo esforço, buscando o som por baixo do canto dos grilos. Mas a silhueta dele continuou completamente imóvel.

– Acho que fiz isso, sim – falou ele, com um tom de voz suave. – Que curioso. Eu não percebi, não de verdade.

Era a vez de Free não conseguir respirar enquanto esperava a resposta.

– Naquela primeira vez que nos encontramos, no Tâmisa... – Edward falava devagar, como se estivesse escolhendo as palavras com precisão. – A senhorita me tirou o chão. Lembro que fiquei observando a senhorita se afastar, sentindo como se eu tivesse necessidade de um ponto de exclamação. Mas não havia espaço em mim para nada além de pontos finais. – Ele deu de ombros. – Temos que estabelecer limites antes de nos envolvermos com as coisas, porque depois que nos envolvemos, perdemos a cabeça. Precisamos decidir quando ir embora: de um jogo de cartas, de um conto do vigário. – Ele olhou para ela. – Da senhorita. Talvez seja isso que eu estava fazendo. Garantindo que iria embora antes de perder a cabeça. Eu tinha que garantir que a senhorita nunca confiaria em mim, porque do contrário...

Ela não fazia ideia das palavras que preencheriam essa pausa. Sabia que Edward a admirava. *Isso* tinha ficado bem óbvio, mesmo naquele primeiro dia no rio, e tinha ficado ainda mais pronunciado com o passar do tempo.

– Não importa mais. Já o conheço bem o bastante para saber que o senhor nunca teria concretizado suas ameaças.

Free o ouviu inspirar fundo, viu a mão dele se estender até ela antes de sumir de novo.

– Quero pensar que não. – Sua voz era baixa. – Mas a vasta experiência me diz que não posso prometer isso. Não se iluda. Não confio em mim mesmo, Free, e a senhorita também não deveria confiar.

Ah, ela não confiava nele – pelo menos não a ponto de esperar que o homem continuasse a lhe contar a verdade sobre ele mesmo.

– Pode continuar – pediu ela com educação. – Digamos que eu tivesse ido até Delacey e lhe contado sobre o seu envolvimento. Isso certamente acabaria com *alguns* dos seus outros planos. Como o senhor me impediria? Falsificaria uma carta que eu escrevi para um amante, cheia de fantasias sórdidas? Ou iria preferir algo puramente financeiro? Posso lhe dar meus dados bancários, tudo o que for necessário, se quiser acabar com eles.

– Free. – A voz dele soou sombria e ameaçadora. – Pare.

– Ou talvez o senhor atacasse meus pais. Minhas irmãs. Vou fazer uma lista de todas as pessoas que amo. Posso lhe entregar um dossiê completo amanhã, se for conveniente. Claro, se eu puder registrar minha preferência... – Ela deu um passo na direção de Edward e apoiou uma das mãos no peito dele. – Eu preferiria ser arruinada por você. Em carne e osso.

Edward soltou um rosnado no fundo da garganta, e uma de suas mãos se ergueu para cobrir a dela.

– O que você está fazendo, Free?

– Diga, Edward. Diga de verdade. Que coisa terrível é essa que você vai fazer para me machucar?

Ele não falou.

– Nem vou tentar fugir. Vou deixar bem fácil para você. Tudo o que tem que fazer é me olhar nos olhos e me dizer que poderia voluntariamente arruinar minha vida, se eu ameaçasse a sua. Vá em frente.

Edward soltou a mão dela e lhe deu as costas.

– Eu sabia – continuou Free. – Seu ridículo. Eu sabia. Toda essa história de "É claro que a senhorita não pode confiar em mim" e sua chantagem falsa. Você é tão esperto que quase me enganou. – Ela sentiu a garganta arder. – Quase me fez acreditar que eu não *podia* confiar em você. Mas fracassou. Você me ouviu bem? Fracassou feio. Eu poderia colocar tudo nas suas mãos, e você nunca me trairia. Eu poderia fechar os olhos e me jogar no chão, e você me pegaria antes que eu sofresse um único arranhão.

Ele soltou a respiração devagar.

– Eu soube quando vi Delacey lá dentro – acrescentou Free. – Por um milésimo de segundo, achei que fosse você. Não se ofenda, foi uma ilusão de ótica. Foi uma ilusão do meu coração, procurando você mesmo sabendo que não iria achá-lo. Por um momento, naquele instante em que pensei ter visto você, eu sorri. E senti o mundo todo se iluminar.

Edward continuava imóvel como uma estátua, sem se mexer um único centímetro.

– E então ele se virou e percebi quem era. – Ela soltou uma risadinha. – Uma vez, há muitos anos, eu tive um sonho. Foi bem ousado, se quer saber. Havia um rapaz de quem eu gostava, e no meu sonho... – Free pigarreou com delicadeza. – Enfim. No sonho eu fechei os olhos, focando na sensação. E depois os abri de novo e, como as coisas sempre acontecem nos sonhos, o rapaz bonito e charmoso tinha se transformado num vigário idoso. Todo o meu desejo sumiu numa fria onda de repulsa. Foi isso que eu senti essa noite. Ele veio falar comigo e eu só conseguia pensar: *Free, sua idiota, é isso que significa não confiar num homem*. Não importa o que você diga. Você nunca, nunca me machucaria.

– Machucaria, sim – rosnou ele.

– Você é tão arrogante que nunca me ocorreu que duvida tanto assim de si mesmo. Mas duvida, não é?

Ele soltou um murmúrio, surpreso. E depois voltou a olhar para ela.

– Duvido de cada migalha de alegria que vem na minha direção.

Free colocou uma das mãos no pulso dele.

– Não duvide.

– Não posso pedir que você confie em mim.

Mas ele não se afastou. Em vez disso, virou a mão, de modo que seus dedos enluvados encontrassem os dela, e os entrelaçou.

– Você não precisa pedir. – Ela percorreu a palma dele com o polegar. – Essa é que é a graça. Você não precisa pedir que eu confie em você. Eu já confio.

– Não deveria. – Ele enroscou o outro braço ao redor da cintura de Free, puxando-a para si abruptamente. – Um homem confiável nunca faria isto.

E, antes que ela tivesse a chance de falar alguma coisa – antes que ela pudesse sequer contemplar o calor do corpo dele pressionado contra o dela, ou os músculos duros do peito dele –, os lábios de Edward encontraram os dela. Sem rodeios, sem toques leves. Não havia motivo para tal, com a memória do último beijo ainda nos lábios dos dois. A boca dele era firme e desesperada, abrindo-se para a de Free. A barba por fazer de Edward roçou o rosto dela. Deixou o beijo ainda mais complexo – tão doce, tão maravilhoso. Free quisera isso – quisera ele – e não precisava mais se conter.

Ainda assim, ela apoiou uma das mãos no peito dele e o empurrou bem de leve.

– Espere.

Edward parou instantaneamente e se afastou.

– O que foi?

Ela soltou uma risada e engrossou a voz para imitar a dele.

– "Um homem confiável nunca faria isto." Ah, sim, Sr. Clark. Olhe como você é pouco confiável. Parou de me beijar no instante em que pedi.

– Maldita seja você, Free.

Mas havia um tom de diversão sombria na voz dele.

Free enroscou os braços ao redor do pescoço de Edward. Teve que se esticar para alcançá-lo, estendendo seu corpo ao longo do dele. Ela se inclinou para a frente e tocou o pescoço dele com os lábios.

– Malditos sejamos nós dois.

Ela sentiu o sabor de sal, e Edward soltou a respiração quando ela tocou a cavidade do pescoço dele com a língua, subindo até a mandíbula.

– Você vai pagar por isso.

A voz era um estrondo baixo no peito dele. Seus dedos subiram pelas costelas de Free, e a mão esquerda segurou o seio dela. E então ele a beijou de novo. Dessa vez, o beijo foi lento e gentil. Os dedos no seio de Free a aqueceram, fazendo círculos lentos que acompanhavam o toque da língua de Edward. Ela estava certa: ele era absolutamente o melhor canalha que já conhecera.

Free tinha ouvido outra garota comentando sobre como os beijos de um homem a faziam perder os sentidos, a impediam de pensar. Isso não tinha lógica. Por que alguém ia querer *parar* de sentir num momento como esse, parar de pensar em como tudo era maravilhoso? Todas as coisas no mundo pareciam ser *mais* – mais doces, mais sólidas, mais reais, como se a boca de Edward na de Free a estivesse ancorando à Terra. Como se as carícias suaves, os dedos da mão esquerda dele descendo pelo decote do vestido, estivessem desenhando os detalhes do céu noturno para Free, pintando a lua e as estrelas por cima da escura nuvem de fuligem de Londres.

Ele a havia guiado até a parede do estábulo. Free sentiu as ásperas placas de madeira na coluna. Mas apenas se encostou nelas e aproveitou a oportunidade para explorar Edward – para percorrer as mãos pelo peito dele, sentindo cada curva de músculo tensionar debaixo do tecido da camisa. Ele se aproximou ainda mais, encostando-se nela até que estivessem conectados pelos quadris, até que Free conseguisse sentir o comprimento da ereção dele pressionando-a. Todo o seu corpo cantou em resposta.

Edward se afastou apenas o suficiente para apoiar a testa na dela.

– Querida Free – sussurrou. – Por Deus, eu não deveria fazer isto.

– É a mais pura verdade. Você deveria estar fazendo mais. Muito mais.

Ele balançou a cabeça e se inclinou para beijá-la de novo. E, dessa vez, foi um beijo completamente de outro mundo – um beijo que dizia que era apenas o primeiro, um beijo que prometia uma noite depois dessa, e outra noite em seguida. Era um beijo que dizia que todas aquelas semanas que passaram juntos tinham servido apenas como um prelúdio para este momento. Era apenas o segundo ato da peça, mas o clímax não estava mais fora de vista. Era um beijo de corpos, de quadris e mãos, de seios e línguas. As mãos de Edward se enroscaram brevemente nos laços do corpete de Free, soltando-o. Ela ajudou Edward a desamarrá-lo, apenas o suficiente para que ele pudesse se inclinar e colocar a boca ali, bem no mamilo dela.

– Pare – pediu Free.

E ele parou, afastando-se quando era o que ela menos queria, embora o corpo dele estivesse vibrando de desejo e suas mãos estivessem apertando os quadris dela.

– Desculpe – falou com a voz rouca. – Desculpe, eu não deveria...

Ela riu.

– Você parou de novo. Edward, se não quer que eu confie em você, não deveria ser tão confiável.

Ele soltou a respiração.

– Ah, você está me provocando.

– Estou provando uma coisa a você – corrigiu Free. – Porque você parece pensar que não merece a confiança de ninguém.

Edward não disse nada. Em vez disso, inclinou-se e tomou de novo o mamilo dela com a boca. Free conseguia sentir a língua dele fazendo círculos longos e preguiçosos. Ele a incendiou com as carícias. Não era uma resposta e, ao mesmo tempo, era.

Por favor, disse ele.

Sim, disse ela.

Confie em mim. Confie nisto.

Free já havia conversado o suficiente com damas da noite para saber que a falta de uma cama não era impedimento algum. Mas Edward não fez qualquer esforço para levar o ato além do contato dos corpos dos dois, do toque de dedos numa pele disposta. Não fez nada além de atiçar o fogo do desejo inebriante e insistente dos dois. Ele a beijou, a tocou, fez com que ela soltasse arfadas curtas e silenciosas à medida que seu corpo ganhava vida. Com mais cinco minutos e algumas roupas a menos, Edward poderia tê-la guiado por todo o caminho até o êxtase. Mas não foi o que fez. Apenas a segurou até que a última luz fraca no sótão do outro lado da rua se apagasse, até que o poste de luz a uns 18 metros dali começasse a oscilar. Até que a cabeça de Free estivesse girando com a falta de sono e os beijos, e até que seu corpo ansiasse pelo que estava por vir.

– Venha até mim – sussurrou ela para ele. – Venha até mim amanhã à noite.

Edward apertou o corpo dela com as mãos e estremeceu. Não a soltou, mas levou a cabeça para trás.

– Frederica – falou numa voz baixa. Sua mão subiu, deslizando pelo roupão dela, colocando a manga de volta no ombro, cobrindo-a. – Se eu tomar uma única noite de você, vou querer todo o restante das suas noites. E nem eu sou tão egoísta a ponto de exigi-las de você.

Ela colocou uma das mãos sobre a dele.

– O que aconteceu com o homem que me disse que era enlouquecedoramente genial? Com o canalha que me perguntou quanto eu achava os músculos dele atraentes?

– A fanfarronice pode durar uma noite. A arrogância, uma semana. – Ele acariciou o rosto dela. – Depois disso? Não posso lhe prometer nada.

A noite parecia estar completamente imóvel ao redor deles – silenciosa e vazia, sem sequer o farfalhar do vento para perturbá-los.

Ele tomou a mão de Free na dele e beijou a ponta dos dedos dela.

– A dor é como tinta preta. Depois que foi derramada na alma de um homem, nunca mais sai. Lá no fundo, Srta. Marshall, não há nada em mim além da escuridão. – Ele se inclinou. – E, Free querida... Acho que você sabe disso.

– Você é um idiota.

A voz dela saiu trêmula.

– Foi o que eu acabei de dizer. Nunca tive bom senso.

Mas Edward não foi embora. Em vez disso, enroscou o braço ao redor dela. Seu corpo aqueceu o de Free. Ele não iria embora, Free tinha certeza disso. Tinha certeza dele, quando Edward se inclinou e pressionou os lábios nos dela de novo.

– Meu amor – murmurou ele.

– Meu querido canalha.

Ele soltou uma risadinha.

– Exatamente. Prefiro deixá-la com vontade a ficar e merecer seu ódio.

E então ele de fato se afastou. O ar ficou frio na ausência repentina dele, e a noite era escura. Edward abriu um último sorriso para ela – tão convencido e arrogante quanto qualquer outro que já havia lhe dado – e depois começou a ir embora. Realmente ir embora, como se aquilo tivesse acabado de vez.

– Edward – chamou Free antes que ele estivesse a um metro de distância.

Ele parou, endireitando-se, e depois se virou de leve, olhando de volta para ela.

– Nós dois sabemos que você vai voltar – disse Free.

Por um longo tempo ele ficou parado, sem dizer nada. Em seguida, balançou a cabeça.

– Eu sei. Nunca tive bom senso.

Capítulo quinze

— Tudo que eu quero – disse Edward – é saber caso ele mande uma carta citando o nome dela.

O secretário do irmão estava sentado do outro lado da mesa, com um copo de cerveja à sua frente. Peter Alvahurst franziu o cenho pomposamente, como se estivesse fingindo ter moral.

– Não sei – opôs-se ele.

Tinha sido Alvahurst quem subornara o subsecretário do Sr. Marshall em primeiro lugar. Edward sabia exatamente que tipo de homem ele era, mesmo que Alvahurst se recusasse a admitir.

Edward tirou uma segunda cédula e a colocou na mesa entre os dois. A superfície estava pegajosa, com camadas de cerveja derramada.

– Entendo sua preocupação – disse Edward com tranquilidade. – Não quero que o senhor revele o conteúdo das cartas. Isso seria errado, é claro, e o senhor não é o tipo de homem que trairia o patrão por dinheiro.

– Certíssimo – concordou o outro, com um meneio convencido.

O Sr. Alvahurst era bem o tipo de homem que se encontrava com uma figura suspeita num pub escuro e permitia que essa pessoa balançasse dinheiro à sua frente. Mas, como Edward sempre descobria, preservar a ilusão que um homem tinha de si mesmo era mais importante do que meramente lhe oferecer dinheiro. Era só deixá-lo pensar em si próprio como uma pessoa íntegra e honrosa, e ele então cortaria a garganta de um homem por meio centavo.

– Sabe quantos problemas o último encontro do seu patrão com Frederica Marshall causou para ele – continuou Edward. – E sei como o senhor é leal ao seu patrão. Somos muito parecidos, nós dois. Estamos cuidando dos interesses dele.

– Isso é verdade.

O Sr. Alvahurst lambeu os lábios e olhou para as dez libras na mesa. Não havia evidência alguma de que Edward estivesse cuidando dos interesses de Delacey – nada além de sua palavra e as dez libras. Edward pegou uma terceira cédula, mas não a colocou mais perto das outras. Em vez disso, a segurou com firmeza, deixando que Alvahurst soubesse de sua existência.

Fazia três dias desde que ele tinha deixado Free no estábulo. Três dias durante os quais tentara convencer a si mesmo a ir embora, como deveria. Três dias durante os quais ouvira as palavras dela ecoando em seus ouvidos. *Você vai voltar.*

Não.

Edward sabia o que fazia e o que fazia bem. Se voltasse para ela – realmente voltasse –, começaria a contar mentiras a si mesmo, assim como o caro Alvahurst fazia. Diria a si mesmo que era nobre, que estava fazendo coisas por ela.

Conseguia sentir o puxão de todos os seus sonhos antigos.

Free não era ingênua nem estúpida. Mas acreditava num futuro – e acreditava nele com tanto vigor que fizera Edward querer acreditar também. Ele quase conseguia ver aquele jardim do qual ela falara, florescendo a cada passo que ela dava.

E ele tinha lhe dito a verdade sobre si mesmo: não sobrava nada nele além de um canalha.

E esse canalha sorriu para o Sr. Alvahurst.

– Então apenas me mande uma breve mensagem se ele mencionar a Srta. Marshall. Nós dois sabemos que vai mencionar, então o senhor não me contará nada que eu já não saiba.

Foi só naquele instante, quando Alvahurst estava no momento mais vulnerável, que Edward acrescentou aquela terceira cédula à pilha. Com isso, o dinheiro na mesa equivalia à metade da renda anual do homem. Alvahurst fechou os olhos. E depois, bem devagar, como se estivesse aproveitando a situação ao máximo, estendeu a mão e puxou as cédulas para si.

Edward apenas sorriu. Talvez não pudesse manter Frederica Marshall consigo, mas pelo menos tinha como mantê-la a salvo.

E talvez, apenas talvez, pudesse dar a ela uma última coisa antes de ir embora para sempre.

Free nunca tinha acreditado de verdade que Edward desapareceria completamente, mas dias se passaram sem nenhuma notícia dele.

Portanto, quando ele surgiu certo fim de tarde, ela sentiu uma alegria vivaz e animada, que mal podia ser contida.

Ele ficou parado na entrada do escritório dela. Era, como sempre, a imagem do perfeito canalha. Inclinou-se contra o batente da porta, sorrindo – quase maliciosamente – para ela, como se soubesse quando os batimentos do coração de Free tinham começado a acelerar.

Se era assim que iam fazer isso…

Ela apenas ergueu uma sobrancelha na direção dele.

– Ah – falou com uma fungada. – É você.

– Você não está enganando ninguém – disse ele.

Free conseguia sentir o canto da boca tremer. Na última vez que ela o vira, Edward a tinha beijado tão profundamente que ela ainda não tinha se recuperado.

– Não estou?

– Ouvi bem distintamente – disse-lhe Edward. – Você pode ter dito "É você", mas havia um eminente ponto de exclamação no final da frase. Na verdade, acho que eram dois.

– Ah, nossa. – Free baixou os olhos, e seus cílios tremiam recatadamente. – Minha pontuação está se exibindo de novo?

Os olhos dele escureceram e ele deu um passo para dentro do escritório.

– Não a esconda por minha causa – rosnou. – Você tem a pontuação mais perdidamente linda que já vi. Faz com que um homem fique ganancioso.

Free não conseguiu conter o sorriso.

– É uma pena – continuou Edward – que eu não esteja aqui para ser ganancioso. Estou aqui para me despedir e lhe deixar uma recordação.

Toda a alegria vivaz e incandescente virou um cristal afiado. Free inspirou devagar e ergueu os olhos para ele. Edward ainda estava sorrindo, mas havia certa tristeza naquele sorriso.

– Podemos dar um passeio? – sugeriu ela.

– Quer dizer – disse ele, deixando a voz mais grossa –, que tal fugirmos da vista das suas funcionárias e achar um belo campo vazio aqui por perto, onde eu possa beijá-la até você perder os sentidos?

– Isso mesmo. – Ela não ia corar. – Foi bem isso que eu quis dizer.

Aquela faísca de desejo, o jeito como a mão dele se cerrou antes de ele abri-la e apoiá-la nas calças... Free quase o sentia à beira de concordar. Mas, em vez disso, ele balançou a cabeça.

– É melhor não. Já foi doloroso o bastante parar da primeira vez. Como eu disse, estou aqui para lhe dar um presente.

– Que empolgante. – Não era. Free não queria um presente. – Então você me trouxe um presente. É um presente *agradável*? Vou gostar?

– Não é particularmente agradável – respondeu ele. – E não sei se você vai gostar.

Ela apoiou as mãos na mesa e suspirou.

– Droga. Eu estava torcendo tanto para que você, de alguma forma, tivesse conseguido o direito ao voto para as mulheres. Teria sido bem interessante.

Com isso ela ganhou outro sorriso. E, ah, como esse sorriso era maravilhoso, iluminando todo o rosto dele, iluminando todo o escritório. Mas Edward apenas balançou a cabeça de novo.

– Srta. Marshall, acho melhor a senhorita aprender a ser mais gananciosa e menos política. Sem isso, suspeito que qualquer presente que ganhe sempre vai decepcioná-la. Quer ser como aquelas pessoas ranzinzas que odeiam o Natal?

Nem naquele momento Free conseguiu se forçar a sentir uma raiva verdadeira por ele.

– Ah, pois bem. Você me convenceu. Não quero odiar o Natal.

Ela fez um gesto. Ele entrou no escritório, fechou a porta e, em seguida, se sentou. Era esse o tanto que tinham avançado desde o primeiro encontro, semanas antes: ainda estavam em lados opostos de uma mesa.

Free tirou os olhos dele e alinhou o tinteiro, as canetas e os lápis.

– Eu sabia que você ia voltar.

Ele se inclinou para a frente e deliberadamente colocou uma das canetas num ângulo torto, tirando-a do alinhamento.

– Quando terminarmos esta conversa, vou me levantar e sair deste escritório. Não vou parar até chegar à estação de trem. Terei atravessado o Canal até a noite.

O peito de Free se apertou. Ela soltou a respiração devagar. Mas Edward colocou a caneta numa linha reta de novo e se recostou na cadeira.

– Há muitas coisas que eu não lhe contei. – Ele a fitou nos olhos. – Mas a primeira que você deveria saber é que não a quero na minha cama apenas por uma semana ou duas. Eu a quero para sempre.

Free sentiu como se tivesse sido jogada contra a parede. Seus pulmões não pareciam estar funcionando normalmente. Mas Edward havia falado com tanta tranquilidade, que ela não sabia ao certo se o tinha ouvido direito.

– Nem *sempre* pego tudo que eu quero. – Por um instante, um vislumbre de um sorriso surgiu no rosto dele. – Sem dúvida esse ataque de moral é temporário da minha parte. Basta dizer que se eu continuar aqui por muito mais tempo, vou começar a esquecer os motivos pelos quais sou terrível para você. O egoísmo faz um homem mentir para si mesmo, e apesar de eu não ver problema algum em ser egoísta, você me faz querer contar doces mentiras. E eu posso estar disposto a mentir para o mundo inteiro, mas não escolho mentir para mim mesmo.

– Que tipo de mentiras? – perguntou ela.

O lábio dele se curvou sarcasticamente.

– As piores que existem, Srta. Marshall. A senhorita me faz pensar que eu poderia ser alguém.

– O senhor não é alguém?

– Não.

Ela franziu o cenho para ele.

– Não sou alguém que preste. Mas acreditei ser. Uma vez. – A mão dele se ergueu para cobrir o bolso do casaco enquanto ele falava. – Minha família era rica. Não do tipo que era tão exaltada socialmente a ponto de podermos ter qualquer coisa que quiséssemos, mas de numa posição alta o bastante para frustrar toda e qualquer expectativa.

Eram tão raras as ocasiões em que Edward mencionava o passado... Free ficou sentada, esperando que ele continuasse, com medo de que ele parasse de falar se ela apenas respirasse alto demais.

Mas não parou.

– Eu e o filho de um dos criados do meu pai éramos amigos. Bons amigos.

– Ele apoiou as mãos na mesa. Free notou que ainda estavam enluvadas. Apenas o tinha visto tirar uma das luvas. – Não é algo muito comum, creio eu, mas não havia muitos garotos da minha idade por perto. Normalmente amizades desse tipo somem quando um garoto vai para a escola. – Edward deu de ombros. – Essa não sumiu. Quando eu tinha 17 anos, o pai do meu amigo levou um coice de um cavalo durante o trabalho. Ele fraturou quatro costelas e quebrou a perna em três lugares. Não teria condições de trabalhar por meses. Em vez de dar ao homem tempo para se recuperar, meu pai contratou outra pessoa para assumir a posição dele. Depois de onze anos de serviço.

Free puxou o ar com força.

– Claro que eu falei alguma coisa. Era injusto, e era o meu amigo que estava sendo posto na rua, com um pai machucado que não teria como se sustentar.

– Você fez o certo.

Edward balançou a cabeça.

– Eu fiz uma idiotice. Não há nada mais estúpido do que dizer verdades perigosas ao homem que controla a sua vida. Naquela época, eu tinha umas ideias políticas pouco usuais. – Ele sorriu vagamente com isso. – Ler é perigoso. Achei que poderíamos organizar uma resposta em massa com os inquilinos, exigindo... Bem. Não importa. Não correu muito bem. Os inquilinos se recusaram e, em vez de se revoltarem, contaram tudo ao meu pai. O resultado foi que meu pai percebeu, depois de anos me ignorando, que eu tinha desenvolvido simpatias perigosamente plebeias. Então ele não apenas jogou meu amigo e a família dele na rua, sem nada. Ele ordenou que meu amigo e o irmão dele fossem chicoteados por tentativa de arruaça. Na minha frente. – Ele soltou um longo suspiro. – E depois disso ele me exilou. Espalhou a notícia de que estava me mandando para a França para estudar com os mestres. Para aperfeiçoar minha arte.

Ele fez uma pausa e continuou:

– Meu pai me mandou mesmo para a França. Mas foi para morar com um ferreiro em Estrasburgo, não com um pintor em Paris. Achou que eu teria gosto pelo trabalho manual, pela vida de um homem comum, e, por causa disso, desistiria das minhas crenças em troca de pão branco e do conforto de ter um pajem. – O sorriso dele se contraiu ainda mais. – Não funcionou. Por dois anos, não funcionou. E aí declararam guerra à Prússia.

Pedi ao meu pai que mandasse uma carta de crédito para que eu pudesse voltar para casa. Ele se recusou. Fui ao consulado em Estrasburgo antes que o exército prussiano chegasse, e lá descobri que minha família tinha dito a eles que havia um impostor se passando por mim nos arredores. Fui expulso de lá sem assistência.

Free soltou um murmúrio involuntário de protesto. Ele já lhe contara o que vinha depois disso. *A senhorita já viu poeira de gesso pegar fogo no ar?* E dera a entender que havia bem mais coisas na história.

– Então jurei que nunca ia voltar para minha família. Eu tinha minha arte, e o que é a arte senão uma prima de segundo grau da falsificação? É estranho. Basta mentir sobre o mundo por tempo suficiente e tudo nele deixa de parecer real. Como se eu não passasse de uma invenção da imaginação de outra pessoa. Não me atrevo a mentir para mim mesmo, senão eu perderia a noção completamente.

Havia bastante coisa que Edward não tinha lhe contado. Ela conseguia ver isso no jeito desconfortável como ele mexia os ombros.

– Imagino que não seja tão fácil quanto apenas fazer uma falsificação na mesma hora.

Ele ficou tenso.

– Nada nunca é fácil.

– Ainda assim.

Edward não disse nada por um bom tempo. Por fim, falou:

– Meu pai achou que conseguiria mudar meu caráter com um pouco de desconforto. Ele estava errado. Precisou de dor. – Ele desviou os olhos. – Um dia desses, tente falsificar uma carta de crédito e entregá-la a um homem que é pior do que você.

Aquela noite depois do incêndio parecia tão distante, embora mal tivesse passado uma semana. Mesmo assim, Free ainda se lembrava das palavras que ele havia lhe dito de madrugada. *A dor é como tinta preta. Aplique o suficiente e vai manchar a alma de um homem.*

– Pensando bem… – Ele abriu um sorriso brilhante para Free que quase partiu o coração dela. – Não tente. Não queira saber o que vai acontecer.

– Foi muito doloroso, então?

O lábio dele se curvou em desgosto.

– Só o suficiente para provar que eu não sou o resiliente cavaleiro de armadura branca que sempre acreditei que fosse. Eu sou um mentiroso, uma fraude e um trapaceiro, assim como todo mundo. Precisava aprender essa lição.

Edward inspirou fundo, depois ergueu a cabeça para fitá-la. Seus olhos encontraram os de Free. Brilharam com aquela expressão que ela conhecia tão bem, o humor ácido do qual ela começara a gostar.

– Não me importei muito com isso até agora.

O coração dela estava martelando no peito.

– Não acho que eu possa deixar de ser um mentiroso e uma fraude. Mas, pela primeira vez em muito, muito tempo, estou começando a acreditar em algo. – Ele baixou a voz. – Em alguém. Sinto muito, Srta. Marshall, mas não posso me permitir fazer isso.

Free mal conseguia respirar. Não sabia o que dizer. Apenas sabia que não conseguia tirar os olhos dele, que não seria capaz de lhe dizer que fosse embora, não importava o que ele revelasse naquele momento.

– Pronto. – Ele esfregou as mãos. – É isso. É um monte de mentiras. – Ele deu de ombros. – Esse é o limite da minha honestidade no momento. É por isso que estou indo embora, Free. – Ele a olhou. – Eu lhe trouxe uma coisa.

Edward colocou a mão no bolso do casaco e a fechou ao redor de alguma coisa – algo grande o bastante para forçá-lo a virar o pulso para tirá-lo do bolso. Free teve um vislumbre de metal cinza.

– Aqui está. – Ele esticou a mão e colocou o objeto na mesa. – É um peso de papel. A senhorita tem papéis, achei que poderia achar um bom uso para ele.

Free se inclinou e pegou o objeto que ele colocara à sua frente. Era denso e, ao mesmo tempo, cheio de detalhes. Os pesos de papel que ela já tinha visto eram redomas frescas de vidro soprado, dentro das quais havia belas flores. O objeto de Edward não tinha semelhança alguma com essas redomas. Era um único pedaço de metal, trabalhado no formato de uma bola com arabescos. O metal envolvia a si mesmo três vezes. Estava quente de ter ficado no bolso de Edward, e as pontas eram ásperas contra a pele de Free. Ainda assim, parecia surpreendentemente delicado.

– O que é?

Ele deu de ombros.

– Não sei. É só uma bola de metal.

– É lindo – disse Free, devagar. – Lindo e, de alguma forma, triste. E ríspido. Tudo ao mesmo tempo. Nunca vi nada assim. Onde você achou?

Edward deu de ombros outra vez, indiferente.

– Perto de Estrasburgo. Há uns seis anos.

– Você o encomendou ou o artista tinha um estoque regular desses pesos de papel?

Edward bufou.

– Eu encomendei. É só uma bugiganga.

Free não achava que era uma *bugiganga*. Ela virou o objeto, identificando indícios de padrões feitos pela metade, escondidos em cada pedaço de metal torcido.

– Era para celebrar alguma ocasião? O artista que fez isso aqui era um gênio incrível. À primeira vista, as voltas parecem aleatórias, mas não são. Quando olho desse ângulo, quase vejo... uma rosa? Há espinhos nesta parte, eu acho, e as voltas deste ângulo formam pétalas. – Ela girou mais um pouco. – Mas isto aqui parece um falcão. Eu poderia ficar olhando para ele por horas. – Ela ergueu os olhos para Edward e franziu o cenho de repente. – Edward, está tudo bem?

– Tudo ótimo.

O sorriso que ele abriu para ela era igualzinho a todos os outros que já dera – fácil, sem marcas de emoção e, Free percebeu, completamente falso. A mão esquerda dele estava apertando o braço da cadeira com tanta força que a luva estava enrugada. O outro braço estava reto como uma vareta, apoiado contra a perna como se fosse a única coisa que o mantinha sentado.

Ele estava mentindo para ela. *Claro* que estava. Não havia lhe dado esse objeto porque era um peso de papel sem significado que tinha encomendado por capricho. Era porque significava algo para ele.

– Não seja tão macho. – Free se levantou, revirando os olhos. – Você ficou branco. Vou pegar um copo d'água para você.

– Não estou branco – disse ele, brusco. – Nem preciso de um copo d'água.

Ela deu a volta na mesa e apoiou a mão no pulso dele.

– Seu coração está acelerado.

– Não está – insistiu ele, contradizendo a realidade.

A respiração de Edward também estava acelerada e sua pele estava ficando branca como papel.

Free revirou os olhos de novo.

– Deixe de ser ridículo. Você vai ficar aqui enquanto eu vou pegar algo para você beber?

– Hunf.

– Isso não foi uma concordância definitiva, Sr. Clark. Vamos tentar de novo. Caso tente se levantar agora, vou chutar suas canelas. Suas canelas não vão gostar disso, e meus dedos do pé menos ainda.

Ela deu um sorriso amarelo para ele e saiu do escritório.

Mas, enquanto localizava a jarra de água, Free considerou a situação. Ele tinha lhe dito que havia muito para lhe contar na outra noite, mas que não contaria. Ela pensara que ele não *queria* contar. Free, mais do que todos os outros, deveria ter percebido que as memórias de Edward eram tão dolorosas que ele não *conseguia* contar. Depois de tudo que ele já havia lhe dito, ela deveria ter entendido pelo menos isso.

Edward ainda estava no escritório quando Free retornou. Em vez de se sentar na cadeira do outro lado da mesa, ela se encostou na beirada do móvel, a alguns passos dele.

– Você está melhor, Edward?

Ele tomou um gole de água.

– Achei que você não faria esse tipo de coisa, zelar pelos outros. Sabe, por ser feminino demais. Maternal demais.

Ela apenas sorriu.

– Eu acredito que mulheres são seres vivos. Essa crença não é diametralmente contrária à ideia de que homens são seres humanos, e que se um ser humano tem a oportunidade de ser gentil com outro, deve fazê-lo. – Ela o encarou. – E eu sabia que você ia dizer isso. Que ia falar alguma coisa para me provocar e assim evitar falar de si mesmo. Você sempre muda de assunto quando faço perguntas.

– Só porque você faz perguntas impertinentes. Eu não teria necessidade alguma de mudar de assunto se você parasse de bisbilhotar.

Free se pôs de pé e foi até a porta. Mas não saiu. Em vez disso, garantiu que estivesse bem fechada.

– Sr. Clark – disse ela com um tom de voz suave. – Edward. Não acho que você me deu um negócio de metal qualquer, que está carregando há seis anos sem motivo. Falar sobre esse peso de papel em especial é difícil para você. Não precisa me contar nada.

Ele inspirou fundo.

– Eu menti quando falei que foi uma encomenda. – Edward não olhou para Free. – Ou, bem, foi uma distorção da verdade. Foi uma encomenda de mim para mim mesmo. Eu sou o artista.

Ela piscou e olhou de novo para o peso de papel.

– Ah. Nossa.

– Não fique tão surpresa. Você já viu meus desenhos. Sabe que tenho algumas habilidades como artista.

– Algumas, sim. Mas desenhos são uma coisa. Muitas pessoas conseguem fazer um desenho decente. O peso de papel é algo completamente diferente.

– Eu vivi dois anos com um ferreiro. – Ele deu de ombros. – Aprendi uns truques. E tive que decidir quem eu era. Não podia ser o riquinho inútil que sempre fui. Era como se eu estivesse preso num labirinto sem ter como sair, passando por corredores emaranhados que não podiam me levar à superfície. Fiz isso – ele acenou a cabeça para o peso de papel – tentando me encontrar no homem que tinha me tornado.

Free olhou para o objeto de novo.

– Não – disse-lhe Edward. – Você não vai me encontrar nele. É essa toda a questão. Eu apenas encontrei uma coleção de corredores distorcidos que não levavam a lugar nenhum. Nunca encontrei um lugar para onde ir, uma pessoa que eu poderia ser. Aprendi a não acreditar em nada, porque desse jeito nunca ficaria decepcionado.

– Então. – Ela pegou o peso de papel e o virou. – Isso foi sua busca de um coração?

– Não. – A voz dele estava muito, muito baixinha. – Eu fiz isso quando desisti de vez de ter um. Não achei que havia motivo para ficar procurando uma coisa tão ridícula assim até conhecer você. Em algum momento nas semanas que passamos juntos, percebi que eu tinha, *sim*, um coração escondido em algum lugar. – Edward olhou para ela. – Não há por que sair em busca dele agora. Quando percebi que ele existia, já era seu.

Ah. O peito de Free estava apertado demais. Ela quase conseguia sentir seus olhos arderem em resposta.

– E ainda assim você vai embora.

– Vou.

Free sabia que ela era o tipo de pessoa que pressionava os outros. Sabia porque tinham lhe dito isso, repetidas vezes, e porque... bem, francamente, era verdade. Os outros estavam errados com frequência, e Free não tinha receio algum de lhes dizer isso.

Mas se havia uma coisa da qual ela se arrependia na vida era de pressionar demais na hora errada. Quando era mais nova, havia pressionado sua tia Freddy. A tia havia sido assolada por uma combinação complexa de medos, algo que Free ainda não entendia. Mesmo assim, ela havia pressionado, como se de alguma forma soubesse do que Freddy precisava melhor do que a própria Freddy.

E o que tinha conquistado com isso? Ambas ficaram perdidamente desoladas e, nos últimos dias da tia, Free tinha feito Freddy sentir que não era boa o bastante.

Às vezes, tinha aprendido, a única forma de seguir em frente era parando de pressionar.

– Pois bem – disse calmamente.

Era como as luvas de Edward: havia algumas coisas que um homem precisava falar apenas quando estivesse pronto. E um homem como ele não dava para Free um objeto que havia confeccionado com as próprias mãos porque queria ir embora e se esquecer dela. Ele tinha feito isso porque queria que ela se lembrasse. Talvez Edward fosse embora por enquanto. Mas, lá no fundo, esperava voltar quando tivesse resolvido os próprios problemas.

Free apenas tinha que deixar a porta aberta.

– Imagino que devo lhe dar uma recordação em troca – disse ela casualmente. – Se me der seu endereço, vou lhe mandar edições do jornal.

Era uma mentira tão óbvia quanto a que ele mesmo havia dito sobre o peso de papel.

Edward bufou.

– Está mentindo para mim, Srta. Marshall?

– Claro que estou. – Ela sorriu para ele. – Achei que o deixaria mais à vontade.

Ele soltou uma risada sombria e apreciativa, aquela que Free aprendera a adorar.

– *Touché*, minha querida.

Por um segundo, os dois se encararam enquanto a determinação de Free enfrentava a dele.

– Só o jornal, por enquanto – avisou ele. – Nada de cartas.

Era uma vitória de certo tipo, tê-lo feito contar tal mentira. Ele claramente sabia que era mentira, pois balançou a cabeça de um jeito irritado.

E então esfregou uma das mãos nos cabelos e desviou os olhos.

– Tenho uma metalúrgica em Toulouse – murmurou.

– Nossa, Sr. Clark, isso parece surpreendentemente respeitável.

Edward ergueu uma sobrancelha para ela.

– Não ache que é grande coisa. Só a tenho há alguns anos. E é melhor não perguntar como consegui dinheiro para começar. – Ele abriu um sorriso tenso. – Falando nisso, não pergunte como consegui as primeiras referências de que precisei para receber as primeiras encomendas.

– Essa metalúrgica tem endereço?

Ele torceu o nariz para ela. Free abriu um sorriso calmo em resposta, embora seu coração estivesse acelerado. Então, devagar, bem devagar, Edward pegou um pedaço de papel da mesa e escreveu algumas linhas.

– Não vou lhe escrever de volta – afirmou para Free.

Edward realmente era um péssimo mentiroso. Mas que mentisse, se era disso que precisava por enquanto.

Ele não a segurou, nem a tocou. Apenas se levantou e foi até a porta.

– Desejo tudo de melhor para você, Free. Hoje e sempre.

E, em seguida, virou-se e foi embora.

Capítulo dezesseis

Quando deu seu endereço para Free, Edward sabia que poderia muito bem desistir naquele momento. A última coisa que conseguiria suportar era uma troca contínua de correspondências. Conseguiu deixar a primeira carta passar sem resposta. A segunda foi mais difícil. Free lhe contou sobre a construção de sua nova casa, sobre como estava indo o processo contra o irmão de Edward – bem – e a resposta do público às revelações que haviam planejado juntos naquele sarau – ainda melhor. Os anunciantes estavam voltando, os leitores estavam mais fiéis do que nunca, e o número de assinantes já tinha aumentado dez por cento e continuava a crescer. Tudo estava melhorando, disse-lhe Free.

Tudo, escreveu ela, exceto uma única coisinha. Ela não especificou o que era, mas Edward não precisava perguntar.

Precisou de toda a sua força de vontade para manter o silêncio.

Mas então duas semanas se passaram – duas longas semanas durante as quais os jornais chegaram sem qualquer mensagem pessoal. Essa circunstância, por si só, não deveria ter feito com que Edward ficasse resmungando pelos cantos.

Ainda assim, quando viu um pedacinho de papel anexado ao jornal certa manhã, ele se apressou a pegá-lo.

Perdão pelo silêncio, escreveu Free. *Andei ocupada. Veja o jornal.*

Ele leu a matéria dela. Seu coração acelerou à medida que lia, e seus punhos se cerraram ao redor do papel. Quando Edward chegou ao fim do texto, não apenas desistiu da ideia de nobremente ignorá-la, como também pegou um papel de carta e escreveu uma resposta.

14 de março de 1877

Pelo amor de Deus. Você está tentando me matar do coração? Nenhuma notícia sua durante todo esse tempo, e então só uma mensagenzinha minúscula. Achei que você tinha desistido de fazer investigações por conta própria. Entende que, quando você entra numa mina muito perigosa, está se colocando em perigo?

Você poderia ter morrido. Quase morreu.

Não vou aceitar que...

Edward parou e se imaginou dizendo isso a Free pessoalmente. Ela soltaria um resmungo grosseiro – e bem merecido. Ele riscou essa parte e olhou o papel por um bom tempo antes de tentar de novo.

Mesmo que não ache que sua segurança seja importante, pense...

Insinuar que ela não havia pensado nas consequências das próprias ações não era nem um pouco melhor. Ele riscou isso também.

Diga, você acha que é invencível ou...

Ele inspirou bem fundo. Era quase como se pudesse ouvi-la respondendo, provocando-o. Também riscou essa parte com traços fortes. Depois de um bom tempo, escreveu de novo.

Estou sentado, riscando trechos desta carta por muito mais tempo do que deveria. É quase como se você estivesse sentada aqui comigo, olhando por cima dos meus ombros e oferecendo seus pensamentos sarcásticos em resposta aos meus impulsos mais protetores. Você é obviamente esperta o bastante para entender o risco que está correndo e decidiu que ele vale a pena. Não sou tolo para discutir com você sobre isso.

Então vou engolir todas as minhas outras preocupações e terminar com isto: já sentei ao seu lado à noite e senti seu medo. Não sei como você consegue enfrentá-lo tantas vezes. É mais do que eu seria capaz de fazer.

Você me deixa desnorteado.
Edward

Seria tolice enviar essa carta. Ela ficou na mesa de Edward por dias enquanto ele discutia consigo mesmo. Por fim, colocou-a entre as remessas para o correio e ficou ainda mais irritado quando isso não pareceu ser um ato de fraqueza.

Foi uma questão de dias até ele ter de novo notícias de Free.

20 de maio de 1877
Querido Edward,
Não foi nada de mais. Tudo em nome do jornalismo, de fato. Foi bem frutífero, na verdade, que eu tenha presenciado um desabamento. Sob tais circunstâncias, pude...
Ah, pois bem. Consigo ver você impaciente, batendo o pé para mim. Não o estou enganando, não é?
Sempre escrevo minhas matérias de modo que eu desapareça. As palavras são sobre os hospitais e as prisioneiras, as ruas e as mulheres que trabalham nelas. Se faço qualquer referência a mim mesma, falo sobre a falsa personagem que inventei para fazer as investigações. Para todo mundo, consigo fingir que todas essas coisas aconteceram com outra pessoa.
Para todo mundo, mas não para você. Posso dar nomes falsos e inventar histórias de vida, mas as coisas que relatei sempre aconteceram comigo. *Você pode achar desnorteante que eu ainda esteja disposta a enfrentar mais coisas.*
Mas, para mim, saber que você sabe, saber que tem uma pessoa que sabe que eu não sou verdadeiramente destemida... bem, isso faz com que essa situação seja tolerável.
Só não conte ao meu irmão.
Com amor,
Free

Edward pensou por um bom tempo antes de responder.

28 de maio de 1877
Como não acredito em mandar cartas com sentimentos melosos, sinto que eu deveria lhe mandar... um cãozinho, ou algo do tipo.

Infelizmente, creio que cãezinhos não aguentam ser enviados pelo correio – e duvido que passem pela alfândega hoje em dia.

É uma pena mesmo que você não seja pirata, como um dia desejou. Isso faria com que a entrega do cãozinho fosse muito mais eficiente. Eu conduziria meu navio para a lateral do seu e a atingiria com uma surriada de cãezinhos. Você ficaria soterrada sob eles. Ia ficar ocupada demais cuidando dos cãezinhos para se preocupar com qualquer outra coisa. Agora isso está soando bem mais invasivo do que animador – e ainda assim, nunca conheci alguém que não ficasse radiante diante de uma pilha de cãezinhos agitados. Se um dia eu conhecesse uma pessoa assim, ela mereceria sofrer.

Não duvide do poder de um canhão de cãezinhos.

Edward

Obs.: Se não receber nenhum cãozinho anexado a esta mensagem, é porque ele foi confiscado pela alfândega. Blé. A alfândega é o diabo.

Depois disso, foi impossível fingir que ele não estava trocando correspondências com Free.

3 de junho de 1877

Free,

Não faço ideia do que você está falando. Não recorro a coisas ridículas para evitar falar sobre sentimentos.

Meu Deus! Atrás de você! É um macaco de três cabeças!

Agora, do que estávamos falando mesmo? Ah, sim. Você estava me contando que Rickard apresentou uma versão alterada da lei. Vou ser o advogado do diabo da sua ira: mesmo que apenas algumas *mulheres possam votar, isso vai provar que o céu consegue permanecer firmemente fixo lá em cima e, portanto, vai impedir os piores alarmistas daquele bando...*

Não havia por que mentir para si mesmo sobre o que estava acontecendo. Ele havia feito um trabalho medonho ao se afastar dela e veja só no que tinha dado. Edward não estava numa posição nem um pouco melhor. Ainda assim, não havia futuro nenhum nessa empreitada. O que ele poderia fazer? Contar a Free quem ele era? Informar-lhe que tinha sido o irmão dele quem havia lhe causado todos aqueles problemas, e depois pedir que ela fosse a viscondessa de Edward? Ela odiaria a ideia.

A chance de Free dizer não *não era o* que mais o abalava.

Edward estava enojado consigo mesmo quando começou a procurar um comprador para sua metalúrgica.

10 de junho de 1877

Free,

Não me sinto qualificado para responder às preocupações do seu irmão. Entendo as apreensões dele, mas você não precisa dar ouvidos ao que Oliver diz. Você só dá atenção a ele porque o ama. Isso acontece quando as pessoas amam você: elas começam a irritá-la.

Na próxima vez, se quiser evitar esse tipo de situação, tente envenenar o relacionamento com seus irmãos quando for bem mais nova. Na minha experiência, funcionou maravilhosamente.

Com amor,

Edward

21 de junho de 1877

Free,

Sim, eu consegui finalizar aquela questão de negócios que havia mencionado antes. Quanto à outra coisa – sim, tenho um irmão mais novo. É meu único parente vivo. Se quer saber, foi ele quem declarou ao Consulado Britânico que eu era um impostor. Basta dizer por enquanto que não acho que você fosse capaz de gostar dele.

O único motivo para você estar me escrevendo sobre meu irmão é porque o seu foi fazer aquela viagem toda elaborada. Conte mais sobre ela na próxima vez que escrever. Oliver já chegou a Malta? E para quando está previsto o retorno dele? Agosto?

Edward

Obs.: Você apenas provou que eu estou certo. Amor. Irritação. Mais uma vez, eles andam de mãos dadas.

Edward suspirou e ergueu os olhos da carta. Ele estava enrolando. Mas o que poderia ter escrito? *Eu nasci Edward Delacey e meu irmão pôs fogo na sua casa. Eu nasci Edward Delacey e poderia ser o visconde Claridge, se mencionasse esse fato na Inglaterra.*

Ele não conseguia se forçar a lhe contar. Tampouco conseguia lhe dar as costas. Não queria reivindicá-la sob falsos pretextos. Mas caso lhe contasse a verdade…

Eu nasci Edward Delacey. Quer se casar comigo assim mesmo?

Que piada. Não havia por que sequer pensar no assunto.

Em vez disso, como Edward tinha feito tantas vezes desde que a havia conhecido, ele tentou fazer um desenho dela. Sua memória de Free parecia tão fresca como sempre. Os olhos dela, expressivos e inteligentes. Os lábios, doces e sorridentes. Ele tinha tentado desenhar todas as suas lembranças: Free agachada ao seu lado às margens do rio Cam, o binóculo de ópera apoiado no nariz. Tinha tentado registrá-la diante do estábulo, com a luz do luar tremulando por cima de sua pele.

Mas os desenhos nunca ficavam certos. Independentemente do que Edward fizesse, de como tentasse, sempre faltava algum elemento desconhecido. Ele ainda não sabia o que era. Desgostoso, Edward largou o caderno.

Porém, em certa manhã de julho, a carta que chegou da Inglaterra não era da Srta. Marshall. Edward a abriu com curiosidade e, em seguida, paralisou.

Sr. Clark,

Na última semana, o honorável Sr. James Delacey mandou não apenas uma carta mencionando a Srta. Marshall, mas sete.

Atenciosamente,

A.

No fim das contas, Edward nem teve tempo de responder a qualquer pergunta. A primeira carta que mandou foi em francês.

6 de julho de 1877

Monsieur Dubuque,

Afinal, vou aceitar os 30 mil francos pela metalúrgica. Cinco mil em dinheiro vivo servem, podemos acertar o resto mais para a frente. Entre em contato com meu advogado em Londres, por favor. O endereço está abaixo.

Clark

Quando estava saindo da cidade, mandou um último telegrama.

FREE,
CHEGO EM TRÊS DIAS
EDWARD

~

– O que pensa que está fazendo? – sibilou Alvahurst.

Edward empurrou o secretário do irmão com os ombros para entrar na sala escura além deles.

Havia passado os últimos dois dias atravessando a França de trem, planejando a travessia do Canal e correndo até Londres. Cada hora que passava era uma hora em que seu irmão poderia causar dano a Free.

– Não pode entrar aqui – disse Alvahurst. – Vamos acordar minha esposa.

– Vamos sussurrar – retrucou Edward. – Ou podemos ficar do lado de fora. É bem simples, Alvahurst. Preciso saber o que Delacey andou escrevendo sobre a Srta. Marshall.

Alvahurst esfregou os olhos cansados e os correu pela sala de estar do apartamento. Edward notou que havia dúzias de itens que poderiam ser usados como armas. Porém, Alvahurst não pegou nenhum deles. Em vez disso, indicou uma cadeira próxima à lareira.

Edward se sentou ao lado do atiçador de fogo.

– O senhor me disse que nunca ia perguntar sobre o conteúdo das cartas.

Alvahurst estava ridículo: usava uma touca, e os braços e as pernas se projetavam de um pijama. Sua voz estava ainda pior.

Edward não tinha tempo nem paciência para bancar o bonzinho.

– Eu menti – afirmou. – Se não me contar a história toda, irei até James Delacey e contarei tudo a ele. Tenho uma carta sua, escrita do próprio punho, em que o senhor trai a confiança dele. Quanto tempo seu emprego vai durar se Delacey descobrir o que o senhor fez?

Alvahurst fez uma careta.

– Mas...

– Não tenho tempo para ser bonzinho – disse-lhe Edward. – O senhor sabia, no instante em que aceitou meu dinheiro, que estava concordando em ser meu capanga. Pode ser que nós tenhamos contado mentiras um ao outro durante as negociações, mas nós dois sabíamos o que estava acontecendo. Agora faça seu trabalho.

Alvahurst suspirou e em seguida, lentamente, relevou o que sabia.

Quando ele terminou, Edward franziu o cenho.

– Isso não faz sentido – falou. – Nem James é tão estúpido assim. A Srta. Marshall já esteve na prisão antes. Ser presa de novo mal vai fazer diferença, e ela vai ser solta…

– Ah, mas essa é a questão – disse o secretário. – Não é com a prisão em si que ele se importa, mas com o que vai acontecer depois que ela for presa. A delegacia recebeu instruções para não libertá-la. O irmão dela, o único que ela conhece que teria condições de causar alguma confusão, está no exterior. Quando o sargento da delegacia tiver terminado com ela, a Srta. Marshall vai saber ficar de boca fechada. Sabe o que pode ser feito a alguém sob custódia?

Uma onda de fúria sombria cresceu, ameaçando sufocar Edward.

Ah, ele sabia. Sabia muito bem. A sala diminuiu ao seu redor. Ele apertou os braços da poltrona enquanto sentia a si mesmo ser envolto numa névoa escura e viscosa.

Sabe o que pode ser feito a alguém sob custódia?

Água escura, densa e sufocante, de modo que ele mal conseguia respirar. Uma dor que atingia outra pessoa, alguém que acreditaria em qualquer coisa para cessá-la. Edward inspirou fundo, empurrando a memória para longe. Tudo isso tinha acontecido com Edward Delacey, e este homem quase não existia mais.

– Então se é só isso que o senhor precisa saber – dizia Alvahurst –, talvez queira ir embora antes que minha esposa acorde e pergunte o que estou fazendo.

Edward estava sentado num quarto escuro, não num porão sombrio. Ainda assim, disfarçadamente esfregou a mão direita.

– O senhor me contou tudo que eu precisava saber.

Tudo de que ele precisava e, ainda assim, não era o suficiente. A única coisa que podia fazer como Edward Clark era impedir o irmão, plano a plano. Poderia passar o resto da vida subornando secretários e chantageando criados, e mesmo assim continuaria no mesmo lugar.

Já Edward Delacey, por outro lado…

A ideia quase o deixou febril – de que ele poderia vestir de novo aqueles ideais antigos, aquela velha identidade. *Essa* era uma pele que jamais lhe cairia bem.

Mas se não fizesse isso...

Você poderia fazer coisas boas, ouviu Patrick dizendo.

Edward não fazia coisas boas. Tinha que se lembrar disso, independentemente de quanto tentasse enganar a si mesmo. Saiu da casa do secretário do irmão se sentindo tonto e enjoado. Não importava quanto tentasse, um dia James teria êxito em fazer Free sofrer.

Sabe o que pode ser feito a alguém sob custódia?

Talvez o irmão não tivesse a intenção de fazer nada além de ter uma boa conversa. Mas depois de tudo que Edward tinha visto James fazer? Não estava disposto a apostar nisso. Tinha que impedir esse plano naquele instante. De qualquer jeito que fosse capaz.

Durante todo esse tempo, havia se mantido longe de Free ao lembrar a si mesmo o tipo de pessoa que era. Não havia nenhum futuro para ela ao seu lado, e Edward se recusava a mentir para si mesmo e acreditar no contrário. Naquele momento, pela primeira vez, tudo ficou claro.

Edward poderia ficar com Free. Poderia mantê-la a salvo. E – o melhor de tudo – quando ela descobrisse o que ele tinha feito, o que não tinha lhe contado...

Ele não teria que contar mentiras para si mesmo sobre o futuro que não podiam ter. Ela mesma se livraria de Edward.

~

Edward acordou os advogados às quatro da manhã.

Às oito, apresentou-se na residência do barão Lowery em Londres.

O homem que Edward estava prestes a se tornar teria batido na porta da frente. Mas ele continuava com traços suficientes de quem costumava ser, por isso foi até o estábulo, nos fundos. Acordou um cavalariço, que entrou na casa. Dez minutos depois, Patrick apareceu.

– Edward. – Ele se aproximou e o segurou pelos braços. – Você não me disse que estava na Inglaterra. Como sabia que eu estava em Londres?

– Deduzi pelo jornal – respondeu Edward em voz baixa. – Veja bem, o barão Lowery está no Comitê de Privilégios, e os membros vão se reunir em dois dias.

Patrick o olhou. Os dois sabiam por que o Comitê ia se reunir. O Comitê sempre se reunia quando um homem fazia um pedido para entrar na Câmara dos Lordes. Cabia a eles fazer o trabalho tedioso de ouvir as evidências que detalhavam os direitos de alguém de assumir uma cadeira.

Três dias antes tinha sido o sétimo aniversário da última correspondência oficial de Edward com a família. James estivera esperando por esse momento específico.

– Você vai... – começou Patrick, com os olhos arregalados.

– Vou – confirmou Edward. Ele sentia o estômago embrulhado. – Não vou fazer nada de bom, não me olhe assim, mas pelo menos posso impedi-lo de fazer coisas ruins.

Patrick soltou um suspiro longo.

– Vou buscar George – falou.

Passaram quinze minutos até Patrick aparecer de novo, dessa vez acompanhado de um homem de roupão e pantufas. O barão Lowery deu uma única olhada em Edward e torceu o nariz.

– É o senhor.

Talvez o tom na voz de Lowery fosse de desgosto. Talvez fosse de curiosidade.

– Eu mesmo.

Edward deu um passo à frente. Seu coração martelava. Ele pensou na infância – no sotaque de Harrow que tivera um dia, o qual se esforçara ao máximo para perder com o passar dos anos.

Ele relembrou a vida de privilégio que havia despido ao longo de uma quinzena de anos. Forçou a si mesmo a endireitar a coluna.

– Não fomos apresentados propriamente na última vez que nos encontramos – disse Edward.

Ele soava como uma caricatura de si mesmo, um esnobezinho enfadonho e íntegro, alguém que merecia apanhar bastante.

Mas esticou a mão enluvada com expectativa para o barão Lowery.

– Eu lhe disse que era Edward Clark. Mas nasci Edward Delacey. Não estou morto. E sou o atual visconde Claridge.

Capítulo dezessete

Durante os últimos dias, Free tinha guardado no bolso o telegrama confuso de Edward – ao mesmo tempo tão direto e tão completamente desconcertante –, pegando-o a toda hora, até que o papel barato começou a se desgastar nas margens.

Ele estava voltando. Free sempre soubera que ele voltaria quando estivesse pronto, porém, agora que ia acontecer, não conseguia forçar a si mesma a acreditar.

Naquele momento, estava parada do lado de fora com Amanda ao seu lado. Juntas, elas contemplavam o chalé substituto a uns 15 metros dali. Havia sido concluído meras duas semanas antes.

Os últimos meses tinham apagado todas as evidências do fogo que ela havia combatido com Edward. Grama tinha crescido por cima das marcas de queimado, árvores tinham sido replantadas, flores tinham sido colocadas de novo em canteiros. As memórias daquela noite é que eram mais permanentes.

Edward estava voltando. Free sorriu.

– Devíamos pintar o chalé de branco – sugeriu Amanda. – Ninguém reclama dessa cor.

Free franziu o cenho.

– Qual é o objetivo de fazer algo de que ninguém reclamaria? Você não acha que amarelo ficaria bom?

– É claro que você pensa assim. – Amanda abriu um leve sorriso. – Bem, passo metade do tempo na casa de tia Violet agora. Talvez possamos chegar a um meio-termo. Que tal um cinza imponente?

– Cinza? Qualquer coisa, menos cinza. Cinza não passa de um branco que não consegue se decidir.

Para qualquer outra pessoa, aquilo soaria como uma discussão. Mas Free via a conversa pelo que realmente era – uma distração. Ela havia mostrado o telegrama a Amanda, e a amiga devia saber como Free estava nervosa.

Atrás delas, o sol estava alto no céu, e a prensa estava rodando, um barulho reconfortante àquela distância.

Foi então que Free avistou um homem subindo a trilha que vinha da universidade. Caminhava daquele jeito rápido e direto dele, com passadas longas e balançando os braços. Free levou menos de um segundo para reconhecer Edward. Não precisava ver seu rosto. Ela o conhecia no âmago dos ossos, como se algo ressoasse entre os dois mesmo de longe.

Free sentiu pânico por um breve momento – o que ia fazer? –, depois lembrou que nunca sentia pânico. Bom saber. Seu coração devia estar acelerado por algum outro motivo.

– Free – chamou Amanda –, por que você ficou vermelha?

– Por nada – disse Free meio estupidamente, já que Edward chegaria dentro de poucos minutos e a mentira seria óbvia.

Amanda, que não era nada tola, olhou estrada abaixo.

– Ah! – exclamou num tom de voz sábio. – Ali está seu Sr. Clark afinal. Bem na hora.

Free tivera apenas aquele telegrama curto demais para guiar suas expectativas. Não sabia por que Edward estava de volta, quais eram suas intenções com ela ou se ele iria embora de novo. Não sabia se deveria sentir esperança ou desespero.

Voltou a olhar na direção dele.

– Haha, será que é? Não. Não pode ser. Ele já me viu e nem levantou a mão para me cumprimentar. Mas eu também já o vi e não fiz isso...

Essa lógica não a levaria a lugar algum.

Ela ergueu a mão e acenou de leve. Um momento depois, ele retornou a saudação.

– Free – disse Amanda. – Nunca achei que diria isso a você, de todas as pessoas, mas por acaso está com os nervos à flor da pele?

– Não estou. – Free apertou as mãos. – Meus nervos não estão nem à flor da pele nem soterrados bem no fundo. Eles estão na posição exata exigida por esta situação.

Amanda bufou, descrente.

– A situação – admitiu Free – é ao mesmo tempo de uma confusão terrível e de uma antecipação enorme.

Edward havia saído da trilha principal e começara a subir o caminho que levava à gráfica. O coração de Free martelou no peito. Suas mãos estavam formigando.

– É isso, então – disse Amanda com um sorriso. – Vou entrar.

– Espere...

Mas o protesto não era sincero. Edward já estava se aproximando dela, com o casaco ainda amassado da viagem e precisando desesperadamente fazer a barba. Free não se importava – nem um pouco. Ela desceu a trilha até ele e estendeu as mãos.

A distância sumiu. O tempo sumiu.

– Sr. Clark.

Atrás dela, a prensa continuou a trovejar. Free mal conseguia ouvi-la com o ruído em seus ouvidos.

Edward não hesitou. Entrelaçou os dedos nos dela e a puxou para... não para perto, não de verdade. Não quando Free tinha passado tantos meses imaginando-o bem mais perto. Não estavam mais próximos do que duas pessoas ao dançarem uma música típica do campo. Mas o coração de Free batia como se ela tivesse acabado de dançar duas músicas com ele, embora não houvesse feito nada além de dar alguns passos trilha abaixo.

– Sr. Clark – repetiu ela, levantando a cabeça para olhá-lo. – O senhor é *bem* alto.

– E você – disse ele em voz baixa –, você, minha enlouquecedoramente linda, brilhante Free. Você é do tamanho perfeito. Se me chamar de *Sr. Clark* mais uma vez, vou ser forçado a fazer algo terrível, algo como beijar você em público.

Nem nas suas fantasias mais loucas Free havia imaginado Edward dizendo algo assim quando voltasse. Apertou as mãos dele e depois ergueu a cabeça para fitar aqueles olhos escuros.

– Sinto muito, Sr. Clark. O que o senhor falou? Sr. Clark, sinto dizer que minha audição está bem debilitada no momento. O barulho da prensa é uma distração terrível. O que o senhor disse que ia fazer se eu o chamasse de Sr. Clark?

As mãos dele apertaram as dela e Edward inalou, inclinando-se para a frente. Porém, a despeito da expressão faminta nos olhos, não cumpriu a promessa.

– Infelizmente – disse ele –, o trabalho vem antes do prazer. Você precisa saber de uma coisa.

Trabalho. Ela mal conseguia se importar com trabalho quando ele a havia chamado de *enlouquecedoramente linda*, quando havia segurado as mãos dela e ameaçado beijá-la.

Ele a olhou.

– James Delacey vai tentar atacar você de novo.

De todas as coisas que Free pensou que ele poderia ter vindo lhe dizer...

Ela franziu o cenho em confusão.

– E você soube disso lá em Toulouse?

– Eu sei de tudo. – Ele disse isso com um sorrisinho. – Há algumas coisas que você precisa entender. Primeiro, anularam a licença para a sua manifestação amanhã. Você deveria ter recebido uma notificação informando tal fato, mas ele conseguiu anular a notificação também.

– Isso é bem incômodo.

Free franziu ainda mais o cenho. Era tarde demais para cancelar tudo. Não havia como entrar em contato com os participantes, não tão perto da data. O último convite tinha saído nos jornais dois dias antes. E Free não podia deixar que as mulheres enfrentassem as consequências sozinhas.

– É mais do que incômodo – disse Edward.

– Sim, é uma grande pena. Nós planejamos uma manifestação tão boa. A cada quatro mulheres vestidas de branco, 96 estarão vestidas de preto e amordaçadas, para representar a proporção de mulheres que teriam o direito de votar segundo a lei proposta. Vai ser uma bela exibição, bem marcante. Vão tirar fotografias de tudo. – Ela suspirou, depois se iluminou. – E a única coisa que poderia melhorar ainda mais é se prendessem todas nós. Daí *todos* os jornais teriam que cobrir a história.

Edward não sorriu.

– Desta vez será diferente. Os policiais receberam ordens para não libertar você. E Delacey tem planos para o que vai acontecer depois disso.

Free deu de ombros.

– Meu irmão vai causar uma confusão daquelas... Ah. Bem. Acho que ele não vai. – Isso não seria possível, pelo menos não imediatamente. Oliver estava no exterior com a família. – Será que meu pai serviria?

– Um belo pugilista, mas ele não tem a influência política necessária para forçar que você seja libertada. Free, não acho que você está levando isso a sério. Não sabe o que Delacey vai fazer com você e...

Ela não conseguia pensar nisso, não sem sentir um calafrio de medo. Balançou a cabeça.

– Que tal o duque de Clermont? Ele está em Londres. É irmão do meu irmão. É complicado, e eu odiaria ter que depender dele, mas na hora do aperto vai servir.

Edward parecia levemente irritado.

– Eu não estava pensando em Clermont – resmungou ele. – Você está complicando tudo. Veja bem, eu meio que estava esperando que você pudesse pedir ao seu marido que a libertasse.

A boca de Free ficou seca. Sua mente parou de funcionar.

– Eu não tenho marido. – Ela não conseguia desviar o olhar dele, daqueles olhos escuros fixos nela. A mão de Edward segurava a dela. – E, mesmo que tivesse, ele não teria nenhuma influência política.

– Ah, mas veja bem. Se você *tivesse* um marido, talvez ele fosse capaz de inventar qualquer tipo de influência política que desejasse. Uma declaração de libertação assinada e juramentada pelo falecido príncipe Alberto, se fosse necessário.

Free estava sufocando.

– Por favor, não faça isso.

– De todas as coisas que James poderia ameaçar, manter você sob custódia e lhe fazer mal... Não aguento pensar no que ele poderia fazer. – A voz dele era baixa. – Eu aprenderia necromancia e ressuscitaria os mortos eu mesmo, só para tirar você de lá.

Edward estava afastando toda possibilidade de pensamento racional de Free. Tudo relacionado a licenças e prisões foi afugentado de sua mente. Ela engoliu em seco e o fitou nos olhos.

– Por sorte, você não precisa aprender necromancia.

– Por sorte – concordou ele –, não preciso.

– É ainda mais sorte – Free ouviu-se dizer – que eu não precise de um marido para isso. Tenho você, e você poderia falsificar um documento de libertação sem se casar comigo. Mesmo que essa fosse nossa única saída. O que não é o caso.

– Por azar – disse Edward sem sorrir –, você tem razão. Há várias falhas tristes e escancaradas na minha lógica. Não imagino que você, por acaso, esteja interessada em se casar com um fracassado especialista em lógica, com tendência a necromancia, certo?

Free inspirou bem fundo. Não pareceu acalmar o redemoinho em sua mente.

– Isso... foi um pedido de casamento? Só quero esclarecer as coisas. Veja bem, também poderia ser a baboseira de um louco e quero ter certeza.

– Foi um pedido. – Edward apertou as mãos dela. – De casamento. E isso... – ele colocou a mão no bolso – ... é uma licença especial. Sabia que o vigário vai estar disponível hoje até às seis?

– Ai, meu Deus. – Free soltou as mãos dele. – Você está pedindo que eu me case com você *hoje*? Antes de ter tido a chance de conhecer meus pais? Apenas com Amanda e Alice por perto para serem testemunhas?

– Estou lhe pedindo que se case comigo na próxima hora. – Ele apenas a olhou. – Não consigo pensar num único motivo para você aceitar. Não tenho nenhum senso moral que se preze. Eu minto, trapaceio, roubo e provavelmente vou fazer com que você saia correndo aos gritos dentro de uma semana. Mas se você se casar comigo, apenas vou fazer essas coisas por você.

Free balançou a cabeça em reprovação.

– Edward.

– Esse pedido não foi melhor?

– Não. Na verdade, não. Nem sei se você está falando sério.

– Certo, mais uma tentativa. Passei todos os últimos anos da minha vida vagando por aí, pensando: "Este mundo é um lugar terrível, como posso tirar vantagem dele?" E então eu conheci você.

Ele ficou em silêncio, mas seus olhos encontraram os dela.

Piscinas escuras e profundas. Free tinha apenas sonhado com ele a encarando daquele jeito, olhando-a como se ela significasse tudo para ele. Ela sentiu os dedos dos pés se encolherem.

– Eu conheci você – continuou Edward –, e você disse: "Este mundo é um lugar terrível, como posso melhorá-lo?" Você me tirou o chão e mudou tudo. Você me fez pensar que talvez houvesse mais na minha vida além de uma traição infinita. Então, sim, Free. Eu quero você. Quero você sentada ao meu lado durante o café da manhã e me fazendo sorrir. Quero você deitada ao meu lado à noite e me beijando. Quero você embaixo de mim. Quero tudo que você é.

– Melhor. – Free apertou as mãos dele. – Continue. Acho que você vai conseguir me reduzir a uma poça em uns dois minutos, se continuar assim. Metade de mim já virou líquido.

– Ah – disse ele, abaixando-se na direção dela. – Então é melhor parar. Eu amo você com a coluna de aço.

Ela não conseguia se forçar a soltá-lo. Edward tinha razão. Havia mil motivos para não se casar com ele. Ela nem sabia o nome de nascença dele. Isso mal importava, afinal, a família que o tinha rejeitado não era nada para Free. Porém...

– Tenho algumas perguntas – disse ela.

– Só algumas?

O tom de voz dele era leve, mas suas mãos ficaram tensas nas de Free.

– Vou me controlar por enquanto, e guardar os milhões de questões restantes para depois. Primeiro, e o seu negócio em Toulouse? Vamos morar aqui? E, se for o caso, o que você planeja fazer?

Edward encontrou os olhos dela.

– Vendi a metalúrgica há três dias. Eu sabia que ia voltar para a Inglaterra. Quanto ao que planejo fazer... – Ele soltou um suspiro. – Não tenho nenhuma esperança de que dê certo, mas vou tentar fingir que sou uma pessoa respeitável. Se a escolha fosse minha, eu abriria uma metalúrgica aqui. Nunca irei interferir no seu jornal a não ser que você queira e, infelizmente, sinto que atividades ilícitas em geral lhe causariam problemas. Então eu me absteria o máximo possível.

Free assentiu.

– Só mais uma pergunta.

Ela sentiu a tensão nele, cada músculo abaixo dos ombros de Edward ficando rígidos.

– A pergunta é: você me ama?

– *Essa* pergunta é um desperdício. – Ele soltou as mãos dela, mas apenas para colocar um braço ao redor de sua cintura e puxá-la para perto. – Sabe que amo. Eu prometi que se você me chamasse de *Sr. Clark* mais uma vez, eu revidaria. E, apesar de eu não ser o tipo de pessoa que cumpre promessas incômodas, essa em especial...

Edward se inclinou para perto dela. Sua testa tocou a de Free. Os lábios dela ficaram aquecidos com a respiração dele.

– Essa promessa em especial – sussurrou ele – é o oposto de um incômodo.

Free soltou um suspiro suave e ergueu o rosto os centímetros que faltavam, encostando seus lábios nos dele. Edward tinha um gosto tão doce que ela mal conseguia acreditar que o estava beijando de novo depois de todo esse tempo. Mas ela apoiou as mãos nos ombros dele, e ele era real e sólido. Free pressionou o corpo contra o dele. Sua boca se abriu para Edward. Beijá-lo era como bebericar luz: ela ficava mais radiante a cada toque de suas línguas.

– Free querida.

– Edward – sussurrou ela.

– Ainda não tenho um bom motivo para você se casar comigo, mas tenho inúmeros motivos ruins. É impulsivo. É imprudente. Sou um canalha. Há muitas coisas que ainda não lhe contei, e não há tempo para explicar tudo. Você vai me odiar pelo menos três vezes depois disso, antes de eu convencê-la a me amar.

Ele deslizou o braço pelo corpo dela, puxando-a para mais perto.

– Mas você vai fazer isso? Vai me convencer?

– Provavelmente não – disse ele roucamente.

Porém, a despeito do tom despreocupado de sua voz, seus olhos contavam uma história diferente. Ele beijou Free de novo, um beijo longo e prolongado.

Ela mal conseguia acreditar que isso estava acontecendo. Meses de correspondências – algumas quentes o suficiente para aquecê-la por noites sem fim – não tinham sido o bastante para prepará-la para isso. Edward tinha mesmo vendido a metalúrgica, vindo para Londres e obtido uma licença especial?

Tudo parecia estar acontecendo muito rápido. Quase rápido demais.

– Essa licença especial que você disse ter. – Ela engoliu em seco. – É uma licença especial de *verdade* ou é uma licença especial do estilo *Edward*?

Ele se inclinou e a beijou de novo.

– Você acha que eu obteria uma licença falsa? Pelo amor de Deus, Free. Só quero casar *às pressas*. Não tenho intenção nenhuma de que isso acabe no futuro próximo. A única coisa que falsifiquei foi meu comprovante residencial, e meu advogado me garantiu que isso não pode ser usado para invalidar uma licença devidamente emitida. Eu perguntei a ele.

– Ah! – Free sentiu vontade de rir. – Pois bem, então. Você me convenceu.

Edward apertou a mão dela.

– Isso foi um *Você me convenceu de que é uma licença de verdade* ou...

Desde que Free tinha recebido o telegrama, os dois estiveram caminhando para esse momento. Não, antes disso. Cada instante desde que Free o conhecera os havia guiado a esse ápice.

Ela sorriu para ele, levantando a cabeça.

– Nenhum dos dois. É mais do tipo: *Seu idiota, por que você demorou tanto?*

Capítulo dezoito

Depois do turbilhão das horas que se seguiram, Edward não conseguia nem acreditar que tinha realmente acontecido.

Frederica Marshall tinha se casado com ele. Quase sem pensar, sem hesitar por um único momento.

No dia seguinte, ela descobriria quem ele era e o que tinha planejado. Mas naquela noite...

O sol ainda não tinha se posto. Os dois estavam de pé na porta da casa de Free, concluída tão recentemente que Edward ainda conseguia sentir o cheiro limpo de tábuas serradas. Seu braço estava ao redor de Free. Ele se recusava a soltá-la por medo de que a qualquer momento ela recuperasse o juízo e fosse embora.

– Estou indo para Londres – disse lady Amanda a Free. A moça tinha sido uma das testemunhas. – Eu tinha planos de ir mais cedo para a manifestação e, bem... – Ela olhou para Edward e deu de ombros. – Mais um motivo para não mudar meus planos. Só vim pegar minha mala.

– Você ainda vai falar com Genevieve amanhã? – perguntou Free.

Lady Amanda corou de leve.

– Vou.

A moça olhou para Edward, depois desviou o olhar. Mas embora essa olhadela tivesse sido suspeita, ela não disse nada.

Ele apreciava o silêncio de lady Amanda, mesmo que não merecesse qualquer cautela. Haveria tempo suficiente para Amanda contar a Free quem Edward era.

Por Deus, como era bom ter Free em seus braços, pensar nela como sua esposa. O sorriso brilhante que ela abriu para ele era o mais doce de todos até aquele momento. Era uma pena que não fosse durar até o fim da semana.

– Devo entrar pela porta carregando você? – perguntou Edward, depois que Amanda tinha pegado a mala na entrada e ido embora.

Free sorriu.

– A casa é minha. Talvez *eu* devesse carregar *você*.

– Não faça isso. – Ele a tocou na bochecha com uma das mãos enluvadas. – Eu odiaria quebrar você tão cedo. Tenho planos.

Ela ergueu a cabeça para olhá-lo, e ele estendeu uma das mãos para tocá-la outra vez.

Parecia impossível que ela pudesse ser sua. Mas era, por mais temporária que fosse a situação. Free apoiou a bochecha na mão de Edward e sorriu para ele, com os olhos cintilando.

– Um dia desses – disse ela –, você vai aprender que eu não quebro com facilidade.

– Eu já sei isso. – Ele deslizou um braço ao redor dela e a puxou para perto. – Agora, minha maravilhosa Free.

Edward poderia lhe contar naquele momento. Poderia lhe contar que havia mentido para ela todo esse tempo, que o homem com quem Free tinha se casado era, ao mesmo tempo, Edward Clark e outro cavalheiro desaparecido havia muito tempo, que respondia pelo nome de Edward Delacey. Poderia lhe contar que, de manhã, ele iria mudar tudo.

Mas a luz nos olhos dela estava brilhando para ele. Free ficou na ponta dos pés, com as mãos apoiadas nos ombros de Edward, os lábios quentes contra o maxilar dele.

– Agora, Edward – disse ela, e ele estava perdido.

Ele apertou os braços ao redor dela, erguendo-a e levando-a para dentro da casa. Fechou a porta às suas costas com uma batida derradeira.

Conte a verdade agora.

Essa era a consciência dele falando. Edward teria achado que, àquela altura, essa coisa tola já teria aprendido a lição. Em vez de falar, ele beijou Free, segurando a cabeça dela entre as mãos como se pudesse fixá-la ao seu lado, não apenas durante aquele momento, mas por todos os instantes que se seguissem, sem nunca ter fim.

– Sim – disse Free contra sua boca, apoiando as mãos no peito de Edward. – Dá para ver que você não é um cavalheiro. Você tem mesmo tudo no lugar.

– Fica melhor para segurar você contra uma parede, querida.

Edward abaixou a cabeça e a beijou de novo, como se pudesse roubar o fôlego dela.

Mas ele não precisava roubá-lo. Free deu seu fôlego a Edward de boa vontade, apertando os braços ao redor dele, derretendo os lábios nos seus, apertando o corpo contra o dele sem qualquer indício de timidez.

Não, Free não precisava ser convencida a ter relações conjugais. As mãos dela exploraram Edward, abrindo os botões do colete, pondo a camisa para fora da calça. O primeiro toque dos dedos dela nos músculos do abdômen dele foi frio, mas ainda assim Edward sibilou, uma onda de luxúria percorrendo seu corpo.

Pela forma como ele se sentia em relação a Free, ela deveria ter se encaixado perfeitamente nele. Mas era alguns centímetros mais baixa para que ele conseguisse beijá-la com conforto. E esse desconforto fez com que fosse impossível para Edward se perder no ato, como se a distensão no pescoço e a tensão nas costas quando se abaixava na direção dela fossem valer a pena por cada mentira que ele havia lhe contado. Beijá-la era tanto um castigo quanto um prazer.

– Faz tanto tempo que quero você na cama – disse Free contra os lábios dele.

– Ah, meu Deus.

Puxá-la para perto, sentir a curva da cintura dela em suas mãos, fazia com que tudo doesse. Não apenas nos músculos cada vez mais tensos, não somente no membro pulsando, mas em algum lugar bem no cerne de Edward.

Os lábios de Free eram macios, seu fôlego, doce, e pelo menos durante aquela noite, ela era de Edward.

Ela segurou a mão dele, enroscando os dedos dos dois. Por um momento, Edward se sentiu como um jovem inocente. Não havia nada entre eles além de um querer tímido e doce. Nada além de desejo, destilado por meses de anseio. Foi fácil segui-la pelo corredor, empurrar a porta do quarto dela. As cortinas estavam abertas, e o pôr do sol deixava o chão vermelho. A iluminação era suficiente para Edward ver a expressão dela, a bela curva do queixo, a cor dos cabelos disputando com o entardecer.

Edward deslizou um dedo debaixo do queixo de Free e ergueu o rosto dela até o dele.

– Quero que você solte o cabelo.

Free soltou uma respiração trêmula. Um sorrisinho cresceu na boca dela, e ela fechou os olhos como se estivesse se deliciando com a voz de Edward. Porém, quando falou, sua voz era firme.

– Há dezenove grampos no meu cabelo. Você tem mãos. Parece ser perfeitamente capaz de encontrá-los por conta própria.

– E sou mesmo. – Ele tirou a luva da mão esquerda e a colocou na cômoda. – E sou mesmo.

O primeiro foi fácil de encontrar, um pedacinho de metal brilhando atrás da orelha. Sabendo que esse grampo estava ali, Edward procurou seu companheiro do outro lado e o encontrou escondido atrás de um cacho. O grampo número três estava enfiado no coque trançado na nuca e, quando Edward o tirou, inclinou-se para dar um beijo bem ali. Free estremeceu em resposta. Ele não queria deixá-la pensar, então mordiscou a orelha dela enquanto suas mãos encontravam os grampos do número quatro até o doze. Ela suspirou quando Edward a beijou, inclinando-se contra ele. Edward segurou a trança no lugar enquanto tirava os grampos. Era quase um jogo ter que cuidar para não puxar o cabelo dela, lhe causar qualquer indício de dor.

O grampo número treze estava emaranhado em um pedacinho de fio que Free havia usado para prender a trança no lugar. Ele o removeu e se afastou de Free, erguendo o fio diante do nariz dela.

– Você disse dezenove grampos. Não disse nada sobre isso aqui, minha querida.

– Tem razão – disse Free com uma sobrancelha arqueada e uma expressão de malícia. – Não mencionei fio nenhum. O que você vai fazer a respeito disso?

– Você vai ficar me devendo uma.

– Como?

– Vamos apenas colocar na sua conta.

Edward sorriu para ela e voltou a retirar os grampos. Para remover os que faltavam, ele teve que desfazer a trança, correndo as mãos pelos cabelos de Free. Enquanto fazia isso, virou a cabeça dela para ele e tomou a boca de

Free. Suas línguas se encontraram e Edward se entregou ao simples ato de beijá-la. Deveria haver certa urgência nessa ação, uma pressa para completar o ato que desejara por tanto tempo. Mas, apesar do martelar latejante de luxúria percorrendo seu corpo, da onda crescente de desejo, Edward se sentia... tranquilo. Free o acalmava.

Ele encontrou o último grampo e deslizou a mão pelo rosto de Free até chegar à nuca. Parou os dedos ali, na cavidade do pescoço. Conseguia sentir os batimentos cardíacos dela, famintos e insistentes.

– Você ainda nem tirou a outra luva – disse-lhe Free –, sem falar na parte boa.

– Ah, mas havia aquele fio – retrucou Edward. – O fio de linha escondido. Não vou tirar mais nada até você estar completamente exposta.

Os batimentos dela deram um pulo debaixo dos dedos dele.

– É mesmo? – disse ela.

– Pois é.

– Isso *é* uma punição – comentou Free. – Eu queria ver mais de você.

Ele quase rosnou.

– E vai ver. Seu desejo foi adiado, não negado.

Free sorriu para ele.

– Então é melhor eu tirar tudo.

Edward não soubera ao certo o que esperar – na verdade, não se importava com qual caminho tomassem, contanto que estivessem determinados a chegar ao mesmo destino. Mas isso... ah, *isso*. Free sorriu para ele e Edward achou que seu coração ia parar. Em seguida, ela abriu os botões das mangas, depois do casaco. Removeu-o, revelando um vestido cinza-escuro. Por Deus, Edward ia enlouquecer de desejo. Ela soltou a faixa, levou as mãos às costas e desfez os laços. Depois tirou o tecido com um único movimento rápido, revelando o espartilho e a anágua, além de mais 5 centímetros dos seios. O espartilho terminava tão perto dos mamilos que se Edward deslizasse a língua ao longo do decote, sentiria o cantinho saliente e reativo deles.

Ainda assim, Free não hesitou. Desabotoou o espartilho, soltando-o o suficiente para removê-lo. Com isso, Edward *conseguia* ver os mamilos dela através do tecido fino da chemise – rosados, perfeitos e maravilhosos. Sua respiração estava ficando irregular, mas Free não parou. Desabotoou a anágua, deixando que caísse no chão com o próprio peso. Os últimos vestígios de luz do sol brilharam através da chemise, iluminando as pernas de Free. Os calções foram os próximos a cair – e então ela tirou a chemise.

– Pronto. Estou exposta o suficiente para você?

Estava. A pele lisa de Free estava despida, com as curvas dos seios e do quadril. Cachos de um tom mais escuro de vermelho entre as pernas dela chamavam Edward para mais perto. O corpo todo dele parecia tenso. Havia apenas um leve indício de bravata na voz de Free, uma inclinação do queixo para cima. Esses eram os únicos sinais de que ela estava nervosa. Porém, Free encarou Edward como se estivesse segura de si, segura *dele*. Edward nunca, jamais queria que ela duvidasse.

E, por Deus, como duvidaria.

– Não. Não está exposta o suficiente para mim. Não ainda. Eu lhe mostro como se faz. – E, ao falar isso, ele a guiou até a cama, fazendo com que se sentasse na ponta. – Abra os joelhos, amada.

Free piscou para ele e, depois de um momento, abriu.

Ele se ajoelhou entre as pernas dela.

– *Agora* está exposta o suficiente para mim.

E, ao dizer isso, tocou o sexo dela com a boca. Ela estava molhada, tinha um gosto doce e soltou uma respiração trêmula quando os lábios de Edward a abriram, quando a língua dele a tomou.

– Edward.

Não era bem uma pergunta nem uma resposta.

– Diga se gostou – pediu ele, e deslizou a língua para encontrar o botão do prazer dela.

Free arfou.

– Ah, meu Deus. Eu… gostei. Sim. Bem aí.

Edward abriu mais as pernas dela e se inclinou, encontrando o ritmo do corpo de Free. A respiração dela falhou, o peito se estufou. A pulsação de seu botão do prazer nos lábios dele, o gosto do desejo dela. Combinavam com o fluxo de sangue no corpo de Edward, com o desejo que preenchia seu membro. Ela estava completamente exposta para ele, incapaz de esconder cada impulso, cada desejo. Seus quadris se flexionaram para encontrar Edward, e Free entrelaçou as mãos nos cabelos dele, incentivando-o. Edward sentiu o rubor do prazer dela se expandindo por sua pele, aquele calor delicioso se espalhando por ela. Sentiu o gosto da maciez do sexo dela, que ficava mais molhado a cada toque da língua de Edward. Sentiu o orgasmo de Free atingindo-a com rapidez, circulando por ela até suas mãos se cerrarem e ela dar um grito. Ela pressionou as coxas ao redor de Edward, e ele rosnou e tomou tudo, até a última gota.

E depois – quando a respiração de Free se acalmou, quando os últimos gritos se esvaeceram no ar –, Edward tirou o casaco e arrancou os sapatos. Abriu a camisa, os botões da calça. Sentia-se impossivelmente ansioso. E, ao mesmo tempo, era como se estivesse se movendo muito devagar através de um melaço, como se houvesse uma deliberação solene em suas ações. Free abriu os olhos e o observou enquanto ele tirava a calça e descia a roupa de baixo. Edward as dobrou e colocou em cima de todo o resto.

Estava tão, tão excitado. Ele se ajoelhou no chão na frente de Free e apoiou as mãos nos joelhos dela.

– É assim... – começou ela. – É assim que vamos fazer isso?

– Assim – confirmou ele e encaixou o membro nela. – Bem assim. Devagar. Avise se doer e vamos dar um tempo.

Free assentiu.

– Achei que seria diferente.

– Assim eu consigo olhar para você – disse Edward. – E se eu estiver em cima de você, não posso usar as mãos.

– Ah.

– Quero muito usar as mãos.

– Ah.

A sílaba saiu do fundo da garganta de Free, quase um ronronado. Edward o sentiu na base do membro.

Então ele usou as mãos, deslizando os dedos entre as pernas de Free, verificando a maciez dela. Ela estava pronta e excitada, e ele roçou a cabeça do membro no suco dela, deleitando-se com a sensação. Quando Free gemeu e ergueu os quadris até ele, Edward entrou alguns centímetros. Por Deus, ela estava tão apertada ao redor dele. A sensação do corpo dela, quente e molhado à sua volta, pressionando de todos os lados, era a segunda coisa mais doce que ele já tinha experimentado. A primeira fora a expressão nos olhos dela – o olhar estrelado, de confiança.

– Tudo bem? – perguntou.

– Mais do que bem – respondeu ela com um sorriso.

Edward entrou mais alguns centímetros. A sensação era tão, tão gostosa.

– Que clima agradável o de hoje.

Free riu.

– O clima? Vamos mesmo falar sobre o clima? Agora?

– Eu lhe disse. Quero estar sob total controle. Podemos falar sobre o clima, ou posso pensar em como é delicioso entrar em você. – Meu Deus, como era bom. Melhor do que qualquer coisa que Edward tivesse imaginado. – E então vai acabar rápido demais.

– Então se eu falasse sobre como me sinto, ia arruinar tudo? – perguntou Free. – Sobre como é delicioso poder tocar seus ombros. Sobre quanto eu quero suas coxas tocando as minhas. Eu poderia lhe dizer que ainda estou sensível por causa do que você fez antes, e que você está me deixando louca indo tão devagar assim.

– Free.

O membro dele pulsou em protesto.

– Você fica falando como se eu fosse partir ao meio. – Ela sorriu para ele. – Quer ouvir um segredo?

Ele apoiou a cabeça na dela.

– É justamente isso que quero fazer – sussurrou ela. – Partir em pedacinhos, e insisto em que você me ajude a chegar lá.

Era demais para Edward. Ele pegou os quadris de Free e entrou até o fim, acomodando-se profundamente dentro dela. Free soltou um ruído do fundo da garganta, e Edward se entregou. Ele se entregou à sensação dela, à certeza dela. Deslizou para fora e para dentro. Tinha pensado em possuí-la, mas não era nada disso que parecia ser. Era ele quem estava entrando nela, mas foi o toque de Free em seu rosto que acabou com ele. Era Edward quem determinava o ritmo, mas foram os músculos de Free que se apertaram ao seu redor, comprimindo-o, e que o levaram a perder qualquer controle que tivera. Edward a tomou com força, implacável, sem palavras doces ou pausas para garantir que ela estivesse bem.

Mas não era preciso que Free lhe dissesse isso com palavras. Ele conseguia ouvir na respiração dela, conseguia sentir quando esgueirou a mão entre seus corpos e encontrou aquele botão sensível que havia tocado antes. Àquela altura, Free estava arfando. Edward ergueu a mão direita – ainda enluvada – e tocou o seio de Free. O mamilo estava duro contra seu toque, e ela jogou a cabeça para trás.

Mais. Mais. Free precisava de mais, e ele lhe deu tudo de si, cada investida, cada respiração, cada e toda carícia, até ela estar pulsando ao seu redor. E então ele lhe deu tudo em retorno, derramando-se dentro dela, e sua mente se tornou apenas luz, apenas Free.

A respiração foi a primeira a voltar quando seu corpo se acalmou. Depois, aos poucos, os pensamentos também voltaram, um a um, como uma ave relutante voltando ao galinheiro. Edward precisava de Free. Ele a adorava. E, quando ela descobrisse quem ele era, iria odiá-lo.

Ele se afastou dela com pesar. Free jogou as pernas em cima da cama, esticou-se e pegou a mão de Edward. E, antes que ele percebesse, ela o havia puxado para si. Roçou com os lábios a clavícula dele, o pescoço. A boca. Edward não tinha escolha. Precisava beijá-la.

O sol já havia se posto, e a luz do luar se espalhou pelo rosto de Free, por aquele sorriso belo e delicioso que Edward havia conquistado. Ela se esticou e enroscou os dedos da mão direita na mão esquerda dele.

– Edward.

Ele degustou o afeto na voz dela, aquele tom maravilhoso e melódico de satisfação. Talvez tivesse uma chance no fim das contas. Talvez, se pudesse levá-la a sorrir assim de novo...

– Querida Free.

– Tenho uma pergunta.

Edward sentiu cada músculo de seu corpo entrar em estado de alerta, os ombros ficarem rígidos. Não. Que tolice. Não havia chance alguma. Ele parou de respirar. *Meu Deus, Free. Podíamos ter esperado até de manhã para arruinar tudo.*

– Pois não? – murmurou ele com a voz rouca.

– Não precisa responder, se não estiver pronto. Mas por que você sempre usa luva na mão direita? Não tirou nem nesta noite.

Não era a pergunta que ele temia. Graças a Deus não era aquela. Edward estava tão aliviado que até se sentiu disposto a respondê-la. Sem dizer nada, tirou a luva direita e esticou a mão para Free. Sob a luz da lua, ficou bem óbvio que os dois dedos menores haviam sido cortados nos nós.

Free inspirou com força. E depois pegou a mão dele com as dela.

– O que aconteceu?

– Foi depois que Estrasburgo se rendeu. Me mandaram de volta para Colmar, que estava ocupado. Era nesse vilarejo que morava o ferreiro que me acolheu. Àquela altura, eu só queria voltar para casa, mas o caminho de volta para a Inglaterra passava por um exército estrangeiro. Sem dinheiro e sem acesso a canais oficiais, minhas escolhas eram limitadas. Então fiz a única coisa que me pareceu sensata na época. – Contanto que ele dissesse as palavras sem pensar no que significavam, tudo ficaria bem. – Falsifiquei documentos de salvo-conduto e uma carta de crédito para mim mesmo.

Os dedos de Free estavam quentes nos dele.

– Tentei usar a carta de crédito primeiro. Mas o banqueiro, um homem chamado Soames, percebeu que era uma falsificação.

Ela inspirou.

– Só que ele não me entregou. Veja bem, ele era ambicioso. Percebeu que seria bem mais útil ter um falsificador particular do que submeter um homem inglês sem valor à lei marcial no meio de uma ocupação. Então, em vez disso, Soames me usou.

– Ele chantageou você?

Mas a voz de Free era incerta, e seus dedos, gentis contra os dele, sugeriam que ela sabia que não era esse o caso.

Edward soltou a respiração bem devagar.

– Sabe o primeiro homem que ele queria que eu traísse? Chantagem não teria funcionado. Não perdi meus dedos num acidente, meu amor. Eu os perdi aos poucos, ao longo de duas semanas. Os dedos nem foram a pior parte. Ele só começou a cortá-los depois de quase ter me afogado meia dúzia de vezes.

A mão dela tremeu na dele.

– A dor reescreve tudo. Não dá para você apenas *fazer* coisas que farão a dor parar. Você tem que acreditar nelas. Mesmo quando está sentado falsificando uma carta, alegando que um homem é parte de uma resistência armada num território ocupado. Mesmo quando está cometendo uma fraude, você consegue se convencer de que é verdade. Ainda lembro alguns dos eventos que inventei para Soames como se realmente tivessem acontecido. Como se eu tivesse estado lá. Falsifiquei hipotecas e cartas de crédito com uma das mãos enquanto fingia resistir com a outra. O país estava ocupado e Soames pretendia lucrar por quanto tempo pudesse. Eu era apenas a ferramenta dele.

O sol havia se posto. Edward não conseguia ver a expressão no rosto de Free, não sabia o que ela estava pensando.

– Havia apenas uma pequena parte de mim que entendia que alguma coisa estava errada. – Ele engoliu em seco. – Então, quando consegui, quando a paz chegou em março e Soames perdeu a ameaça da lei marcial e de uma execução sumária para expandir o próprio império, escapei. Levou meses para eu recuperar a razão, tal como era.

Edward ainda tinha certas lembranças daqueles meses das quais duvidava. Nunca saberia se eram verdadeiras ou não.

– Eu achava que era muito corajoso antes da guerra começar, me recusando a me render à persuasão do meu pai. Mas não tenho mais nenhuma convicção. Tudo aquilo era uma mentira, uma fantasia que eu contava para mim mesmo para me sentir superior. Eu não era nada superior. Implorei como qualquer outro homem quando me ameaçaram com um destino terrível. Um pouco de dor e eu menti, independentemente de quem sofresse por isso. Foi nessa hora que jurei que nunca recuaria da pior parte de mim. Tenho que saber quem eu sou, o que eu sou... senão vou deixar a próxima pessoa que aparecer me tornar alguém ainda pior.

Free apoiou uma das mãos no ombro dele, reconfortando-o.

– Mas agora você não está mais sozinho. Também sei quem você é, todas as partes: as boas e as más. E não vou deixar que você seja outra pessoa além de si mesmo.

Mas Free não sabia. Ela não sabia quem Edward era. Não sabia que era o próprio irmão dele que estava fazendo planos para prendê-la – e coisas muito, muito piores.

Independentemente de tudo, isso nunca aconteceria com ela – não enquanto Edward ainda estivesse respirando. Ele havia garantido isso naquele dia, não importava o que mais houvesse feito.

– Não – disse ele sombriamente. – Não sou um homem bom. Mas você acertou nisso: sou seu canalha.

– Shh.

– Você não sabe as coisas que eu fiz.

Free se virou para ele, apoiando-se em um cotovelo.

– A culpa não é sua – disse ela. – Nem consigo imaginar as coisas pelas quais você passou. Você não é uma pessoa terrível. O mundo é que foi terrível com você.

– Essas coisas não são mutualmente exclusivas, meu amor.

– Caso você não tenha percebido, comecei minha carreira de jornalista falsificando um diagnóstico de que eu estava infectada com sífilis. Já apresentei minha parcela de referências falsas ao longo dos anos. Pode ser que você não seja uma pessoa *boa* de acordo com os critérios do resto do mundo. Mas você é perfeito para mim, e não vou permitir que ninguém o machuque de novo.

Ah, como Edward desejava que isso fosse verdade.

Ele olhou para Free, para a expressão intensa no rosto dela. Os cabelos caíam em seus ombros em pequenos cachos, fazendo cócegas nos braços de Edward. Ele experimentou uma sensação inimaginável de maravilha. Tinha pensado em mantê-la a salvo, porém ali estava Free, afirmando que *ela* o protegeria. Ele não conseguia compreender o que isso poderia significar.

Não percebeu que estava tremendo até ela apoiar as mãos nos ombros dele. Não sabia como estava com frio até Free encostar o corpo quente no dele.

Meu Deus. Edward não sabia o que ia fazer quando ela o deixasse.

– Se vale de alguma coisa – disse ele –, quando pedi você em casamento, eu pensei que a amava.

Free paralisou em seus braços e se virou para ele.

– Pensei que a amava desde aquela noite em que você me disse que não estava tentando esvaziar o Tâmisa com um dedal, que em vez disso estava regando um jardim. Senti que você havia mudado meu mundo inteiro de futilidade para esperança ao longo de uma única conversa.

– Edward.

Ela apertou o ombro dele com uma das mãos.

– Você não tem como saber o que é não ter esperança – continuou Edward. – O que é acreditar que o melhor do que você é capaz é sobreviver. Eu queria tanto você. – Ele desceu os dedos pelos ombros nus dela, deslizando-os até o quadril. – Eu a queria tanto que achei que era amor. Não conseguia mais imaginar um mundo sem você ali para iluminar o caminho.

– Você continua a falar no passado.

– Isso é porque eu estava errado. O desespero de possuir algo a qualquer custo… isso não é amor. – Ele se inclinou e roçou um beijo nos lábios dela. – Isto é.

O beijo pareceu um despertar demorado, uma sensação de calor, um brilho firme que envolveu os dois.

Mas Free se afastou dele.

– Edward. Eu...

Ele colocou um dedo nos lábios dela.

– Não. Não diga. Já é um inferno perceber que a única coisa que quero é proteger você do perigo. – A voz dele ficou mais baixa. – Que sou eu quem vai fazer você sofrer.

Ela balançou a cabeça.

– Eu queria que você não falasse assim. Eu o conheço bem.

Edward sorriu com tristeza. Ela não retribuiu o sorriso.

– Um dia desses você vai entender – disse ela. – Eu te amo, canalha e tudo. E já sabia que você nunca poderia me fazer sofrer. Sei disso desde esse mesmo dia.

Ele a beijou de novo.

– Diga isso amanhã.

Foi particularmente doce – uma doçura de revirar o estômago – quando ela meneou a cabeça.

– Vou dizer. E depois de manhã, e no dia seguinte, e no dia depois desse. Vou lhe dizer dia após dia, noite após noite, até você finalmente acreditar que é verdade.

Free acordou no meio da madrugada suando frio, agitando os braços, tentando escapar...

– Shh – ouviu Edward dizer. – Shh. Free. Está tudo bem.

O coração dela estava acelerado, tentando sair do peito. Sua boca estava seca. Free precisou de um momento para entender que estava na cama com seu marido de... algumas horas. Que não estava presa ali, que não estava amarrada dentro de um hospital do governo.

Seus batimentos desaceleraram. Seus músculos relaxaram. Ela soltou uma respiração longa e lenta.

– Você está a salvo – disse Edward. – Estou aqui.

– Foi só um pesadelo.

Free não conseguiu se forçar a olhá-lo.

– Claro que foi – concordou Edward. – E agora estou só abraçando você. – Ele passou os braços ao redor dela. – Viu como funciona?

Casar-se com ele tinha sido uma decisão impulsiva e imprudente. Ela nem tivera a chance de avisar a família do casamento – e, depois que lhes contasse, exigiriam muitas explicações.

Mas se ao menos pudessem ver esse momento, se pudessem apenas *sen-ti-lo* – o calor dos braços de Edward ao seu redor, o conforto do toque dele, os medos frios sendo varridos de dentro dela enquanto Edward acariciava seu rosto –, ora, todos entenderiam por que Free tinha feito isso.

A manhã traria a manifestação, uma reunião com Amanda e uma visita à cadeia – mas também traria Edward. E uma vez que todos aqueles que Free amava o conhecessem, iriam entender. Edward era a melhor coisa que ela poderia ter impulsivamente agarrado.

Capítulo dezenove

– Fico muito feliz que você tenha me cedido alguns momentos – comentou Genevieve.

O dia tinha amanhecido revigorante e fresco, com nuvens esparsas que escondiam o sol de verão para variar.

Amanda ajustou o peso da bolsa no ombro e sorriu para Genevieve.

– É claro – respondeu. – Não o faço sempre?

Sempre. Era difícil lembrar que *sempre*, quando o assunto era Genevieve, significava apenas alguns meses. As duas se encontravam toda vez que Amanda estava na cidade e, àquela altura, isso significava que se viam cerca de duas vezes por semana. Parecia que se conheciam há mais tempo do que isso.

Amanda avistou a si mesma no espelho perto da mesinha de canto. Levara meses para aprender a não se encolher e desviar o olhar do próprio reflexo, e em certos momentos…

– Ah, ah – repreendeu Genevieve.

Amanda a olhou.

– Não é nada – falou. – Só notei que ainda tenho manchas de tinta nos dedos.

– Isso – disse Genevieve com arrogância – está mais para uma medalha de honra do que para manchas. São feridas de guerra.

Amanda não conseguiu conter um sorriso. Mas havia um problema: quanto mais Genevieve a fazia se sentir confortável, mais *desconfortável* Amanda ficava. Passar semanas se acostumando ao senso de humor astuto e discreto de Genevieve – e confiando que não era o motivo das piadas – tinha ajudado a melhorar um pouco a falta de jeito de Amanda.

E, ainda assim, Genevieve continuava tão maravilhosa como sempre, tão doce como sempre e... infelizmente, tão inocente como sempre. Daí o dilema de Amanda.

– Não consigo ficar por muito tempo hoje. – Amanda apontou para a bolsa. – Tenho que ir à manifestação e tudo vai ficar ainda mais complicado depois disso. Existe a possibilidade de eu ser presa e...

Genevieve a interrompeu com uma das mãos no braço dela.

– É precisamente por isso que pedi para você vir esta manhã. Veja bem, conheço algumas moças que gostariam de participar da manifestação. Achei que poderíamos ir todas juntas para o parque.

Moças. Amanda ficou tensa. Sabia a que tipo de moças Genevieve se referia. E, como se para enfatizar o que ela quisera dizer, uma explosão de risos – leves e descontraídos – veio do outro cômodo.

Amanda vinha se saindo melhor desde o primeiro evento lá em abril. Até tinha ido a algumas festas pequenas desde então – festas nas quais tinha certeza de que sua família não estaria presente. Ainda assim, sempre precisava de tempo para se preparar antes de se encontrar com a alta sociedade. Naquele dia, não sabia ao certo se tinha a energia extra necessária para fazer o esforço.

– Ah, Genevieve. – Ela balançou a cabeça. – Já estou bem ansiosa. Você sabe como eu me sinto a respeito desse tipo de coisa.

Ela esperara que a expressão de Genevieve se entristecesse, que ficasse decepcionada. Em vez disso, ela a encarou, e seus olhos brilhavam com determinação.

– Estou planejando isso há mais de um mês. Não vou deixar você ir embora.

– Mas...

Genevieve se aproximou com um passo.

– Não, não vou deixar.

– Mas...

– Minha própria irmã, Geraldine, acabou de vir do interior pela primeira vez em meses. Ouviu falar muito de você e quer conhecê-la.

Isso fez com que Amanda ficasse *mais* nervosa, não menos. E se Geraldine não gostasse dela? Amanda sabia como as irmãs eram próximas. Não queria que Genevieve ficasse com vergonha da amizade das duas.

– Alguma vez já levei você para o mau caminho? – questionou Genevieve.

Nunca tinha levado.

– Não é essa a questão.

– Então só desta vez, Amanda. – Genevieve encaixou o braço no dela. – Só desta vez, vou pedir que você confie em mim.

Fitando os olhos azuis da amiga, a rigidez determinada do queixo dela... Amanda não conseguiu dizer não. Não ousaria decepcionar Genevieve.

Ela virou Amanda na direção da sala de visitas e a guiou até a porta. Soltou o braço de Amanda apenas por tempo suficiente para forçar a porta a se abrir.

– Moças – anunciou. – Ela está aqui.

Amanda reconheceu Geraldine imediatamente. Ela se parecia muitíssimo com a irmã – cabelos loiros, olhos azuis, um sorriso doce no rosto –, mas com um pouco da corpulência a mais que sobrava da gravidez. Mas foi a mulher sentada ao lado de Geraldine que levou o coração de Amanda a estremecer.

Ela era alta e morena. Também era rechonchuda e tinha um sorriso tímido, com certa tristeza.

– Maria?

Amanda não conseguiu se forçar a entrar na sala.

Sua irmã mais nova, que nascera logo depois dela. Na última vez que Amanda a tinha visto, Maria havia lhe dito que não queria ter nenhuma relação com ela. Amanda não conseguia acreditar que Genevieve havia feito isso. Todos os seus medos antigos a assolaram. Ela queria se virar e fugir, antes que Maria pudesse fazer a mesma coisa.

Mas Maria não correu. Ela se levantou, erguendo uma das mãos até a boca.

– Amanda.

E então estendeu os braços.

Amanda não saberia dizer como conseguiu atravessar a sala e rodear a mesa. Seu vestido ficou preso numa chaleira, e ela teve a vaga noção de Genevieve às suas costas segurando o objeto antes que caísse.

Mas sua irmã estava em seus braços. Maria não a odiava. Amanda não tinha arruinado absolutamente tudo.

– Sinto muito – sussurrou ela no ouvido da irmã. – Sinto muito. Sinto muito mesmo.

– Eu também sinto muito.

Amanda engoliu uma fungada. Não ia chorar. *Não ia*. Mas quando se afastou da irmã, viu que os olhos de Maria estavam mareados de lágrimas e não conseguiu se conter.

Genevieve lhe entregou um lenço.

Passaram-se uns dez minutos – dez minutos de exclamações incoerentes, em que segurou a mão de Maria e não foi capaz de soltá-la – até Amanda não precisar mais secar os olhos ardidos.

– Maria – disse ela. – Por que você está aqui? Achei...

A irmã corou.

– Achou que eu odiava você. E odiava. No começo. A mamãe e o papai disseram que por sua culpa eu não conseguira um marido naquela primeira temporada social. Achei que você tinha acabado com a minha vida.

– E foi por minha culpa – disse Amanda, séria. – Eu acabei com sua vida.

Maria não respondeu. Em vez disso, olhou por cima do ombro de Amanda.

– É uma questão de opinião, acho. Eu casei, *sim*, com alguém de uma posição social inferior. E me ressenti de você e de tia Violet por anos. Então... Um dia, percebi que, por causa do escândalo que você causou, o homem com quem me casei realmente me amava. Ele se casou comigo por *mim*, não pelas coisas que eu poderia lhe dar. – Os lábios dela se curvaram num sorriso. – Descobri que eu também o amava e parei de sentir tanta amargura.

– Fico feliz.

– Mas não acho que entendi como eu estava errada até minha filha nascer. Ela é tão... tão *esperta*, Amanda. Ela só tem 5 anos, e no outro dia a peguei lendo *O peregrino* em voz alta para o irmão mais novo. Eu quero que você a conheça.

Os olhos de Maria voltaram a cintilar.

– Ah, Maria. Eu adoraria conhecer sua filha.

– Comecei a prestar atenção nas coisas que eu dizia para ela. Quando minha filha tinha 3 anos, eu lhe disse que ela não podia contradizer o menino da casa ao lado, mesmo que estivesse certa, porque era indelicado que uma lady discordasse de um cavalheiro. Eu lhe disse que não deveria correr, porque uma lady nunca tem pressa. Todo dia, desde o momento em que minha filha deu os primeiros passos, venho falando para ela parar: parar de pensar, parar de falar, parar de se mexer. E eu não sabia por que dizia essas coisas. Essas palavras continuavam a sair da minha boca, passando por mim.

Amanda se esticou e segurou a mão da irmã.

– Acho que foi nesse momento que entendi que você só arruinou minha vida porque minha vida precisava ser arruinada. Porque a vida que você rejeitou exigia que eu ficasse o tempo todo dizendo à minha filha que fosse menor e ao meu filho que fosse maior.

– Eu não estava tentando salvar ninguém – comentou Amanda. – Só eu mesma.

Maria abriu um sorriso vacilante para ela.

– Bem. Comecei a ler seu jornal há um ano. Eu me sentava para tomar café da manhã, lia seus artigos e imaginava que você estava sentada à minha frente, do outro lado da mesa. Que você tinha me perdoado pelas coisas terríveis que eu lhe disse. E então a Srta. Johnson veio falar comigo.

Genevieve e Geraldine estavam sentadas do outro lado da mesa, à frente delas, ambas em silêncio. Geraldine secou uma lágrima modesta de um olho. Mas Genevieve estava sorrindo – um sorriso intenso, brilhante, perfeito, que Amanda conseguia sentir a um metro de distância.

– Vou usar preto – anunciou Maria. – Selecionei meu número para a manifestação e me disseram que usasse preto. Trouxe... – Ela remexeu numa bolsinha. – Isto aqui. Para a mordaça. – Ela ergueu um lenço escuro. – Acha que vai servir?

– Maria, anularam a licença para a manifestação. Talvez todas nós sejamos presas. Você não precisa fazer isso.

O sorriso de Maria vacilou por um momento. Ela olhou para o lenço.

– Você vai mesmo assim?

– Vou – respondeu Amanda.

Maria olhou para ela e ergueu o queixo.

– Que eles tentem me conter então – falou. – Estou grávida. Meu marido pode não ser o duque com quem eu sonhei quando era menina, mas ele ainda é capaz de se fazer ouvir se for necessário.

Geraldine fungou de novo.

– Irmãs – disse.

Maria segurou a mão de Amanda.

– Irmã – repetiu. – Eu lhe dei as costas anos atrás. Raios me partam se vou deixar você ir sozinha hoje.

Quando por fim chamaram Edward e Patrick à câmara pequena e abafada que ficava atrás da sala de audiência, onde o Comitê de Privilégios se encontrava, os procedimentos já tinham começado. A maioria dos lordes do comitê provavelmente não tinha notado uma alteração de última hora no cronograma, proposta pelo barão Lowery, nem as testemunhas extras que haviam prestado juramento sob orientação dele na sessão pouco frequentada do Parlamento do dia anterior.

Todo o procedimento tinha certa qualidade irreal.

Parecia impossível que Edward estivesse ali naquele momento. Apenas na noite anterior, havia se casado com Free. Apenas naquela manhã, haviam descido de trem juntos para Londres. Ele não fora capaz de não a tocar, por mais pública que tivesse sido a viagem. Sua mão ficou sorrateiramente segurando a dela, as pernas dos dois ficaram se roçando. Na estação, cada um seguiu seu caminho – Free para participar da manifestação, ele para se encontrar com os advogados. Havia cortado os cabelos de um jeito respeitável, e agora vestia um terno rígido e escuro, feito sob medida.

Free provavelmente já estaria no parque onde as manifestantes iriam se encontrar, entregando cartazes para as mulheres. Preparando-se para ser presa. Ela pensava que Edward apenas tinha que cuidar de uma coisa rápida antes de retornar. Não fazia ideia de quem ele estava prestes a se tornar.

No outro cômodo, um homem recitava o conteúdo da reivindicação de James ao viscondado – uma transmissão de fatos seca, entediante e monótona sobre parentesco.

Edward duvidava de que todos os membros do comitê estivessem presentes. Provavelmente pensavam que era uma questão bem rotineira. No fim das contas, apenas iam empossar um lorde que havia apresentado sua reivindicação à rainha, e cujas alegações haviam sido devidamente aprovadas pelo procurador-geral. Em circunstâncias normais, a única coisa que os membros do comitê teriam que fazer era votar no final. Metade deles, com certeza, tinha delegado seu voto para um colega ou outro.

Edward estava prestes a desviar as questões do normal.

Na câmara dos fundos, um homem se aproximou dele e de Patrick.

– Os senhores estão na lista de testemunhas? – Ele tirou os cabelos ralos dos olhos e fitou a página que segurava nas mãos. – Seus nomes?

– Edward Clark – disse Edward. – E Patrick Shaughnessy. Prestamos juramento ontem de manhã.

O homem assentiu e marcou o nome deles na lista.

– Se precisarem dos senhores, serão chamados. Enquanto isso, podem se sentar.

Ele indicou uma meia dúzia de cadeiras e se retirou às pressas.

Edward reconheceu os nomes que eram recitados no outro cômodo, ditos em voz alta o suficiente para serem ouvidos mesmo da câmara. Havia um depoimento referenciado do vigário que batizou o irmão de Edward. Um criado da família confirmou uma familiaridade contínua. Edward perguntou a si mesmo se James tinha notado os nomes adicionados à lista de testemunhas ou se os tinha ignorado.

O homem continuou a falar:

– Da família imediata, o filho mais velho de John Delacey, quarto visconde Claridge, era Peter Delacey, que morreu na infância em 2 de agosto de 1849. O segundo filho mais velho, Edward Delacey, nasceu em 15 de março de 1850. Ele estava em Estrasburgo quando hostilidades irromperam entre a França e a Prússia, e qualquer tentativa de encontrá-lo após a região se tornar estável de novo foi infrutífera. Centenas de pessoas foram mortas e nem todos os corpos foram recuperados. A última carta recebida de Edward Delacey, apresentada a este comitê como evidência por James Delacey, é do dia 6 de julho de 1870. Segundo nossa lei, após sete anos sem notícias, Edward Delacey foi dado como morto. Isso nos traz ao terceiro filho legítimo de John Delacey, James Delacey, que está diante de nós agora.

Veio um murmúrio indistinto, que Edward não conseguiu decifrar.

Em seguida, uma voz diferente falou:

– O presidente reconhece o barão Lowery.

– Obrigado. Segundo meu entendimento da lei, Edward Delacey foi apenas *dado* como morto no momento. Correto?

– Para todos os propósitos legais, sim.

– Mas essa suposição pode ser refutada para propósitos legais. Inclusive, creio eu, neste exato momento.

Veio uma pausa, seguida de outro murmúrio.

– O senhor acredita que essa suposição pode ser refutada? – perguntou alguém.

– Acredito que sou obrigado pela honra a refutá-la – respondeu Lowery. – Veja bem, tomei conhecimento de que Edward Delacey está vivo.

As mãos de Edward estavam tremendo. Ele as apertou contra a calça, mas a ação não ajudou. Havia evitado esse momento o máximo que pôde. A ideia de ser chamado por esse nome de novo, de aceitar a cadeira do pai...

E, ainda assim, ali estava ele. Era tarde demais. Mesmo que se levantasse e fosse embora, os outros já sabiam. Edward não escaparia de novo.

Veio uma pausa longa no outro cômodo.

– Apresentaram-me evidências desse fato – continuou Lowery –, que irei compartilhar com este comitê, se me permitirem.

Edward conseguia ouvir vozes murmurando no outro cômodo – o irmão, sem dúvida, se exaltando e contestando. Ele não conseguia ouvir as palavras, não se importava com as objeções que James fizesse ou com as questões do procedimento que ele questionasse. Apenas queria que isso acabasse logo.

Após cinco minutos, o homem que antes estivera recitando fatos voltou a falar, alto o suficiente para Edward ouvir.

– Lowery, pode continuar.

– Mas...

Era James, falando alto o bastante para que Edward tivesse certeza de quem era.

– James Delacey, o senhor não é membro do comitê, e só pode falar quando for devidamente chamado.

Silêncio. Depois, a voz do barão Lowery:

– Chamo Patrick Shaughnessy, meu mestre do estábulo, como testemunha.

Ao lado de Edward, Patrick fechou os olhos e soltou um suspiro profundo.

– Vá em frente – disse Edward. – Vai ficar tudo bem.

O homem que os havia recebido os olhou com um interesse bem mais ávido. A porta da sala de audiências havia sido deixada entreaberta, e ele a abriu por completo e indicou que Patrick entrasse. Patrick se levantou, cerrando os punhos – nunca se sentira à vontade falando em público. Mas marchou com bravura para dentro da sala de audiências da Câmara dos Lordes, com suas altas paredes.

O recepcionista não fechou a porta dessa vez. Através da abertura,

Edward conseguiu ver Patrick seguir lentamente até a frente. Ele se acomodou com cautela no assento que lhe havia sido disposto.

– Declare seu nome, senhor.

Patrick se inclinou para a frente. Edward conseguia ver seus lábios se movendo, mas nada além disso.

– Alto o suficiente para que os lordes consigam ouvir, por favor.

– Sou Patrick Shaughnessy – disse o amigo, erguendo a voz. – Espero que assim esteja bom.

– Pode nos dizer onde o senhor nasceu?

– Eu cresci nas propriedades do visconde Claridge. – As costas dele eram uma linha rígida. – Meu pai era mestre do estábulo. Minha mãe era costureira.

– O senhor conhecia Edward Delacey?

– Nós nos conhecemos quando eu tinha 5 anos, quando meus pais começaram a trabalhar lá. Ficamos amigos quase no mesmo instante. Meu pai ensinou Edward a andar a cavalo, e Edward me ensinou a ler. Desde quando éramos crianças até ele ir para o colégio interno, éramos inseparáveis.

– Essa amizade continuou depois que ele foi para o colégio?

– O pai dele não queria que continuasse – falou Patrick devagar. – Mas Edward não era o tipo de criança que dava as costas para um antigo amigo. Quando ele estava em casa durante as férias, saíamos juntos às escondidas, para assistir a lutas de pugilismo e coisas do tipo.

– O senhor tem alguma prova dessa amizade?

– Edward Delacey era considerado um artista competente – disse Patrick. – Ele pintou uma miniatura de nós dois quando tínhamos 13 anos. Eu a trouxe comigo.

Ele procurou na bolsa que estava carregando e entregou um objeto.

– Edward manteve essa amizade com o senhor?

– Nós nos metemos em certa confusão quando tínhamos 17 anos – contou Patrick. – Meu pai sofreu uma lesão. – A coluna dele se curvou por um momento. – Nossa família foi mandada embora. Edward protestou pela maneira como fomos tratados, e foi mandado para Estrasburgo como punição.

Essa era uma forma de descrever o que tinha acontecido – uma forma que deixava de fora o sentimento mais radical e as próprias escolhas tolas de Edward. Mas a revelação de Patrick causou outro murmúrio no cômodo principal. Os homens ali provavelmente não tinham ouvido falar que Estrasburgo havia sido uma *punição*.

– Ele escreveu para o senhor enquanto estava lá?

– Algumas cartas, sim. E então as hostilidades irromperam e eu não tive notícias por meses.

– Por meses – ecoou o homem, soando um pouco perplexo.

– Meses – repetiu Patrick. – Não deu bem um ano. Ele me mandou uma carta em abril de 1871, dizendo que estava em maus lençóis. Naquela época, eu trabalhava apenas como cavalariço para o barão Lowery.

Patrick tinha se tranquilizado à medida que falava, mas Edward ficou tenso. Aquele mês de abril tinha sido terrível. Ele estivera machucado. Desesperado. Desamparado. Não sabia quem era, apenas que tinha feito algumas coisas terríveis. Todo o seu mundo havia sido despedaçado. Não lhe restara nada.

– Ele me pediu ajuda. Então eu vendi tudo o que tinha e peguei um barco.

– Tudo o que o senhor tinha, mesmo que fosse apenas um cavalariço? – questionou o homem, duvidoso. – É mesmo?

Não, percebeu Edward. Não tinha lhe restado *nada*.

– Somos esse tipo de amigos – insistiu Patrick. – Ele é como um irmão.

Mesmo nos piores momentos, sempre houvera amigos constantes na vida de Edward. Patrick. Stephen. Pessoas que ele não conseguia erradicar do coração, que não queria erradicar. Sempre tivera pelo menos isso.

As perguntas continuaram.

– E o senhor o encontrou?

– Encontrei. Ele estava vivo, mas… – Patrick balançou a cabeça. – Mal falava e estava machucado. Muito machucado. Ele não estava bem.

Sem dúvida os homens pensariam que Patrick estava falando de ferimentos físicos. Mas esses tinham sido mínimos – os dedos, uma tosse persistente nos pulmões por causa dos afogamentos. A mente de Edward é que fora estilhaçada.

– Então eu cuidei dele por algumas semanas, e o lembrei de que…

Patrick parou, tossindo.

Edward sabia o que ele estivera prestes a falar. Tinha lembrado Edward de que ele queria viver. Mas embora Patrick nunca mentisse, nem ele anunciaria à Câmara dos Lordes que Edward tinha pensado em suicídio.

– Eu o lembrei – recomeçou Patrick – de que a guerra tinha terminado e a vida continuava. Quando Edward estava bem o suficiente para ficar sozinho, ele disse que eu voltasse para a Inglaterra, mas que não iria me acompanhar. Vejam bem, a família dele o largou em Estrasburgo. Ele sentia como se eles o tivessem abandonado, e não tinha desejo algum de voltar para eles.

Depois disso veio uma pausa mais longa.

– Então a última vez que o senhor teve notícias de Edward Delacey foi quando o deixou em 1871? Tem alguma prova dessa história extraordinária?

– Ah – murmurou Patrick. – Tenho a carta que ele me mandou em 1871. Guardei todas as cartas dele.

Uma pausa.

– *Todas* as cartas?

– Sim. Trocamos correspondência desde então.

Um clamor se ergueu com tal declaração. Edward soltou a respiração e apoiou a cabeça nas mãos. Realmente não havia mais como voltar atrás depois disso. Não havia mais como fingir.

– Quando foi a última vez que o senhor recebeu uma carta de Edward Delacey?

– Há duas semanas – respondeu Patrick. – Mas...

– E como o senhor sabe que é Edward Delacey quem vem escrevendo essas cartas e não outro homem?

– Eu sei – disse Patrick – porque ele viu essas cartas ontem de manhã, quando estávamos compilando as evidências, e não as negou.

Seguiu-se um silêncio ensurdecedor. Não houve nem um suspiro chocado em resposta.

– O senhor o viu – falou, por fim, o questionador. – Há dois dias. Ele está na Inglaterra.

– Sim – confirmou Patrick. – Está. Edward está... – Ele indicou a câmara às suas costas. – Ele está ali. Esperando na câmara dos fundos. Quase tive que arrastá-lo até aqui, milordes.

Essa parte era verdade. Edward abriu um sorriso triste.

– James Delacey, o senhor reconheceria seu irmão?

Houve outra pausa longa.

– Claro que reconheceria – afirmou James, num tom de voz com um toque de excessiva cordialidade.

– Que Edward Delacey se apresente, então.

Edward se levantou. Certa parte dele queria fugir, ir embora da Inglaterra e deixar que Patrick lidasse sozinho com a ira dos lordes. Mas ele não podia fazer isso com o amigo… e não podia deixar Free presa numa cela, à mercê do irmão de Edward.

Ele avançou. Fazia muito tempo desde que tentara andar como um lorde – arrogante, ocupando o espaço como se todos os lugares do mundo lhe pertencessem. Os homens ali o estavam observando, julgando.

Edward se sentou, torcendo para que seu estado atordoado fosse visto como arrogância entediada.

– O senhor é Edward Delacey, o filho mais velho vivo de John Delacey? – perguntou o questionador.

– Sou – respondeu Edward. – Apesar de usar Edward Clark há anos e preferir esse nome.

Isso rendeu outro murmúrio.

– James Delacey, este homem é Edward Delacey, seu irmão?

Edward olhou para James, que o estava observando com uma expressão confusa nos olhos. Sem dúvida não tinha percebido ainda que esse não era o único de seus planos que não daria certo naquele dia. Mas logo entenderia.

– Não sei. – James hesitou. – Ele… bem… isto é…

Ele deixou a voz morrer.

– Não adianta mentir agora, James – falou Edward. – Não importa o que você declare, vão fazer você se pronunciar sob juramento. Você não quer prestar falso testemunho diante da Câmara dos Lordes.

– Ah… se ao menos eu…

– Caso você não admita agora – continuou Edward –, teremos que ir atrás do secretário do Consulado Britânico de Estrasburgo, para quem você mandou aquela carta. Tenho minhas suspeitas de que o comitê vai achar o testemunho dele *extremamente* esclarecedor. É isso que você quer?

Edward faria isso, se fosse necessário – revelaria a traição do irmão para o mundo. Não dava a mínima para fofocas, só se importava com Free. E viu o momento em que o irmão se rendeu. James abaixou a cabeça, pálido.

– Não entendo. Você disse que não queria o título. Você disse…

Naquele instante, Edward conseguiu ver o rosto do homem que estivera fazendo as perguntas. Era o procurador-geral, o homem encarregado de apresentar as credenciais de James para a Câmara dos Lordes. Ao ouvir isso, ele sibilou.

– Delacey – disse ele –, está me dizendo não apenas que o senhor sabia que esse homem é seu irmão, mas também *falou* com ele antes dos procedimentos?

James fez uma careta.

– Eu... Ah...

– O senhor mandou uma carta detalhando sua reivindicação para a rainha há duas semanas. E sabia que era falsa?

Havia um tom perigoso na voz do homem.

– Eu... Essa é uma forma de ver a situação, é claro. Mas...

– Só há um jeito de ver a situação – interrompeu o homem com severidade.

E, simples assim, não havia mais nada a fazer. Edward mal conseguiu prestar atenção. Os procedimentos foram finalizados, os votos foram dados. O comitê decididamente concordou em não encaminhar a petição de James para a Câmara dos Lordes.

Edward ficou sentado, mal ouvindo as coisas, incapaz de contemplar como sua vida tinha mudado. A única coisa em que conseguia pensar era Free. Ela ficaria furiosa quando descobrisse.

Porém, não estaria na cadeia. Não seria torturada. E isso seria o suficiente para Edward – tinha que ser.

Quando o comitê encerrou a sessão, ele se levantou e se preparou para ir embora.

– Claridge – chamou uma voz.

Edward precisou de um momento para compreender que *ele* era Claridge dali em diante. Ainda não havia sido confirmado, mas já era reconhecido. Era apenas uma questão de tempo até receber todas as distinções que nunca quisera.

Edward olhou ao redor. Um homem se apressava em sua direção – magro, loiro e sorridente.

– A maioria deles estava chocada demais para dizer alguma coisa. Pensei em falar... Bem-vindo ao hospício. – O homem deu uma piscadela. – Não dê ouvidos a nada do que eles falarem. Realmente *é* tão ruim quanto o senhor teme.

– Não que eu precisasse de instruções quanto a isso – respondeu Edward, balançando a cabeça.

– Venha dar um oi uma hora dessas e conversar sobre o que fazer em relação a isso. – O homem estendeu a mão. – Sou Clermont, por sinal.

Clermont. Fazia anos desde que Edward tinha memorizado o nome dos outros membros da nobreza, mas esse ele conhecia. Não porque se recordava do título das lições pouco lembradas da infância, mas porque Free tinha mencionado o homem ainda no dia anterior. Esse era o irmão do irmão dela.

E depois que Free percebesse como ele a havia enganado? Esse homem seria seu inimigo. Edward franziu o cenho.

– O senhor não faz parte do comitê.

O outro ergueu um ombro.

– Quando minha esposa me diz que há duas testemunhas interessantes numa audiência de rotina, considero meu dever participar dela. Agora, posso lhe mandar um convite para jantar um dia desses?

A mão dele ainda estava estendida.

Edward olhou para ela com pesar.

– Não vou aceitar até ter certeza de que o senhor quer mesmo esse encontro.

– Eu realmente quero.

– Agora, sim – disse Edward. – Um dia desses? Vossa Graça, o que acabou de testemunhar não é a pior bagunça que fiz nas últimas 24 horas.

Clermont ergueu uma sobrancelha.

– Ah. O senhor andou ocupado.

– Sim. Agora, se me der licença, preciso ir buscar minha esposa na cadeia.

Sua Graça arqueou a outra sobrancelha, mas tudo o que disse foi:

– Vai descobrir que isso será substancialmente mais fácil agora, eu lhe garanto.

Como se resgatar mulheres de celas de prisão fosse parte do dia a dia de um duque. E, inferno, se Clermont conhecia Free de alguma forma, provavelmente era.

Capítulo vinte

Foram necessários 33 minutos para Edward convencer o sargento em serviço de sua identidade. No fim, o homem mandou um mensageiro à Câmara dos Lordes para verificar a verdade. Quando o garoto voltou, sem fôlego e com os olhos arregalados, o sargento Crispin se tornou substancialmente mais solícito.

– Que situação – disse Crispin. – Que situação, de fato. Eu... hã... conheço seu irmão.

– Ah, conhece? – perguntou Edward em voz baixa.

James fizera um acordo com Crispin em relação a Free, e Deus ajudasse o homem se ele tivesse feito qualquer coisa com ela durante o período de uma hora e quinze minutos que ela havia passado sob sua custódia.

– Tínhamos um acordo. – O sargento umedeceu os lábios. – Imagino que o senhor não esteja aqui para, hã, fazer o mesmo acordo?

– Não sei – disse Edward numa voz monótona. – Que tipo de acordo era esse?

O homem empalideceu.

– Hum. Nada, na verdade. Por que o senhor está aqui, milorde?

Milorde. As pessoas já o estavam chamando de *milorde* e isso apenas pioraria dali em diante.

Se ele tinha que assumir o controle, mais valia tomar tudo que podia. Edward endireitou as costas.

– Seu acordo com meu irmão pouco importa para mim. Prossiga como quiser.

O homem pareceu levemente aliviado.

– Estou apenas interessado numa pessoa que está sendo mantida aqui.

– Ah? – O sargento olhou ao redor. – Nessas celas da frente?

– Não.

Edward já tinha olhado quando entrou.

– Tem certeza de que o homem está aqui, então? Há apenas algumas pessoas nos fundos, e essas não vão interessar muito o senhor.

– Bem, me leve até elas, se puder. – Edward deu o seu melhor para manter uma expressão entediada. – Eu mesmo vou julgar se me interessam ou não. O senhor não precisa decidir por mim.

Por Deus, esse era exatamente o tipo de ladainha autoindulgente que um lorde falava – como se ele fosse o centro do universo.

Mas o homem não lhe deu um soco na cara pela condescendência. Em vez disso, abaixou a cabeça.

– É claro, milorde. Apenas quero ajudar. Mas lá nos fundos só há um punhado de sufragistas.

– Ainda assim.

O homem não suspirou nem revirou os olhos. Edward foi guiado por um labirinto de mesas, passando por um corredor até chegar a uma sala nos fundos, onde havia um punhado de celas preenchidas com mulheres vestidas de preto. Edward correu os olhos por elas rapidamente e os pousou bem naquela que estava procurando. Free estava sentada num banco conversando com outra mulher. Ela ergueu a cabeça quando ele entrou, mas depois desviou o olhar.

Levou um momento para Edward perceber que ela não o reconheceu. Desde que havia se separado dela na estação, ele cortara os cabelos e fizera a barba. Estava usando um elegante casaco de lã e uma cartola de cavalheiro, além de carregar uma bengala com apoio dourado. Se Free o tinha ouvido conversar com o sargento, teria escutado o sotaque mais elegante e chique de que Edward era capaz.

Ele não era mais alguém que ela conhecia.

– O que foi que o senhor disse que havia aqui nos fundos? – perguntou Edward ao sargento.

– Só umas sufragistas – respondeu o sargento. – Ninguém importante ou perigoso. Estavam fazendo uma algazarra mais cedo e as colocamos aqui para sossegarem o facho até os homens delas virem buscá-las. Sabe como é.

– Foi o que achei que o senhor disse. – Edward sentiu um sorriso torcer seus lábios. – É que eu não o entendi a princípio. O senhor está pronunciando errado essa palavra.

– Qual palavra? Sufragistas? – O sargento franziu o cenho. – É o meu sotaque, milorde... mil perdões, sei que é inferior, e eu *tento* falar direito, mas...

– Não é o seu sotaque.

– Não é?

Perplexidade lampejou pelos olhos do sargento.

– *Definitivamente* não é o seu sotaque.

Ele projetou a voz e, dessa vez, Free ergueu a cabeça. As sobrancelhas dela se curvaram e seus lábios se afinaram. Ela começou a se levantar, encarando-o.

Edward falou um pouco mais alto:

– É o jeito como o senhor está falando. Não sabia? "Sufragista" é pronunciada com um ponto de exclamação no final. Assim: "Viva! Sufragistas!".

Atrás do sargento, Free estava brilhando. Edward conseguia ver o sorriso tomando conta do rosto dela, iluminando-a, até que a única atitude que Edward queria tomar era pegá-la em seus braços. Foi a primeira coisa que ele viu o dia todo que lhe deu esperança – esperança de que, depois que ela entendesse as mentiras que Edward tinha contado, talvez o perdoasse. Talvez ele pudesse passar essa noite com ela em seus braços, e a noite seguinte, e a noite depois dessa.

– Viva – repetiu o sargento, confuso. – Sufragistas?

– Isso foi um ponto de interrogação – repreendeu Edward bruscamente. – Tente de novo: Sufragistas!

– Sufragistas!

– Isso mesmo. O senhor conseguiu!

– Ah, excelente! – O sargento sorriu de prazer... um prazer que durou apenas alguns segundos. – Milorde, por que estamos dando vivas às sufragistas?

– Isso exige uma explicação um pouco mais longa. – Ele se virou e estendeu a mão na direção de Free. – Traga aquela mulher ali.

Veio uma pausa longa.

– Se o milorde insiste.

Os olhos de Free se arregalaram, e Edward percebeu que essa era a primeira vez que ela tinha notado que o sargento o estava chamando de "milorde". Ela olhou para baixo, quase recatadamente – teria enganado Edward, se não fosse o fato de ele saber que não havia nada de recatado nela – e depois voltou a encará-lo. Ela mexeu uma sobrancelha, mas apenas de leve, senão teria sido óbvio demais. Ainda assim, Edward conseguiu deduzir as palavras que Free não deixou transparecer na própria expressão. *Edward, que diabos você está fazendo?*

Ele manteve fixo no rosto um semblante de superioridade monótona e arrogante. O sargento assentiu às pressas.

– Sim, sim. É claro. – Ele se virou e bateu palmas. – Vocês ouviram o lorde. Peguem aquela mulher agora mesmo.

– Com gentileza! – advertiu Edward.

O lorde?, repetiu Free, apenas formando as palavras com os lábios. As palmas das mãos de Edward ficaram pegajosas, mas ele ignorou a esposa. Um guarda se debateu com um molho de chaves e indicou que Free avançasse.

– Vejamos – murmurou o sargento, virando páginas. – Ela é o número 107, e isso faz dela... ah, 105, 106, aqui está ela. Srta. Marshall. – Os olhos dele se cerraram. – Tem certeza de que o senhor não sabe nada sobre, ah, meu acordo com seu irmão?

Edward nem se deu o trabalho de responder. Free havia dado o nome Marshall? Havia chamado a si mesma de senhorita? Edward teria erguido a própria sobrancelha para ela, mas isso arruinaria as linhas nobres de seu perfil. E, nesse momento, ele estava ocupado demais interpretando um papel para fazê-lo.

Em vez disso, franziu o cenho e cruzou os braços, olhando com irritação para o homem à sua frente.

– Ora, o senhor errou de novo. Não é assim que se pronuncia o nome dela. Não é assim mesmo.

– Ah. – O sargento franziu a testa. – Hum. É... Deixe-me adivinhar. Viva! Srta. Marshall! Com um ponto de exclamação?

– Não – respondeu Edward. – O nome não tem senhorita nenhuma.

Free parecia tão surpresa quanto o sargento. Ela não tinha se lembrado. Havia dado o nome de solteira como uma pessoa que continuava a datar coisas como no ano anterior, ainda em fevereiro. Falando nisso, será que sufragistas mudavam de nome ao se casarem? Edward teria que perguntar a Free. Se ela ainda estivesse disposta a falar com ele depois de saber o que ele tinha feito. Edward manteve a atenção firmemente fixada no sargento.

– Casada, é? Quem é o pobre coitado, então? Um dos seus inquilinos, creio eu? Diga a ele que precisa se esforçar mais para manter a esposa sob controle. O senhor deveria deixá-la conosco esta noite. Para nós a amaciarmos um pouco.

Edward conseguiu não tremer com a ideia.

– Que absurdo. – Edward abriu um sorriso sombrio. – Agora o senhor está pronunciando tudo errado, sargento. Ela vai ficar melhor comigo. Quanto ao marido dela... – Ele saboreou cada momento da expressão do sargento: a mudança de confusão para surpresa e para choque, o sangue sendo drenado de seu rosto. – Permita-me lhe dizer como se pronuncia o nome dela. É assim: lady Claridge. E eu sou o marido dela.

Lady Claridge.

Por um momento, o mundo de Free paralisou. Ela se sentia em grande altitude, com os pulmões incapazes de respirar. Ele não podia... Free não era... Essa coisa que Edward tinha dito... era completamente impossível. Mas depois a realidade se reafirmou e Free lembrou o plano que haviam bolado juntos.

Edward supostamente iria conjurar um curto comunicado de libertação – com um tipo de assinatura confusa, que fosse impossível de rastrear.

Pelo jeito, Edward mudara de tática, e não tinha escolhido a melhor. Uma ordem de libertação falsificada de um burocrata estressado já era forçar a barra. Mas isso? Era um desastre completo. Era como se ele tivesse entrado num banco e anunciado sua intenção de esvaziar o cofre.

Mas não era o caso de Free discutir com Edward na frente do sargento. Isso apenas garantiria que os dois fossem jogados de volta dentro da cela.

Em vez disso, Free cerrou os olhos para Edward, incentivando-o a mudar a história. *Falei lady Claridge? Eu me confundi. É Clark. Quis dizer Sra. Clark.* Era isso que ele precisava falar em seguida.

Edward continuou em silêncio, olhando para o sargento por cima do nariz.

O homem tinha ficado branco como um fantasma, de olhos arregalados. Atrás dele, um dos guardas – o que havia empurrado Free contra uma parede – sussurrou:

– Ah, maldição.

– Sua esposa – disse o sargento, fracamente. – A número 107 é sua *esposa*?

Edward inclinou a cabeça para Free.

– Como foi sua estadia na cadeia, querida?

Então iam resolver desse jeito. Free conseguiu dar de ombros de leve, de um jeito entediado.

– Aceitável, meu amor. Já foi melhor.

– Pois bem. – Edward sorriu, mostrando todos os dentes, e se virou para o sargento. – O senhor está perfeitamente ciente de que não pode manter minha viscondessa presa.

– Eu vou... – O sargento engoliu em seco. – Eu vou apenas libertá-la aos seus cuidados, então?

– Não, o senhor vai libertá-la aos cuidados de si mesma. E já que estamos fazendo isso, pode muito bem soltar todas as outras.

Ah, ele absolutamente ia *ouvir* Free quanto a essa mentira. E como eles iriam evitar o inquérito que resultaria disso, ela não fazia ideia.

– Todas? Mas elas não tinham uma licença legalizada!

Edward deu um sorrisinho arrogante.

– Vamos lá, sargento. Já conversamos sobre isso. Quando eu digo "todas", o senhor não acrescenta um ponto de interrogação depois da palavra. O senhor diz "Sim, milorde", e faz o que eu mandei.

Free mal conseguia acreditar nos próprios olhos e ouvidos. Edward interpretava o papel de visconde com demasiada perfeição. O sotaque... Meu Deus, se ele tivesse falado com ela assim, com essa boca arrogante, marcada por resquícios de escola privada e cheia de baboseiras, Free nunca teria se casado com ele.

– Sim, milorde – ecoou o sargento e, em seguida, ergueu a voz: – Vocês ouviram o lorde. Soltem as mulheres. Soltem todas!

– Minha lady?

Edward sorriu para Free. Não havia nada de malandro no sorriso dele. Era nobre e enfadonho, e Free não queria fazer parte nenhuma disso. Especialmente porque, uma vez que essa confusão os alcançasse, os *dois* seriam presos. E, dessa vez, haveria um motivo verdadeiro para a prisão, não apenas uma ridícula anulação de licenças.

Não era a hora de ter essa discussão.

– *Milorde* – disse Free.

Ele estendeu o braço para ela e Free o segurou. Depois, ele a conduziu pela delegacia como o marido mais fastidioso do mundo – guiando-a através da bagunça com um toque gentil, como se Free não fosse capaz de entender que não deveria pisar no lixo por conta própria. Ela rangeu os dentes, mas se era assim que eles tinham que agir...

De todos os lordes que Edward poderia ter escolhido para fingir ser, por que diabos tinha sido Claridge? James Delacey já os odiava o suficiente. Ainda bem que o sargento não sabia nada sobre como eram as coisas nas classes elitistas da alta sociedade. Delacey nunca teria se casado com uma sufragista e, se sua esposa demonstrasse o desejo de participar de uma manifestação, ele a teria levado a passar fome até obedecê-lo em vez de ir buscá-la na cadeia. Delacey nunca faria piada sobre usar pontos de exclamação. Ele não tinha um canhão de cãezinhos. Nunca tinha declarado sua atração por Free dizendo que se importava um pouquinho com ela. Edward não era nada, absolutamente *nada* parecido com Delacey, graças a Deus, porque o homem causava formigamento em Free.

Exceto que...

Com os cabelos cortados, com o terno rígido de um refinado tecido azul-marinho...

Edward se parecia com ele. Um pouco. E ela o havia confundido com James Delacey uma vez. Embora naquele momento tivesse parecido ridículo, isso não parecia mais tão impossível. Com esse porte, os cabelos cortados desse jeito sensato e respeitável, ele se parecia um pouco com uma versão mais velha e mais magra de Delacey.

Free balançou a cabeça, dispersando essa ilusão terrível.

Edward a conduziu para o lado de fora e a levou até uma carruagem marcada com – ainda por cima – o brasão da família Delacey: um gavião segurando uma rosa. Seria roubada ou outra falsificação? Tinha que ser falsificação, disse Free a si mesma. Tinha que ser. Mas, se fosse, então fazia muito mais do que apenas algumas horas que Edward vinha planejando isso. Por que não tinha contado a ela?

Free entrou na carruagem e viu o brasão da família desenhado no couro macio dos coxins.

– Edward – disse Free num tom de voz perigoso. – Edward, não sei o que você fez, mas isso é loucura.

Ele assentiu para o lacaio – o lacaio! Como se Free um dia tivesse desejado algo tão ridículo quanto um homem cujo único dever era abrir e fechar portas para ela! – com a mesma despreocupação que demonstra um lorde, do tipo que regularmente tirava a esposa da cadeia. Edward a seguiu para dentro da carruagem e esperou que a porta fosse fechada.

– Fingir ser um lorde – continuou Free, acomodando-se no assento na frente dele. – Isso deve ser crime. E Claridge, ainda por cima... Esse aí é um homem que *vai* prestar queixa, sem sombra de dúvida. Em que diabos você estava pensando?

– Não estou fingindo ser James Delacey – disse Edward.

Ele havia parado de usar aquele sotaque falso e enfadonho, graças a Deus. Do contrário, Free teria batido nele.

– Ah, sério mesmo? – Free franziu o cenho para ele. – Eu estava lá na delegacia com você, lembre-se disso. Está fazendo um péssimo trabalho em não fingir ser ele. Na próxima vez que não quiser fingir ser um homem, não se apresente com o título dele.

Edward apertou as mãos.

– Se eu estivesse fingindo ser James – explicou –, eu teria me apresentado como o honorável James Delacey. Não teria dado o nome Claridge.

Free balançou a cabeça.

– Uma questão técnica de forma de tratamento. Além disso, era para Delacey assumir a cadeira... um dia desses. Não sei ao certo quando. Pode nem ser mais uma questão técnica a esta altura.

– Eu disse a eles que sou o irmão mais velho dele – falou Edward.

– O irmão mais velho? – Por algum motivo, isso deixou Free agitada. – Ele não tem um irmão mais velho. – Não, mas Stephen tinha mencionado algo sobre isso algum tempo antes. Ela franziu o cenho, lembrando. – O irmão mais velho dele está morto.

Edward deu de ombros e desviou os olhos.

– Eu prometi a você necromancia. Eis que aqui estamos.

Free estava começando a ter dor de cabeça.

– Essa é uma ideia terrível. Claridge ainda vai vir atrás de você. Se Edward Delacey realmente estivesse vivo, o irmão dele não teria mais o direito de ser visconde. Ele iria acabar como um impostor.

– Verdade – concordou Edward. – Mas conheço James o bastante para instigá-lo a admitir quem eu sou de verdade diante do Comitê de Privilégios.

Nada disso estava fazendo sentido. Free piscou para ele, tentando decifrar essas palavras. Era como se... como se...

Ela só podia ter ouvido errado.

– Mas você não é o irmão dele. Você é...

Edward Clark. Que tinha sido enviado para o exterior – para uma área de guerra – por um pai que esperava mais dele... O cérebro todo de Free congelou.

– Você é velho demais para ser ele – insistiu ela. – Você tem... o quê, 36 anos?

– Vinte e sete. – Ele firmou os lábios. – É o cabelo. Todos os cabelos brancos surgiram numa questão de semanas. Pareço ser mais velho.

Não. Não.

– Não foi bem uma mentira. – Edward não estava olhando para ela. – Eu *mencionei* que você não ia gostar do meu irmão mais novo.

– Você não é Edward Delacey.

A voz de Free tremia.

– Dei o melhor de mim para não ser. Meu advogado disse que posso continuar a usar o nome Edward Clark, e é o que vou fazer. Mas... – Ele engoliu em seco. – Eu fui ele. Um dia. E posso ter deixado você entender algumas coisinhas de forma errônea nesse quesito.

Algumas coisinhas? As mãos dela tinham começado a tremer.

– Não – insistiu Free. – Não. Você não é.

E, ah, meu Deus. A noite anterior. Com todos os artigos que tinha escrito, todas as histórias terríveis que tinha ouvido sobre o que o casamento podia significar para uma mulher, nunca teria imaginado que *ela* acabaria numa dessas histórias.

– Pelo amor de Deus. – Free engoliu em seco. – Você sabe o que isso significa? Nós nos casamos. Não podemos anular, dificilmente conseguiríamos o divórcio, a não ser que...

A não ser que Free fosse infiel a Edward, uma ideia que ela achava ainda mais repugnantemente detestável do que ter Claridge como marido.

Ela se afastou dele.

– Ai, meu Deus. *James Delacey* agora é meu parente por casamento. – E essa não era a parte que mais machucava. – Você não me contou. Você sabia e não me contou... com toda essa história de necromancia e lógica falha. Por quê?

Free conseguiu sentir os olhos começarem a arder. Mas não ia chorar. Não ia.

– Eu *falei* que depois que você soubesse tudo sobre mim, não ia me querer.

– Você é Claridge – disse ela, sentindo um leve enjoo. – Você não é um canalha de baixo nível que quer vingança por causa de uma ofensa leve. Era o *seu irmão* quem estava armando contra mim. Você poderia ter impedido essa coisa toda, revogado a anulação da nossa licença, silenciado seu irmão de vez, tomado o lugar dele. Você poderia ter feito tudo isso sem se casar comigo.

Ela fez um muxoxo.

– Eu não sabia se conseguiria fazer isso a tempo. – Os lábios dele tinham ficado brancos. – Era possível que levasse mais de um dia, por causa de toda a papelada. Eu não sabia se apenas a arrogância daria conta. Se você acabaria sendo presa, precisava ser uma viscondessa. Assim, teriam que soltar você, por causa dos direitos da nobreza. Eu não podia arriscar que mantivessem você presa, não com o que James poderia ter planejado.

Free se virou para longe dele.

– Não era você quem deveria escolher se arriscar ou não. Era *minha* a escolha.

Edward balançou a cabeça – e depois deu de ombros. Doeu essa expressão de indiferença. Como se todas as emoções e todo o carinho de Free não significassem nada para ele.

– Eu sempre soube que você me odiaria um dia. O que importa se é mais cedo?

– Por que você não me contou? – Ela estava quase desesperada. – Não dava para esconder de mim e esperar que, quando descobrisse, eu...

Ele abriu um sorriso frio para ela.

– É bem simples. Nunca imaginei que poderia manter você. Tudo o que eu podia fazer era mantê-la a salvo.

A firmeza no olhar dele... Free ainda se lembrava da noite anterior. Do jeito como os corpos dos dois tinham se unido, do jeito como suas mãos tinham se entrelaçado. Havia sido uma das experiências mais doces e maravilhosas da existência de Free. Se ela o deixasse fazer isso de novo...

Não. Ela deslizou até o canto da carruagem, pressionando o ombro contra a porta.

– Sinto muito, Edward. Não posso. Não posso fazer isso.

– Eu sei. Nunca esperei que fizesse.

De alguma forma, a aceitação dele a atingiu ainda mais profundamente do que se ele tivesse exigido a submissão dela.

– Se eu ficasse... – começou ela.

Mas Free não conseguiu continuar. Se ficasse, se deixaria ser seduzida. Estava sendo seduzida nesse exato momento, pela esperança repentina que lampejou nos olhos de Edward. Por Deus, como ele sorriria se ela lhe desse um beijo agora. E tudo que ela teria que fazer era... não.

Free deslizou a mão pelo couro do assento até seus dedos tocarem a lateral da carruagem. Ela desenhou um oito na madeira e pensou em todos os motivos pelos quais tinham se casado – motivos ruins, pelo jeito. E, ao mesmo tempo, não tão ruins assim.

– Mas não posso – disse Free. – Não posso ficar.

Por Deus, como odiava o fato de a única pessoa que queria que a confortasse nesse instante ser... Edward.

A carruagem seguiu caminho. Free não fazia ideia de onde a estava levando – para a Casa Claridge, talvez? Existia uma? A única coisa que ela sabia era que tinha que sair antes de fazer alguma tolice.

– Não posso ficar – repetiu ela.

Os dedos dela encontraram o trinco da porta.

– Eu sei – disse Edward com calma. – Vamos encontrar uma solução, querida. Vou deixar você cuidar do seu trabalho, se quiser isso. Você nunca mais vai ter que me ver.

Isso *não* era o que Free queria. Ela queria recuperar tudo o que tinha perdido – seu canalha, seu Edward Clark. Não conseguia ouvir esse homem, que parecia ser a mesma pessoa e ainda assim respondia a *milorde*. Não conseguia aguentar a ideia de se sentar com ele e planejar um futuro separados. Ela surtaria se fizesse isso.

Free virou o trinco com um movimento fluido. A porta se escancarou. A carruagem estava andando a um ritmo imponente por uma área residencial. Free não conseguia ver nada além do borrão das casas pelas quais passavam.

Tinha passado um segundo desde que ela abrira a porta. Edward a encarava, confuso. Dois segundos e ele começou a avançar na direção dela.

– Não posso – disse Free uma última vez.

Mas ela entendia agora por que dizia isso. Porque *podia*. Se continuasse ali, *iria*.

Ela se levantou. Edward tentou segurá-la, mas era tarde demais. Free pulou pela porta. Seus pés bateram nos paralelepípedos, o tornozelo quase falhando com o peso. Mas ela conseguiu se equilibrar, embora não conseguisse respirar, e, o mais rápido que pôde, sumiu dentro de um beco.

– Free! – Ouviu Edward chamando. – Free!

Ela passou tropeçando por um estábulo e depois desceu outra rua lateral.

– Free! – chamou Edward de novo, porém já estava mais longe.

Contanto que Free não parasse, ele nunca a encontraria de novo.

Capítulo vinte e um

Começou a garoar quando Free encontrou seu rumo.

Quando por fim chegou ao cemitério, estava chovendo forte. Ela não tinha um guarda-chuva, mas isso não importava. Era verão, a chuva não estava muito fria, e a água ocultava as lágrimas em seu rosto.

Ela passou pelos túmulos com cuidado – subindo três fileiras, depois descendo o corredor até chegar a uma lápide simples que sua família havia colocado ali anos antes.

Frederica Barton
1804–1867
Irmã amada
Tia dedicada

A família tinha acrescentado uma frase depois do funeral, após todos descobrirem a verdade.

Autora de 29 livros de grandes aventuras.

Free abaixou a cabeça. Ainda não estava pronta para enfrentar os vivos, não aguentaria ter que dar explicações complexas. Então sua tia Freddy teria que servir. Algumas pessoas achavam que Free tinha dado o nome do jornal – *Imprensa Livre (Free) das Mulheres* – como uma referência astuta a si mesma.

De certa forma, era verdade. Mas Free compartilhava o nome com outra mulher – uma mulher cujo legado havia feito com que tudo isso fosse possível.

Era como a benção póstuma de tia Freddy na vida de Free. Ela tentara usar com sabedoria: sem nunca se render, sem nunca deixar o medo impedi-la de seguir em frente. O dinheiro que recebera de tia Freddy, vindo daqueles 29 livros, tinha pagado pela educação de Free, por sua casa e pela prensa que ela amava.

Toda vez que Free sentia medo, pensava na tia. Mas até esse momento, Free apenas temera o que os outros poderiam fazer com ela. Essa era a primeira vez que temia a si mesma.

Ela se ajoelhou diante do túmulo.

– Oi, Freddy.

Quase conseguia ouvir a resposta irritada da tia. *Você é informal demais. Não me chame de Freddy. E o que está fazendo ajoelhada nessa lama toda? Levante-se antes que suje o vestido.*

– Certo. Tia Frederica. Acho que é melhor chamar a senhora assim.

Mas Free não se levantou. Em vez disso, passou os dedos pela grama úmida. Havia alguns dentes-de-leão selvagens nascendo. Ela os arrancou, criando uma pilha de folhas verdes e raízes brancas. Era assim que se sobrevivia à vida: uma erva-daninha de cada vez. Era assim que Free sobreviveria a essa situação.

Quando terminasse ali, ela pegaria o trem de volta para Cambridge. Escreveria para Edward. Poderiam lidar com os detalhes da separação pelo correio.

Só pensar nisso doía.

E Free percebeu que seu plano tinha uma falha terrível. Os policiais haviam confiscado sua bolsa de moedas e ela estivera distraída demais para exigir que a devolvessem. Não tinha dinheiro para comprar a passagem. Nem mesmo – seu estômago roncou – para comprar algo para comer. E a noite logo chegaria.

Edward, sem dúvida, estaria disposto a resolver tudo isso. Por um momento, Free se imaginou esperando no batente da porta dele, imaginou a reação dele ao encontrá-la ali. Ele a pegaria em seus braços e a seguraria com força, e Free nunca mais se sentiria sozinha.

A ideia era tentadora demais para ser contemplada. Era bom que Free não soubesse onde ficava tal porta.

Free tinha outros amigos em Londres. Genevieve estava ali. Amanda.

Violet Malheur. A casa de seu irmão talvez não estivesse completamente vazia. Havia uma série de pessoas que a acolheriam.

Mas, por algum motivo, seus pensamentos se voltaram para a última vez que tinha visitado Freddy, quando a tia ainda era viva. Estivera com Oliver, na época, e ele a levara para o lugar onde estivera hospedado – a casa do meio-irmão dele, o duque. Isso fora antes de Oliver se casar e comprar a própria casa. Free tinha olhado, pasma, para tudo, rindo da forma casual com que o irmão aceitara o luxo.

No momento, esse mesmo luxo casual viera para Free, e ela estava com medo.

Estava com medo de si mesma. Não apenas de pensar que aceitaria Edward de volta e o perdoaria. Estava com medo de quem se tornaria se fizesse isso. Oliver vivia numa casa enorme. Ele tentava fazer quase tudo direito. Free estava com medo de também começar a se importar com o decoro e deixar de se importar com o jornal. De recuar e se diminuir para se encaixar no papel de viscondessa.

Estava com medo de vir a morder a língua e engolir a náusea diante de James, seu cunhado. Poderia continuar com o jornal, sim, mas de que forma?

Se Frederica Marshall virasse lady Claridge, talvez deixasse de ser a pessoa que daria orgulho à sua tia Freddy.

– Freddy, o que eu faço?

Ela passou os dedos pela grama.

Mas a tia não respondeu, e a chuva continuou a cair.

Se Free queria deixar de sentir medo – se queria realmente fitar esse futuro em potencial nos olhos e tomar uma decisão de verdade –, não era com Amanda ou Violet Malheur que precisava falar.

Era com uma pessoa completamente diferente.

~

A porta se abriu e um sopro de ar quente, com cheiro de cera de abelha e limão, saiu. Free ficou paralisada no batente, já duvidando de sua escolha.

Mas era tarde demais. Ela já estava ali, usando um vestido molhado e pingando, tentando descobrir o que dizer ao criado que a olhava por cima do nariz.

Ele barrou o caminho entre ela e a larga extensão de piso de mármore do hall de entrada. Logo à frente, Free conseguia ver poltronas luxuosas estofadas em veludo cor de creme. Uma pintura, mais larga que os dois braços de Free esticados, enfeitava a parede da entrada.

Enquanto isso, os cabelos de Free pingavam em suas costas.

Para seu crédito, o homem não bateu a porta na cara de Free. Apenas ergueu uma sobrancelha.

– Está precisando de ajuda, madame?

O tom gentil dava a entender que o duque tinha uma política de caridade, e que Free estava com uma aparência tão enlameada que o criado a considerou uma mendiga.

– Não – respondeu Free. – Quero dizer, sim. Estou aqui...

Ah, como tinha sido estúpido pensar que ela poderia ir até ali, como tinha sido estúpido pensar que, apenas porque havia se encontrado com o duque um punhado de vezes e ele havia sido educado, ele a acolheria por uma noite e responderia a algumas perguntas.

Free ergueu o queixo.

– Estou aqui para ver o duque de Clermont.

As sobrancelhas do homem se ergueram. Sem dizer nada, ele estendeu uma bandeja de prata.

Free enfiou uma das mãos frias no bolso e tirou... bem, o que *antes* costumava ser seu cartão de visita. A chuva quase tinha transformado o papelão em mingau, e a tinta estava se misturando, ficando ilegível. Free gentilmente colocou o cartão em cima da bandeja e tentou conter uma careta.

O criado olhou para a tinta quase dissolvida.

– Srta... Felicia? Se possível, a senhorita poderia me orientar como pronunciar seu sobrenome?

Ele estava sendo gentil demais. O cartão era uma imundície ilegível.

– É Frederica Marshall – explicou ela, solícita. – A irmã mais nova de Oliver Marshall. Eu conheço *mesmo* Sua Graça. Um pouquinho.

A expressão do homem foi de gentilmente caridosa a compreensiva.

– Claro – falou ele, embora seu tom de voz sugerisse que não havia nada de *claro* na situação. – Não notei a semelhança familiar. A senhorita se importaria de esperar no...

Um momento se passou enquanto ele considerava as opções disponíveis. Free ficou com dó do homem. Não era possível colocá-la na sala de visitas da frente, com todo aquele veludo quase branco. Ela parecia um cachorro que tinha corrido num lamaceiro. Não teria entrado no cômodo imponente nem mesmo se estivesse seca.

– Não se preocupe – disse ela ao criado. – Posso ficar pingando na entrada. Mas eu não recusaria uma toalha.

Ele assentiu e indicou que ela entrasse. Levou poucos minutos até não apenas uma, mas duas toalhas serem trazidas por uma criada. A mulher ajudou Free a tirar a capa, abriu a porta e, sem emoção, torceu a peça de roupa no primeiro degrau. Depois, a levou para secar em algum lugar mais adequado. Free estava se esfregando, dando o melhor de si para se aquecer, quando passos soaram acima.

Ela se virou e viu o duque de Clermont parado no topo da escadaria. Ele era alto e magro, e seus cabelos loiros estavam bagunçados como se ele tivesse passado as mãos neles.

Por Deus, como essa ideia tinha sido ridícula. O colete dele provavelmente custava o mesmo que os cilindros da prensa rotatória de Free. Os olhos dele recaíram nela e ele franziu o cenho. Depois, desceu correndo até ela, saltando dois degraus de cada vez.

– Free. Meu Deus, Free, o que diabos aconteceu com você?

Ela balançou a cabeça, fazendo com que gotas voassem. Uma delas pousou no lábio superior do duque, mas ele não pareceu notar.

– Louisa, vá buscar chá. E você deveria estar na frente da lareira.

Ele colocou um braço ao redor dos ombros de Free, cobertos por uma toalha, e a levou até a sala de estar. Ela tentou enfiar os pés no chão. O carpete parecia brilhar com fios dourados, e, a cada passo, Free conseguia ouvir seus sapatos respingarem água suja. Ela se recusou a olhar para baixo, com medo de encontrar uma trilha de passos enlameados ao longo daquela extensão branca.

Mas o duque estava determinado. Puxou uma cadeira para ela, uma das poltronas lindamente estofadas. Free não se atrevia a fazer nada tão ousado como se sentar nela, mas então seus joelhos pararam de funcionar e ela não teve escolha. O duque pegou a toalha de Free e começou a esfregar as mãos dela.

– Você está congelando – disse ele num tom acusatório.

– Vou ficar b-bem. – Havia um tremor na fala dela. – Só p-preciso me aquecer um pouco, lhe fazer algumas perguntas, e depois vou deixar o senhor em paz.

O duque fez um som de reprovação.

– São oito da noite. Você tem onde ficar? Tem algum dinheiro? – Os olhos dele a fuzilaram. – Sequer tem um guarda-chuva?

– Eu... é que... eu fui presa, e acabei perdendo minha bolsa de moedas.

Ele claramente sabia o bastante sobre Free para não achar isso surpreendente ou até mesmo fora do comum. Em vez disso, soltou um muxoxo e continuou a esfregar as mãos dela.

– Você já jantou? Comeu alguma coisa à tarde? – Ele estava balançando a cabeça para Free, mas então parou abruptamente. – Você andou chorando? O que aconteceu com você? Como posso ajudar?

Ela balançou a cabeça. Viera até ali para conversar com ele, mas não sabia como fazer isso. Quisera fazer algumas perguntas impessoais, mas ele não a estava tratando de um jeito impessoal. Se Free começasse a contar a história nesse momento, sob o peso de toda a bondade do duque, ia cair no choro. E já havia deixado água por todos os cantos.

– Eu sinto muito – ouviu-se dizer –, muito mesmo, Vossa Graça. Não vou incomodar o senhor. Vou sair de manhã cedo. Nunca quis abusar de um relacionamento tão pequeno. Eu só não sabia mais para onde ir.

As mãos dele paralisaram nas dela. Ele estava de joelhos à sua frente – o que parecia impossivelmente estranho, considerando que era o carpete cor de creme *dele* que Free estava sujando. O duque ergueu os olhos e soltou um suspiro longo e lento antes de se sentar, acomodado nos próprios calcanhares.

– Você não é um incômodo – disse ele.

– O senhor é um homem ocupado. Importante. Tem uma esposa e filhos e...

– E eu tenho um irmão – interrompeu ele.

A garganta de Free se fechou.

– Sim, mas...

– Sem "mas". – O duque abriu um sorriso curto para ela. – *Você* pode ter um relacionamento pequeno comigo. Acho que eu deveria chamá-la de Srta. Marshall. Acho até que deveríamos ter pedido a Louisa que ficasse aqui na sala, para resguardar sua reputação. Mas, por mais estranho que isso pareça a você, Oliver é meu irmão e eu me sinto muito grato por compartilhá-lo comigo.

Free inspirou.

– Sim, mas...

– Como eu disse, *você* tem um relacionamento pequeno comigo. – Ele desviou os olhos. – Eu a conheço um pouco melhor. Oliver costumava ler todas as cartas que recebia de casa para mim, quando estudávamos juntos. Eu não recebia nenhuma carta, sabe?

Free sentiu um leve rubor subir até suas bochechas.

– Foi assim que eu soube o que queria. – Ele enrolou a toalha nos pés de Free, dando um nó. – Foi assim que eu soube como era ter uma família amorosa e uma irmãzinha que mandava os primeiros rabiscos para o irmão, antes mesmo de saber escrever. Eu me lembro da primeira carta que você mandou para ele.

– Ah, meu Deus. – Free colocou a cabeça nas mãos. – Isso vai ser constrangedor.

– Você a ditou para seu pai – continuou o duque. – E você disse: "Querido Oliver, por favor, volte para casa. O que vai me trazer de presente? Com amor, sua Free." E me lembro de pensar...

Free estava corando.

– Que mercenária.

– Eu me lembro de pensar – repetiu o duque, como se ela não tivesse falado – que eu daria tudo para ter uma irmãzinha.

O calor sumiu das bochechas de Free. Ela se pegou olhando o topo da cabeça do duque com surpresa e perplexidade.

– Para ter alguém que ficasse feliz quando eu voltasse para casa por qualquer motivo. Eu teria lhe mandado um milhão de presentes, se você tivesse concordado em ser minha irmãzinha também. – Ele suspirou. – Infelizmente, considerando o jeito como meu pai tratou sua mãe, não achei que a oferta seria bem recebida. Então nunca falei nada.

Free procurou sinais no rosto dele de que ele estava brincando. Talvez zombando um pouco dela. Mas o duque estava sério.

– Mas o senhor tem uma família agora. Todo mundo o respeita.

Ele ergueu uma sobrancelha duvidosa.

– Bem, podem chamar o senhor de alguns nomes – corrigiu-se –, mas em geral são nomes respeitáveis. O senhor tem uma esposa e, a não ser que Oliver esteja completamente errado, o senhor e ela se amam. Tem filhos que devem adorá-lo. E...

Ela deixou a voz morrer e o encarou.

O duque olhou para longe.

– Passei *anos* imaginando que você era minha irmãzinha. O amor não tem uma quantidade finita. – Ele sorriu para ela. – E, sim, sei que você não é minha irmã, que é irmã de Oliver. Mas, ainda assim, fico feliz que tenha vindo até mim. O que quer que precise… – O duque abriu as mãos. – É seu. Mesmo que sejam apenas uma toalha e um quarto por uma noite.

Free não soubera bem o que estivera esperando. Imaginara fazer algumas perguntas abstratas ao duque, receber umas respostas incoerentes. Certamente não esperara… isso.

Ela engoliu em seco com força e desviou os olhos.

– Eu gostaria que você aceitasse jantar comigo – disse ele. – Minnie saiu com algumas amigas e vai voltar em algumas horas. Londres é terrível no verão, e as crianças vão ficar na casa das tias de Minnie por mais duas semanas. Estou sem ter o que fazer e me sinto um pouquinho solitário.

– Vossa Graça…

– Eu gostaria que você me chamasse de Robert. Se continuar com esse negócio de Vossa Graça, vou ter que parar de pensar em você como Free e, considerando o tanto que Oliver já falou de você, não acho que seja possível.

– Mas…

– Ou me chame de Vossa Graça, se precisar, e vou inventar um título para você, para combinar. Algo que seja a sua cara. Se vai me chamar de Vossa Graça, vou ter que chamá-la de…

Ele batucou um dedo no lábio, pensando.

Free sentiu um impulso inexplicável de rir. Ela já tinha um título. Era lady Claridge, uma aristocrata enfadonha e ridícula. Nunca quisera ter nada a ver com a nobreza. E, ainda assim, ali estava ela, aceitando um duque como irmão e um visconde como marido. Esse dia inteiro havia sido completamente impossível.

– Vou ter que chamá-la de Vossa Impetuosidade – dizia o duque. – Assim: a senhorita gostaria de algo para comer, Vossa Impetuosidade? Deve estar faminta, Vossa Impetuosidade.

– Pare, Vossa Graça.

– Como Vossa Impetuosidade desejar.

Os olhos dele cintilaram para ela.

– Faça como quiser. Mas vou ter que ir aos poucos. – Free inspirou bem fundo. – Posso apenas chamá-lo de… *você* pelos próximos minutos?

– Pode sim, Vossa Impetuosidade – disse ele, levantando-se. – Louisa, o banho da Srta. Marshall está pronto?

– Está, Vossa Graça – disse a criada, que estivera de pé num canto. – Mary me avisou não faz nem um minuto.

– Pois bem, então – disse o duque... Robert. – Poderia levar a Srta. Marshall até lá?

Free não era mais a Srta. Marshall. Ela não sabia *quem* era.

A criada inclinou a cabeça e depois se virou para Free.

– Se puder me acompanhar, Vossa Impetuosidade...

Havia o traço de um sorriso nos olhos da mulher, só um leve toque de senso de humor. E, de alguma forma, foi isso – essa mísera indicação de que os criados do duque de Clermont se sentiam à vontade para expressar humor na presença do patrão, em vez de se tornarem conchas vazias de si mesmos – que levou Free a decidir.

Free se pôs de pé e cambaleou para fora da sala.

– Venha comigo, senhorita – disse-lhe Louisa de um jeito indulgente. – Venha comigo.

Um banho quente e roupas secas ajudaram bastante a restaurar o bom humor de Free. Quando ela desceu a escada, voltando à sala de estar, o duque de Clermont – Robert, lembrou a si mesma com uma sensação estranha – estava sentado diante da lareira, fatiando um pão. Era uma imagem um tanto peculiar: um homem da posição dele manuseando uma faca. Ele cortou uma fatia grossa e deselegante enquanto Free assistia da entrada farelos caírem caoticamente no carpete.

Ela parou, sem saber o que dizer.

– Venha – chamou ele, fazendo um gesto. – Sente-se.

Free vagou até ele.

– Não sei nada sobre animar irmãs – continuou ele, espetando o pão com os dentes do garfo trinchante. – Não sei nada sobre animar qualquer pessoa que não seja uma criança entre 6 e 14 anos. Mas talvez isso funcione com você.

Ela olhou para ele com curiosidade.

– O que você está fazendo?

– O que *nós* estamos fazendo – corrigiu ele. – Nós estamos fazendo o jantar. Vamos torrar pão e queijo na lareira e tomar chá. – Ele fez um gesto com o garfo e mergulhou o pão perigosamente perto das chamas. Robert deu de ombros, culpado. – Ah, droga. Eu como esse.

– Não, é mais gostoso chamuscado – murmurou Free. – Gosto daquele sabor defumado extra.

O sorriso de Robert cresceu.

– Vamos lá, então. – Ele deu um tapinha na almofada do outro lado da lareira. – Coma uma torrada.

Free não sabia que estava com fome, mas seu estômago roncou em expectativa com o aroma de pão torrado. Depois que Robert tinha chamuscado um lado – apenas levemente preto –, acrescentou queijo no topo e se inclinou de novo. O queijo começou a borbulhar e a escorrer pelas bordas. Robert parecia ter uma paciência infinita para ficar esperando, virando a torrada de um lado para o outro a fim de derreter o queijo igualmente.

Quando ficou satisfeito, entregou a fatia para Free.

– Não precisa me esperar – disse a ela antes de espetar outro pedaço de pão com o garfo.

Free desejou ser educada o suficiente para contestar, mas estava faminta demais para pensar. Em vez disso, quebrou um pedaço da torrada e a colocou na boca. O queijo estava na temperatura perfeita – quente o suficiente para ser glorioso, por pouco não queimando o céu da boca. Ela triturou o pão com os dentes, sentindo a maciez do miolo e as bordas crocantes e torradas. Quase soltou um gemido.

– Eu sei – disse Robert ao seu lado. – Já comi torrada no café da manhã que foi preparada vergonhosamente nas grades do forno da cozinha. Não passava de pão tostado. Não é torrada de verdade a não ser que tenha sido feita numa chama aberta.

– Humm.

Uma xícara de chá foi colocada na mão de Free. Ela tomou um gole e um líquido doce, leitoso e amargo, tudo ao mesmo tempo, preencheu sua boca.

– Com que frequência o duque de Clermont faz o próprio jantar? – perguntou.

– Pouca – respondeu ele. – Mais ou menos uma vez ao mês minha família pega o garfo trinchante, e dou o melhor de mim para preparar umas torradas com queijo.

– Humm.

Free desejou que pudesse falar mais alguma coisa, mas estava de boca cheia de novo.

Ele serviu uma xícara de chá a si mesmo com uma das mãos enquanto a outra movia o garfo com habilidade.

– O truque para torrar o pão direito é tentar não fazer isso com muita perfeição – explicou ele. – Não precisa ficar marrom de forma uniforme ou evitar que fique chamuscado. Não precisa cortar o pão muito certinho também. É melhor deixar várias pontas irregulares para que fiquem bem escurecidas.

– Eu tenho esse problema também – comentou Free. – Preciso me esforçar muito para não ser perfeita.

Ele sorriu para ela.

O queijo estava começando a borbulhar, e Robert o contemplava com um olhar faminto. Foi nesse momento que eles ouviram um barulho no corredor.

Os dois se viraram. Uma porta foi aberta e vozes murmuraram ao longe. Por um momento, Free teve a ideia ridícula de que Edward – não, ela não podia pensar nele assim –, de que o *visconde Claridge* estava ali. Ele a havia perseguido. Iria pedir desculpas, falar que a havia tratado muito mal, e Free iria…

Ela não fazia ideia do que iria fazer. O chá respingou no seu vestido, e Free percebeu que sua mão tinha começado a tremer.

Mas o vulto que entrou na sala era o de uma mulher – ninguém menos que a duquesa de Clermont. Ela não piscou ao ver o marido sentado diante do fogo. Não perguntou o que Free estava fazendo ali. Apenas entrou no cômodo e tirou as luvas.

– Ah, ótimo – disse ela. – Uma noite de torrada com queijo. Eu estava precisando disso.

O marido dela olhou saudosamente para a fatia no garfo, mas sem hesitar entregou a torrada à esposa.

Ela se sentou no chão ao lado dele.

– Quer metade?

– Nossa, sim.

Talvez fosse a torrada, feita de um jeito tão perfeitamente imperfeito. Talvez fosse o silêncio cúmplice. Talvez fosse o fato de Free ter esperado ser tratada como uma parente distante e gananciosa, e em vez disso estar sentada no chão com o duque e a duquesa, comendo pão torrado com queijo derretido. Talvez tivesse sido isso que a levou a finalmente falar.

– Eu me casei – confessou.

As mãos de Robert se imobilizaram. Ele ergueu os olhos arregalados para ela.

– Foi... Foi por impulso – acrescentou Free, falando mais rápido. – Ou talvez mais do que impulso. Não sei o que foi. Trocamos correspondência por meses. Talvez eu imaginasse que estava sendo imprudente. – Talvez tivesse achado que estava apaixonada. Mas não disse isso. Ela fechou os olhos. – Eu me casei ontem à noite.

Na frente dela, a duquesa deu uma mordida delicada na torrada e olhou para baixo.

– Vocês se casaram com uma licença especial, então? – indagou ela.

– Eu deveria ter perguntado como ele conseguiu uma tão rápido. – As mãos de Free voltaram a tremer, então ela pousou a xícara. – Vejam, eu sabia que ele era um canalha. Sabia disso. Mas ele sempre me apoiou. Achei que podia confiar nele.

Ela sentia o estômago embrulhado.

– E depois eu fui à manifestação e fui presa, e ele... ele...

Nem o duque nem a duquesa falaram. Apenas ficaram observando Free atentamente.

– Eu fui presa – repetiu ela. – Como sabia que ia acontecer. Todas nós fomos enfiadas na delegacia. Ele foi me soltar.

Não soava mal quando Free contava a história. Soava meigo. Quase romântico.

– Mas ele não falsificou documentos para conseguir que me libertassem. – E, ah, essa *aí* era uma reclamação que ficaria para a história. Não havia uma única esposa na Inglaterra reclamando naquele dia sobre o fracasso do marido em cometer um crime. – Ele me *disse* que era Edward Clark.

A duquesa se remexeu ao ouvir o nome, erguendo as sobrancelhas. Ela se virou para o marido, mas ele colocou uma das mãos no joelho dela, acalmando-a.

– Ele me disse que era um canalha e um metalúrgico – disse Free. – Ele é um falsificador. Já o vi trabalhar com meus próprios olhos. Mas ele não me contou tudo. Ele é...

Free engoliu em seco.

– Edward Delacey – completou Robert em voz baixa.

Ao lado dele, a duquesa soltou um suspiro longo e lento.

– Hum. Eu tinha razão.

– Não. – As mãos de Free se cerraram em punhos. – Ele não quer que o chamem de Delacey. – Nisso, pelo menos, eles concordavam. – Mas ele é o visconde Claridge.

A duquesa inclinou a cabeça para o lado, a fim de contemplar o teto, sem olhar diretamente para o marido.

– Deveria haver uma regra em algum lugar dizendo que lordes devem agir como lordes. Quando se envolvem com falsificações ou, ah, trapaças em geral, outras pessoas podem ficar bem confusas.

Free assentiu com vigor.

– Nós começamos a pensar neles como pessoas normais – continuou a duquesa. – E quando nós percebemos, eles nos estão sendo apresentados.

– Hunf.

Robert bufou ao lado dela.

– E tudo o que podemos pensar é: Surpresa! Um lorde! – Ela balançou a cabeça e deu um tapinha no ombro de Free. – Odeio quando isso acontece.

Capítulo vinte e dois

Edward encontrou a pequena fazenda no fim da estrada. Depois de ter procurado Free na noite anterior – procurado em todos os lugares, sem esperança e com um sentimento de pavor cada vez mais profundo –, ele havia comprado um bilhete até ali. Passara a noite numa estalagem minúscula e, depois, saíra em busca de... Bem, ele não sabia muito bem o que esperara encontrar.

O vento balançava as hastes roxas nos campos de lavanda, soprando um cheiro delicioso por tudo. Mais perto da casa, repolhos cresciam numa horta. Margaridas plantadas nas margens da trilha erguiam as cabeças para o sol da manhã, como se apenas quisessem aproveitar o momento. Flores tolas; logo apareceria alguém para cortá-las. E, mesmo que ninguém as cortasse, o inverno as congelaria, tanto o caule quanto a raiz.

Mas as flores não se importavam com o mau humor de Edward. Elas continuaram a esvoaçar suavemente, balançando com a brisa leve, sussurrando que ali era um lugar silencioso e pacífico. Que a geada não chegaria a não ser que o próprio Edward a trouxesse.

Era um local animado e acolhedor, nada parecido com o tipo de casa onde ele imaginara o Lobo, o poderoso pugilista de sua fantasia infantil, morando após se aposentar.

Edward caminhou devagar. Não com relutância, afinal ele tinha uma boa ideia do que estava prestes a acontecer consigo, e, falando francamente, acolhia isso de bom grado. Mas havia algo no ar que provocava sua imaginação, algo que o levava a pensar em outras possibilidades. Poderia estar fazendo esse trajeto com Free ao seu lado. Ela teria entrelaçado os dedos dos dois e olhado para Edward com um ar de confiança completamente injustificada...

Ah, inferno. Ele estava se atormentando. Balançou a cabeça para as margaridas ao seu lado, rejeitando o bobo otimismo delas.

A porta da frente se abriu. Ele ergueu os olhos para um homem, que estava parado ali com a cabeça inclinada enquanto contemplava Edward. Cada músculo de seu corpo ficou tenso.

Esse. Esse era o Lobo. Edward imaginou a si mesmo ao lado de um ringue com esse homem no centro. Quando era criança, tinha imaginado esse homem aceitando golpe atrás de golpe, cada qual mais devastador. Tinha pintado aquela luta tão antiga com tinta a óleo.

Mas o Lobo – Hugo Marshall – não se parecia nem um pouco com o lutador poderoso da imaginação de Edward. Ele não era nenhum Hércules, nem era bonito. Era bem mais baixo do que Edward e não havia nenhum traço nobre em seu rosto. Era o tipo de homem com quem Edward cruzava na rua em mil ocasiões e nunca olhava duas vezes. Ele estava usando uma gravata solta e um casaco com remendos desbotados nos cotovelos. Seus cabelos eram cinzentos como aço.

– Bom dia – disse o homem educadamente. – Faz quinze minutos que o senhor está enrolando do lado de fora da minha casa. Posso ajudar em alguma coisa?

Edward tirou o chapéu, sem ter certeza se o gesto era um sinal de respeito ou se apenas queria segurar alguma coisa. Tudo o que sabia era que estava revirando o chapéu nas mãos, de ponta a ponta, e sentia a boca tão seca que não conseguia falar.

– O que foi? – O Sr. Marshall deu um passo para mais perto. – O senhor está bem?

Não. Edward não estava bem. Ele não sabia como um dia voltaria a ficar bem.

– Creio... – Ele tinha conseguido se forçar a dizer uma palavra. Certamente conseguiria forçar mais algumas. – Creio que o senhor seja o Sr. Hugo Marshall.

– Sou. – Marshall o olhou de cima a baixo e franziu o cenho. – E o senhor parece... Ah, minha memória não é mais o que costumava ser. Faz anos desde que tive que entender a alta sociedade. – Seus olhos eram afiados e penetrantes ao percorrer os traços de Edward. – Não, eu não o conheço, apesar de o senhor me lembrar...

Ele deu de ombros. Depois, seu olhar vagou para o casaco – mal engomado – de Edward e para as bochechas com a barba por fazer.

– Humm. Por que tenho tanta certeza de que o senhor é da alta sociedade?

Ah, como Edward desejou que pudesse mentir.

– Eu sou.

– Está aqui por causa de algum escândalo de família que quase ninguém lembra e que desenterrei? Se for isso, vá embora – O homem acenou uma das mãos. – Não me lembro de nada daquela época, como acabei de deixar plenamente claro.

– Não é por isso que estou aqui, senhor.

As sobrancelhas de Marshall se ergueram com o *senhor*.

– Veja bem, eu sou... – Edward inspirou fundo, depois ergueu o queixo. – Sou Edward Clark.

Ele nem sabia se Free tinha mencionado a existência dele aos pais.

Pelo jeito, sim. Um sorriso divertido tomou conta do rosto de Marshall.

– É mesmo, hein? Isso explica o nervosismo. Mas não me diga que veio aqui pedir a mão de Free em casamento? Ela não fala do senhor como se fosse um homem estúpido. Deve saber que ela nunca perdoaria nenhum de nós dois se... – Ele fez uma pausa. – Espere um minuto. Free nunca me disse que o Sr. Clark dela era da alta sociedade.

O Sr. Clark dela. Por Deus, como essas palavras machucavam.

– Sou Edward Clark. Nasci Edward Delacey. Agora, pelo jeito, sou o visconde Claridge. – Ele fechou os olhos. – O senhor pode se referir a mim pelo meu título de preferência: *seu idiota.*

Os olhos de Marshall se cerraram.

– O que fez com a minha filha, seu idiota?

– Para meu grande arrependimento, eu... – As mãos de Edward estavam pegajosas. – É que... – Por Deus, seria melhor se um raio pudesse simplesmente atingi-lo nesse momento. – Não posso... quero dizer, acontece que eu me casei com a sua filha.

Marshall correu os olhos pelo quintal como se estivesse procurando Free. Como não a encontrou, voltou a encarar Edward.

– E se arrepende de ter casado com minha filha?

A voz dele estava calma, se é que as brasas frias e escuras após um incêndio ter se apagado podem ser chamadas de *calmas*.

– Não – disse Edward. – Isso nunca. *Ela* é que se arrependeu de ter se casado *comigo*.

– Ah, sim. – Havia aço nas palavras do homem, um gume tão afiado que Edward quase o sentia cortando-o. – Isso é pior.

– Pois é.

Edward fechou os olhos e se preparou. Mas nada aconteceu – nenhum golpe no estômago, nenhum soco na cara. Ele esperou, com os músculos tensos, mas em vez disso um pássaro piou alegremente, voando para longe. Edward por fim abriu um dos olhos e encontrou Marshall observando-o com perplexidade.

– O senhor não vai... quero dizer... considerando o que acabei de confessar, não vai...?

– Lhe dar uma lição? – complementou Marshall.

– Isso.

– Estou imaginando a cena neste momento. Espere um instante e já termino. Depois podemos conversar como seres racionais.

Edward piscou.

– Perdão?

Marshall deu de ombros.

– Vamos lá. Tudo o que me disse é que minha filha se arrepende de ter se casado com o senhor. Não sei se ela vai se arrepender *menos* se eu fizer do senhor um saco de pancadas. Pode ser que não. Pode ser que ela sinta pena do senhor se estiver com as costelas quebradas e os olhos roxos. Daí minha filha vai acabar falando coisas que não pretendia e se encontrar numa situação ainda pior que a atual. Só bato em outros homens quando acho que existe uma chance de isso trazer algo de bom.

– Isso... isso...

Era alarmantemente sensato.

– Além do mais, se Free quisesse que o senhor tivesse um olho roxo, o senhor teria um. Quando tinha 12 anos, ela costumava se meter em brigas com o filho dos vizinhos, e a Sra. Shapright sempre nos chamava para vermos o que Free tinha feito com o menino.

Edward sentiu o canto dos lábios tremer.

– Então me conte. Como é que um visconde acabou se casando com minha filha sem eu saber?

– Fazia anos que eu não vinha para a Inglaterra. Nunca tive intenção de voltar, e, quando voltei, não tinha planos de que as pessoas soubessem quem eu era. Não queria ser um visconde. Só queria resolver as coisas e ir embora.

– Entendo.

– E então essas coisas me colocaram no caminho de Free. – Edward engoliu em seco. – E… E…

– E ela o abalou.

Havia um esboço de sorriso no rosto de Marshall.

– Exatamente isso. Nem sei o que aconteceu. Num momento eu estava parado lá, completamente cínico quanto a tudo que existe no mundo, e no outro… Eu estava parado lá, completamente cínico quanto a tudo que existe no mundo exceto ela. Foi ridículo.

E, ainda assim, não era nem um pouco ridículo. Edward conseguia lembrar cada instante das primeiras semanas que passaram juntos. Quando Free lhe contara pela primeira vez sobre o combate entre Hammersmith e Choworth. Quando ela havia batido na porta do quarto de Stephen, pedindo à arrumadeira que entrasse enquanto Edward pulava pela janela. Quando ela o havia fitado nos olhos e lhe dito que ele enxergava apenas o rio, não as rosas. Não era ridículo que Edward a amasse. Era, na verdade, a coisa mais sensata do planeta. Edward não tinha percebido que estava relembrando essas primeiras memórias até Marshall indicar que ele continuasse a falar.

Edward balançou a cabeça.

– A única coisa que eu sabia era que se ela soubesse a verdade… se soubesse tudo sobre mim… ela nunca me aceitaria. Eu… não contei. E… – Ele engoliu em seco. – Sua filha pode ser um pouco impulsiva às vezes. – Edward pigarreou. – Hipoteticamente falando, se um homem volta após uma longa ausência com uma licença especial e um motivo terrível para se casarem, bem… – Ele deu de ombros e se preparou para o que estava por vir. – Sr. Marshall. Não sei o que Free iria querer, mas, pelo amor de Deus, não me deixe passar impune. Eu menti para sua filha, me casei com ela através de truques, e agora Free está extremamente infeliz. Seria muito mais fácil se o senhor apenas me fizesse de saco de pancada.

Marshall deu de ombros.

– Estou ficando velho. Parei de fazer homens de saco de pancada antes do café da manhã. Vai lhe fazer bem ficar se remoendo um pouco. Entre, venha conhecer minha esposa.

Edward o encarou, confuso.

– O senhor não entendeu? Passei a noite com sua filha sob conjecturas falsas.

Marshall respirou fundo e balançou a cabeça.

– Já conversou um pouco que seja com Free? Se eu batesse num homem por passar a noite com ela, Free ficaria furiosa comigo. E me diria que isso insinua que um pai é dono do corpo da filha, e já discutimos isso duas vezes. Não estou interessado em repetir.

– Mas...

O Sr. Marshall soltou um resmungo irritado.

– Pense nas coisas do meu ponto de vista. Só tenho o seu relato e, como o senhor mesmo admitiu, o senhor mente. Então não acho que eu devo confiar na sua descrição do que aconteceu. Pode ser que o senhor esteja passando por um momento complicado no casamento, mas também pode ser que faça as pazes com Free. Estou me esforçando ao máximo para não machucá-lo permanentemente, porque isso faria com que o seu Natal fosse bem desconfortável por muitos anos. Se ela o puser na rua, bem... – Ele abriu um sorriso que não era muito agradável. – Aí vai ser a minha chance.

Por apenas um momento, Edward sentiu como se sua cabeça estivesse pegando fogo. Não era assim que ele imaginara essa conversa acontecendo. Não era *mesmo*.

E isso, estranhamente, foi o que enfim o levou a sentir que sabia o que estava fazendo, porque essa sensação de que seu mundo estava de ponta-cabeça era familiar demais.

Ele fechou os olhos com força.

– Vejo que Free herdou do senhor.

– Herdou o quê?

– Essa habilidade de virar o mundo de cabeça para baixo.

Veio uma longa pausa depois disso.

– Não – disse o Sr. Marshall por fim. – O senhor deveria entrar e conhecer a mãe dela.

~

– Então você vai voltar para Cambridge.

Genevieve estava sentada ao lado de Amanda no sofá comprido. As saias delas não estavam se tocando – Amanda tinha puxado a sua para longe quando Genevieve se sentou. Mas estavam perto o suficiente para o coração de Amanda bater num ritmo lento e insistente.

– Preciso voltar – respondeu ela. – Alice cuidou do jornal sozinha ontem e, se eu não estiver lá até esta tarde, ela não vai conseguir descansar.

– Free já voltou?

Amanda considerou a pergunta. No dia anterior, quase tinha se sentido culpada quando a irmã dera um sermão nos policiais que prendiam as manifestantes. Free estivera do outro lado do parque, e Maria estivera segurando o braço de Amanda com uma das mãos e o de Genevieve com a outra. Havia alegado cansaço, enfatizado o fato de estar grávida – e, consequentemente, Amanda não fora levada à delegacia, como aquelas que estavam mais perto de Free.

Tinha usado seu estado de liberdade para mandar um mensageiro à delegacia. Free tinha sido libertada poucas horas depois e, portanto, não havia nada de preocupante nesse quesito.

– Free não falou nada sobre quando ia voltar – disse Amanda. – Mas ela acabou de se casar. Imagino que tinha outras preocupações ontem à noite.

– Acabou de se casar! – Os olhos de Genevieve se arregalaram. – Não ouvi falar nada sobre isso. O irmão dela já sabe? E Jane?

– Foi... repentino – explicou Amanda. – Apesar de que, para mim, não foi tão repentino assim. No fim das contas, nós moramos juntas. Ela passou meses apaixonada, sorrindo a cada vez que uma carta dele chegava, agindo como se tivesse ganhado o melhor prêmio em um sorteio. Vai ser muito divertido troçar dela quando...

Foi nesse momento que Amanda percebeu algo muito importante. Entre planejar a manifestação, fazer as pazes com a irmã e, depois de tudo, aproveitar um pouquinho de tempo com Genevieve, ela não tinha notado uma coisa em especial.

– Ah, não – resmungou ela, apoiando a cabeça nas mãos. – Eu ia dizer quando nós duas estivermos de volta em Cambridge. Mas acabei de perceber.

– Ah, nossa. – Genevieve também tinha compreendido e fez uma careta. – Você mora com ela. Será que Free...

Ela delicadamente fez uma pausa.

– Será que Free vai me pôr para fora? – Amanda balançou a cabeça.

– Não. Ela não faria isso. Mas não sei como me sinto quanto a morar com recém-casados. As coisas podem ficar um pouco constrangedoras.

Mais do que um pouco, suspeitava Amanda. Free tinha beijado Edward em público. Só Deus sabia o que poderia acontecer atrás de uma porta.

– O que você vai fazer?

– Passar mais tempo em Londres. Faria sentido, considerando o que eu escrevo. – Amanda engoliu em seco. – Mas acho que tudo bem. Significa que vou poder ver minha irmã com mais frequência. E Maria disse que Toby quer me ver também... Não vejo meu irmão mais velho há séculos.

Mas não foi a ideia de ver Maria que acelerou o coração de Amanda. Ela não olhou para Genevieve, mas corou mesmo assim.

– Você poderia me ver com mais frequência também – sugeriu Genevieve.

Ela falou com leveza e... e...

E não, ah, *não*, Amanda nem ia pensar em que mais haveria nesse tom de voz. Porém, sem ser convidada, a palavra foi sussurrada em sua mente.

Flerte.

Era quase um flerte, e Amanda estivera dando o melhor de si para ver tudo que Genevieve fazia sob a luz da amizade, não do flerte. Não estava mais funcionando tão bem.

– Isso seria bem legal.

A fala soou meio rígida.

Genevieve esticou uma das mãos e a apoiou no joelho de Amanda. Foi um toque leve e gentil. Um toque *amigável*. Era só o que podia ser.

– Que bom. Então já está decidido. Eu adoraria ter mais momentos com você.

A boca de Amanda ficou seca. E a mão de Genevieve não se mexeu. Ficou ali, apoiada na perna de Amanda.

– Sim – disse ela, sem jeito. – Eu também gostaria de ter mais... momentos com você.

A pausa fez com que a frase parecesse ter um duplo sentido. E tinha. Sobretudo sem intenção, da parte dela. Amanda sentiu o rosto corar com vigor.

E então Genevieve moveu a mão alguns centímetros para cima – uma distância tão insignificante para ela, tão ardentemente dolorosa para Amanda. Aqueles centímetros fizeram com que a mão de Genevieve passasse do joelho de Amanda para a coxa.

Se Genevieve tivesse estudado no Girton College com Amanda, entre mulheres que murmuravam sobre tais coisas com frequência, Amanda saberia exatamente como interpretar essa mão. Ela teria pegado e beijado a mão de Genevieve.

Mas Genevieve tinha estudado numa adequada escola de elite de boas maneiras. Tinha passado o tempo todo na alta sociedade com moças que eram... bem, *da alta sociedade*. A possibilidade de Amanda estar queimando de desejo não correspondido provavelmente não tinha lhe ocorrido.

– Você acha – falou Genevieve – que gostaria de, quem sabe, ficar comigo quando estiver em Londres?

Amanda deu um pulo, afastando-se do paraíso que era o toque de Genevieve.

– Não! – Sua voz saiu como um grasnido agudo. – Não, acho que não é uma boa ideia. Você é um amor. E uma boa amiga... uma ótima amiga. Mas você é tão... ah...

Genevieve ficou sentada ali, com as bochechas levemente coradas.

– Tão inocente – completou Amanda.

Genevieve bufou.

– Eu passei os últimos dez anos como secretária social da Sra. Marshall, que administra um hospital e uma instituição de caridade sobre ética na medicina. O que leva você a pensar que eu sou *inocente*?

Amanda engoliu em seco.

– Eu não quis dizer *inocente* nesse sentido. Só quis dizer... que... Nem todas as mulheres são iguais. Algumas não querem se casar porque querem outras coisas na vida.

Genevieve se levantou e se aproximou de Amanda.

– Eu não me casei. Eu quero outras coisas na vida.

– Outras coisas *diferentes* – murmurou Amanda, insistindo.

– Eu tento usar roupas recatadas e falar com educação. – Genevieve estava chegando mais perto. Perto demais. – Eu não faço essas coisas, Amanda, porque sou *inocente demais*.

Ela estava tão perto que Amanda conseguia ver que sua pele não era verdadeiramente perfeita. Havia sardas suaves em seu nariz – três sardas adoráveis e irresistíveis.

– Eu faço essas coisas – continuou Genevieve – porque temos que fingir ser adequadas externamente quando não somos por dentro. Quando queremos coisas *diferentes*.

Ah, meu Deus.

Era demais. Já fazia meses que Amanda estava tentando *não* olhar para Genevieve desse jeito – tentando e falhando. Ela nunca tinha fracassado tão gravemente quanto nesse momento. Tampouco já tinha sentido uma esperança tão dolorosa quanto essa. Seu coração palpitava.

– Veja bem – disse Genevieve –, eu sempre a admirei. Mas durante esses últimos meses... ouvir você falar sobre o Parlamento, ver você ganhar confiança aos poucos ao voltar para a sociedade... Eu me peguei admirando você mais e mais. E esperando que, talvez... você me admire também.

Não havia mais como confundir o significado do que Genevieve estava dizendo. Não quando ela pegou a mão de Amanda e a apertou contra o próprio coração.

Amanda engoliu em seco.

– Como você sabia o que queria? Eu realmente não entendi sozinha... não até entrar no Girton, quando outra pessoa explicou.

Genevieve apenas a olhou.

– Eu entendi quando conheci você.

Amanda se sentia totalmente nervosa e agitada – tola e feliz, risonha e em chamas.

– Eu conheci você – continuou Genevieve – e de repente tudo que minha irmã já havia me dito sobre o marido dela... tudo fez sentido.

Amanda não conseguiu se conter. Estendeu uma das mãos e segurou a bochecha de Genevieve, traçando aquelas sardas no nariz com o polegar.

– Então me deixe repetir a pergunta – disse Genevieve. – Sei que me esforço ao máximo para agir com decência. Mas acha que existe a chance de você querer fazer coisas indecentes comigo?

O polegar de Amanda chegou aos lábios de Genevieve – de um tom pálido de cor-de-rosa, tão perfeitamente meigos. Ela os roçou com os dedos. Genevieve abriu a boca.

Amanda se inclinou.

– Sou louca por você.

Genevieve sorriu, erguendo os olhos. Amanda sentiu a respiração quente e doce dela contra seus lábios.

– Ótimo – sussurrou Genevieve.

Os lábios delas se encontraram. Genevieve abaixou a mão, mas apenas para que pudesse colocar os braços ao redor de Amanda. E todos os últimos medos dela cessaram de repente, retumbando, se estilhaçando, se deliciando.

– Ótimo – repetiu Genevieve contra os lábios dela. – Também sou louca por você.

A carruagem que Robert tinha contratado na estação parou na frente da casa dos pais de Free.

– Pois bem – disse Robert. – Quer que eu espere aqui?

Era ridículo. Free era uma mulher adulta. Tinha o próprio negócio, administrava quatorze funcionárias em tempo integral e várias pessoas que escreviam para o jornal. E, nesse momento, a única coisa que queria era ir para casa e se enroscar nos braços da mãe.

Mas não era hora para isso. Ela se virou para Robert.

– Pode entrar – falou simplesmente. – E obrigada por ontem à noite e esta manhã. Eu me sinto...

Não melhor, nem de longe. Mas se sentia mais tranquila.

Robert e Minnie tinham lhe dado uma longa explicação de como passavam o tempo. Minnie, em especial, tinha ficado acordada com Free até uma hora da madrugada. Ela possuía sua própria série de dificuldades: se sentia ansiosa em multidões, e ser uma duquesa não tinha curado isso. Então eles haviam se adaptado. Tinham dado um jeito para que desse certo.

Free não queria ser uma viscondessa, mas era tarde demais para isso. As únicas perguntas eram que tipo de viscondessa ela queria ser... e como iria conviver com seu visconde.

Robert a estava observando, imaginando como ela terminaria a frase.

– Eu me sinto mais importante – disse Free.

Ele virou a cabeça para longe e sorriu – um sorriso tímido, como se estivesse realmente envergonhado com a gratidão dela.

– Não há de quê, Vossa Impetuosidade.

Por um momento, Free perguntou a si mesma se Robert se importaria caso ela lhe desse um abraço. Então, ele se remexeu no assento, olhando as próprias mãos, e ela teve bastante certeza de que ele não se importaria.

Deslizando até o lado dele, Free colocou os braços ao redor de Robert.

– Obrigada – falou de novo. – Por ser meu irmão quando precisei de um.

Ele ergueu uma das mãos para lhe dar tapinhas nas costas. Quando ela se afastou, ele tossiu na própria mão.

– É claro – falou, embora sua voz estivesse um pouquinho rouca. – É claro.

– Venha comigo – disse ela. – Meus pais vão ficar felizes em ver você.

Robert se empertigou.

– Não sei... Isto é... É um pouco mais complicado do que isso. Não quero me impor, e considerando a história bastante peculiar entre nossas famílias...

– Vamos lá – insistiu Free, revirando os olhos. – Se você não estiver ao meu lado, vou cair no choro assim que vir minha mãe, e isso seria bem vergonhoso. Depois de tudo por que passei nos últimos dias, você não pode me obrigar a enfrentar isso.

Robert a observou por um segundo. Ah, o homem definitivamente *não* tinha irmãos mais novos se acreditou de verdade em uma única palavra do que Free tinha dito. Ele era suscetível demais, a ponto de Free sentir uma fisgada de remorso.

– Ah, pois bem – concordou Robert com uma voz forçada. – Se insiste.

Mas não parecia estar sendo forçado. Parecia contente. Ele ajudou Free a descer da carruagem, libertou os cavalos e os amarrou. Depois de cuidar de tudo isso, ofereceu o braço a ela e a guiou pela trilha até a casa.

Quando Free bateu na porta, ocorreu-lhe que havia alguma coisa estranha. Considerando todo o tempo que tinham passado na estrada, enrolando, alguém deveria tê-los visto. Mas nem o pai nem a mãe de Free tinham aparecido.

Tarde demais para pensar nisso. Ela ouviu um barulho do lado de dentro e, em seguida, sua mãe abriu a porta.

O coração de Free parou. Sua mãe – ah, meu Deus, sua mãe. Os olhos dela estavam escuros. O rosto, contorcido. Free não via uma expressão como essa desde o falecimento de tia Freddy alguns anos antes. Levara uns meses até essa expressão sumir do rosto da mãe – a expressão aflita que dizia que o mundo a havia traído. Como estava de volta nesse momento, a única coisa em que Free conseguia pensar era que algo terrível tinha acontecido. Ela arfou.

– Ah, graças a Deus – disse a mãe.

– Ah, não – falou Free, ao mesmo tempo. – Qual é o problema? Aconteceu alguma coisa com Laura e o bebê?

Foi a vez da mãe de Free de arfar, colocando uma das mãos em cima do coração.

– O que aconteceu com Laura?

– *Não* aconteceu nada com Laura? Então...

Por um instante, as duas apenas se olharam, confusas. Passou-se outro momento e, então, a mãe de Free soltou a respiração.

– Free. Eu estava preocupada com *você*.

– Comigo. – Free olhou ao redor. – Por que comigo? Estou...

Perfeitamente bem, era o que ela estivera prestes a dizer. Mas não estava. Não sabia mais como se sentia.

E então a mãe colocou os braços ao redor de Free, puxando-a para perto. Era completamente ridículo. Já fazia anos que Free tomava conta de si. Estava velha demais para apoiar a cabeça no avental da mãe e cair no choro. Mas, de alguma forma, quando sua mãe a abraçou, o som da respiração dela e a sensação de seus ombros, o cheiro característico do sabonete que ela usava... Tudo isso se combinava num significado que indicava conforto. E o conforto estivera em falta nos últimos tempos.

Foi então que a mãe sussurrou em seu ouvido:

– Não ligo para o que o seu pai disse. É só me falar e eu volto para a cozinha e enfio uma faca nas costas dele.

Free se afastou. A sensação de conforto recuou, deixando-a com um sentimento de incerteza.

– Quem a senhora está planejando matar?

– Ele está ali dentro. – A mãe indicou a casa com a cabeça. – Claridge.

As mãos de Free ficaram frias.

– E juro por Deus – continuou a mãe em voz baixa –, não criei minhas filhas para virarem brinquedinhos de um lorde nojento. Não faço ideia do que aconteceu, que poder ele tem sobre você, mas se esse homem fez uma única coisa que seja para fazer você sofrer, vai pagar o preço. Podem me enforcar. Eu...

Ela fez uma pausa, inspirou fundo e olhou para a direita.

Ainda bem que tinha parado de falar. A ideia de alguém esfaqueando Edward nos rins não fazia com que Free se sentisse nem um pouco melhor.

Mas a mãe estava olhando para o homem ao lado de Free.

– Ah – continuou, com um tom de voz completamente diferente. – Vossa Graça. Que… Hã… Que inesperado ver o senhor.

Ela alisou a saia e fez uma careta.

O que passou pela mente de Free não foi nada racional. Ela não tinha nada a dizer para confortar sua mãe. Em vez disso, o que lhe ocorreu foi: *Qual é a diferença entre um lorde e um monte de algas?*

Ela nunca tinha ouvido essa piada em especial. Mas, ainda assim, não teve dificuldade alguma em inventar a própria resposta.

Uma dessas coisas é escorregadia, asquerosa e nojenta. A outra é necessária para o funcionamento adequado de lagoas de água doce. Era profunda e impossivelmente inadequado. Free tinha quase certeza de que isso era a prova de que sua frágil percepção de calma racionalidade estava escapando entre seus dedos. Mais cinco minutos e ela ia começar a olhar para o nada, rindo sozinha.

Qual é a diferença entre um lorde e uma pilha de estrume de cavalo? Era fácil demais. *Um deles tem um cheiro terrível; o outro, quando usado criteriosamente, aumenta a produtividade de campos de plantio.*

Mas ela poderia ter dito a mesma coisa sobre as mulheres da alta sociedade. E Free agora era uma delas.

Ao seu lado, sua mãe e Robert ainda estavam conversando.

– A senhora não deveria falar assim – dizia o duque. – Melhor eu fazer isso, se for necessário. Vão ter que passar pelos Lordes para me enforcar, e há circunstâncias atenuantes. Como o fato de Claridge ser um grosseirão. Nunca vão me condenar. Mas… – Ele franziu o cenho. – Não, sinto muito. Antes que eu concorde em cometer um crime com testemunhas presentes, realmente preciso falar com Minnie. Ela vai ter uma ideia melhor.

Um sorriso iluminou o rosto da mãe de Free.

– É conveniente conhecer o senhor. Vão… Gostariam de…

Entrar? Fugir? Free não sabia ao certo o que queria. Não queria que matassem Edward – embora provavelmente estivessem brincando. Robert, pelo menos, estava. Free não tinha certeza absoluta sobre sua mãe. Mas ela não queria vê-lo. Não o queria por perto quase com a mesma intensidade que o queria ao seu lado. Tinha medo de que, se o visse, Edward a convenceria a concordar com ele.

Free inspirou fundo.

– Podemos adiar a morte inevitável de Claridge – disse ela. – Pelo menos até termos falado com Minnie. E até eu ter...

Atrás da mãe, Edward apareceu no hall de entrada. Ele avistou Free e ficou paralisado.

Ou talvez tivesse sido o mundo de Free que havia se paralisado. Seu coração parou de bater. Sua respiração parou de circular. Cada átomo de seu corpo parecia ter desacelerado e ficado imóvel.

Qual é a diferença entre um lorde e o marido de Free?

Nenhuma. Não havia diferença alguma.

Capítulo vinte e três

Free estava a apenas um metro e meio de Edward, real, sólida e a salvo. Ele passara a noite preocupado com ela. E no momento, por um lado, ela estava separada dele por meros dois passos; por outro, por um abismo de mentiras. Edward não sabia se conseguiria alcançá-la, caso tentasse.

– Free – disse ele. – Eu sinto muito.

Os olhos dela pareciam uma parede impenetrável. Pelo menos ela não tinha lhe dado as costas e ido embora.

– Sinto muito, muito mesmo – reforçou ele. – Estraguei tudo, absolutamente tudo. O que eu fiz foi imperdoável.

Ela não se mexeu.

– Não há como me desculpar – continuou Edward. – Sei que você não vai querer nada comigo. O que quer que você queira, seja uma declaração juramentada de que não vou interferir nos seus negócios, seja uma promessa de que vou ficar longe, o que quer que você queira, Free. É seu. Eu lhe devo pelo menos isso.

Ela abriu a boca uma vez, fechou, balançou a cabeça, depois abriu a boca de novo.

– Por que você fez isso? – perguntou por fim. – Por que não me contou? Por que não me avisou?

– Porque sou um idiota – disse ele. – E egoísta. Eu nunca deveria ter pedido você em casamento.

Free ergueu uma das mãos.

– Não foi isso que eu quis dizer. Você devia saber que uma hora eu ia descobrir... e que não ia demorar. Por que não me contou a verdade antes?

– Porque... – Ele franziu o cenho. – Porque sabia que você não se casaria comigo. Eu queria garantir que você ficaria a salvo... e, como eu disse, houve uma dose considerável de egoísmo envolvida.

Edward não tinha nenhum motivo decente que pudesse oferecer a ela – apenas uma sensação de sofrimento no coração, de pânico com a ideia de perdê-la, do que poderia acontecer com Free se ele não a tivesse...

– Isso não faz nenhum sentido – disse Free. – Nem *eu* sei se teria ido embora se você tivesse me contado a verdade. Como é que *você* sabia?

Ele engoliu em seco. Seu coração batia em um ritmo doloroso no peito.

– Você tinha que saber que não havia futuro algum no que estava fazendo – continuou Free. – Então por que fazer isso mesmo assim? Não valia a pena arriscar que eu dissesse sim?

Tudo doía. Edward balançou a cabeça.

– Não sei nada sobre planejar o futuro. Sempre imaginei...

Ela ergueu uma sobrancelha.

– Que o que quer que acontecesse comigo seria horrível, independentemente do que eu escolhesse – completou ele.

Free soltou o ar devagar e olhou ao redor. E foi então que Edward percebeu que eles estavam no hall de entrada da casa dos pais de Free, rodeados pelo pai, pela mãe, assim como... Pelo amor de Deus, o homem parado ao lado de Free era o duque de Clermont. Edward não queria saber o que ele estava fazendo ali.

Free exalou de novo.

– Venha. Caminhe comigo.

Ela fez um gesto.

A mãe dela se remexeu com a testa franzida, mas não disse nada.

Free se virou e saiu pela porta da frente até a luz do sol. Edward a seguiu. Porém, ela não o esperou do lado de fora. Virou para a esquerda e começou a caminhar ao longo da trilha. Edward foi atrás dela, sentindo como se fosse Eurídice seguindo Orfeu para fora do inferno. Exceto que ele tinha a sensação mais estranha do mundo de que se Free olhasse para trás, seria *ela* quem desapareceria, não Edward. Ela o levou até uma trilha tênue que cortava os campos e subia uma colina. Depois, desceram até um aterro e chegaram a uma fileira de árvores ao longo de um riacho.

Algumas pedras enormes marcavam a margem do riacho. Free se sentou numa delas, alisando a saia antes de erguer os olhos para Edward.

Meu Deus, os olhos dela. Ele nunca queria ver essa expressão neles de novo – de sofrimento, de incerteza. E *ele* tinha feito isso com Free.

– Se ajuda – disse ele –, eu sempre soube que não merecia você.

– Que estranho. Só comecei a duvidar nas últimas 24 horas.

Ele se sentou na frente dela.

– Sim. Essa dúvida só vai aumentar quanto mais você me conhecer.

Ela fechou os olhos.

– Como pode ter tanta certeza disso?

– Porque levo todo mundo que amo a sofrer. Meu melhor amigo de infância... Eu o convenci a se pronunciar junto ao irmão, e meu pai mandou que eles fossem chicoteados na minha frente. – Edward abaixou a cabeça. As próximas palavras saíram num tom baixo. – E essa nem é a pior parte.

– Qual é a pior parte?

A pior parte era uma memória sombria, um eco que às vezes parecia ter acontecido com outra pessoa.

– Eu lhe contei que morei com um ferreiro perto de Estrasburgo – disse Edward. – Isso foi a punição do meu pai por causa das minhas escolhas anteriores.

Ela assentiu para ele.

– Foi uma punição maravilhosa – contou Edward. – Fiquei lá dois anos. Ele foi pago para cuidar de mim, mas imagino que meu pai pensou em mim "trabalhando" e achou que eu ia odiar. Não odiei. O ferreiro me ensinou coisas como colocar uma ferradura num cavalo. Tinha perdido o próprio filho alguns anos antes e nunca me tratou como se eu fosse um incômodo. Eu o amava. – A voz dele ficou mais rouca com essas últimas palavras, mas ele balançou a cabeça. – Ele me mostrou como trabalhar com metal. O nome dele era Emile Ulrich.

Free assentiu de novo.

– E então Estrasburgo foi tomada. Pensei em tirar nós dois do território ocupado. Falhei e fui preso por Soames depois da minha primeira tentativa de falsificação. Ulrich descobriu o que tinha acontecido e foi até Soames, determinado a me libertar. Começou a fazer um estardalhaço a respeito do que Soames estava fazendo comigo, por me deixar preso num porão.

Edward engoliu em seco e virou a cabeça.

– Ele foi a primeira pessoa que Soames me forçou a incriminar como parte da resistência. Eles atiraram sumariamente em Ulrich na minha frente.

Free inspirou devagar. Os olhos dela lembraram Edward de nuvens de tempestade no horizonte: escuras e impossíveis de compreender.

– O que você fez? – perguntou ela.

– O que mais eu poderia ter feito? Não tinha como escapar, e eu estava tão fora de mim que nem saberia o que fazer com um plano de fuga se me oferecessem um. Continuei sendo o falsificador de estimação de Soames, acreditando no que ele me dizia para acreditar. As pessoas às vezes dizem que perderam a esperança em si mesmas. – Ele deu de ombros. – Raramente falam isso do jeito que aconteceu comigo. Eu perdi qualquer noção de mim mesmo por meses. Não havia futuro nem passado. Só Soames e a perspectiva de dor. Ele me manteve preso até os franceses perderem Paris e pedirem a paz.

Free olhou para ele.

– Por fim, consegui fugir. Meu amigo Patrick foi até a França e cuidou de mim até eu estar bem o suficiente para dispensá-lo. Passei anos vagando pela Europa, aperfeiçoando minhas habilidades como falsificador, aprendendo a cometer crimes e a não ser pego. – Edward não conseguia encará-la nesse momento. – Levou anos para eu entender realmente o que tinha acontecido. Quando entendi, voltei para Estrasburgo. Soames ainda estava lá... e estava tendo bastante sucesso, na verdade. Eu sabia o suficiente sobre ele para mudar tudo isso. Então falsifiquei as cartas certas e tomei o controle das contas bancárias dele. Deixei evidências de que ele havia ajudado os dois lados durante a guerra. Depois peguei o dinheiro dele e larguei Soames lá, para justificar o que tinha feito. Foi assim que me estabeleci. – Ele deu de ombros. – Todo dia eu ficava esperando que me descobrissem. Há momentos em que fico pensando se, no fim das contas, tudo não passa de uma mentira. Talvez eu ainda esteja naquele porão, tão aterrorizado que não consigo enfrentar a verdade.

Free permanecera sentada ali, ouvindo, enquanto Edward falava, quase sem interrompê-lo. Então perguntou:

– É por isso que você não me pediu que perdoasse você?

– Não vejo como você *pode* me perdoar – retrucou Edward baixinho.

– Não? – Ela o fitou nos olhos. – Realmente não vê?

– Não gosto de mentir para mim mesmo.

– Você entrou na minha vida – disse ela devagar. – Encontrou evidências para provar que outros jornais estavam copiando minhas matérias. Salvou um dos meus escritores do constrangimento inevitável e de uma possível prisão. Me salvou do incêndio. Me resgatou da cadeia. E, sim, você me machucou também. Mas acha que estaria mentindo para si mesmo se acreditasse que eu posso perdoar você?

Edward balançou a cabeça. Não era uma negação. Ele nem sabia ao certo o que era.

– Acha que eu poderia ouvir o que você acabou de me contar e não sofrer por você? – A voz dela estava trêmula. – Acha que eu o condenaria após ouvir essa história, ou que eu concordaria que não há esperança para você? Nunca fui de desistir da esperança com facilidade e, independentemente de quanto tenha me feito sofrer, eu amo você demais para desistir agora.

– Free.

Ele mal conseguia falar.

– Então. – Ela se levantou, esfregando as mãos rapidamente. – Você não acha que pode ficar comigo para sempre. Não acha que as coisas podem ser boas entre nós. Vou admitir que há algumas questões em relação ao futuro sobre as quais precisamos conversar. – Ela descartou essas *questões*, a forma como os dois viveriam, com um balançar da cabeça. – Mas se você pensa que nós não temos como resolver nossas diferenças, está, *sim*, mentindo para si mesmo. Nem todas as verdades são amargas, e nem todas as mentiras são doces.

O coração de Edward se agitou.

– Free. Não sei…

Ela foi até ele. E depois, para a grande surpresa de Edward, pegou suas mãos.

– Eu entendo. Eu entendo por que você fez o que fez. Entendo por que você não me contou. Durante toda a sua vida lhe ensinaram que você não pode ter nada de bom a não ser que roube. Você me queria, você me roubou. Nunca achou que poderia ficar comigo. – Ela balançou a cabeça. – Até posso perdoar você por isso.

O coração dele, aquela coisa fria e atrofiada, ganhou vida, batendo de um jeito que Edward não entendia. Ele não conseguia se forçar o bastante a fitar Free nos olhos. Ela parecia tão brilhante, tão intocável.

E ainda assim ali estava ela, tocando-o, contra todas as expectativas de Edward. Isso não podia estar acontecendo, não podia ser verdade. Mas os dedos de Free realmente estavam entrelaçados nos deles, aquecendo-o de fora para dentro.

A expressão dela se suavizou.

– Você mentiu para mim sobre a família que o rejeitou. Eu sabia que não tinha me contado tudo quando me casei com você, e me casei mesmo assim. *Eles* o rejeitaram. Fiquei magoada quando descobri a verdade. Mas doeu da mesma forma o fato de você achar que *eu* o rejeitaria.

A outra mão dela se ergueu e roçou a bochecha de Edward. Ele soltou a respiração.

– Ainda sei quem você é, Edward. E vale lembrar que não me apaixonei por um homem que se apresentou como o cavalheiro mais respeitado de toda a Inglaterra. Eu me apaixonei por um canalha.

Aquilo parecia um perdão – palavras doces em que Edward não ousava acreditar.

– Então, sim, Edward. Acho que posso perdoar você. – A voz dela estava trêmula. – Mas não pode continuar a dizer a si mesmo que sou uma mentira, uma mentira que você deve abandonar. Se vamos fazer *isso*, o que quer que isso acabe sendo... temos que fazer juntos.

Ele quase não conseguia ouvi-la. Free tinha dito *se*. Tinha dito que podia perdoá-lo. Edward não sabia o que fazer com o emaranhado confuso e doloroso de suas emoções.

Os dedos de Free traçaram o queixo dele. Ela ergueu o rosto de Edward para que ele encontrasse o olhar dela.

– Venha até mim quando estiver disposto a fazer isso.

Edward nunca tinha pensado no futuro até esse momento. Havia fugido dele durante todos esses anos. Parecia tão impossível de desvendar quanto o passado.

Mas quando fechou os olhos, não pensou num porão escuro. Lembrou-se de si mesmo na câmara dos fundos da audiência do comitê, ainda na manhã do dia anterior.

Somos esse tipo de amigos, insistira Patrick.

E eram mesmo. Stephen e Patrick tinham sido a única coisa constante na vida de Edward, as duas pessoas de quem ele nunca tinha se esquecido. Eram pontos fixos. Não eram uma mentira. Não o tinham traído, e Edward...

Que estranho. Ele também não os tinha traído. Levou alguns minutos para entender isso, e mais tempo ainda para revirar esse pensamento desconcertante na cabeça, remoendo-o, tentando imaginar o que significava.

Talvez o pessimismo fosse uma mentira tão grande quanto o otimismo.

Ele pegou o caderno que sempre carregava. Desenhava para se lembrar – para recordar todos os detalhes que sumiam de sua memória inconsistente e instável. Ao longo de meses, havia feito incontáveis desenhos de Free. Começou um naquele mesmo instante – Free na frente da gráfica quando o cumprimentara. Tinha sido apenas duas noites antes? *Tinha*. Ele desenhou a saia dela esvoaçando com a brisa; os olhos brilhando ao reconhecê-lo.

Como em todos os outros desenhos que havia feito dela, também faltava algo nesse – algo tão fundamental, tão necessário, que Edward sabia que nunca conseguiria fazer nada direito se não descobrisse o que era nesse exato momento.

Ele revirou a memória, procurando. Ali estava ela, uma silhueta solitária diante da porta de seu jornal. Isso estava errado. Vazio.

Ela não estivera sozinha. Lentamente, Edward desenhou as linhas da própria calça, o ângulo em que inclinara a cabeça ao andar até ela. As mãos estendidas – aquele sorriso brilhante no rosto de Free agora parecia fazer sentido.

Nunca tinha sido *Free* quem ele desenhara incorretamente. O que estivera faltando era… Edward.

Ele ficou sentado, desenhando naquela pedra sob a luz do sol, por muito tempo depois de Free ter voltado para casa. Desenhou até o sol ir da esquerda para a direita. A brisa veio e se foi, a água passou com as correntezas.

Quando Edward estava pronto, ele se levantou e voltou para a casa dos pais de Free. Marshall o deixou entrar, e ele encontrou Free sentada à mesa.

Ela não se levantou quando ele se aproximou. Não fez uma cara feia, mas tampouco abriu um sorriso. Edward não sabia ao certo como chegou até ela, se havia mais alguém no cômodo. Não conseguia ver ninguém além dela, não conseguia pensar em nada além do fato de não querer mais ficar imponente acima dela, olhando para baixo.

Ajoelhar-se diante dela foi uma questão simples, e abaixar a cabeça foi ainda mais simples.

– Free. Quero tornar você feliz, mas não sei como.

Por um momento longo e frágil, ela não respondeu. E então, muito, muito devagar, Free estendeu a mão e pegou as dele.

– Vamos descobrir.

Capítulo vinte e quatro

Free não sabia o que estava fazendo naquela casa, se é que se podia chamar algo tão grandioso por um nome tão simplório. O teto se estendia muito acima de sua cabeça, e seus passos ecoando no espaço enorme pareciam pertencer a uma criatura muito maior. Um cavalo, talvez, ou um elefante.

E o homem ao seu lado... Ela olhou de soslaio para ele.

Edward caminhava a passos largos. Parecia tão desconfortável nesse lugar quanto Free, e talvez essa fosse a única coisa que a impedia de sair correndo, aterrorizada.

No dia anterior, ele tinha lhe dito que queria torná-la feliz e, no momento, estavam na propriedade dele em Kent. Porque – Free ainda não acreditava direito nisso – o homem com quem tinha se casado tinha uma propriedade em Kent, e isso agora era uma parte inextricável de sua vida. Tinha se casado com ele na riqueza e na pobreza, mas, francamente falando, nesse instante Free teria preferido a pobreza.

Edward não tinha medido esforços para deixá-la confortável. Ainda não havia anunciado o casamento. Tinha enviado uma mensagem antecipada para mandar os criados saírem de férias, porque sabia que uma procissão de pessoas, todas dispostas a satisfazer as necessidades de Free, teria sido algo avassalador para ela.

Porém, de alguma forma a ausência de criados fez com que o passeio que Edward estava dando com ela fosse ainda mais desconcertante.

Era isso que ele tinha escondido dela: esse enorme espaço vazio que gritava por responsabilidade. Era isso que ele não tinha lhe contado, porque tinha medo de que ela não fosse querê-lo.

– O salão principal – disse Edward. Em seguida, alguns minutos depois: – A sala azul à direita, a sala amarela à esquerda.

– A sala preta e branca listrada – murmurou Free quando ele parou na porta do próximo cômodo.

Ele baixou os olhos para ela, e o sorrisinho em seu rosto sumiu aos poucos.

– Você... odeia isso.

Free estivera dando o melhor de si para se imaginar num desses cômodos, em qualquer papel que não fosse o de uma espectadora perplexa com a vista. Tinha fracassado.

– Não posso dizer que está me trazendo muita alegria – admitiu ela.

Edward deu as costas para o cômodo.

– Estou fazendo tudo errado. Venha comigo. Vou lhe mostrar as partes boas.

Ele desceu o corredor, apressando-se até uma porta discreta situada na parede. Abriu-a com força e guiou Free por um corredor simples, que não estava recoberto por mármore. Ali não havia nenhum retrato gigantesco olhando de cima com uma reprovação esnobe.

– Ah, graças a Deus – disse Free, respirando com alívio. – Eu estava ficando louca lá atrás.

– Aqui. – Edward escancarou uma porta com uma sacudida. – O ateliê da costureira. Patrick Shaughnessy, esse é o amigo de quem lhe falei... a mãe dele era costureira.

Free piscou.

– Patrick *Shaughnessy*? Ele tem algum parentesco, por acaso, com... – Ela deixou a voz morrer e, em seguida, ergueu os olhos para Edward. – Claro que tem. Claro. Stephen Shaughnessy... foi por causa dele que você voltou, em primeiro lugar.

Ela olhou ao redor do ateliê. A luz entrava por uma janelinha suja e iluminava o chão de madeira vazio. Havia uma cômoda simples encostada numa das paredes.

– Sim. É ele. É como se fosse meu irmão mais novo.

Free franziu a testa, lembrando...

– Ele mentiu para mim sobre você. Aquele...

Mas ela não conseguia ficar irritada de verdade.

– Pateta – sugeriu Edward. – Eu e Patrick sempre o chamávamos assim. Nós nos referíamos a ele como "o pateta". Mas só quando ele estava por perto. Você não está brava com ele por ter mentido, não é?

– Não, porque ele não sabia que você ia se casar comigo – disse Free secamente. – Mas vou trocar umas palavrinhas com ele. – Essa revelação fez com que tudo que Edward tinha feito no começo fizesse sentido. – Então, quando nos conhecemos, não era completamente por causa de vingança, certo?

Edward lhe lançou um olhar aguçado.

– Levou uns cinco minutos até passar a ser por sua causa também. Você foi a única parte fácil disso tudo. Se eu não pedi que se unisse a este futuro incerto comigo, é porque eu amo você demais para querer que se envolva nisso.

Ele fez um gesto ao seu redor.

Free deu as costas para Edward para esconder a emoção que varreu seu corpo. Sim. Ela sabia que ele a amava. Soubera quase desde aqueles primeiros cinco minutos. Edward só estava aprendendo como amá-la direito.

Ela abriu uma gaveta às cegas.

– Vejamos o que temos aqui. – A gaveta não ficou presa como Free esperara, pela experiência que tinha com as gavetas da própria casa. Em vez disso, abriu-se suavemente graças ao trilho limpo e lubrificado. – Tecidos – falou calmamente, depois fechou a gaveta e abriu outra. – Mais tecidos. Pelo amor de Deus. Se juntássemos os tecidos de ponta a ponta, dava para alcançar o oceano daqui. – Ela fechou a segunda gaveta e colocou a mão em cima da que ficava no topo da cômoda. – Deixe-me adivinhar o que temos aqui: *mais* tecidos.

Free a puxou.

Mas essa gaveta fez barulho ao ser aberta.

E, quando Free olhou o que havia dentro, não encontrou tecidos. Ali havia uma coleção de dedais, grandes e pequenos. Alguns eram de ferro, velhos e degastados; outros, de estanho, novos e brilhosos. Havia *centenas* de dedais ali. Pelo amor de Deus, por que alguém um dia precisaria de tantos dedais? Até os criados ali eram dados ao exagero.

Free ficou olhando a gaveta, piscando, confusa. E, de alguma forma, essa foi a gota d'água para ela – não as quatro salas de estar ou o quintal gigantesco. Foram os dedais.

Ela começou a rir. Não apenas uma risadinha delicada, mas uma gargalhada gostosa, solta e nada digna de uma lady. Free deveria ser capaz de parar, mas depois dos últimos dias, de algum modo não conseguiu. Quase doía rir desse jeito. Edward a estava observando, confuso.

– Bem – disse Free, secando as lágrimas de alegria dos olhos –, se um dia seu irmão nos visitar, sei *justamente* o que colocar debaixo do colchão dele.

Edward soltou uma risada.

– As agulhas ficam na gaveta bem ao lado.

Depois disso, de certa forma o passeio melhorou. Não que deixasse de ser avassalador. Não deixava de ser completamente ridículo que qualquer ser humano passasse a vida rodeado por esse tipo de riqueza. Mas a visita tinha começado a ser algo que estavam fazendo juntos.

Havia, *sim,* um punhado de criados nos jardins e no estábulo que Edward não tinha dispensado – aqueles cujos deveres não podiam ser negligenciados por alguns dias –, mas eles sumiram quando Free e Edward se aproximaram. Ele mostrou a ela a área de trabalho do ferrador. Explicou como colocar a ferradura num cavalo, demonstrou como usar o fole. Isso Free conseguia aceitar. Depois, Edward a levou até as ruínas na colina.

Ele mostrou as fronteiras da propriedade – vagas e indistintas, milhares de hectares, centenas de inquilinos. Free mal conseguia acreditar.

– Um dos primeiros combates da batalha de Maidstone aconteceu bem ali embaixo – contou Edward. – Na época em que meu antepassado era apenas um barão Delacey. As pessoas sempre aparecem para visitar esse lugar por motivos históricos. Meu pai odiava isso.

– Vamos colocar um monumento – sugeriu Free. – Aberto ao público.

Edward se sentou numa das ameias destruídas e sorriu.

– Melhor ainda. Podemos cobrar entrada. Isso seria tão rude que meu pai se reviraria no túmulo. – O sorriso dele aumentou e ele girou um dedo num círculo preguiçoso. – O que também seria útil. Podíamos anexar o caixão dele a algum tipo de máquina e usar o poder do ultraje dele para... sei lá, moer milho.

Free se pegou sorrindo. Ela foi se sentar ao lado dele.

– É assim que vamos manchar o nome da família então?

– Ah, já começamos com o pé direito nesse quesito. Mas por que nos limitarmos a uma única opção? Talvez eu aumente a área do ferrador para que eu possa fazer um pouco de metalurgia. Se decidirmos morar aqui. – Ele olhou para ela. – Isso também daria emprego a alguns homens. E do meu ponto de vista, quanto mais pessoas nós contratarmos num esquema realmente produtivo, em vez de para apenas sustentar nossos modos depravados… – Ele estendeu a mão, indicando a casa abaixo. – Bem, será melhor.

Free pegou a mão dele.

– O palácio gigante e as propriedades ridículas são um problema significativo. Mas quero administrar meu jornal. – Ela abraçou os joelhos. – É a única coisa em que eu insisto. Quanto a todo o resto, acho que podemos dar um jeito, mas meu jornal não é negociável.

– Pois bem. Vamos garantir que isso aconteça. Eu prometo.

Os dois fitaram o horizonte. Realmente era uma colina excelente para um castelo em ruínas. Tinha uma visão privilegiada do rio lento e preguiçoso que abria caminho entre as árvores. Lá longe no horizonte, ela conseguia ver o mar – águas azuis brilhantes mesclando-se com um céu indistinto.

– Alguém – disse Free – vai ter que fazer as coisas que a lady da casa supostamente deve fazer.

Ela não continuou. Realmente estava considerando isso. Estava considerando *Edward*, e o que ela teria que ser, o que teria que fazer, para se tornar a viscondessa dele.

Free não tinha certeza de quem segurou a mão de quem, de quem entrelaçou os dedos com os de quem.

– Olhando o lado bom – acrescentou Free –, essa casa tem *vários* lugares para eu esconder os corpos dos meus inimigos.

O polegar de Edward acariciou sua palma.

– Podemos colocá-los na sala preta e branca listrada – disse ele.

– Não podemos só ficar assim pelo resto das nossas vidas? – perguntou Free. – Só nós dois. Juntos. O resto do mundo pode desaparecer. Eu gosto disso.

– Não. Não podemos. Você ficaria entediada depois de meio dia. E como vamos encher a sala preta e branca listrada com os corpos dos seus inimigos se nunca partirmos para a briga e os derrotarmos?

Ela estava rindo disso quando viu um tanto de poeira erguendo-se na estrada a mais de um quilômetro dali.

– Alguém está vindo.

Edward olhou para cima – e depois, aos poucos, ficou paralisado. Ele apertou a mão de Free.

– Sim – falou lentamente. – E… acho que reconheço a carruagem. Seria maravilhoso se pudéssemos ficar apenas nós dois, Free. Mas não é possível. Aí vem o meu irmão.

Capítulo vinte e cinco

Edward estava aguardando com Free na sala azul quando James Delacey chegou. Free não se mexeu enquanto a carruagem estacionava na entrada de cascalho do lado de fora da casa. Porém, era como se ela estivesse cada vez mais longe – como se estivesse se afastando de Edward a cada respiração.

Através das cortinas translúcidas da sala, eles conseguiram ver os cavalos se aproximando da casa. Um lacaio pulou de trás do veículo e colocou um estribo na frente da porta. Outro lacaio apareceu e a abriu. O primeiro estendeu uma das mãos, ajudando o irmão de Edward a se equilibrar ao descer.

Ao lado, Free balançou a cabeça.

– É para *nós* termos todos esses lacaios também? – sussurrou ela num tom de voz chocado.

– Sim – respondeu Edward, também sussurrando. – Mas lembre-se de que podemos desrespeitar os bons modos quanto quisermos. Expectativas não são necessidades, só algo a considerar.

Ela franziu o cenho e cruzou os braços.

James andou com confiança até a casa, marchando num ritmo constante.

As portas da frente permaneceram obstinadamente fechadas. James parou de repente, a poucos centímetros dos painéis de madeira, e, confuso, franziu o cenho para as portas. Devagar, deu alguns passos para trás. Em seguida, caminhou de novo até as portas, dessa vez de modo mais hesitante. Ainda assim elas não se abriram.

Afinal, não havia criados para abri-las. James, sem dúvida, não tinha nenhuma experiência com o conceito de *não haver criados.*

Ele estendeu a mão e, com uma expressão perplexa no rosto, tocou a maçaneta da porta.

– Acha que ele vai conseguir descobrir sozinho como abrir? – perguntou Free ao lado de Edward.

Ele não tinha certeza. Uma parte maquiavélica dele tinha vontade de pegar o relógio de bolso e ver quantos segundos se passariam até seu irmão decidir assumir a árdua tarefa de exercer pressão na maçaneta por conta própria. Em vez disso, ele suspirou.

– É sua casa, Free, quer você me aceite ou não. Depois de tudo que meu irmão fez com você, nós vamos deixá-lo entrar?

Os olhos dela se cerraram e suas narinas dilataram.

– Depois de tudo que ele fez com *você*, vai deixá-lo entrar?

Por um momento, eles se entreolharam. Free suspirou e desviou os olhos primeiro. Edward soltou a respiração com força.

– Acho que vamos ter que resolver isso com ele mais cedo ou mais tarde – disse Edward.

Free apoiou as mãos nos quadris.

– Mais cedo – determinou ela com um rosnado. – Vamos resolver já.

– Então vou mostrar a ele como as dobradiças funcionam.

Ele a deixou para trás. A porta da frente se abriu sem dificuldade, permitindo que a luz vespertina iluminasse o hall de entrada.

James estava parado ali, com a expressão mais estranha do mundo no rosto. Quando viu que tinha sido o próprio Edward quem abrira a porta, empalideceu. Ele colocou uma das mãos no bolso.

– Edward – falou. – Onde diabos estão todos os criados?

– De férias na praia – respondeu Edward. – Vão voltar daqui a uns dias.

– *Todos* eles?

James não fora até ali para falar sobre criados. Edward se pôs de lado e indicou que o irmão entrasse na casa. Não fazia muito tempo que James pensara nessa casa como sua. Ele devia estar se roendo por dentro por ter que pedir para entrar. Mas se isso o incomodava, não demonstrou. Apenas seguiu Edward até a sala azul.

Não percebeu que Free estava sentada numa poltrona do outro lado da sala. Ele se virou para olhar para Edward assim que passou pela porta.

– Precisamos falar sobre o futuro – disse James. – Não gostei do que você fez. Mentiu para mim e criou o maior escândalo. Todo mundo em Londres está falando sobre o que você declarou na audiência. Os boatos sobre o que aconteceu depois são completamente inacreditáveis.

– É mesmo? – perguntou Edward, sem muita educação.

– Mas não é tarde demais. – James assentiu decididamente para Edward. – Se queremos superar esse problema com certa aparência de dignidade, precisam ver que você e eu temos uma boa relação.

– Precisam mesmo? Eu acharia isso impossível.

– Pois é. – James suspirou, entendendo completamente errado. – Para mim vai ser difícil fingir, depois do que você fez comigo, mas vou conseguir pelo bem do nome da família. Vou começar lhe oferecendo uma dica. Você tem que parar de fazer coisas ridículas, como mandar todos os criados para a praia. Vai ganhar a reputação de um homem excêntrico se continuar assim, e já tem que lidar com um fardo grande o bastante sem isso.

– Não me incomoda ter a reputação de um homem excêntrico.

James descartou isso com um aceno de mão.

– Você diz isso agora, mas espere alguns meses e vai mudar de ideia. – Ele cruzou a sala até onde ficavam as bebidas e serviu um copo para si. Depois o ergueu. – Você tem um nome e um título para honrar, Edward. Esse fardo vai mudar você. Podemos perder tempo brigando ou podemos lidar com isso como cavalheiros e irmãos.

– Ah. E como cavalheiros e irmãos lidam com as coisas, então? – perguntou Edward.

O irmão ainda não tinha visto Free. Ela estava sentada na poltrona, paralisada, observando os dois.

James voltou para perto de Edward, com o copo na mão, e deu um soquinho no ombro dele, de um jeito que Edward imaginou ser cavalheiresco e fraternal.

– Você absolutamente parece ser alguém da classe média com esses trapos, e não podemos aceitar isso. Então vou arrastar você de volta para a cidade e apresentá-lo ao meu alfaiate. Depois disso, vou providenciar que você conheça as pessoas certas. Você vai ter que se casar: uma boa esposa abre portas, independentemente do seu passado. Na verdade, já tenho alguém em mente, se você confiar em mim.

Que piada.

– Você vai ter que me dar uma pensão condizente com a minha posição social. Vamos trocar sorrisos em público. Isso vai mostrar para todos que, não importa quanto o seu passado foi fora do comum, você concordou em jogar as regras adequadas do jogo.

– Entendo – disse Edward sombriamente. Suspeitava que a pensão era o principal objetivo do irmão, e o único motivo para as coisas ainda não terem ficado feias. – Há inúmeras falhas nesse plano, mas um problema em especial me parece insuperável.

James levantou uma sobrancelha.

– Eu já me casei – anunciou Edward.

O queixo do irmão se ergueu.

– *Esse* foi um dos boatos de ontem que eu estava torcendo para que não fosse verdade. Certamente, o que ouvi deve ter sido distorcido de alguma forma. Você não se rebaixaria tanto a ponto de se casar...

– Ah, eu não me rebaixei para me casar – interrompeu Edward. – Pode ficar tranquilo quanto a isso.

– Ah! – exclamou James, visivelmente contente.

– Na verdade – acrescentou Edward –, você pode conhecê-la agora. Vire-se.

James se virou. Edward conseguiu ver o momento exato em que o irmão avistou Free. A mudança que ocorreu no rosto dele foi absolutamente eletrizante. Ele quase rosnou e deu dois passos para trás.

– Isso é uma piada – disse ele. – Os boatos, ela aqui... Só pode ser uma piada.

Free se levantou.

– Não é uma piada – disse Edward.

– Ah. – James engoliu sem eco. – Meu Deus, Edward. Isso é ruim. Muito ruim. Pior do que qualquer coisa que eu temia ontem.

Ele não tinha dito nenhuma palavra para cumprimentar Free. Não havia reconhecido a presença dela exceto pelos olhos arregalados, e Edward sentiu a raiva começar a ferver.

James se voltou para ele.

– Você não pode permanecer casado com ela. Pelo amor de Deus, Edward. Pense no que o nome da família Delacey significa. Vamos... dar um jeito. Eu prometo. Vamos fazer com que ela...

– Eu prefiro o nome Edward Clark – disse Edward. – As pessoas me chamam de Clark há sete anos. Não vou ser Delacey de novo e, sem sombra de dúvida, não vou pedir à minha esposa que adote esse nome. Se for preciso, vou adotar o sobrenome *dela* antes de ser chamado de Delacey.

James se engasgou.

– Isso é um absurdo. Assim como ela. Sei que essa mulher – ele apontou um dedo acusatório para Free – consegue enfeitiçar um homem. Deus sabe que eu mesmo passei por isso. Mas...

A mão de Edward se fechou no ombro do irmão.

– Uma dica. Não insulte minha esposa. O que quer que você estava prestes a dizer, é melhor engolir.

– Por quê? Ela seduziu você de tal jeito que iria bater no seu próprio irmão? Isso é prova suficiente de que você precisa ouvir o que estou dizendo, por mais difícil que essas verdades sejam.

– Meu próprio irmão? – repetiu Edward. – O irmão que tentou queimar o jornal da minha esposa? O irmão que fez com que licenças legalmente obtidas fossem anuladas, que conspirou para que minha esposa fosse jogada na cadeia e agredida com sabe Deus que tipo de tortura?

Free deu um passo na direção de James.

– Esse, creio eu, também é o irmão que escreveu para o Consulado Britânico em Estrasburgo, declarando que você era um impostor.

– Sim. Esse mesmo – confirmou Edward com uma careta.

James ergueu as mãos, pedindo calma.

– Vou admitir, esse último aí foi um erro.

– Não, James, eu sei como age um irmão. O homem que realmente é meu irmão arriscou a própria vida para me salvar quando precisei dele. Ele me disse que eu poderia ser uma pessoa boa, em vez de me falar que eu era um constrangimento por ter uma profissão. Ele nunca olharia minha esposa com desprezo, muito menos ameaçaria dar um jeito nela. Sei como é ter um irmão, e você não é meu irmão.

James se esticou, endireitando as costas.

– Pois bem, vire-se sozinho na alta sociedade. Flerte com os escândalos, se é o que quer. Só vim aqui para ajudar. – Ele fungou. – Veja só o bem que isso me fez. Pode falar com o meu advogado sobre uma pensão aceitável.

Ele se virou para ir embora.

Free voltou a falar:

– Acha mesmo que, depois de tudo o que fez, o senhor vai ganhar uma pensão?

James parou de novo. Seus ombros ficaram tensos. Ele se virou para Free, torcendo o lábio.

– Sou um cavalheiro – falou com rigidez. – Claro que vou ganhar.

– O senhor acha que vamos lhe dar dinheiro suficiente para que possa continuar a machucar os outros. – Ela bufou. – Isso me parece pouco sensato. O senhor já era uma praga terrível antes. Por que iríamos lhe dar a oportunidade de continuar assim?

– Eu... porque...

James deixou a voz morrer. Parecia muito perplexo, como se tivesse caminhado até as portas de uma casa e elas tivessem permanecido teimosamente fechadas.

– Porque – repetiu ele – sou um cavalheiro. Porque seria escandaloso não me dar uma pensão. – Ele rangeu os dentes. – Porque meus próprios fundos vão acabar em alguns anos. Pense no que significaria para a reputação da nossa família ter um cunhado destituído. Não acho que preciso discutir mais nada na presença de mulheres. Mesmo que a presença em questão não seja nem um pouco feminina.

Free apenas descartou o insulto com um dar de ombros.

– Eu lhe disse uma vez que todo golpe que o senhor tentasse me dar eu retribuiria mil vezes pior. Bem, talvez agora o senhor acredite em mim.

James a encarou, rangendo os dentes, e seu rosto foi ficando vermelho. Depois lhe deu as costas, balançando a cabeça com vigor para Edward.

– Você precisa controlar sua esposa.

– Você ainda não entendeu? – retrucou Edward em voz baixa. – Eu me casei com ela para libertá-la no mundo, não para guardá-la embaixo dos panos.

James piscou, como se estivesse tentando compreender isso.

– Eu me casei com Free porque ela me fez acreditar nela – disse Edward. – Porque eu a queria longe do seu poder, James, não sob o meu. Você não faz ideia do débito que tenho com Free. Por ela, eu faria o impensável.

Ele olhou para Free.

– Se ela me pedisse – falou –, eu até perdoaria você.

Ele deixou que as palavras se assentassem, que o irmão compreendesse. Observou James se virar para Free, remexendo a mandíbula. Edward ponderou se James encontraria as palavras para implorar ou se, como havia feito com a porta, ficaria sem saber o que fazer, confuso e limitado.

Edward nunca descobriria.

– Nem perca tempo – disse Free para James. – O que quer que o senhor tenha a dizer, não serei convencida. O senhor é jovem. Teve uma boa educação e tem dinheiro para se sustentar por vários anos. Nunca é tarde demais para aprender uma profissão.

James soltou uma exclamação inarticulada de raiva.

– Uma profissão!

– Uma profissão. – Edward se pegou sorrindo. – É o que a maioria dos homens faz. Tente um dia desses, pode ser que você goste.

As mãos de James se cerraram em punhos.

– Vão se arrepender disso. Vão realmente se arrepender disso. Vai ser um escândalo, estou avisando.

Free deu um passo para a frente.

– Sim – falou simplesmente. – Vamos criar o maior escândalo do mundo. Veja bem, somos bons nisso. E se o senhor pensa que o que lhe aconteceu vai ser o fim desse escândalo, pense melhor. O senhor vai ser a parte mais ínfima do que vamos fazer, a parte que todo mundo vai esquecer.

Os dedos dela encontraram a mão de Edward, e ele os segurou. Free era real e firme. Era como se ela tivesse se postado ao lado dele não apenas para esse momento, mas... de vez. Para sempre.

Ela ergueu o queixo.

– Agora saia da nossa casa.

E James foi embora.

~

As portas de fecharam atrás do irmão de Edward.

Free ficou olhando para o espaço por onde James saíra, ouvindo as próprias palavras ecoando em sua mente. *Saia da nossa casa.* Ela simplesmente aceitara tudo isso.

– Free. – A mão de Edward apertou a dela. Ele se virou para ela, deslizando o outro braço ao redor da sua cintura. – Está tudo bem?

Foi nesse momento que ela percebeu que estava tremendo.

– Sim. Eu... é só que...

– Eu sei – disse Edward. – É só que.

Free inspirou fundo e olhou ao redor da sala azul. Ela ainda não se *encaixava* ali. Não sabia como assumir esse papel.

– Ah – murmurou Edward. Ele sorriu para ela, aquele sorriso que Free aprendera a ler como vulnerável em vez de malicioso. – Quando disse "nós", claro que eu não quis dizer que...

Ela segurou os ombros dele. Ele parou no meio da frase, depois balançou a cabeça.

– Quis dizer – sussurrou ele –, eu... e... se você decidir...

– Ah, seu idiota. Você é o único que faria com que tudo isso valesse a pena.

E depois ela fez o que estivera esperando para fazer desde o momento em que o viu na casa de seus pais: Free o beijou. Não de leve. Suas mãos apertaram o casaco dele, seus dedos se entrelaçando no tecido, e ela se ergueu contra Edward. As bocas dos dois se encontraram.

– Free – rosnou ele. – Meu Deus.

Eles *iam* dar um jeito. De alguma forma.

– Tenho que acreditar nisso. Tenho que acreditar que com as piadas sobre dedais, o jeito como conseguimos superar juntos cada crise que nos ocorreu... – Ela roubou outro beijo. – Tenho que acreditar que com tudo isso vamos conseguir dar um jeito nessa situação também. Ainda não sei como. Mas se você acredita em *nós*, então eu vou acreditar também.

O polegar dele traçou uma linha sensual pela garganta dela.

– Eu amo você. Como pude não acreditar em você? Mas...

Ela o puxou para perto.

– Não me diga – pediu. – Não me diga quanto você não confia em si mesmo, Edward. Já ouvi isso demais. Diga que eu posso acreditar em você. Que posso confiar em você. Que nunca vai me decepcionar.

Ele soltou a respiração bem devagar. Depois, lentamente, roçou os lábios nos dela.

– Eu... – A voz dele era rouca. – Eu...

– Porque quando eu olho para o que você fez por mim, consigo acreditar em você. Você salvou meu jornal do fogo. Me resgatou da prisão. Coletou evidências para que eu possa entrar com um processo contra o seu irmão.

Os lábios dele roçavam os dela.

– Free.

– E eu ainda nem mencionei o canhão de cãezinhos.

Edward a beijou.

– Meu amor, tenho outra confissão a fazer. Essa pode ser quase tão ruim quanto a última.

Ela se afastou dele, erguendo a cabeça para olhá-lo, quase com medo de ouvir o que ele tinha a dizer.

Ele se inclinou e sussurrou:

– Não tenho um canhão de cãezinhos.

– Você não tem um canhão de cãezinhos? – repetiu ela.

– Não. O mecanismo dos canhões, na verdade, não é muito gentil com cachorros. Não posso apoiar essa ideia, por mais fofinha que soe em tese. Mas tenho que admitir que seria uma tática parlamentar excelente. Você poderia se sentar na Galeria das Senhoras. Ao meu sinal, quando alguém dissesse algo ridículo…

Ele fez um barulho semelhante a um foguete.

– Au, au – acrescentou Free com um meio sorriso. – Vai chocá-lo se eu lhe disser que acredito em você, mesmo *sem* o canhão? Eu acredito, Edward. Acredito em você. E queria que você acreditasse também.

Edward soltou um suspiro longo e trêmulo.

– Eu… acredito. – Sua voz era rouca. – Eu acredito em nós.

E, com isso, ele a puxou para si.

O beijo dele a consumiu. Suas mãos queimaram o corpo de Free. Não sabia dizer se foi ela quem abriu as calças dele ou se foi o próprio Edward; não sabia ao certo se havia enroscado as próprias pernas ao redor do quadril dele ou se ele a havia erguido contra a parede. Mas quando se uniram, com as mãos fortes de Edward segurando sua cintura, ela se permitiu mergulhar na sensação dele, no beijo arrebatador. Nas investidas dele dentro dela, crescendo… unindo os dois.

Por mais bruscamente que houvessem começado, o clímax de Free veio aos poucos – não em uma onda repentina, mas numa gentileza lenta e contínua, que cresceu até sobrecarregar seus sentidos, tomando conta dela. Edward a acompanhou pouco depois, investindo com força enquanto a segurava contra a parede.

Quando terminou, ele sorriu.

– Meu Deus – falou, e sua voz retumbou. – Vale a pena. Tudo vale a pena, só por você.

Free não conseguia discordar.

Depois, ele a levou para a cama.

Mesmo isso parecia estranho e desconhecido. Ela sorriu para ele enquanto Edward a ajudava a vestir a camisola, depois se deitou. Mas se sentia pequena naquela vasta extensão de lençóis. Mesmo quando Edward se uniu a ela, enroscando o próprio corpo ao redor do de Free, todo o espaço extra e vazio os rodeou como um território hostil.

– Vamos dar um jeito – disse ela. – Se existem duas pessoas que conseguem dar um jeito, seremos nós.

Edward suspirou, deslizando a mão ao redor da cintura dela.

– Vamos, sim. Mas não é isso que você queria para a sua vida.

– Há uma certa paridade – disse Free. – Duvido que você um dia tenha dito a si mesmo: "O que eu mais quero é me casar com uma mulher cuja gráfica radical coleciona ameaças de morte e tentativas de incêndio criminoso."

– Uma falha de imaginação da minha parte. – Ele deu um beijo no ombro dela. – Foi só ver você e eu soube que não queria mais nada. Já você, por outro lado...

– Todo mundo acaba diminuindo os próprios sonhos com o passar dos anos, Edward. Vamos decidir o futuro amanhã. Esta noite...

Ele suspirou outra vez.

– Esta noite – repetiu Free –, finalmente quero ter aquela conversa que você me prometeu, sobre quanto eu acho seus músculos atraentes.

– Ah! – exclamou ele, e a palavra retumbou contra o peito de Free. – É mesmo?

Ela deslizou as mãos pelas laterais dele.

– É, sim.

E foi o que ela fez.

~

Depois de terminarem a segunda vez, depois de Free ter caído no sono ao lado de Edward, ele deslizou os braços ao redor dela. Conseguia sentir o peito dela subindo e descendo, primeiro devagar e depois num movimento ainda mais lento.

Edward estava tão perto de algo doce que quase conseguia aceitar isso como seu futuro. Tão perto e, ao mesmo tempo, tão longe.

Todo mundo acaba diminuindo os próprios sonhos com o passar dos anos.

Mas não Free. Edward quisera lhe dar mil coisas. Diminuir os sonhos dela para que se encaixassem na vida dele não estivera nessa lista. E, mesmo assim, era esse o significado disso tudo, não era? Ela teria que morar nessa casa, pensar nos inquilinos dele. Mesmo que levasse o jornal até ali, a propriedade sempre seria um trabalho extra para Free, roubando energia das causas que ela amava.

A respiração de Free se equilibrou ao seu lado, foi ficando mais profunda, com um ritmo estável. A noite caiu, passando do azul ao roxo e depois ao preto.

– Não quero que você tenha que ceder – disse Edward. – Quero você livre.

Mas Free estava dormindo e não murmurou uma resposta.

– Eu amo você – disse-lhe Edward. – Quero lhe dar tudo que seu coração deseja. Não quero passar o resto da vida pensando que roubei seus sonhos.

Ainda assim, ela não se mexeu. Anos com Free se estenderam à sua frente – anos de *quase*, anos em que ela era feliz com ele quase com a mesma grandeza que seria se nunca tivessem se conhecido. Anos vendo Free olhar pelas janelas desse casarão gigantesco, lembrando o que um dia já tivera.

Essa propriedade, esse título, essa vida... para Free, tudo isso seria um machucado constante, uma fonte eterna de dor. Edward não podia fazer isso com ela.

Devagar, ele se afastou dela. Ainda mais devagar, se levantou da cama.

Edward não se atreveu a olhar para trás. Apenas atravessou a porta e desceu a escada antes que perdesse a coragem.

Capítulo vinte e seis

O canto dos pássaros tirou Free do sono. Pios alegres de verão entraram pela janela aberta. Ela acordou, abrindo os olhos para a luz do sol que varria o carpete. O dia mal tinha começado; o amanhecer vinha cedo no verão.

Naquele momento, a luz do começo da manhã iluminava a estampa de um carpete suntuoso, importado sabe-se lá de onde. Móveis de mogno feitos à mão estavam encostados nas paredes. A janela se abria para as colunas de uma propriedade que Free não queria, mas teria mesmo assim. Porém, depois da noite anterior... Depois da noite anterior, aquele sentimento de desconexão tinha diminuído para uma dor leve. Depois de mais um mês, ela talvez até ficasse satisfeita.

A única consolação – a única coisa que fazia com que isso valesse a pena – era que ela e Edward fariam isso juntos. Ela fechou os olhos e se virou na cama, procurando o marido.

Em vez dele, encontrou lençóis frios. Isso a fez acordar imediatamente. Ela se levantou e colocou o roupão às pressas.

Ele não estava no vestuário, nem na biblioteca que ficava ao lado, nem no... Free não sabia o nome de todos os cômodos em que procurou. Por que alguém precisava de *três* salas de estar, todas em cores diferentes?

Onde estava Edward? Por que não havia acordado Free? Ele não a teria deixado de vez, disse Free a si mesma. Ela não ia entrar em pânico. Os batimentos acelerados de seu coração não tinham nada a ver com medo.

Às pressas, ela desceu uma escadaria ampla o suficiente para acomodar o gado inteiro. Numa situação normal, Free poderia ter perguntado aos criados aonde Edward tinha ido. Mas não havia nenhum criado – exceto no estábulo. Certamente eles o teriam visto lá, se ele tivesse ido embora.

Free se apressou para fora. O orvalho na grama enxarcou suas pantufas. Mas ao se aproximar do estábulo, ouviu vozes – quase inaudíveis por cima de um barulho alto e sussurrante. Ela ouviu *Edward*. Não tinha percebido como estivera preocupada até cambalear de alívio, sabendo que ele não tinha desaparecido.

– Bem assim – dizia ele. – Sim, vamos precisar que esteja um pouco mais quente do que usaríamos para uma ferradura. Espere até que fique laranja.

O barulho pesado e sussurrante se repetiu, e foi então que Free reconheceu o som de um fole trabalhando. No dia anterior, Edward havia lhe mostrado um pouco como o mecanismo funcionava. Ela foi correndo até o estábulo e virou para entrar na área de trabalho do ferreiro.

Edward estava segurando um pedaço fino de metal acima do fogo. Usava grossas luvas de couro e tinha retirado o casaco e erguido as mangas. Ele virou o ferro na mão, devagar, com grande precisão. Free se pegou incapaz de respirar diante da visão à sua frente – os músculos maravilhosos, que havia admirado de perto na noite anterior, dispostos de uma forma tão vantajosa, a expressão intensa de concentração no rosto dele.

O metal passou de cinza-escuro a um vermelho fechado, depois ficou laranja. Edward pegou uma ferramenta – algo que parecia um tipo de pinça – e bateu no metal com ela, moldando-o com toques gentis, persuadindo-o a fazer uma curva elegante.

– Pronto – disse ele ao homem que trabalhava nos foles. – Agora para aquecer a ponta. Isso tem que ficar muito quente, Jeffreys. Trabalhe nos foles com força até que o ferro fique quase amarelo. – Ele segurou a ponta acima do fogo, observando. – Isso. Bem assim.

Antes que ela conseguisse entender o que estava acontecendo, Edward havia colocado algo na mesa, algo pequeno e brilhoso. Ele tocou a coisinha com a ponta aquecida do ferro, segurando-a ali por um momento.

– Pronto. Esse foi o último, Jeffreys.

O homem largou o fole.

– O senhor sabe bem como usar uma fornalha, patrão. Quer dizer, milorde.

Edward torceu o nariz com a última palavra, mas não disse nada. Em vez disso, foi até um barril, no qual enfiou o pedacinho de metal. Vapor subiu em nuvens.

– Pronto.

Ele tirou o objeto e o virou de um lado para outro, avaliando-o.

Free não tinha conseguido ver a coisinha direito antes, mas agora enxergava bem. Parecia uma flor. Uma flor feita de ferro, com folhas elegantes na base, um caule subindo numa curva delicada, inclinado por um vento invisível. Terminava no que parecia ser um sininho minúsculo de ferro.

Não. Ela se inclinou para a frente, cerrando os olhos. Aquilo não era um sininho.

Edward assentiu para sua obra e depois se virou. Foi nesse momento que viu Free. Seus olhos se arregalaram de leve.

– Free.

– Edward. – Ela o olhou. – Você acordou cedo.

– Não exatamente. – Ele abriu um sorrisinho cansado para ela. – Ainda não dormi. Agora feche os olhos, Free. E Jeffreys... pode se retirar. Obrigado pela ajuda.

Edward fez um gesto com a cabeça e o homem que estivera trabalhando no fole sorriu de leve, fez uma reverência e foi embora.

– Fechar meus olhos? – Free não obedeceu. Em vez disso, olhou ao redor. – Por que eu fecharia...

E então ela parou, sem fôlego. Porque havia *mais* – um balde cheio daquelas plantinhas, com caules subindo elegantemente e virando flores que pareciam sinos. Era como olhar para uma clareira de flores de metal esvoaçando numa brisa de primavera.

Ela deu um passo para a frente.

Não, não eram sinos. Eram dedais – Edward devia ter pegado um punhado deles no ateliê da costureira. Ele havia feito todas essas flores com os dedais.

De repente, Free conseguiu sentir os pedregulhos debaixo das pantufas, pontinhos duros e ásperos pressionando as solas de seus pés.

– Ontem à noite – disse ele –, depois que você dormiu, fiquei pensando em todas as coisas que você disse, em todas as coisas que sei que você quer. Você me disse que, com o passar dos anos, uma hora ou outra, todo mundo acaba diminuindo os próprios sonhos.

– Disse mesmo.

O que isso tinha a ver com um monte de jacintos de ferro, Free não sabia.

– Você me disse que queria acreditar em mim – continuou Edward. – E... é essa a questão, Free. Eu fiquei me lembrando em especial daquele dia no seu escritório. O dia em que eu me apaixonei completamente, irrevogavelmente, perdidamente por você. Eu fui um idiota, e lhe falei que você estava tentando esvaziar o Tâmisa com dedais.

Free abriu um sorriso fraco.

– Eu me lembro disso.

– Você me falou que eu estava errado. Que você não estava tentando esvaziar o Tâmisa, que estava regando um jardim, gota a gota. Você me fez pensar, pela primeira vez na vida, que há uma forma de vencer tudo isso.

Ele abriu bem os braços.

A garganta de Free estava ardendo.

– Então é isso que eu estava fazendo ontem à noite. – Ele falava em voz baixa. – Você me disse que acreditasse em mim mesmo, então eu lhe fiz um jardim de dedais. Uma promessa, Free, de que não vamos ceder. Que nosso casamento não vai ser *quase* o que você queria, que você não terá que diminuir seus sonhos. Que não vou ser a pessoa que vai impedir você, mas o homem que carrega dedais para regar seu jardim quando seus braços estiverem cansados.

Uma brisa surgiu, rodeando os dois, e os caules dançaram com o vento, as flores bateram alegremente umas na outras.

– Foi assim que pensei em me retratar com você – disse ele. – Gota a gota. Dedal a dedal. Mas no meio do caminho, enquanto eu fazia esses dedais, entendi que isso não era o suficiente. Não posso pedir que você vire outra viscondessa. Eu ficaria infeliz, você ficaria infeliz. E você faria um ótimo trabalho, mas há centenas de mulheres que poderiam ser viscondessas. Só há uma Free.

Ela estava se sentindo quase tonta. Seus joelhos estavam fracos. Mas foi Edward quem pegou sua mão.

– Então estou pedindo a você, Free. *Não* seja minha viscondessa. Não planeje festas. Não cuide da minha propriedade. Deixe que eu carregue os seus dedais. Seja *você*, a mulher mais incrível que já conheci. E deixe que eu me encarregue de garantir que você nunca fique sem água.

– Como? – A voz dela falhou. – Você tem uma cadeira no Parlamento, uma propriedade que precisa de cuidados. Sua esposa precisa garantir que...

– Não precisa – disse ele suavemente.

– Estou falando sério, Edward. Não tenho paciência para esses lordes que negligenciam seus deveres.

Ele foi até ela e tocou sua bochecha.

– A parte incrível de ser um completo canalha é que não tenho que aceitar a realidade de mais ninguém. Tive uma ideia ontem à noite. Uma ideia estranha e incompreensível. Por que *nós* deveríamos tomar decisões sobre a propriedade? Passei os últimos sete anos da minha vida chantageando pessoas e falsificando cartas. Não sei nada sobre gerenciar propriedades.

– Você poderia aprender.

– Mas por quê? Nenhum de nós quer isso. Por que deveríamos mudar nossas vidas por completo quando há pessoas que já conhecem este lugar melhor do que eu jamais conheceria? Vamos deixar que elas o administrem.

Free piscou.

– De quem você está falando?

– Sabe todo aquele terreno que lhe mostrei ontem? Todas as centenas de inquilinos, todas as pessoas da cidade que dependem da propriedade? Eles sabem do que precisam, e certamente não precisam que nós lhes expliquemos isso. Vamos deixar que eles decidam como cuidar disto tudo. É a vida deles. Imagine o que aconteceria se nós simplesmente saíssemos do caminho.

Free soltou a respiração. Ela estivera tentando encontrar uma solução – uma solução para ter *isso* e também ter o jornal. Talvez... Talvez fosse possível.

– Veja esta casa, por exemplo – continuou Edward. – Não a queremos. Então por que não encontrar uma forma melhor de usar o dinheiro para mantê-la aberta? Podemos perguntar aos inquilinos o que eles preferem. Talvez escolham alugá-la. Talvez decidam transformá-la num hospital ou numa escola.

– Você tem razão – disse Free devagar. – Será que precisamos escolher membros para um conselho de inquilinos, então?

– Escolher. – Ele sorriu para ela. – Vamos lá, meu bem. Está na hora de parar de ser tão gananciosa e começar a ser mais política.

Por um momento, o coração de Free parou. E então – à medida que o futuro verdadeiramente se abria à sua frente – ela começou a sorrir.

– Pessoalmente – disse Edward –, acho que eles são competentes o bastante para votarem nos membros do conselho por conta própria.

– Sim, são. – Ela não conseguia respirar. – E quem você acha que terá o direito de votar?

Ele se esticou e pegou as mãos delas.

– Você ainda pergunta? É nossa propriedade. Nosso conselho. Podemos determinar as regras que quisermos.

Os jacintos balançaram quando outra brisa passou por eles, dedais e mais dedais ressoando.

– Então – concluiu Edward – eu meio que presumi que as mulheres também poderiam votar.

Free não conseguia parar de sorrir. Ela se esticou e o puxou para si. Edward era sólido e real em seus braços. E ele estava certo – não havia motivo para ceder. Não com ele. Desse momento em diante, não havia mais nenhum quase – apenas mais, mais e mais.

– É assim que vamos começar – disse Edward. – Quando a estrutura da sociedade não ceder em resposta… Bem, então vamos tomar conta do resto do mundo.

Ela o puxou para um beijo.

– Eles não têm chance.

Epílogo

Era fim de agosto e a sala do arquivo da *Impressa Livre das Mulheres* estava quente como o inferno. Em parte porque o clima estava terrivelmente abafado. Em parte porque nenhuma brisa entrava pela janela, embora eles a tivessem aberto o máximo possível. Mas sobretudo porque havia sete pessoas – inclusive Edward – enfiadas nesse espaço minúsculo.

Os serviços da cadeira e da mesa que costumavam ficar ali haviam sido requisitados na clareira ao lado, para a comida e as bebidas.

Isso significava que todo mundo estava sentado no chão.

À esquerda de Edward, o joelho de Oliver Marshall estava enfiado em sua coxa. À sua direita, Patrick Shaughnessy contemplava silenciosamente as próprias cartas. Violet e Sebastian Malheur estavam sentados com os ombros colados do outro lado da sala. Na frente deles estava o duque de Clermont, com Stephen Shaughnessy ao seu lado.

– Então, alguém vai me explicar por que todos nós precisamos jogar cartas num armário? – perguntou Edward.

– Tradição – respondeu Sebastian Malheur.

O homem era meticuloso e divertido. Havia observado cada carta à medida que haviam sido distribuídas e depois não as olhou de novo. Edward o conhecera algumas semanas antes, quando Free o levara para Londres assim que o irmão dela, Oliver, voltou de viagem.

– Tradição?

Duvidoso, Edward olhou ao redor do espaço.

Estavam apertados de todas as formas possíveis. Bolinhas de gude – que Clermont tinha insistido em serem as únicas fichas de apostas usadas – substituíam dinheiro. Clermont tinha explicado a questão dessas fichas de aposta com solenidade. Pelo jeito, bolinhas de gude eram um negócio sério por essas bandas.

Edward balançou a cabeça.

– Suas tradições são terríveis.

– O espaço apertado normalmente não faz parte – admitiu Clermont. – É que quando um dos irmãos excêntricos se casa, nós nos encontramos na noite anterior e jogamos cartas.

– Desconforto, por outro lado, faz, sim, parte da tradição. – Sebastian sorriu. – *Principalmente* por parte do noivo. – Ele olhou para o nada numa lembrança distante. – E Oliver disse que um pouco de desconforto seria bom para você.

Edward se recostou contra a parede – o máximo que conseguia em aposentos tão enlouquecedoramente apertados – e balançou a cabeça.

– Ah, não – protestou. – Só porque sou canhoto e casado com a irmã de Oliver, isso não significa que vou me unir a essa sua organizaçãozinha ridícula de proporções nada excêntricas. Não serei recrutado para uma coisa dessas.

– Não se preocupe – disse Robert. – Não estamos recrutando você. Você não é um irmão excêntrico de verdade. É só uma desculpa conveniente.

– Que alívio.

– E Stephen e Patrick podem ser canhotos, mas nem são nossos parentes. Então, infelizmente, não podemos incluí-los – comentou o irmão de Free.

– Além disso, você não vai casar de verdade com Free hoje – salientou Violet. – Só está dando um café da manhã tardio de casamento.

– Por falar nisso, nem é a noite anterior – comentou Sebastian. – Então, como você pode ver, tudo deu certo. Todas as formas que *quase* tornam isso a circunstância perfeita ao mesmo tempo se anulam perfeitamente. Logo, devemos todos ficar sentados neste armário enquanto eu ganho o jogo.

– Não vai ganhar nada – murmurou a esposa dele.

– Enquanto os Malheurs ganham o jogo – corrigiu Sebastian sem piscar. – Falando nisso, como estamos? Sei que Oliver e Robert já passaram de 21. Mas o que o restante de vocês tem?

– Dezessete – disse Patrick, mostrando as cartas que mantivera viradas para baixo.

– Dezenove – anunciou Violet, virando um nove e um sete para acompanhar o três que já estava exposto.

– Ah. – Sebastian virou sua única carta, completando um par de reis. – Estou com vinte. Alguém consegue derrotar isto? Acho que não.

O homem sorriu beatificamente e olhou para as bolinhas de gude no meio da sala.

– Eu só tenho dezoito – disse Stephen –, mas não acho que seus *quases* realmente se anulam. Vejam bem, não sou canhoto de verdade.

– Não! – exclamaram Robert e Oliver ao mesmo tempo, ultrajados.

Os olhos de Sebastian se arregalaram.

– Um infiel! Pedra nele! – Ele olhou ao redor freneticamente, achou um pedacinho de papel no chão e o jogou sem eficácia em Stephen. – Morra, demônio, morra!

Stephen observou o papel flutuar até o chão, depois balançou a cabeça.

– Você está louco?

– Não – disse Sebastian. – Nem estou bravo, mas é mais divertido assim. Você tirou tudo dos eixos. Se eu não posso me divertir um pouco com isso, qual é a graça?

– Ah! – exclamou Stephen com um aceno de mão. – Vocês estavam pedindo que eu mentisse. Reunindo um bando de homens, murmurando algo sobre serem canhotos. – Ele deu de ombros. – É claro que eu ia dizer "Sim, eu sou canhoto". Por que não?

– Ah, pois bem. Pelo menos a tradição foi mantida na questão mais importante. – Sebastian se inclinou para a frente e começou a coletar as bolinhas de gude no centro da sala. – Eu ganhei.

– Não – disse Edward. – Não ganhou.

Sebastian paralisou. Então encarou Edward, que tinha uma série de cartas expostas.

– Você não pode ter ganhado – disse ele. – A não ser que tenha um três aí. As chances disso são...

Edward sorriu suavemente e virou a carta, revelando o três de espadas.

Essa proclamação foi recepcionada com silêncio. Sebastian piscou para a mão de Edward, franzindo o cenho.

– Você trapaceou? – perguntou por fim.

– Eu minto. Eu falsifico. Eu chantageio. – Edward deu de ombros. – Mas trapacear num jogo de cartas? Nem eu me rebaixaria a esse ponto.

– Que bom saber que você tem alguns princípios – disse Oliver, revirando os olhos.

– Verdade – concordou Edward. – Trapacear num jogo de cartas é fácil demais. Eu ficaria terrivelmente entediado se me permitisse fazer isso.

Ao lado dele, Patrick – que conhecia o senso de humor de Edward bem melhor do que os outros – soltou uma gargalhada.

Nesse momento, a porta atrás dele se abriu. Uma brisa de ar fresco passou por Edward. Ele se virou e olhou.

– Ah – falou. – Falando em princípios. Aí vem o meu.

Free estava parada na entrada com as mãos nos quadris, usando um vestido em tons brilhantes de azul e branco. Ela observou todos eles – apertados no espaço pequeno demais – e balançou a cabeça, exasperada.

– Por que metade dos convidados do meu casamento está escondida na sala do arquivo? – perguntou ela.

Edward se esticou para a frente e coletou as bolinhas de gude espalhadas.

– Ah, Free. Que bom ver você. Sabia que cada uma destas bolinhas de gude representa um favor que esses caros homens e mulheres me devem?

Free inclinou a cabeça, contemplando as bolinhas de gude.

– Sim – disse ela lentamente. – Eu sabia disso. Jane mencionou para mim uma vez. Pelo visto, ela ainda tem uma guardada.

– É um jogo de alto risco – disse Edward –, mas eu estava disposto a jogar. E agora veja o que tenho para você. – Ele se esticou e colocou as bolinhas de gude nas mãos dela. – Aqui está. Sei que lhe dei um cãozinho de presente de casamento, mas essas são muito melhores.

Free sorriu para ele do alto.

– Querido. Não precisava. Um duque *e* um membro do Parlamento, ambos sob o meu controle? É tudo o que eu sempre quis.

Oliver começou a se levantar com dificuldade.

– Escute aqui! – falou ele bruscamente.

Edward se pôs de pé com elegância e deu um beijo na bochecha da esposa.

– Aproveite.

– Tenho quase certeza de que eles estão brincando – disse Sebastian num sussurro falso.

Edward o ignorou.

– Agora já tomamos conta desses dois – disse ele a Free. – De quantos mais vamos precisar?

– Não sei. – Ela encaixou o braço no dele. – Quer descobrir?

Nota da autora

Este livro começa com a regata de 1877 entre Cambridge e Oxford. Na verdade, a regata de 1877 terminou em empate (com Oxford provavelmente meros centímetros à frente de Cambridge). Mudei o resultado para os propósitos desta história. Desculpe, Oxford!

Quando comecei a trabalhar neste livro, eu tinha uma vaga ideia de que Free (que eu já sabia que era uma sufragista) ia se envolver com um cara que era contra os direitos das mulheres, e que os dois teriam uma química explosiva, etecétera e tal. No fim das contas, eu não quis escrever essa história: não consegui me convencer de que Frederica Marshall, uma sufragista, iria se apaixonar por um homem que fundamentalmente não acreditasse que ela era igual a ele. Também percebi que este livro, caso eu o escrevesse, giraria em torno do tema: "Ah, se as mulheres aguentarem por tempo suficiente, os homens podem decidir que elas realmente são seres humanos dignos!"

Então, em vez de descobrir como unir Free a alguém que estava tentando acabar com ela, comecei a pensar numa questão interessante: qual era o limite do que alguém como Free conseguiria conquistar naquela época?

Então comecei a explorar o que certas mulheres – mulheres extraordinárias – fizeram no fim do século XIX.

A resposta me surpreendeu.

Quando escolhi tornar Free uma repórter investigativa, usei como inspiração uma repórter investigativa do século XIX que realmente existiu: Nellie

Bly. Aos 21 anos, Bly (que era filha de americanos de classe média) foi para o México, onde viveu por seis meses, e escreveu sobre o regime político de lá. Em 1887 – com 23 anos –, Bly fingiu insanidade para conseguir ser internada no hospital psiquiátrico Women's Lunatic Asylum, em Nova York. Ela ficou lá durante dez dias e, quando saiu, relatou a história das mulheres que conheceu no hospital – mulheres que, em sua maioria, *não* eram loucas quando foram internadas.

Como Bly, fiz com que Free se infiltrasse num hospital – no caso dela, um de doenças venéreas na Grã-Bretanha. Como Bly, Free relatou as condições que encontrou. Os hospitais públicos de doenças venéreas realmente existiram – e faziam mais do que apenas prender prostitutas, embora essa fosse ostensivamente sua única função. A Lei de Doenças Contagiosas – que estabeleceu esses hospitais – declarava que caso alguém acusasse uma mulher de ser prostituta, ela teria que se submeter a exames quinzenais por um médico. O propósito da lei era tentar impedir a propagação da sífilis no Exército e na Marinha britânicos.

Isso me leva a outra mulher do século XIX: Josephine Butler, uma cristã devota que abominava a imoralidade sexual. Você pode pensar que uma mulher como Butler ficaria calada a respeito de algo como a Lei de Doenças Contagiosas. Mas ela ficou revoltada com os dois pesos e as duas medidas das leis – um critério que permitia que os homens que espalhavam a doença continuassem livres enquanto apenas as mulheres eram aprisionadas.

Ela ficou furiosa pelo fardo da lei recair desproporcionalmente nos pobres. Encontrou evidências de que policiais estavam visando em especial as chapeleiras e vendedoras de flores – baseados na teoria de que todas as mulheres de classes mais baixas tinham poucos princípios e, portanto, eram suspeitas por natureza.

Butler falou repetidamente sobre isso – em eventos e manifestações, em jornais e em livros. Ela foi chamada de "indelicada" e, quando era mencionada no Parlamento, os homens zombavam dela, dizendo que Butler não era nenhuma "lady". Isso não a impediu. As multidões que foram atrás dela para persegui-la não a impediram.

Ela afirmou que os exames que as mulheres eram obrigadas a fazer constituíam o que chamou de "estupro cirúrgico"; também declarou que mantê-las presas sem julgamento adequado era uma violação dos direitos delas garantidos na Magna Carta e em outras referências da lei constitucional britânica. Butler incentivou a desobediência civil por parte das mulheres em resposta às leis. Em 1870, em seu livro *The Constitution Violated* ("A Constituição Violada", em tradução livre), ela escreveu: "Se a violação na constituição for reparada com eficácia, as pessoas desejarão voltar a um estado de tranquilidade; se não, QUE A DISCÓRDIA PREVALEÇA PARA SEMPRE."

Isso veio de uma mulher cristã, protestante, casada e de classe alta.

Então, se você está se perguntando se as mulheres poderiam, em 1877, *realmente* fazer as coisas que Free fez ou pensar as coisas que ela pensava, a resposta é sim, sim, sim.

Em certo momento, Amanda comenta consigo mesma que acreditava que as mulheres mais pobres não deveriam votar. Isso é – infelizmente – uma representação fiel dos pensamentos da época. O lado obscuro da história das sufragistas é um preconceito terrível contra pessoas que não se encaixavam no padrão majoritariamente branco e de classe média delas. Na Inglaterra, esse preconceito era, na maior parte, em relação a classes sociais; já nos Estados Unidos (que não é mencionado neste livro), havia um racismo terrível e profundamente arraigado. Não acho que podemos separar os danos causados pelo preconceito das coisas boas que essas mulheres conquistaram, e tentei apresentar a época com toda a sua história tanto problemática quanto gloriosa.

Uma última questão: ao ler o livro de memórias de Josephine Butler, uma das coisas que se destaca é a quantidade de ataques cruéis e profundamente pessoais que ela sofreu. O marido dela (que nunca pediu a ela que desistisse) tinha uma carreira que também sofreu por causa do que Butler estava fazendo.

Quando estava escrevendo este livro, eu sabia que muitas das coisas que Free gostaria de conquistar ainda estão distantes hoje em dia. Até o presente, mais de um século depois, a Inglaterra teve apenas três primeiras-ministras, enquanto os Estados Unidos ainda não tiveram nenhuma mulher presidente. Então senti que uma das perguntas mais importantes que eu teria que explorar era: por que se dar o trabalho? Por que se esforçar tanto para conquistar um objetivo que não daria frutos em mais de um século? Por que as pessoas se esforçam para mudar as coisas hoje?

Encontrei a resposta no site *Shakesville*, da feminista Melissa McEwan (http://www.shakesville.com, site em inglês). McEwan descreve seu trabalho da seguinte forma:

"Às vezes parece que só escrevo sobre isso; às vezes parece que não consigo escrever o suficiente para fazer jus à questão; com frequência, esses sentimentos existem dentro de mim ao mesmo tempo. *Tudo que eu faço é tentar esvaziar o mar com esta colher de chá; tudo que eu posso fazer é continuar a tentar esvaziar o mar com esta colher de chá.*"

A analogia dela me inspirou a escrever a defesa de Free:

"– Mas não estamos tentando esvaziar o Tâmisa – disse Free. – Veja só o que estamos fazendo com a água que removemos. Não é desperdiçada. Nós a usamos para regar nossos jardins, broto a broto. Estamos fazendo com que jacintos e trevos cresçam onde antes havia um deserto. Tudo o que o senhor vê é o rio, mas *eu* me importo com as rosas."

Desde o começo desta série, reforço nas notas da autora que isto é tanto uma história alternativa quanto um romance de época. Gosto de imaginar que, somando as conquistas de Violet em *A conspiração da condessa* ao que Free estava fazendo neste livro, algumas das violações dos direitos humanos que as sufragistas sofreram nas décadas seguintes – aprisionamento, as subsequentes greves de fome, a alimentação forçada – poderiam ter sido evitadas.

Ainda tenho esperança de que as coisas que fazemos hoje vão fazer diferença.

E espero que isso explique a dedicatória deste livro:

Para todo mundo que carregou água em dedais e
colheres de chá ao longo dos séculos.
E para todo mundo que continua a carregar.
Por quantos séculos for necessário.

Por fim, um comentário sobre a palavra "sufragista". Quando comecei a escrever este livro, fiz uma pesquisa preliminar para confirmar se a palavra era usada na literatura da época (especificamente, por meio de uma pesquisa no Google Books com datas restritas). A resposta parecia ser sim – era mencionada em algumas peças de teatro que apareceram primeiro –, então não investiguei a questão além disso. Porém, depois descobri que o Dicionário Oxford de Inglês atribui a origem da palavra a 1906, e as peças que eu verifiquei não eram tão conclusivas quanto pareciam ser à primeira vista. Mas quando investiguei a questão com seriedade (o que só aconteceu depois que alguém questionou o uso da palavra pouco antes da publicação do livro), o termo estava tão enraizado no livro (até no próprio título!) que não havia como mudar. Então isso é falha minha mesmo.

Dito isso, o Dicionário Oxford coloca o primeiro uso impresso para datar as palavras e não documenta (ou não tenta documentar) usos informais, que em geral ocorrem antes – e frequentemente com uma margem considerável de tempo. Fica claro no primeiro uso listado no Dicionário Oxford que as sufragistas já usavam esse termo para se referirem a si mesmas por certo período, antes de a imprensa também chamá-las assim. É impossível determinar hoje quanto tempo levou entre o uso informal oral e o uso formal registrado. Em alguns casos, encontrei palavras (em correspondências particulares) que só foram registradas no Dicionário Oxford uns cinquenta anos depois. Então é, sim, *possível* que a palavra "sufragista" fosse usada em 1877 nos grupos restritos que este livro cita. É provável? Hã... Não vou insistir. Vamos deixar "possível" mesmo.

Então tomei certa liberdade no uso da palavra – e estou fazendo isso em parte porque não havia como mudá-la quando descobri o problema, mas em parte também porque não há uma palavra no nosso vocabulário que poderia ser usada no lugar dessa e passar a mesma mensagem ao público moderno. Caso isso realmente incomode você, fique à vontade para imaginar que a própria Free inventou a palavra. Como já a levei a inventar "cromossomo" em *A conspiração da condessa*, não acho que esse feito está fora do alcance dela.

Agradecimentos

É terrível trabalhar comigo – nunca sei quando vou terminar e quero que as coisas sejam alteradas na mesma hora –, e sou profundamente grata por ter pessoas tão fantásticas me ajudando. Como sempre, este livro não teria sido concluído sem a ajuda incansável que recebi de Robin Harders e Keira Soleore, minhas editoras; Krista Ball, cujo olho de águia limpa minha barra; Martha Trachtenberg, minha preparadora; Maria Fairchild e Martin O'Hearn, meus revisores; e Rawles Lumumba, minha gerente de projeto que fez todos os itens acima e mais. Melissa Jolly, minha assistente, conseguiu me manter lúcida e focada.

Muitos amigos me ajudaram com este livro de uma forma ou de outra, e seria impossível listar todos pelo nome, mas ainda assim vou tentar: Tessa Dare, Carey Baldwin, Leigh LaValle, Brenna Aubrey, Elyssa Patrick, Carolyn Jewel, Sherry Thomas, todos os Peeners, todo o grupo de *brunch* de Denver, mas especialmente Thea Harrison, Pamela Clare e Jenn LeBlanc, meu marido, minha família e, por último, mas não menos importante, minhas duas criaturas maravilhosas, Pele e Silver. Também estou em dívida com incontáveis círculos e fóruns de autores, por me oferecerem conselho estratégico e a oportunidade de desabafar.

Também quero mencionar o livro *The Siege of Strasbourg* ("O Cerco de Estrasburgo", em tradução livre), de Rachel Chrastil, que foi indispensável para me passar uma ideia de como o cerco foi realmente terrível.

Além disso, sou grata a todos os bibliotecários que leram meus livros e os indicaram para compras institucionais, aos frequentadores de bibliotecas, aos amigos – basicamente, a todo mundo. Por fim, se você pegou este livro emprestado de uma biblioteca, pode agradecer à minha agente, Kristin Nelson, e à equipe dela, em especial Lori Bennett, por me ajudarem a fazer com que ele estivesse disponível em todos os lugares.

Mulheres de todo o mundo me inspiraram a me levantar e falar, mesmo sabendo as consequências que poderiam vir. Toda vez que pensei em fazer com que Free recuasse ou diminuísse seus sonhos, pensei em vocês. Vocês me inspiraram a escrevê-la com mais grandeza. Posso apenas torcer para que eu tenha sido capaz de fazer com que Free fizesse jus aos exemplos de vocês.

Por fim, a vocês, leitores – que continuam comigo depois de quatro romances e diversos contos desta série –, meu muito obrigada. Esta série significa muito mais por causa de vocês. Ainda não chegou ao fim – falta mais um conto –, porém, sem vocês, eu nunca teria chegado tão longe ou escrito tanto assim. Muito obrigada.

CONHEÇA OS LIVROS DE COURTNEY MILAN

Os Excêntricos

O caso da governanta (apenas e-book)

O segredo da duquesa

O passado da Srta. Lydia (apenas e-book)

O desafio da herdeira

A conspiração da condessa

O escândalo da sufragista

O vizinho da Srta. Rose (apenas e-book)